I0573493

UN PARADIS POUR MONICA

HAWAÏ : SOLDATS D'ÉLITE, TOME 4

SUSAN STOKER

DU MÊME AUTEUR

Autres livres de Susan Stoker

Hawaï : Soldats d'élite

Un paradis pour Élodie

Un paradis pour Lexie

Un paradis pour Kenna

Un paradis pour Monica

Un paradis pour Carly (11 Oct)

Un paradis pour Ashlyn

Un paradis pour Jodelle

Sauvetage à Eagle Point

Un sauveteur pour Lilly

Un sauveteur pour Elsie (28 Juin)

Un sauveteur pour Bristol (15 Nov)

Un sauveteur pour Caryn

Un sauveteur pour Finley

Un sauveteur pour Heather

Un sauveteur pour Khloe

Le Refuge

Un soutien pour Alaska (9 Août)

Un soutien pour Henley (3 Jan 2023)

Un soutien pour Reese

Un soutien pour Cora

Un soutien pour Lara

Un soutien pour Maisy

Un soutien pour Ryleigh

Delta Force Deux

Un refuge pour Gillian

Un refuge pour Kinley

Un refuge pour Aspen (1 Juin)

Un refuge pour Jayme (15 Juillet)

Un refuge pour Riley (1 Sept)

Un refuge pour Devyn (1 Dec)

Un refuge pour Ember

Un refuge pour Sierra

Forces Très Spéciales : L'Héritage

Un Sanctuaire pour Caite

Un Sanctuaire pour Brenae

Un Sanctuaire pour Sidney

Un Sanctuaire pour Piper

Un Sanctuaire pour Zoey

Un Sanctuaire pour Avery

Un Sanctuaire pour Kalee

Un Sanctuaire pour Jane

Mercenaires Rebelles

Un Défenseur pour Allye

Un Défenseur pour Chloé

Un Défenseur pour Morgan

Un Défenseur pour Harlow

Un Défenseur pour Everly

Un Défenseur pour Zara

Un Défenseur pour Raven

Ace Sécurité

Au Secours de Grace

Au Secours d'Alexis

Au Secours de Bailey

Au Secours de Felicity

Au Secours de Sarah

Forces Très Spéciales Series

Un Protecteur Pour Caroline

Un Protecteur Pour Alabama

Un Protecteur Pour Fiona

Un Mari Pour Caroline

Un Protecteur Pour Summer

Un Protecteur Pour Cheyenne

Un Protecteur Pour Jessyka

Un Protecteur Pour Julie

Un Protecteur Pour Melody

Un Protecteur pour l'avenir

Un Protecteur Pour Les Enfants de Alabama

Un Protecteur Pour Kiera

Un Protecteur Pour Dakota

Delta Force Heroes Series

Un héros pour Rayne

Un héros pour Emily

Un héros pour Harley

Un mari pour Emily

Un héros pour Kassie

Un héros pour Bryn

Un héros pour Casey

Un héros pour Wendy

Un héros pour Mary

Un héros pour Macie

Un héros pour Sadie

Un héros pour Annie

Autre

Un moment suspendu : Recueil de nouvelles

AUDIO

Un paradis pour Élodie

CHAPITRE UN

Stuart « Pid » Hall n'était pas surpris que leur plan soigneusement préparé soit tombé en miettes presque à la seconde où ils avaient atterri en Algérie. Ce genre de missions de sauvetage ne se passait jamais comme prévu, mais ça n'avait pas empêché l'équipe de SEALs d'espérer que cette fois soit une exception.

Les gens bouleversés ainsi que ceux qui aimaient inciter la foule à la violence juste parce que c'était possible avaient tendance à faire rater même les meilleurs plans. Le président actuel était au pouvoir depuis vingt ans et les citoyens d'Algérie en avaient assez de la corruption de son gouvernement. Des manifestations avaient éclaté. Au début, elles avaient été paisibles, mais à mesure que le temps passait, de plus en plus de violence s'était immiscée dans le pays.

Le gouvernement avait sévi assez vite contre les manifestants, mais cela n'avait pas calmé leur enthousiasme ni le désir du peuple de se battre pour le changement. Cela n'avait fait qu'attiser les flammes. Certains groupes encourageaient également les manifestants afin de réaliser leurs propres objectifs.

En outre, des rapports indiquaient que des partis politiques rivaux, des représentants de pays étrangers, et même des groupes privés s'étaient joints aux manifestations et cherchaient volontairement à transformer les rassemblements paisibles en émeutes violentes et hors de contrôle cherchant à détruire tout ce qui se trouvait sur leur chemin.

Des maisons et des entreprises étaient cambriolées, puis brûlées. Les meurtres avaient augmenté de 403 pour cent. Et il y avait même eu trois enlèvements de ressortissants étrangers. Tout cela s'additionnait pour former une sacrée poudrière.

Voilà ce qui avait conduit Pid et son équipe de SEALs dans la zone. Ils étaient chargés d'évacuer les employés de l'ambassade des États-Unis jusqu'à ce que le pays et la situation se stabilisent.

Ils étaient arrivés par les airs dans la ville d'Alger, sur la côte du pays africain, juste au moment où le soleil se couchait. Les feux des manifestations brûlaient vivement dans le ciel nocturne alors qu'ils volaient vers le bâtiment visé.

L'évacuation sur le toit de l'ambassade des États-Unis s'était bien déroulée jusqu'ici... jusqu'à ce qu'un petit garçon suggère que sa nounou manquait peut-être à l'appel.

Normalement, Pid n'aurait pas été aussi inquiet. La femme aurait pu avoir été évacuée au cours d'un transport précédent, ou bien l'enfant avait tort concernant la nationalité de sa nounou, auquel cas elle ne dépendait pas d'eux. Ils avaient seulement le droit d'évacuer les citoyens américains. Mais l'insistance de l'enfant avait alerté Pid.

Ils devaient attendre un peu avant que l'hélicoptère suivant arrive. Pas beaucoup... mais un peu. La maison de l'ambassadeur n'était pas très éloignée de l'ambassade, à quelques pâtés de maisons au maximum. Pid était certain de pouvoir atteindre la maison, chercher la femme manquante, et revenir avant le départ du dernier hélico.

Slate se porta volontaire pour l'accompagner et après une

brève conversation avec Mustang, leur chef d'équipe, qui leur donna son accord, ils partirent dans la nuit pour chercher cette femme. Le petit garçon avait dit qu'elle s'appelait Monica. Ils allaient vérifier son identité et sa nationalité, puis retourner à l'ambassade et filer.

Ce qui aurait dû être un aller-retour rapide pour la récupérer s'avéra être tout le contraire. La foule devant l'ambassade avait bien augmenté pendant le temps assez court depuis que l'hélicoptère de l'équipe avait atterri sur le toit. Les agissements des manifestants n'avaient plus aucun rapport avec la démocratie ou les protestations contre le président actuel, et tout à voir avec la destruction pour le plaisir de détruire. On pillait, des gens couraient partout, les bras remplis de tout ce qu'ils pouvaient porter. Aucun immeuble n'était épargné. Et ce n'était pas seulement dans les commerces. Les maisons étaient tout aussi vulnérables aux hommes et femmes qui ne respectaient pas les lois.

D'après ce que voyait Pid, beaucoup des pillards les plus déchaînés ne ressemblaient pas à des Algériens.

Secouant la tête à cause de la violence flagrante et du vice dont il était témoin, il fit de son mieux pour éviter le pire de la foule avec Slate. Il leur fallut plus de temps que prévu pour atteindre la résidence de l'ambassadeur, où le petit garçon avait été certain que Monica attendait le retour de la famille.

Quand ils arrivèrent à la maison, le bruit des émeutiers qui se rapprochaient de tous les côtés fit craindre le pire à Pid. Mustang avait déjà prévenu par radio qu'il leur était impossible de revenir à l'ambassade en sécurité. Elle était complètement entourée par la foule ingérable et c'était trop dangereux. Mustang leur ordonna de rester en contact et de lui faire savoir quand ils auraient communiqué avec Monica. Ils allaient trouver un endroit sûr et un moment ultérieur pour les récupérer par hélicoptère une fois le sauvetage accompli.

Pid et Slate se faufilèrent en silence vers la maison de l'ambassadeur. Il n'y avait aucune lumière à l'intérieur, ce qui ne présageait rien de bon pour leurs chances de trouver leur objectif. Ils s'approchèrent par l'arrière, à l'écart de la rue.

— Merde, dit Slate en voyant une porte coulissante en verre. Elle était brisée en un million de petits morceaux. Les éclats de verre craquèrent quand les deux hommes s'avancèrent lentement, leurs armes à la main.

En s'arrêtant pour écouter, Pid n'entendit aucun bruit venant de l'intérieur. Son cœur battant très fort dans sa poitrine, il passa devant et entra dans la maison sombre.

Il n'y avait personne dans le salon et dans la cuisine, et aucun signe de Monica ou de qui que ce soit d'autre. Conscients de la foule qui s'approchait, et de leur fenêtre de temps pour trouver la nounou insaisissable qui se rétrécissait très vite, Pid et Slate se dirigèrent vers les escaliers.

Tout en haut, Pid fit signe à son coéquipier de vérifier les chambres sur la droite pendant qu'il s'occupait de celles sur la gauche. Il vérifia la salle de bains et ce qui était manifestement une chambre d'enfant avant d'entrer dans la chambre des parents. Elle était plongée dans l'obscurité, comme le reste de la maison, et il n'y avait toujours aucun signe de la nounou.

Après avoir vu que la salle de bains était vide, puis regardé sous le lit et dans le placard, Pid baissa légèrement son arme. Il n'y avait personne. La maison était vide.

Dans ce cas, pourquoi se sentait-il si mal à l'aise ? Pourquoi la porte vitrée au rez-de-chaussée était-elle brisée de l'extérieur ? Quelqu'un était-il entré en forçant la femme à s'enfuir ?

Dans la chambre des parents, Pid fronça les sourcils. Rien ne semblait être déplacé. Le lit était fait, les tiroirs étaient fermés, et les vêtements dans l'armoire étaient toujours bien accrochés. Il n'y avait aucun signe de cambriolage. Pourtant... quelque chose le tracassait.

Il fit un pas de plus vers la commande la plus proche et ouvrit le tiroir du haut.

Gagné.

Alors qu'au premier coup d'œil, la maison semblait en ordre, quelqu'un était bien venu là. Les vêtements dans le tiroir étaient en désordre, comme si quelqu'un avait fouillé dedans. En ouvrant quelques tiroirs de plus, Pid vit qu'ils avaient été fouillés également. Le ou la coupable était assez perspicace pour ne pas laisser de signes extérieurs de sa présence.

Un bruit derrière lui poussa Pid à se retourner en préparant son arme.

— Le reste de la maison est vide, dit Slate doucement.

En hochant la tête, Pid se força à se détendre. Tentant sa chance, il inspira profondément et cria :

— Monica ? Si vous êtes dans la maison, vous pouvez sortir en toute sécurité ! Je suis un SEAL de la Navy et je suis ici pour vous conduire en lieu sûr.

La voix de Pid résonna dans la chambre et il n'y eut pas de réponse de Monica ou de quelqu'un d'autre.

Slate haussa les épaules.

— Ça valait le coup d'essayer, dit-il à son ami.

Ils entendirent une explosion venant de l'extérieur, puis une foule qui criait de joie.

— Merde, il nous faut sortir d'ici avant qu'ils lancent une bombe incendiaire sur cette maison, dit Slate.

Pid hocha la tête. Il suivit son coéquipier hors de la chambre... mais quelque chose le poussa à se retourner et à regarder derrière lui une dernière fois.

— Attends, dit-il précipitamment.

Slate se retourna.

— Quoi ? Qu'est-ce qui ne va pas ?

— Il y a quelque chose qui cloche, affirma Pid. Regarde cette chambre. Elle est... asymétrique... ?

Il n'arrivait pas à croire qu'il ne l'avait pas remarqué dès l'instant qu'il était entré dans cet endroit.

La fenêtre du mur opposé n'était pas bien centrée, ce qui

n'aurait pas été surprenant en temps normal... sauf que dans toutes les autres chambres, la fenêtre du mur de la façade était parfaitement centrée. Dans la chambre des parents, il y avait environ un mètre et demi à droite de la fenêtre, mais seulement soixante centimètres sur la gauche. L'architecte l'avait peut-être fait exprès... mais Pid ne le pensait pas.

Il scruta la chambre. Il ne savait pas ce qu'il cherchait...

Son niveau d'adrénaline monta d'un coup quand il vit un endroit sur le mur qui n'était pas complètement plat.

Il aimait penser qu'il l'aurait remarqué tout de suite si la luminosité avait été adéquate. Et maintenant qu'il l'avait vu, le fait qu'il n'y avait pas de meubles contre ce mur – alors que presque toutes les autres chambres possédaient des étagères de livres, une commode, même un fauteuil contre un mur – était un signe évident qu'il y avait une sorte d'espace derrière.

Pid fit signe à Slate et son coéquipier hocha la tête en levant son arme, pointant vers la partie du mur qui n'était pas tout à fait plate. En approchant tout doucement, Pid crut voir le contour d'une porte presque imperceptible.

La situation était compliquée. Pid ne savait pas exactement comment ouvrir la porte et fouiller pour trouver le mécanisme allait montrer ses intentions à la personne qui se cachait éventuellement derrière le mur.

— SEAL de la Marine américaine, cria-t-il une fois de plus, en espérant fortement que c'était Monica qui se cachait derrière le mur et pas quelqu'un d'autre. Quand il fit un pas en avant, il pensa brièvement que c'était peut-être la nounou elle-même qui avait fouillé dans les affaires de l'ambassadeur.

Il fut surpris de ne pas avoir à découvrir comment entrer dans la cachette. La fente dans le mur qui avait attiré son regard s'élargit...

Et soudain, Pid se retrouva nez à nez avec le canon d'un pistolet.

— Ne t'approche pas. Ça ne me gêne pas de te faire exploser la tête, dit une voix de femme.

* * *

Monica Collins dut faire des efforts pour ne pas vomir. Le temps n'avait plus eu de sens pendant qu'elle était restée enfermée dans la salle sécurisée. L'ambassadeur l'avait fait installer juste après avoir emménagé. Il y avait stocké un peu de nourriture, des couvertures… et surtout, un pistolet.

Après avoir couru en haut des escaliers quand les SEALs étaient arrivés à la porte de derrière, elle était passée tout droit dans cette pièce. Les murs ne pouvaient pas arrêter les balles, mais l'ambassadeur espérait que l'espace pourrait garder sa famille en sécurité et les cacher si quelqu'un s'introduisait un jour dans la maison à la recherche d'objets de valeur.

Monica avait toujours cru que ce n'était pas une très bonne idée. Son père lui avait appris que la pire position dans laquelle on pouvait se trouver, c'était celle où l'on était acculé. Son enfance avait été un enfer, mais une des choses qu'il lui avait inculquées était de ne jamais abandonner. *Jamais.*

Elle avait vu le SEAL fouiller la maison de l'ambassadeur. Quelqu'un d'autre l'avait vite rejoint, et Monica avait entendu leurs jurons à voix basse de plus en plus énervés parce qu'ils n'arrivaient pas à la trouver. Elle avait attendu en silence derrière le mur, regardant les minuscules écrans de sécurité, les voyant ouvrir les tiroirs et voler tous les objets de valeur qu'ils trouvaient.

Elle les avait vus quitter la maison, et avait cru être en sécurité jusqu'à ce que quelqu'un d'autre apparaisse sur les écrans de sa cachette. Mais quand elle étudia la vidéo, elle comprit que ces hommes n'étaient pas les mêmes qui avaient fouillé la maison auparavant.

En l'entendant crier que c'était également un SEAL, Monica eut la chair de poule. Elle supposait qu'ils étaient avec les deux autres hommes prétendant faire partie de la Marine américaine, peut être envoyés pour la chercher une fois de plus. Apparemment, ils n'avaient pas l'intention de partir tant qu'elle n'avait pas été retrouvée.

Très bien. Si ces hommes voulaient une confrontation, ils allaient l'avoir.

Elle n'était pas stupide. Elle savait qu'elle avait très peu de chances de sortir saine et sauve de la maison. D'autant plus qu'ils étaient deux et qu'elle était seule. Mais si elle pouvait en abattre un immédiatement, peut-être pouvait-elle sortir de la maison et disparaître. Parcourir les rues d'Alger dans l'obscurité n'était pas une bonne façon de passer son temps, mais elle ne pouvait pas faire la fine bouche. Tant qu'elle parvenait à fuir ces militaires manifestement corrompus, elle pouvait toujours réfléchir plus tard. Elle était la fille de son père. Et il lui avait enseigné beaucoup de choses.

N'aie confiance en personne d'autre que toi-même.

Protège ce qui est à toi.

N'hésite pas à tirer.

En frissonnant à l'idée des « leçons » apprises par son père, Monica serra la main droite autour du pistolet.

Des pas légers s'approchèrent de sa cachette et Monica sut que c'était le moment. Le SEAL avait réussi à comprendre où elle était. Malgré tout, le moindre élément de surprise pouvait lui donner un avantage dont elle avait bien besoin dans cette situation.

Les doigts inexistants de sa main gauche la lancèrent. Ils avaient été amputés vingt ans auparavant, mais la douleur fantôme s'éternisait. La pièce de sécurité était plongée dans l'obscurité, mais elle n'avait pas besoin de voir sa main pour savoir à quoi elle ressemblait. Quatre moignons étaient tout ce qui restait de ses doigts. Ils avaient tous été amputés au niveau de la deuxième articulation. Les médecins avaient essayé de les sauver, mais les dégâts étaient trop étendus et quand ses parents l'avaient conduite à l'hôpital, trop de jours s'étaient écoulés depuis « l'accident ».

En entendant un bruit de l'autre côté du mur, Monica se força à se concentrer. Elle leva la main gauche pour équilibrer le pistolet, inspira profondément... et poussa la porte assez loin pour qu'il voie le canon du pistolet. Elle ordonna de son ton le plus menaçant :

— Ne t'approche pas. Ça ne me gêne pas de te faire exploser la tête.

Monica n'avait pas tellement réfléchi au-delà de ce moment. Elle se dit que le SEAL allait faire de son mieux pour la convaincre de poser son arme et peut-être même se moquer d'elle. Au fil des années, les gens l'avaient systématiquement sous-estimée. Avec son mètre soixante et à peine plus de cinquante kilos, elle était menue. Son père lui avait toujours dit qu'elle pouvait utiliser sa toute petite taille pour faire croire à l'ennemi qu'elle n'était pas une menace. Ensuite, elle pouvait frapper.

Détestant le fait que ses pensées reviennent sans cesse à l'homme qui avait fait de sa vie un enfer pendant seize ans, Monica plissa les yeux en essayant de voir le SEAL à travers l'entrebâillement de la porte.

Le moment où elle s'était perdue dans ses pensées lui coûta cher.

Entre un battement de cœur et le suivant, le SEAL avait bougé.

Monica poussa un cri de douleur quand la porte s'ouvrit en grand et qu'il frappa l'arme hors de sa main. Cela se produisit si vite qu'elle n'eut pas le temps de tirer sur la gâchette. Avant même que l'arme frappe le sol, il l'avait retirée de sa cachette et retourné son dos vers lui, faisant passer un énorme bras autour de sa taille et coinçant les siens contre son corps.

Elle fit de son mieux pour se débattre, mais c'était inutile. Il l'avait désarmée et rendue immobile en moins de cinq secondes. Si Darren Collins avait été en vie, il aurait été dégoûté.

— Je suppose que vous êtes la nounou, dit l'homme derrière elle d'une voix traînante.

Son ton amusé énerva Monica. Il ne semblait pas perturbé qu'elle ait failli lui tirer dessus.

— Laissez-moi partir ! ordonna-t-elle aussi énergiquement que possible.

Il ne la lâcha pas d'un millimètre. Sinon, elle aurait peut-être réussi à lui échapper. Mais où aller ?

— J'ai récupéré l'arme, dit une deuxième voix grave derrière eux.

Merde. Elle avait déjà oublié l'autre SEAL. Elle se sentit soudain prise de panique.

L'homme qui la tenait sembla la lire comme un livre ouvert et dit :

— Du calme. Vous êtes en sécurité. Ne m'avez-vous pas entendu dire que j'étais un SEAL ? demanda-t-il.

— Je vous ai entendu, dit-elle en sachant que l'amertume de sa voix était très claire.

— Nous devons partir, Pid, dit l'autre.

Monica fronça les sourcils. Elle ne savait pas du tout quel genre de nom était Pid, mais elle ne l'aimait pas.

— Si je vous lâche, allez-vous vous battre ? demanda l'homme qui la tenait.

— Ça dépend, répondit-elle franchement.

— De quoi ?

— Si vous essayez de me violer ou pas.

— Quoi ? réagit l'homme derrière eux, incrédule.

— Je m'appelle Stuart. Stu pour faire court. Mes amis m'appellent Pid, dit son ravisseur.

— Tes amis ne sont pas très gentils, rétorqua Monica,

comprenant soudain comment il avait eu son surnom.

— Malheureusement, on ne peut pas choisir son surnom. Le surnom te choisit, répondit Stuart.

— Sérieusement, Pid... il faut partir, répéta l'autre type.

— Dans une seconde. L'homme derrière moi s'appelle Slate. Son vrai nom est Duncan Stone.

— Je sais ce que tu fais, annonça Monica.

Elle aurait aimé voir le visage de l'homme qui la tenait, mais il la serrait trop fermement pour qu'elle puisse incliner son corps et apercevoir son visage.

— Que fais-je ? demanda-t-il.

— Tu essaies de me donner confiance en donnant l'impression que ton ami et toi vous êtes inoffensifs. Ça n'arrivera pas. Jamais. Particulièrement pas après que ton *autre* ami ait tiré dans la porte au rez-de-chaussée.

— Mon autre ami ?

Monica serra les dents. Elle ne supportait pas sa façon de faire l'innocent.

— Oui.

— Je déteste ne pas être d'accord avec une dame, mais ce n'était pas quelqu'un que je connais. Qu'est-ce qui vous fait croire le contraire ?

Monica ricana.

— Bien sûr que tu le connais ! Combien d'autres gens se promènent en frappant aux portes et en prétendant être des SEALs de la Navy ?

— Putain, maugréa Slate.

— Il n'était pas avec moi, répéta calmement Stuart.

Monica eut un nouveau rire de dédain.

— Mais bien sûr.

— C'était il y a combien de temps ?

— Je ne sais pas. Une demi-heure, peut-être ? Il est parti juste avant votre arrivée.

Elle ne savait pas pourquoi elle répondait à cet enfoiré.

— Bon. Il y a une demi-heure, Slate et moi étions sur le toit de l'ambassade américaine. Nous avons rencontré l'ambassadeur et sa famille, et un petit garçon m'a supplié de trouver sa nounou. Il a dit qu'elle attendait qu'ils rentrent à la maison avec sa mère, son père et son frère. Je lui ai promis de vous trouver et de faire en sorte que vous soyez en sécurité.

Monica s'immobilisa et déglutit. C'était précisément quelque chose qu'August aurait pu faire. C'était un petit garçon de sept ans très sensible. Et le fait qu'il s'inquiète pour elle lui brisa presque le cœur.

— Alors, vous voyez, nous étions occupés il y a une demi-heure et loin d'ici. Et il n'y a pas d'autres SEALs étant donné que tout le monde – sauf nous – est en ce moment en train de faire de son mieux pour évacuer l'ambassade. Vous êtes sûre qu'il a dit être un SEAL ?

Monica ricana encore. Pourquoi les hommes pensaient-ils toujours qu'elle était si bête ? Était-ce parce qu'elle était petite ? Une femme ? Blonde ?

— Bon. Évidemment que vous en êtes sûre. Slate ?

Pendant une seconde, Monica pensa qu'il lui parlait toujours, mais quand son ami commença à parler vite et à voix basse, elle comprit qu'il avait posé une question à son ami en ne disant que son nom.

Avant qu'elle puisse se concentrer sur ce que disait Slate, Pid la fit tourner sur elle-même. Il serrait ses avant-bras avec force, alors elle ne pouvait pas tendre les mains et attraper une des nombreuses armes que l'homme avait accrochées sur son torse. Maintenant qu'elle était face à lui, elle était encore plus certaine que ce n'était pas un des hommes qu'elle avait vus plus tôt. Mais ce n'était pas parce qu'il n'avait pas fait exploser la porte qu'il ne travaillait pas avec le SEAL qui s'en était chargé.

Cet homme avait une légère barbe naissante... ce qui ne retirait rien à son apparence. Elle ne faisait que souligner sa beauté. Il était grand, même si tout le monde semblait grand pour Monica. Elle devina qu'il faisait au moins un mètre quatre-vingt-deux. Peut-être plus. Il avait des yeux sombres qui étaient fixés sur elle et son nez était tordu, comme s'il avait été cassé. Il fronçait les sourcils en la regardant.

— Quoi ? lâcha-t-elle, mal à l'aise à cause du regard insistant.

— Pouvez-vous décrire l'homme qui a prétendu être un SEAL ?

Monica y réfléchit une seconde. Le pouvait-elle ? Elle soupira.

— Pas vraiment. Il était plus vieux que toi. Il portait un pantalon de camouflage vert et un tee-shirt. Sa bouche et son nez étaient couverts par un fichu ou autre chose, et il me donnait la chair de poule.

Stuart fronça les sourcils. Monica eut l'impression que ce n'était pas à cause d'elle, mais plutôt parce qu'il réfléchissait à quelque chose.

— Nous avons environ trois minutes avant que la foule nous assaille, prévint Slate.

L'homme qui la tenait ne détourna pas le regard en hochant la tête.

— Voilà ce que je propose, dit-il calmement. Nous devons dégager d'ici. Mais je dois être certain que vous n'allez pas nous tirer une balle dans la tête. Nous sommes les gentils. Je ne sais pas qui est cet autre type prétendant être un SEAL, mais il n'était pas avec nous. Nous sommes ici à cause d'un petit garçon qui aimait suffisamment sa nounou pour avoir le courage de nous approcher. J'aimerais tenir ma promesse pour ce gamin… et j'ai besoin de votre aide pour le faire.

Monica pinça les lèvres en réfléchissant à toute vitesse. S'il n'avait pas mentionné August, elle aurait continué à résister… mais elle ne voulait surtout pas traumatiser davantage le petit garçon. Le fait qu'August ait pensé à elle au milieu d'un sauvetage la poussa à céder.

— Je ne vous tirerai pas dessus, dit-elle franchement.

Elle ne mentionna pas le fait qu'il l'avait désarmée de son unique pistolet.

— Faites-moi confiance, dit Stuart doucement.

— Je n'ai confiance en personne, rétorqua Monica.

Il la fixa longuement, comme s'il essayait de lire dans ses pensées ou de la faire changer d'avis simplement en la regardant dans les yeux.

Impensable. Monica n'avait pas menti. Les seules personnes de sa vie qui ne l'avaient jamais déçue étaient les enfants dont elle s'était occupée au cours de sa carrière. Ils n'avaient pas encore été blasés ou corrompus par la vie. Ils étaient sincères et honnêtes.

Tous les adultes dans sa vie l'avaient déçue d'une façon ou d'une autre. À commencer par les deux personnes qui étaient censées la protéger de tout le monde : ses parents.

Son père lui avait seulement appris que les militaires étaient effrayants et qu'on ne pouvait pas leur faire confiance, et sa mère lui avait appris qu'elle était complètement seule.

— Vous ne le croyez peut-être pas, mais vous pouvez me faire confiance, lui dit Stuart.

Elle ne pouvait pas penser à lui sous le nom de Pid. C'était un surnom ridicule. Même en sachant qu'elle ne le reverrait jamais après qu'il l'aurait accompagnée en lieu sûr, elle refusait d'utiliser le nom dont se servaient ses copains militaires.

— Ils sont devant la maison, dit Slate.

Monica fut très surprise de ne pas entendre la panique dans la voix de l'autre homme.

Sans un mot de plus, Stuart lâcha ses bras et se tourna légèrement en faisant passer les doigts de la main droite de Monica dans la taille de son pantalon.

— Quoi que vous fassiez, ne lâchez pas, lui dit-il. Si les choses dégénèrent, restez avec moi. Quoi qu'il arrive.

— N'avez-vous pas peur que je sorte ce gros couteau de son étui sur votre flan et que je l'utilise contre vous ? demanda Monica.

Stuart secoua la tête.

— Non.

— Pourquoi ? insista-t-elle quand ils se dirigèrent vite vers l'escalier et l'arrière de la maison.

— Parce que si vous le faites, nous sommes morts tous les deux. Vous avez travaillé dur pour rester en vie jusqu'à maintenant, alors je me dis que je suis en sécurité au moins jusqu'à ce que nous sortions de la maison et que nous nous soyons éloignés de la foule qui s'approche.

Monica soupira. Merde. Il avait raison. Elle n'aimait peut-être pas les soldats ni le fait qu'elle ait besoin de l'aide de Stuart et Slate, mais elle n'avait pas envie de mourir.

Utilise les atouts à ta disposition.

C'était autre chose que son père lui avait fait entrer dans le crâne et maintenant, même si elle détestait ça, Stuart et Slate *étaient* des atouts. L'avenir lui dirait s'ils continuaient à être utiles ou s'ils allaient se transformer en handicap. Monica n'était pas convaincue qu'ils n'étaient pas avec l'autre SEAL qui avait tiré dans sa porte. Les deux paires d'hommes travaillaient peut-être ensemble, profitant de la situation instable en ville pour voler tout ce qu'ils pouvaient dans les maisonnées de l'ambassade américaine pendant que les occupants étaient évacués.

Sans un mot, Monica s'accrocha à la ceinture de Stuart pendant que Slate et lui ouvraient la voie pour sortir de la maison, par-dessus le verre brisé de la porte. Elle frissonna en se souvenant du regard de l'autre SEAL quand il l'avait fixée depuis l'autre côté de la vitre.

Elle comprit soudain pourquoi il lui avait fait si peur. Il lui

rappelait son père. Il y avait quelque chose de simplement...
déséquilibré dans ses yeux.

Elle n'avait rien vu dans les yeux de Stuart qui lui rappelait
son père, mais ça ne voulait pas dire grand-chose. Son père
avait été capable de cacher sa folie au monde la plupart du
temps. Ce n'était que quand il était à la maison avec sa famille
qu'il laissait apparaître sa véritable identité.

— Accroche-toi, lui rappela Stuart. Quoi qu'il arrive.

Monica hocha la tête. Elle entendait les cris de centaines de
personnes. Ils étaient proches. Trop proches. Il n'y avait pas de
palissades autour des maisons du quartier, et elle n'avait jamais
été aussi ravie que ce soit le cas que lorsque Stuart et Slate la
conduisirent dans l'obscurité, loin de la maison où elle avait
vécu pendant l'année passée.

À moins d'un pâté de maisons de là, un bruit poussa
Monica à tourner la tête pendant qu'elle trébuchait à la suite
de Stuart.

S'ils avaient quitté la maison trente secondes plus tard, ils
auraient été à l'intérieur quand quelqu'un avait jeté le cocktail
Molotov dans le salon. Elle vit des dizaines de personnes
applaudir et sauter de joie quand la belle maison prit feu.

Toutes ses affaires étaient à l'intérieur. Ses vêtements. Les
dessins qu'August et Remington avaient faits pour elle. Mais
elle avait déjà repris à zéro auparavant. Elle pouvait recommencer. Elle avait ses papiers d'identité sur elle, elle les avait
toujours sur elle. Elle avait même un peu d'argent.

Darren Collins avait été un enfoiré, un père horrible, un
homme paranoïaque et violent, mais il lui avait appris
quelques éléments utiles. Les plus grandes leçons parmi
toutes : ne baisse jamais ta garde, ne fais confiance à personne
et assure-toi d'avoir toujours tes papiers d'identité et des
espèces sous la main, en cas de besoin.

Monica ne savait pas du tout ce qui allait se passer dans le
futur, mais elle allait s'en sortir. C'était une survivante.

En fléchissant sa main gauche abîmée, elle inspira profondément pendant que Stuart la guidait dans l'obscurité d'Alger. Elle allait bientôt dire au revoir et bon débarras à cet homme et son coéquipier, ce n'était qu'une question de temps. Plus elle pouvait s'éloigner de tout ce qui était lié à l'armée, plus elle se sentait en sécurité.

CHAPITRE DEUX

Pid était très conscient de la femme dans son dos, même si elle n'avait pas prononcé un mot depuis qu'ils avaient réussi de justesse à s'échapper de la maison avant qu'elle parte en fumée. Il avait beau lui avoir dit ne pas craindre qu'elle prenne son couteau et qu'elle l'utilise contre lui, il n'était pas franchement certain à cent pour cent qu'elle ne le ferait pas.

Il n'avait jamais été dans une situation où son équipe et lui sauvaient quelqu'un de si ouvertement hostile. Certains étaient morts de peur, d'autres méfiants au début, mais en général ils finissaient par se détendre quand ils comprenaient qu'ils étaient sur le point d'être sauvés. D'autres étaient exigeants.

Dans ce cas précis, il était certain que Monica lui aurait tiré dessus s'il n'avait pas bougé aussi vite qu'il l'avait fait. Et apparemment, plus elle passait de temps avec Slate et lui, plus sa méfiance grandissait. C'était déroutant.

Le fait que l'homme ayant tiré dans la porte avait prétendu être un SEAL n'aidait pas, mais il pensait que son comportement antagoniste était antérieur à cet événement. Pid ne savait pas comment l'idée lui était venue, mais quand il l'avait regardée dans les yeux, il y avait vu un niveau de peur qu'il avait rarement perçu auparavant. Elle cherchait à les intimider, mais quelqu'un avait traité cette femme comme de la merde... et ça le rendait furieux. Pid avait envie de casser la gueule à celui ou celle qui lui avait appris à être aussi méfiante.

Il n'avait pas non plus manqué de remarquer sa main gauche défigurée : c'était la raison pour laquelle il avait attrapé sa main droite pour l'accrocher à sa ceinture.

Il se surprit à vouloir des réponses. Comment s'était-elle blessé la main ? Qui l'avait rendue aussi méfiante envers les militaires ? Pourquoi son comportement avait-il changé instantanément à la simple mention des jeunes garçons dont elle avait la charge ?

Mais elle était une mission, rien de plus, rien de moins. Dès que Slate et lui allaient rejoindre leur équipe et déposer Monica avec les autres personnes évacuées, les SEALs allaient repartir à Hawaï.

Les bruits de la foule incontrôlable dans leur dos poussèrent Pid à marcher un peu plus vite. Slate les précédait de quelques mètres, tournant constamment la tête à l'affût des ennuis. Monica resta silencieuse pendant qu'ils traversaient les jardins et les ruelles pour éviter les rues principales.

Juste au moment où Pid crut qu'ils étaient arrivés et qu'ils allaient pouvoir rejoindre le lieu de rendez-vous sans problème, Slate s'arrêta brusquement, puis il se tourna et revint vers eux. Son visage exprimait tout ce que Pid avait besoin de savoir.

— Nous ne pouvons pas aller par là, dit-il.

Pid entendit les cris d'un autre groupe de manifestants bagarreurs devenir de plus en plus forts à mesure qu'ils s'approchaient d'eux. Il se tourna pour rassurer Monica ; Slate et lui allaient la garder en sécurité. Elle avait le regard fixé sur son torse, le visage entièrement dénué d'expression.

— Ça prendra plus longtemps, mais nous allons faire le tour par l'est, proposa Slate.

Pid hocha la tête et ils avancèrent à nouveau rapidement en essayant de se montrer plus habiles que les manifestants. Monica trébucha une fois, mais elle resta debout en se tenant à la taille de Pid. Il avait pris son bras pour essayer de l'aider, mais elle avait chassé sa main.

— Je vais bien, lui dit-elle d'un ton plein de ressentiment.

Beaucoup d'hommes auraient pris son comportement comme une insulte. Ils auraient laissé cela affecter la façon dont ils la traitaient. Mais Pid n'était pas de ceux-là. Plus elle était distante, plus il voulait savoir pourquoi. Elle agissait si différemment de la plupart des gens dans cette situation qu'il devait y avoir une raison.

Il était aussi assez honnête pour admettre qu'en dépit de son attitude irritable, il trouvait cette femme attirante. Et remarquer l'apparence de quelqu'un au milieu d'une opération ne lui ressemblait *pas du tout*. Il était toujours très professionnel et n'avait jamais ressenti une once d'attirance envers quelqu'un pendant qu'il était en mission de sauvetage.

Mais il y avait quelque chose dans la contradiction entre son physique vulnérable et son attitude féroce qui le touchait. Pid n'avait pas un genre de femme préféré. Il avait fréquenté des brunes, des rousses, des blondes... grandes, petites, avec des courbes, sportives, minces... artistiques, analytiques, libérales, conservatrices... il était sorti avec toutes.

Mais depuis que Monica avait menacé de lui tirer dessus, quelque chose s'était réveillé dans sa psyché et il l'avait remarquée. Elle faisait presque trente centimètres de moins que lui, mais il avait senti les muscles de sa silhouette menue quand il l'avait tenue. Elle avait attaché ses cheveux en une queue de cheval pragmatique et les mèches légères s'étaient accrochées à sa barbe naissante. Il avait vu l'émotion intense dans ses yeux bleu clair, même si le reste de son visage était demeuré impassible en dehors de la légère rougeur de ses joues trahissant sa colère.

Il se doutait qu'elle avait plus de passion dans son petit doigt que la plupart des gens dans leur corps tout entier. Elle faisait de son mieux pour la contenir, mais Pid la voyait mijoter dans ses yeux. Il avait l'impression que quand elle lâchait tout, lâchait véritablement tout, elle devait être impressionnante.

Pid était certain d'une chose : celui qui allait réussir à percer le mur extrêmement épais qu'elle avait érigé autour d'elle serait un homme chanceux.

Même si c'était totalement inapproprié, il se dit qu'il pourrait vouloir être cet homme.

Puis il secoua la tête en se disant qu'il était ridicule. Elle allait partir dès qu'ils auraient rejoint les autres citoyens évacués. Et il était certain qu'elle ne jetterait pas un coup d'œil en arrière.

En se rappelant cela, Pid fit de son mieux pour se concentrer sur la mission en cours. Il fallait sortir de ce quartier et évacuer la nounou et eux-mêmes.

Mais ça n'allait pas être aussi facile qu'ils l'avaient espéré. La quantité de manifestants dans le quartier avait augmenté depuis qu'ils s'étaient faufilés dans les rues. C'était comme si quelqu'un avait décidé que c'était la saison de chasse des maisons du quartier huppé.

Dès que cette pensée lui passa par la tête, Pid sut que c'était exactement ce qui était arrivé. Et avec l'effet de meute, il suffisait que quelques personnes commencent à piller pour que d'autres suivent.

— Il nous faut trouver un endroit pour nous cacher un moment, dit Pid à Slate.

Son coéquipier hocha la tête. Le plus dur était de trouver un lieu qui n'était pas une cible pour les opportunistes cherchant à voler tout ce qu'ils pouvaient. L'air était déjà chargé par les odeurs de fumée à cause des maisons brûlées après avoir été vidées.

— Il y a une espèce d'usine abandonnée quelques rues plus loin, suggéra Monica.

Pid et Slate se tournèrent tous les deux pour la regarder. Elle leva le menton, comme si elle ressentait le besoin de défendre sa suggestion.

— J'aime me promener pendant mon temps libre. Ça me détend et ça me permet de réfléchir. Le bâtiment semble assez sûr, il n'y a plus de machines ni quoi que ce soit là-dedans. Juste un tas de cartons vides et de vieux bois. Quand il ne fait pas beau, certains des enfants du quartier l'utilisent pour jouer au foot... parce que le rez-de-chaussée est entièrement ouvert, sans être coupé par des murs.

— Dans quelle direction ? demanda Slate.

Monica poussa un soupir qu'elle avait manifestement retenu. Il était évident qu'elle s'était attendue à ce qu'ils rejettent sa suggestion. Elle décrocha la main de sa ceinture et pointa vers la droite.

Slate hocha la tête et se dirigea vers l'endroit indiqué. Monica commença à le suivre, et Pid lui attrapa la main. Il ne faisait pas attention et il comprit dès que ses doigts se refermèrent autour de sa main qu'il avait attrapé la gauche. Celle à laquelle il manquait des doigts.

Monica réagit si rapidement qu'elle surprit Pid. Elle retira sa main et siffla :

— Ne me touche pas !

Pid leva les mains en signe de capitulation.

— Je suis désolé.

— Je suis sérieuse. Personne ne touche ma main. *Personne.*

Il hocha la tête.

— Encore une fois, je suis désolé.

Ils se fixèrent pendant un moment avant que Monica baisse le regard, les joues rouges à nouveau.

— J'essayais juste de t'aider à attraper la ceinture.

— Tu n'es pas obligé de me malmener. Il te suffit d'utiliser tes mots, dit-elle d'un ton caustique.

Étonnamment, ses paroles et son ton ne perturbèrent pas Pid. Mais il n'osa pas sourire. Il avait l'impression qu'elle allait supposer à tort qu'il se moquait d'elle. Ce n'était pas le cas : ce qu'elle avait dit donnait simplement l'impression qu'elle parlait à un de ses enfants. Il n'avait pas sept ans, mais sa remarque était pertinente.

— Tu as raison. Je suis désolé. S'il te plaît, accroche-toi à moi, Monica. J'ai besoin de savoir que tu me suis en permanence.

Elle me fixa d'un air perplexe.

— Quoi ? demanda-t-il.

— J'ai juste... tu t'es excusé.

Ce fut au tour de Pid de ne pas comprendre.

— Oui. Je n'aurais pas dû t'attraper de cette façon. D'autant plus que je ne te connais pas. Personne ne s'est jamais excusé après t'avoir fait quelque chose de mal ?

Sa question avait pour but de détendre l'atmosphère, mais quand elle ne leva pas immédiatement les yeux au ciel en disant « évidemment »... il comprit que personne ne s'était peut-être jamais excusé auprès d'elle.

— Peu importe, marmonna-t-elle. Pouvons-nous partir ? Je ne veux surtout pas finir au milieu de cette foule démente.

Elle tendit la main droite et attrapa légèrement sa ceinture.

Pid eut envie de dire tant de choses à ce moment-là, il y eut tant de questions qu'il voulait poser, mais elle avait raison. Ils devaient quitter la rue et trouver un lieu sûr. Il prit la direction indiquée par Monica et rattrapa vite Slate qui les avait attendus sans beaucoup de patience.

— Si j'avais su que vous alliez vous arrêter pour bavarder, je vous aurais abandonnés, grommela Slate.

Pid secoua la tête.

— Tu es toujours si impatient, le gronda-t-il.

— Pff, souffla Slate.

Ils continuèrent tous les trois à traverser les rues, s'éloignant de tous les bruits de la foule avant d'arriver enfin à l'arrière d'un bâtiment en parpaings sombres. Ils se trouvaient au bord du quartier huppé, et dès le premier coup d'œil, Pid sut que c'était l'endroit parfait pour faire profil bas pendant un moment.

Il y avait de mauvaises herbes ici et là tout autour du bâtiment et la majorité des fenêtres avaient été cassées depuis longtemps. Il manquait les portes et l'ambiance de l'endroit était assez glauque.

— Les gamins viennent *ici* pour jouer ? demanda Slate, incrédule.

Pid fut surpris de voir que Monica semblait amusée.

— C'est ce que j'ai pensé la première fois que je l'ai vu. Mais quand tu veux jouer au foot et qu'il ne fait pas beau, c'est vraiment parfait.

— Je parie qu'il est hanté, dit Slate.

— Maintenant que tu en parles, j'ai effectivement entendu des bruits étranges quand j'étais là, mais je n'en ai pas tenu compte, rétorqua Monica.

Le visage de Slate fut très drôle. Monica le pensa aussi, car elle gloussa. Elle *gloussa*. Pid se moquait de savoir que ce n'était pas lui qui la faisait rire. Il était trop impressionné par la façon dont le sourire sur son visage modifiait toute sa contenance. Et pour la première fois, il remarqua qu'elle avait une fossette sur une joue.

Une putain de *fossette*.

Putain. Il adorait les fossettes.

— Merde, dis-moi que tu plaisantes, la supplia Slate.

— Je plaisante, dit docilement Monica, mais il était évident que c'était pour lui faire plaisir.

Une explosion dans une rue les poussa à agir. Slate entra

immédiatement dans le bâtiment menaçant, suivi de près par Pid et Monica.

— C'est par où ? demanda Slate.

Pid entendit un petit ricanement de la part de Monica avant qu'elle dise :

— C'est toi qui me le demandes ? C'est vous, les grands méchants SEALs de la Navy.

Il ne put s'empêcher de sourire. Voilà encore son côté irritable. Il ne pensait pas que sa légèreté allait durer, et il avait eu raison.

— Un grand méchant SEAL de la Navy qui n'est jamais entré ici. Toi, oui. Quelle direction ? répéta Slate sans la moindre irritation.

— Il y a un tas de cartons sur la gauche. La dernière fois que j'étais ici pour vérifier que les gamins du quartier allaient bien, j'ai vu un jeune garçon qui ne jouait pas au foot et qui a construit un château fort avec, dit Monica.

Sans un mot de plus, ils se dirigèrent tous les trois par là.

Monica avait raison. La vieille usine était une cachette temporaire parfaite. Les émeutiers n'allaient pas s'intéresser à cet endroit, car il était abandonné, il n'y avait rien de valeur à voler. Leur attention était focalisée sur les maisons des fonctionnaires du gouvernement.

En l'espace de cinq minutes, Pid et Slate eurent réorganisé les cartons vides pour leur donner à tous les trois la place de s'asseoir, protégés de la vue si quelqu'un décidait d'entrer dans le bâtiment. Ils n'étaient pas protégés des balles, mais Pid était à peu près certain qu'ils ne risquaient rien de ce côté-là pour le moment.

Monica s'était installée à plus d'un mètre d'eux. Pid n'aimait pas qu'elle ne soit pas à sa portée, mais comme il ne percevait pas de danger immédiat, il ne dit rien.

— Alors... Monica. C'est quoi, ton histoire ? demanda Slate.

Pid se retint de rire. Slate n'avait jamais été du genre à

tourner autour du pot. Il aimait aller tout de suite au fond des choses. Il supposa que cela faisait partie de son impatience.

Plus tôt, Pid s'était lamenté du fait que la Lune soit presque pleine ce soir-là, car elle empêchait de se déplacer sans être repérés, mais maintenant il était content. La lumière qui passait par les fenêtres sans vitres lui permettait tout juste de distinguer Monica assise contre le mur. Elle avait remonté les genoux et posé les bras autour, comme si elle se tenait pour ne pas craquer. Il n'aimait pas cette position défensive, mais Slate et lui étaient des inconnus, alors il ne pouvait pas vraiment lui en vouloir de ne pas être à l'aise.

— Je n'ai pas d'histoire, dit-elle sans coopérer avec la tentative de conversation de Slate.

Slate poussa un soupir.

— Bien sûr, dit-il sarcastiquement. Quel est ton nom de famille ?

— Collins.

— Quel âge as-tu ?

— Trente ans.

— Tu n'es pas très grande, tu ne dois pas faire beaucoup plus qu'un mètre soixante ou soixante-deux.

— Soixante.

Pid eut un petit sourire en coin. Ça ne se passait pas très bien. Il avait l'impression de savoir de quoi il fallait parler pour qu'elle se détende un peu.

— Comment as-tu obtenu le travail chez l'ambassadeur ? demanda-t-il.

Il vit ses muscles se détendre légèrement à cette question, et elle laissa un peu tomber ses épaules.

— J'ai posé ma candidature et j'ai été engagée, dit-elle, mais il y avait un peu moins d'animosité dans son ton, désormais.

— Aimes-tu être une nounou ? demanda Pid.

— J'adore. Autrefois, je voulais être institutrice, mais je n'ai pas pu parce que je ne pouvais pas payer les études. J'ai commencé à faire du baby-sitting pour gagner ma vie et j'ai découvert que ça me plaisait. Je m'entends bien avec les enfants, plus qu'avec les adultes. Ils sont presque trop francs. Ils vont toujours vous dire ce qu'ils pensent et ce qu'ils ressentent.

Au bout d'un instant de silence, même Pid fut surpris qu'elle continue.

— J'ai eu une série d'emplois pour du baby-sitting, et puis quelqu'un a demandé si je voulais être une nounou à plein temps pour leur enfant de deux ans. Cela a duré deux ans, jusqu'à ce que le couple quitte l'État. J'ai pris quelques autres postes de nounou avant que quelqu'un me mette en relation avec un couple qui déménageait en Israël pour un poste d'ambassadeur. Ils voulaient engager quelqu'un afin d'éduquer leurs trois enfants à la maison, et l'on m'a recommandée. Quand la famille s'est préparée à retourner aux États-Unis, ils m'ont demandé si j'aurais aimé partir en Algérie pour travailler chez Desmond Laws. J'ai bondi sur l'occasion. Et me voilà.

Pid hocha mentalement la tête. Elle avait été si contente de parler de son travail de nounou, que c'était comme si elle ne se rendait même pas compte d'avoir répondu à sa première question sur la façon dont elle avait obtenu le travail chez l'ambassadeur.

— Tu es clairement très douée dans ce que tu fais, lui dit Pid. Ce petit garçon était extrêmement inquiet pour toi, et même s'il avait peur, il a rassemblé son courage pour s'approcher de moi et me demander de te trouver.

Un petit sourire se forma sur le visage de Monica et une fois de plus, Pid aperçut sa fossette.

— Nous avons beaucoup parlé de sécurité et de faire ce qu'il fallait, dit-elle. Je ne sais plus où j'ai entendu cette expression, mais elle est restée, et je l'ai apprise aux garçons. « Être effrayé signifie que vous êtes sur le point de faire quelque chose de courageux. » Je suis certaine qu'August – car je suppose que c'est lui qui vous a parlé, son grand frère s'appelle Remington – était angoissé à l'idée de t'aborder de toi, mais j'espère qu'il s'est souvenu de cette expression et qu'il a été fier de lui ensuite.

Pid entendit l'assurance dans son ton quand elle parlait des enfants dont elle avait la charge. Elle paraissait presque aimable, ce qui était bien différent de son attitude froide depuis le moment où ils l'avaient trouvée.

Il ouvrit la bouche pour lui poser d'autres questions sur August et Remington, juste au moment où la voix de Mustang se fit entendre dans son oreillette.

— Chef d'équipe un. Vous m'entendez ?

— Cinq sur cinq, répondit Slate.

Pid pointa un doigt vers son oreille et dit doucement à Monica :

— C'est notre chef d'équipe qui demande des nouvelles.

Elle hocha la tête.

— Nous vous avons sur la carte, vous avez bien fait de vous cacher un moment. C'est vraiment le bordel dehors, annonça Mustang.

— C'était l'idée de Monica, dit Slate.

— Eh bien, personne n'ira fouiller dans un bâtiment vide, pas alors qu'il y a des maisons à piller une rue plus loin. Restez sur place aussi longtemps que possible. Dès que les foutues émeutes auront pris fin, nous vous enverrons un hélico pour tous les deux.

— Cinq sur cinq, dit Slate.

— Mustang ? demanda Pid.

— Oui ?

— Elle a dit que quelqu'un d'autre était venu dans la maison en prétendant être un SEAL. Il ne lui a pas inspiré confiance, et elle s'est cachée pendant qu'il tirait pour ouvrir la porte de derrière.

Il y eut un instant de silence à la radio avant que Mustang s'exclame :

— Putain de merde. Vraiment ?

— Oui.

— Je suppose qu'il ne l'a pas trouvée ? demanda Mustang.

— Tu supposes bien. Mais il y avait des traces indiquant que la maison avait été fouillée. Il a été malin, n'a pas tout détruit, a laissé les choses aussi propres que possible.

— Des affaires ont-elles été volées ?

— Nous n'avons pas eu le temps de rester pour vérifier.

— Veut-il savoir si le SEAL a volé quelque chose ? demanda Monica.

— Une seconde, dit Pid à Mustang, avant de hocher la tête vers Monica. Oui. Est-ce le cas ?

— Oui, répondit-elle sans hésiter.

— Comment le sais-tu ? demanda Slate.

— Desmond avait des écrans de surveillance dans la pièce sécurisée. Elles ne coûtaient pas cher, c'était juste un système bon marché qu'il avait acheté sur Internet et installé lui-même. Mais j'ai vu le SEAL et son complice passer de chambre en chambre. Ils ont pris quelques pistolets que Desmond avait cachés dans la maison. Ils ont aussi pris les bijoux et les espèces, et même ouvert le coffre-fort de l'ambassadeur qu'il avait au fond de son placard.

— Il n'était pas seul ? demanda Slate.

— Oui. Mais ils ne semblaient pas être des partenaires… si vous comprenez ce que je veux dire ? Ils n'ont pas beaucoup parlé. L'espèce de SEAL avait même l'air ennuyé par la présence de l'autre.

— Merde. Très bien. Qu'y avait-il dans le coffre-fort ?

— Des passeports, les actes de naissance, et beaucoup d'argent.

— Combien ? demanda Mustang par la radio dans l'oreille de Pid.

Slate avait manifestement ouvert le micro pour que leur chef d'équipe puisse entendre Monica.

— Combien d'argent ? Le sais-tu ? demanda Pid, puisque Monica ne pouvait pas entendre Mustang.

Elle secoua la tête.

— Je n'en suis pas certaine, mais sans doute plusieurs milliers. Desmond adorait garder des espèces sous la main en cas d'urgence.

— Ça ne l'a pas beaucoup aidé, hein ? marmonna Slate.

C'était une question rhétorique, mais Monica ne sembla pas s'en rendre compte.

— Non, effectivement. Il aurait mieux fait de garder d'autres affaires plus importantes sur lui en permanence.

Pid eut soudain un éclair de compréhension.

— Comme tu le fais ? demanda-t-il.

Monica parut surprise, mais elle reprit vite une expression neutre.

— Je ne sais pas de quoi tu parles.

— Je pense juste que ça te rendrait la vie bien plus facile si tu avais ton passeport sur toi en ce moment, lui dit Pid.

Personne ne parla pendant un long moment avant que Monica hausse les épaules et admette aussi nonchalamment que possible :

— J'ai mon passeport.

— C'est malin, dit Mustang à la radio. Mais pour le moment, je m'inquiète davantage de cet enfoiré qui prétend être un SEAL et qui saccage les maisons.

— Pareil pour moi, acquiesça Slate.

Pid garda les yeux rivés sur Monica. Elle le fascinait. Plus il découvrait de choses sur elle, plus il voulait en savoir.

— Ça me paraît louche qu'une partie de la ville qui n'était pas le site des principales manifestations se transforme soudain en épicentre des émeutes, poursuivit Slate.

— C'est aussi ce que j'ai pensé, avoua Mustang.

— Comme si quelqu'un avait fait courir le bruit que les occupants avaient fui et que leurs maisons étaient à prendre, songea Slate à voix haute. Le partenaire de l'enfoiré était sans doute un habitant local, heureux de passer le premier pour piller les maisons en échange d'avoir aidé à inciter à la violence.

— C'est possible. Je vais en parler au commandant, dit Mustang. Si quelqu'un prétend être un SEAL, il faut absolument empêcher ça.

— Je suis d'accord, dit Slate.

— Restez discrets. Je vous contacterai quand les choses se seront calmées. Peut-être dans quelques heures, affirma Mustang.

— Cinq sur cinq.

— Terminé.

Pid n'avait pas détourné les yeux de Monica. Il était évident qu'elle ne ratait pas grand-chose. De nombreuses personnes l'auraient ignorée à cause de sa taille et de son sexe, mais l'intelligence et la perspicacité de son regard étaient faciles à voir... si on la regardait.

— Alors, nous restons ici un moment ? demanda-t-elle.

— Oui. Mustang sait où nous sommes et il enverra un hélico dès que la voie est libre, dit Slate.

— Comment ?

— Comment quoi ? demanda Pid.

Monica le regarda.

— Comment ton ami sait-il où nous sommes ?

— Nous avons des pisteurs GPS, expliqua Slate.

Elle écarquilla les yeux de surprise.

— Vous laissez le gouvernement vous mettre des pisteurs dans le corps ? demanda-t-elle, incrédule.

Pid gloussa.

— Certainement pas. Mais en mission, nous avons vite

appris qu'il était très important que nos coéquipiers sachent où nous étions à tout moment.

Il passa la main dans une poche de sa veste et en retira un morceau de métal de la taille d'une pièce de vingt-cinq cents.

— Un pisteur.

— Et si ta veste est perdue ? Ou si elle est volée ? demanda-t-elle.

Slate montra ses chaussures.

— Et si on te prend tes chaussures ?

Elle ne lâchait rien. Mais elle avait raison. Quelqu'un lui avait appris à ne pas seulement être prudente, mais aussi méfiante… et quelques tactiques militaires également.

— Nous avons un ami qui est en quelque sorte un expert avec les pisteurs GPS. Il travaille indépendamment du gouvernement, et ça ne nous gêne pas du tout de le laisser nous surveiller quand nous sommes déployés.

Monica se pencha en avant, la curiosité prenant manifestement le dessus.

— Comment ?

— On pourrait te le dire, mais ensuite il nous faudrait te tuer, plaisanta Slate.

Tous les muscles de Pid se contractèrent. Il allait casser la figure à Slate plus tard pour avoir dit une telle chose. Cette femme n'avait déjà pas confiance en eux et ce commentaire n'allait pas aider.

Il fut surpris de voir Monica glousser une fois de plus.

Merde. Slate l'avait fait rire deux fois, maintenant.

Pid voulait faire apparaître cette fossette.

— Injecté ou avalé ? demanda-t-elle avec une perspicacité surprenante.

— Avalé, avoua Slate sans hésiter.

— Mais il ne reste qu'un jour environ dans votre estomac. Ça ne vous aide pas beaucoup lors d'un déploiement plus long, dit-elle.

Pid s'appuya contre le mur et écouta Slate et elle parler. Monica s'avérait être totalement fascinante.

— C'est vrai. Mais ce pisteur ne reste pas dans notre estomac. Il passe dans nos veines et nage dedans jusqu'à deux semaines avant de se dissoudre entièrement. Je ne comprends pas la partie scientifique, mais notre ami est un génie.

— Et vous en avez en réserve au cas où votre mission serait plus longue que deux semaines ? demanda-t-elle.

Slate hocha la tête.

Elle poussa un soupir et s'appuya à nouveau contre le mur.

— C'est d'une intelligence terrifiante, fit-elle remarquer.

— Oui, acquiesça Slate. Tex est un type que je suis content d'avoir de mon côté.

— Tu es certain qu'il est de votre côté ? Il pourrait vous trahir. Il y a beaucoup de gens et de gouvernements qui adoreraient mettre les mains sur une équipe de SEALs.

— Certain à cent pour cent, répondit Slate sans hésiter.

Monica ne fit pas de commentaire.

Ils restèrent tous les trois assis en silence pendant quelques minutes, écoutant les cris distants des manifestants dans le quartier à proximité.

— Alors... vos surnoms sont bizarres, dit Monica au bout de quelques minutes de plus.

Pid ne fut pas vexé. Au contraire, il était ravi qu'elle ait entrepris une forme de conversation.

— Ça pourrait être pire, dit-il en haussant les épaules.

— Pire que Stu-*pid* ? demanda-t-elle en soulignant la deuxième partie du mot.

— Oui, insista-t-il.

— Comme quoi ?

— Diva, proposa Slate.

— Porc, dit Pid.

— Pet, ajouta Slate.

— N'importe quoi, dit Monica en secouant la tête. Vous inventez ces noms.

— Pas du tout, insista Slate. Un type avec lequel j'étais au camp d'entraînement a reçu le nom de Pet, et il le méritait. Ce gamin pétait si souvent qu'il devait avoir un problème d'estomac. Et je parle de pets silencieux, mais mortels. Ils étaient si horribles que toute la caserne avait envie de vomir.

Et voilà encore cette fossette. Pid commençait à accepter qu'il était nul pour la faire sourire, mais ce petit détail de son visage le fascinait trop pour être jaloux.

— Tu te souviens de Limace ? demanda Pid à Slate.

— Évidemment. Cet enfoiré était le type le plus paresseux que j'ai jamais rencontré.

Pid se tourna vers Monica.

— À vrai dire, j'ai été soulagé quand Pid est resté. Petit, j'ai tellement souvent été appelé Little et Souris que j'ai appris à les détester tous les deux. Je ne sais pas si j'aurais pu supporter un de ces deux surnoms pendant le reste de ma vie.

— Stuart Little ? demanda-t-elle.

Pid grimaça et hocha la tête.

— Mais c'est un film si mignon, protesta-t-elle avec une petite moue.

Ça ne suffit pas à faire apparaître la fossette, mais Pid comptait ça comme un bon point quand même.

Il frissonna exagérément en secouant la tête.

— Non. Juste non, dit-il.

— Eh bien, je ne vois aucun mal à porter le nom de Stuart, dit-elle. Je refuse de t'appeler par ce surnom *stupide*.

Et tout à coup, Pid regretta que la situation ne soit pas différente. Il aurait aimé la rencontrer à l'épicerie à Hawaï. Ou peut-être sur la plage. Putain, il aurait même aimé qu'elle lui saute sur la tête, comme Kenna l'avait fait à Aleck quand ils s'étaient rencontrés pour la première fois.

Mais dans quelques heures, il allait dire au revoir et sans

doute ne plus jamais revoir Monica Collins. C'était vraiment dommage : elle était la première femme depuis très longtemps à éveiller son intérêt. Il y avait tant de strates chez cette femme qu'il lui faudrait sans doute une vie entière pour tout découvrir. Il se sentit regretter quelque chose qu'il n'avait jamais eu pour commencer.

— Quoi ? demanda-t-elle en utilisant le ton hostile qu'il avait entendu chez elle au début.

Pid haussa les épaules.

— Tu peux m'appeler comme tu veux.

Elle le fixa pendant un moment émotionnellement chargé avant de dire doucement :

— Bref.

— Qu'est-il arrivé à ta main ? demanda Slate dans le silence gêné qui suivit.

Pid retint son souffle. Pour une fois dans sa vie, il était ravi que Slate manque de savoir-vivre.

— Tu n'es pas très poli, lui dit Monica.

Slate haussa les épaules.

— Considère-moi comme un de tes gamins. Je vais droit au but, je dis les choses comme elles sont.

Elle ricana.

— Mais bien sûr. Tu n'es pas *du tout* comme les enfants que je garde. Tu es un militaire.

— Tu le dis avec un tel dédain, rétorqua Slate, que je pourrais en devenir complexé.

— Mais oui, bien sûr, répliqua Monica en levant les yeux au ciel.

— Alors, ta main ? Tu as eu faim un jour et tu as rongé tes doigts ? demanda Slate.

Pid ne fut pas surpris par la blague idiote de son ami. Il essayait de la pousser à parler.

— Non. Mon père voulait m'apprendre une leçon, alors il

m'a fait tenir le montant de la porte et il a claqué une porte en acier dessus.

Sa voix était presque monotone.

Pid retint son souffle de surprise. La colère suivit de près.

Monica continua à parler de la même voix sans émotion, comme si la façon dont c'était arrivé n'avait aucune importance.

— Mes doigts ont été cassés et la peau s'est fendue. Le lendemain, il m'a dit d'arrêter de faire le bébé et m'a emmenée à la chasse. Il m'a dit que nous allions rester dans le froid jusqu'à ce que j'abatte une biche. En attendant, je n'allais pas manger. Pas rentrer chez moi. Il m'a fallu deux jours, parce que j'étais gauchère et que j'ai dû tirer de la main droite. Puis il m'a obligée à l'écorcher et à la préparer avant que nous rentrions à la maison.

— Merde alors, souffla Pid, trop consterné pour dire autre chose.

Il ne pouvait absolument pas imaginer que l'on puisse faire cela à son propre enfant.

— Quel âge avais-tu, et quelles leçons essayait-il de t'apprendre ? demanda Slate doucement.

— Dix ans. Plus tôt dans la journée, il m'avait fait faire la course d'obstacles qu'il avait construite sur notre terrain, et quand je n'ai pas réussi à grimper sur le mur vertical, je lui ai demandé de l'aide. Il est monté et m'a aidée à passer, mais plus tard, après avoir écrasé ma main, il m'a dit que demander de l'aide avait des conséquences. Toujours. Et ma conséquence, c'était que ma main dominante se fasse écraser. Quoi qu'il en soit, évidemment, après avoir préparé la viande de la biche, ma main s'est infectée. Mais papa m'avait bien appris la leçon. Je n'ai pas demandé d'aide. Un mois plus tard, il m'a dit de monter dans la voiture. Je n'ai pas demandé pourquoi. Il m'a conduite à l'hôpital. Il y a eu beaucoup de questions, mais papa les a toutes contournées. Mes doigts ont été amputés… et voilà.

— Je n'aime pas ton père, dit Slate après une longue pause.

Monica ricana.

— Bienvenue au club.

Pid avait envie de savoir beaucoup plus de choses. Où était son père maintenant ? Où avait été sa mère pendant que son père la maltraitait ? Avait-elle des frères et des sœurs ? Pourquoi son père avait-il fait une course d'obstacles ? Où avait-elle grandi ?

Il commençait à comprendre sa haine pour tout ce qui était militaire. Pid supposa que son père avait un lien avec l'armée. Il ne savait pas dans quel domaine, mais ça n'avait sans doute pas d'importance.

Il voulut rassurer Monica en expliquant qu'elle pouvait lui demander de l'aide et qu'il n'y aurait jamais de conséquences, mais il avait l'impression que ce n'était ni le moment ni l'endroit. De plus, le temps de la quitter approchait à toute vitesse. Bordel.

Il était incapable de rester assis là et de ne rien dire.

— Je te donne ma parole que je vais te sortir de ce pays en sécurité, dit-il d'une voix grave.

Monica se contenta de hausser les épaules.

Pid n'était pas content. Pas du tout. Il ne s'était jamais senti aussi frustré qu'à ce moment précis. Il ne savait pas quoi dire pour que cette femme se sente mieux. Il voulait la réconforter, la rassurer... voulait casser la figure à son père. Mais tout ce qu'il pouvait faire, c'était lui donner l'espace dont elle avait manifestement envie.

C'était vexant. Très vexant.

Il n'était pas arrogant au point de penser que tous ceux qu'il croisait allaient le regarder avec admiration. Il n'était peut-être pas capable de faire en sorte que Monica Collins refasse confiance aux hommes de l'armée, mais il n'avait pas l'intention de perpétuer son malaise envers lui ou tous ceux qui se battaient pour leur pays.

Cela le ramena à l'enfoiré qui prétendait être un SEAL. L'homme qui lui avait fait peur plus tôt dans la soirée. Qui avait profité de l'instabilité actuelle pour piller. Il aurait même pu agresser Monica s'il avait trouvé sa cachette. Et *ça*, c'était carrément inacceptable.

Pid était fier d'être un SEAL. Il avait travaillé dur pour recevoir son badge. Il n'allait peut-être pas rester longtemps dans la vie de Monica, mais il allait faire son possible pour lui prouver qu'un militaire au moins était honorable.

CHAPITRE TROIS

Monica s'en voulut d'avoir autant parlé aux deux hommes. On lui avait appris à ne jamais donner plus d'informations que strictement nécessaire. Et elle était restée assise là à tout déballer sur elle. Pendant une seconde, elle ressentit l'espèce de nausée qu'elle avait chaque fois qu'elle faisait quelque chose que son père aurait désapprouvé. Elle refoula cette impression.

Elle était une adulte et il ne pouvait plus la contrôler. Quatorze ans après s'être échappée de sa main de fer, elle prenait encore des décisions en se basant sur les leçons tordues qu'il lui avait apprises. C'était ridicule. Elle avait suivi une thérapie. Intellectuellement, elle savait qu'elle laissait son père « gagner » en continuant de vivre selon ses principes. Mais la peur qu'il lui avait inculquée et le contrôle qu'il avait exercé sur elle étaient très difficiles à rompre.

Elle devait cependant admettre que l'indignation ressentie par les deux hommes après avoir entendu ce qui était arrivé à sa main était... agréable. C'était un piètre mot, mais il était approprié. Elle n'avait pas entendu de pitié dans leur voix, seulement de la fureur en son nom.

Son enfance avait été un enfer. Un véritable *enfer*. C'était un miracle qu'elle n'ait pas fini par devenir une espèce de tueuse en série. Elle avait quitté la maison dès qu'elle avait pu à l'âge de seize ans. Elle avait réussi à obtenir son certificat externe de fin d'études secondaires tout en faisant des petits boulots et en logeant dans des motels pourris. Bizarrement, son père n'avait même pas essayé de la retrouver après son départ.

Elle avait fait du baby-sitting à l'époque, puis elle avait eu de la chance en obtenant son premier travail de nounou à domicile. Et elle n'avait plus jamais regardé en arrière. Pas même en apprenant que son père était mort. Il avait été à la chasse et il était tombé de sa plate-forme de chasse au cerf. Comme ils vivaient dans le Wyoming et que c'était en janvier, il était mort de froid avant que quelqu'un le retrouve.

Bon débarras.

Quant à sa mère... Monica ne l'avait jamais comprise. Pas même un peu. Pourquoi était-elle restée avec cet homme ? Pourquoi n'avait-elle pas protégé sa fille quand il s'était retourné contre elle ? Sa mère ne lui avait pas témoigné la moindre affection, mais elle était restée loyale envers son mari jusqu'à la fin. Aux dernières nouvelles, elle s'était remariée avec un homme exactement comme Darren Collins.

La dernière thérapeute qu'elle avait vue avait évidemment fait remarquer que tous les militaires n'étaient pas comme son père. La plupart étaient des hommes et des femmes honnêtes qui n'auraient jamais fait de mal à leurs enfants. Cette femme avait même suggéré que le fait de fréquenter d'autres membres de l'armée pouvait l'aider à guérir... ce qui expliquait pourquoi Monica avait commencé à travailler pour des ambassadeurs. Ils n'étaient pas vraiment dans l'armée, mais ils travaillaient assez étroitement avec eux pour que cela compte. Se mettre volontairement dans une situation où elle allait de temps en temps interagir avec des militaires avait été extrêmement difficile pour Monica... mais elle avait réussi.

Parfois, elle pensait avoir fait des progrès en n'étant pas

immédiatement terrifiée par les personnes en uniforme, et d'autres jours c'était plus compliqué.

Elle voulait oublier tout ce que son père lui avait appris. Voulait avancer dans la vie, guérir… ne pas immédiatement soupçonner les militaires de lui vouloir du mal. Mais elle luttait encore pour empêcher la voix de son père et ses leçons très dures de dicter ses actes.

Étonnamment, après avoir suranalysé tout ce qu'elle avait révélé aux deux SEALs et quand les hommes restèrent silencieux, Monica se mit à somnoler.

Elle sursauta quand Stuart parla à voix basse, d'un ton décontracté.

— Prête à sortir d'ici ?

Monica s'était réveillée d'un seul coup. Ça n'arrivait jamais. Elle ne baissait jamais ses gardes en présence d'inconnus. C'était encore un des enseignements de son père.

Elle regarda Stuart. Il avait promis de la faire sortir du pays en sécurité. Il avait été si sérieux, si sincère, qu'elle était tentée de le croire. Elle avait fini par accepter que le premier homme ayant affirmé être un SEAL avant d'entrer par effraction dans la maison n'était sans doute pas dans la marine. Mais un sentiment de doute la rongeait toujours. Il avait eu *l'air* d'un militaire… et ce n'était pas seulement à cause de ses vêtements. C'était la façon dont il se tenait. La façon dont il avait méthodiquement fouillé la maison. La façon dont il avait facilement ouvert le coffre-fort de l'ambassadeur.

Elle avait grandi en présence d'hommes comme son père et ses amis, et Monica avait l'impression que si cet homme n'était pas un SEAL, il avait certainement été dans une des sections de l'armée. Mais elle garda la bouche fermée. Ce type n'était plus son problème et dans quelques heures elle allait être de retour auprès de l'ambassadeur et de sa famille à faire ce qu'elle aimait.

— Monica ? répéta Stuart.

Elle inspira profondément.

— Combien de temps ai-je dormi ?

— Quelques heures.

Monica écarquilla les yeux.

— Sérieusement ?

— Oui. Tu en avais visiblement besoin. Comment te sens-tu ?

Elle se sentait bien mieux qu'auparavant. Elle était moins nerveuse. Mais elle ne voulait pas parler de ça maintenant. Elle ne voulait pas penser au fait qu'elle avait réussi à baisser suffisamment ses gardes pour s'endormir.

— Je vais bien. Eh oui, je suis prête à sortir d'ici, dit-elle.

Stuart l'examina longuement. Elle était sûre qu'il allait lui poser quelques questions de plus, lorsque Slate se leva et observa les environs à travers une des fenêtres.

La nuit était complètement silencieuse, désormais. Monica n'entendait plus les cris et les acclamations. Elle se leva et chancela un peu. Stuart fut à côté d'elle en un clin d'œil. Il ne la toucha pas, ce qu'elle apprécia, mais il était évident qu'il allait l'aider si nécessaire.

Elle n'avait pas besoin d'assistance. Demander de l'aide rappelait trop de souvenirs douloureux. Elle fléchit les moignons de sa main gauche et inspira profondément. Le jour où elle allait à nouveau consciemment demander de l'aide, c'était le jour où elle se ferait pousser des cornes et apprendrait à voler.

Elle étira le dos et leva le menton, fixant Stuart, le défiant de dire quoi que ce soit sur sa faiblesse momentanée.

Il se contenta de la fixer lui aussi, puis hocha la tête avant de rejoindre son coéquipier à la fenêtre.

En poussant un long soupir, Monica secoua la tête. Elle savait qu'elle était trop sur la défensive. Trop rapide à juger. Même après toutes les séances de thérapie, c'était la raison pour laquelle elle préférait passer du temps avec les enfants.

Stuart revint vers elle.

— La voie semble libre, mais nous devons toujours faire très attention. S'il reste des émeutiers, dès l'instant où ils entendront l'hélicoptère, ils vont se focaliser dessus. Ils peuvent tirer dessus dans l'espoir de le faire tomber et d'ajouter encore au chaos de cette zone.

— Est-ce possible ? Je veux dire, ce ne sont pas des terroristes, ce sont juste des gens qui profitent de l'agitation pour mettre la main sur des affaires qui vont rendre leur vie plus facile, dit Monica.

— Peut-être, peut-être pas. Mais même si la situation n'est pas la même, je ne peux m'empêcher de penser à Mogadiscio, répondit Stuart.

Monica frissonna. Oui, elle savait ce qui était arrivé aux soldats américains à Mogadiscio.

— Ils ont sans doute tous filé chez eux pour se reposer avant une autre journée de destruction, dit Stuart, cherchant manifestement à la mettre à l'aise.

Monica aurait pu lui dire qu'il était inutile de la traiter comme un bébé, mais elle se contenta de hocher la tête. Ils se dirigèrent tous les trois vers la même porte à l'arrière du grand bâtiment vide. Slate sortit le premier pour surveiller les alentours immédiats, pendant que Stuart et elle restaient en arrière. Il réapparut deux minutes plus tard et hocha la tête vers son coéquipier.

Stuart fit de même et Monica s'attendit à ce qu'il passe devant pour sortir immédiatement du bâtiment... mais à la place, il se tourna et lui tendit quelque chose. C'était un couteau. Celui qu'elle avait vu attaché sur sa veste.

Elle le regarda, puis Stuart, mais elle ne tendit pas la main vers le KA-BAR.

— Prends-le, insista Stuart.

Monica ne bougea toujours pas.

— Pourquoi ? demanda-t-elle.

— Pourquoi ? répéta Stuart, perplexe.

— Oui. Pourquoi maintenant ? Qu'est-ce que vous me cachez ?

— Rien. Mais après avoir réfléchi à ce que tu as dit, et après avoir vu comment tu manipulais ce pistolet chez toi, il est évident que tu sais te servir des armes. Si j'étais à ta place, je n'aimerais pas être sans. Je ne peux pas te donner de pistolet, mais je peux au moins te laisser ça. Juste au cas où.

Monica était partagée. Elle voulait ce couteau plus que tout. Elle voulait être capable de se protéger s'ils croisaient des membres de l'émeute. Mais elle ne voulait pas être redevable envers un SEAL. Cela allait à l'encontre de tout ce qu'elle avait appris.

Dès que cette idée entra dans son cerveau, elle entendit dans sa tête l'une de ses nombreuses psys lui dire qu'elle n'était plus sous le joug de son père. Qu'il ne représentait pas toutes les personnes portant un uniforme militaire.

— C'est sans contrepartie, dit doucement Stuart en prouvant qu'il avait très bien écouté tout ce qu'elle avait révélé plus tôt. Mais j'aimerais que tu ne me poignardes pas dans le dos.

Monica leva brusquement la tête. Était-ce une plaisanterie ? Il la regardait sans la moindre trace de sourire. Ce n'était absolument pas une blague. Elle ne savait pas si elle devait être vexée ou satisfaite qu'il pense qu'elle pouvait lui faire mal.

En tendant lentement la main droite, elle lui prit le couteau.

— Il est très tranchant, précisa Stuart. Je te recommande de le garder dans son étui, sauf si tu en as besoin.

Monica retira l'arme de son étui en cuir et testa la lame. Il ne plaisantait pas... elle était très coupante. Mortelle. Avec une gratitude désagréable pour l'homme qui se tenait devant elle, Monica hocha la tête en remerciement. Elle n'avait pas de veste pratique pour y fixer l'étui, mais elle le fit passer dans la ceinture de son jean, en vérifiant qu'il était bien attaché avant de lever la tête vers Stuart.

Il n'avait pas quitté sa position dans l'embrasure de la porte et son regard était fixé sur elle.

— C'est bon ? demanda-t-il.

— Oui.

— Comme avant, accroche-toi à moi et ne lâche pas. Pour aucune raison. D'accord ?

Monica sentit monter son irritation, ce qui était un soulagement. Elle avait l'habitude d'être irritée par les gens. C'était plus… confortable que la gratitude qu'elle avait ressentie quelques secondes auparavant. Elle hocha la tête en pinçant les lèvres.

— Je n'essaie pas de te traiter comme une enfant, indiqua Stuart avec une patience infinie, prouvant qu'il savait lire son humeur. C'est juste que je ne sais pas du tout ce que nous allons trouver et que si tu es accrochée à ma ceinture, je sais où tu es et je peux agir en fonction.

Cela parut logique et Monica apprécia qu'il prenne le temps de le lui expliquer. Son père ne le faisait jamais. Quand il disait quelque chose, il s'attendait à ce qu'elle acquiesce immédiatement, ne prenant jamais la peine d'expliquer les raisons de ses ordres.

— Avec un peu de chance, nous serons dans l'hélicoptère dans moins de dix minutes et tu verras les enfants dont tu as la charge dès que possible. Accroche-toi et sortons d'ici.

Monica ne savait pas trop pourquoi elle n'était soudain pas plus enthousiaste à l'idée de voir August et Remington. Peut-être parce qu'en les voyant, elle allait devoir parler à leurs parents. Au fond d'elle, elle leur en voulait de l'avoir laissée dans la maison. Et ce n'était pas l'ambassadeur ni sa femme qui avaient prévenu les autorités de l'endroit où elle se trouvait. C'était leur fils. Elle savait qu'elle était juste une employée de plus, mais c'était quand même blessant qu'ils n'aient pas immédiatement averti qu'une autre citoyenne américaine était seule et vulnérable dans leur maison.

Leur trajet à travers les rues fut très étrange. Tout était presque entièrement silencieux en dehors des aboiements occasionnels d'un chien. Monica voyait les lumières vacillantes des feux qui brûlaient encore au loin, dans toutes les directions. Les émeutiers avaient été très occupés.

Elle entendait également Slate parler à quelqu'un par les oreillettes que Stuart et lui portaient. Il donnait constamment des nouvelles sur leur localisation et cherchait à repérer l'endroit où l'hélico devait passer les récupérer.

Au bout d'environ dix minutes de marche, ils arrivèrent au bord d'un grand parc. Monica y avait déjà été avec August et Remington. Il n'y avait pas beaucoup d'arbres, et l'espace ouvert où les enfants pouvaient jouer au foot était un endroit parfait pour l'atterrissage d'un hélicoptère.

Elle entendit Slate confirmer leurs coordonnées pendant que Stuart l'encourageait à s'accroupir à côté d'une espèce de cabanon au bord d'un champ.

— Dans quelques minutes, ça va aller très vite, prévint-il.

Monica inspira profondément et hocha la tête. Instinctivement, elle regarda autour d'elle à la recherche de dangers potentiels. Il était tard... ou tôt, cela dépendait de la façon de voir les choses, et même si la plupart des habitants de la zone devaient s'être enfermés chez eux en sécurité, étant donné ce qui s'était passé tout autour d'eux, il y avait de grandes chances pour qu'il reste des personnes dehors cherchant des problèmes.

Le regard de Slate était rivé sur le ciel en attendant l'hélicoptère et il tendait l'oreille, pendant que Stuart faisait la même chose que Monica... il essayait de repérer les problèmes éventuels à terre.

Au bout de trois minutes, qui lui semblèrent bien plus

longues, Monica entendit le bruit caractéristique d'un hélicoptère au loin.

— Nous attendrons de l'avoir en visuel avant de quitter notre abri, dit Slate.

Monica eut envie de lui faire remarquer que c'était évident, mais elle garda la bouche fermée. Ce n'était jamais une bonne idée d'agacer un soldat quand son adrénaline était élevée.

Quand Slate donna le signal de bouger, elle ne voyait toujours pas l'hélicoptère dans le ciel noir comme de l'encre, mais elle entendit qu'il était presque au-dessus d'eux. Même avec la pleine lune, l'hélicoptère noir était difficile à distinguer tant qu'il n'était pas directement au-dessus.

Ils se mirent tous les trois à courir vers le milieu du pré, et pendant une fraction de seconde, Monica pensa voir quelque chose bouger à l'extrémité opposée de l'espace ouvert. C'était juste une forme sombre, mais elle n'hésita pas à la signaler à Stuart.

— Mouvement à une heure, lui dit-elle pendant qu'ils couraient, utilisant la terminologie que son père lui avait apprise pour s'orienter au combat.

Stuart regarda dans la direction indiquée. Elle revit le mouvement et ouvrit la bouche pour signaler le changement à Stuart quand il cria urgemment à son coéquipier :

— Slate ! Deux heures !

Dès que les mots eurent quitté sa bouche, des coups de feu retentirent dans la nuit tranquille.

— Putain ! jura Slate. Tirs ! Tirs ! cria-t-il.

Monica supposait qu'il parlait à quelqu'un écoutant la radio, car Stuart et elle les avaient évidemment entendus.

Stuart se déplaça plus vite qu'elle ne s'y attendait, la saisissant autour de la taille et la jetant presque à terre. Il ne lui fit pas mal, contrôlant facilement sa descente afin qu'elle ne heurte pas le sol. Puis, à sa surprise, il s'accroupit au-dessus d'elle, le torse contre son dos, les coudes sur l'herbe clairsemée de chaque côté de sa tête, la couvrant de son corps pendant qu'il scrutait les bords du champ.

L'hélicoptère était directement au-dessus d'eux maintenant, les pales faisant voler la terre sèche et les empêchant presque d'entendre autre chose que la machine qui vrombissait au-dessus de leur tête.

— Fais-la monter ! cria Slate en s'agenouillant et en pointant son fusil.

Monica ne savait pas si quelqu'un tirait encore ou pas. Elle ne savait pas non plus s'ils essayaient de les viser ou bien de tirer sur l'hélicoptère. Elle supposa que ça n'avait pas vraiment d'importance. Si l'hélicoptère s'écrasait, il allait les aplatir tous les trois comme des insectes. Une balle dans la tête ou des tonnes de métal et d'acier donnaient le même résultat.

Elle n'eut pas le temps de réfléchir à ce qu'il se passait. Une échelle apparut soudain devant elle et Stuart la releva. Il la tenait fermement par les biceps en attrapant l'échelle en métal avec son autre main.

Puis, elle fut étonnée quand il la lâcha et monta de quelques barreaux.

Monica était certaine qu'il l'abandonnait pour se sauver, et elle n'était pas vraiment surprise. Sauf qu'il s'arrêta, les genoux au niveau de sa tête. L'échelle se balançait avec le mouvement de l'hélicoptère qui se trouvait à environ six mètres au-dessus d'eux. Il tritura quelque chose sur l'échelle avant de se pencher et de lui tendre la main.

Monica fixa ses doigts... et ne put absolument pas bouger.

Un autre jour... la main d'une autre personne... et les conséquences d'avoir attrapé cette main lui passa par la tête.

— Monica ! Accroche-toi ! cria Stuart.

Mais elle ne bougea pas. Elle ne le pouvait pas. Ses muscles ne voulaient pas coopérer. Si elle acceptait son aide, quelque chose de terrible allait se produire. Elle le savait.

Comme du bout d'un long tunnel, elle entendit Stuart

pousser un juron, puis il se retrouva à nouveau en bas, devant elle. Il prit son menton et lui leva la tête afin de voir ses yeux. Dans une partie lointaine de son esprit, Monica savait qu'il n'y avait pas le temps pour ça. Quelqu'un leur tirait dessus et ils devaient monter dans cet hélicoptère et quitter la zone.

— Il faut que tu montes sur cette échelle, dit une voix grave. Peux-tu faire ça ?

Monica hocha la tête sans réfléchir.

— D'accord, je vais la tenir. Tiens. Pose un pied… bien. Maintenant l'autre.

Monica suivit ses instructions sans hésiter.

— Attrape les bords, oui, comme ça. Un barreau de plus. Bien.

Il l'encouragea vite, mais calmement à monter encore de deux barreaux.

— Accroche-toi. Quoi que tu fasses, ne lâche pas. Quoi qu'il arrive. Peux-tu faire ça ?

Le pouvait-elle ? Oui. Elle était la petite soldate de son père, elle savait s'accrocher comme il le lui disait. Elle ne voulait pas connaître les conséquences si elle n'obéissait pas.

Une part d'elle savait que cet homme n'était pas son père. Elle n'avait pas dix ans et elle n'était pas dans le Wyoming, sur le « terrain d'entraînement » de son père. Mais la vision de cette main qui se tendait vers elle ne sortait plus de sa tête. Elle se souvenait de trop de choses, et son cerveau s'était éteint afin de la protéger contre une douleur qu'elle avait subie parce qu'elle avait accepté de l'aide.

— Maintenant, ne panique pas, mais je monte derrière toi, entendit Monica juste avant de sentir sa chaleur corporelle contre son dos. Il était bien plus grand qu'elle, même alors qu'il se tenait sur le barreau au-dessous. Elle le vit attacher un mousqueton sur le montant à sa droite, puis un instant plus tard, il fit de même sur la gauche. Il enroula sa main gauche autour de la sienne, la tenant fermement contre l'échelle.

— C'est bon.

Et tout à coup, Monica revint au présent. Stuart était derrière elle, parlant dans sa radio. Le souffle des rotors continua à les fouetter pendant que l'hélicoptère montait de quelques mètres.

En regardant en bas, elle vit Slate monter sur un barreau au-dessous d'eux. L'échelle était assez longue pour qu'une partie ait traîné sur le sol quand Stuart et elle s'y étaient accrochés.

— J'y suis. Go ! cria Slate assez fort pour que Monica l'entende, même sans radio dans les oreilles.

L'hélicoptère monta immédiatement et très vite, puis il commença à sortir de la zone.

Monica ferma les yeux pendant qu'ils volaient. Il faisait sombre, mais les maisons en feu qu'elle avait aperçues lui suffisaient à voir à quelle hauteur ils étaient.

— Tu t'en sors très bien, lui dit Stuart en la collant davantage pour lui parler à l'oreille. Accroche-toi juste une minute de plus et ils nous feront monter.

Au moment où il prononçait ces mots, Monica sentit que l'échelle tremblait pendant que les gens dans l'hélicoptère les tiraient vers le haut.

Elle avait beaucoup de choses à dire à Stuart, mais il était presque impossible de se parler pendant le vol, ce qui n'était pas plus mal, car les mots étaient coincés dans sa gorge.

Elle avait craqué. Affreusement. N'importe lequel d'entre eux aurait pu être abattu par la personne qui se cachait dans l'obscurité au bord de ce champ. Elle comprenait maintenant que Stuart était monté sur l'échelle en premier pour la stabiliser avant de l'aider et elle avait tout rendu plus compliqué en refusant son aide. La position dans laquelle il était maintenant ne devait pas être confortable, pourtant il ne lui avait pas fait de reproches et ne s'était pas impatienté. Il avait simplement modifié ses plans.

Monica eut la nausée. Elle n'avait pas ressenti ce sentiment d'angoisse intense au fond de son estomac depuis des années. Stuart avait toutes les raisons de l'engueuler quand ils allaient enfin être en sécurité. Elle les avait tous mis en danger, et il ne pouvait pas fermer les yeux là-dessus.

Il fallut quelques manœuvres pour faire monter Stuart et elle dans l'hélicoptère. Monica comprit une autre raison pour laquelle il était monté sur l'échelle le premier, grimpant un peu plus haut qu'elle... cela aurait beaucoup facilité le fait de monter dans l'hélicoptère. Maintenant, les hommes à l'intérieur devaient difficilement traîner à la fois Stuart et elle par-dessus le rebord de la porte ouverte et à l'intérieur de la cabine.

Il montra un coin et Monica rampa volontiers dans cette direction, essayant de se faire aussi petite que possible en regardant Stuart se retourner vers l'ouverture et aider à remonter Slate. Dès que la porte fut refermée, le niveau de bruit tomba considérablement, mais pas assez pour avoir une conversation normale.

Stuart prit un casque de l'un des membres d'équipage et le lui apporta. Il fit mine de le lui mettre sur la tête, mais il s'arrêta à la dernière seconde. Il le montra en hochant la tête, puis leva un sourcil.

Trop fatiguée et perturbée pour tendre les mains, Monica se contenta d'acquiescer.

Stuart le posa doucement sur ses oreilles et elle poussa un soupir de soulagement quand le bruit du moteur qui résonnait tout autour d'elle fut immédiatement réduit au silence.

Stuart garda les yeux sur elle pendant un long moment avant de hocher la tête et de repartir chercher son propre casque. Monica garda les yeux rivés sur lui pendant qu'il s'installait près d'elle. Il commença à parler à quelqu'un par le casque, mais elle était trop secouée par son flash-back pour faire attention à ce que disait tout le monde.

Dix minutes plus tard, Monica sentit un changement dans

le moteur de l'hélicoptère, comme s'ils avaient décéléré. En jetant un coup d'œil vers Stuart, elle vit qu'il la regardait. Il leva le pouce avec un petit sourire.

Elle sentit une secousse quand l'hélicoptère atterrit.

Poussant un soupir de soulagement, elle attendit que l'hélicoptère soit coupé pour retirer le casque. La porte s'ouvrit et elle vit quatre hommes habillés exactement comme Stuart et Slate.

— C'est bon de vous revoir ! s'exclama l'un des hommes.

— Si tu voulais faire un tour, j'aurais approuvé quelques jours de congé pour te rendre à Disney World, plaisanta un autre.

Les autres se contentèrent de sourire pendant que Slate sautait hors de l'hélicoptère.

Stuart le suivit, puis il se tourna vers elle.

— Viens, tu es en sécurité maintenant.

Monica remarqua qu'il ne lui tendit pas la main. Elle était en partie reconnaissante, et en partie ennuyée qu'il soit si observateur et qu'il ait remarqué exactement à quel point elle avait paniqué plus tôt.

Elle se décala vers la porte et fit pendre les jambes par-dessus le rebord, assez écœurée de voir qu'à cause de sa taille, elle était encore loin du sol.

— Ça ira ? demanda Stuart.

Monica hocha la tête et sauta. Ses jambes cédèrent presque sous son poids, sans doute parce que l'adrénaline coulait encore dans ses veines, la faisant tituber. Mais Stuart était là pour s'assurer qu'elle ne se ridiculise pas complètement en tombant à plat ventre. Il lui attrapa le bras et ne la relâcha que lorsqu'il fut certain qu'elle n'allait pas tomber.

Encore une fois, une partie d'elle fut ravie qu'il soit si perspicace. Bizarrement... une autre partie d'elle regretta qu'il ne la tienne pas plus longtemps. Dire qu'elle était perdue était un euphémisme.

— Monica Collins, je suppose ? demanda un des hommes.

— C'est moi, dit-elle.

En regardant autour d'elle, elle vit que l'hélicoptère avait atterri sur ce qui ne pouvait être qu'une piste d'aéroport. Il y avait des étendues de lumières clignotantes et elle voyait un bâtiment bien éclairé au loin.

— Il y a deux petits garçons qui seront très contents de vous voir, dit un autre homme.

Monica sentit ses muscles se détendre en apprenant qu'August et Remington allaient bien.

— Voici mes amis, annonça Stuart. Midas, Aleck, Jag, et le type avec le téléphone contre l'oreille, c'est Mustang, notre chef d'équipe.

— Ravie de vous rencontrer, dit Monica, surprise de remarquer que l'angoisse qu'elle ressentait toujours en voyant des hommes en uniforme était actuellement absente.

Elle n'eut pas le temps de comprendre pourquoi, car Mustang se tourna vers Stuart en fronçant les sourcils et lui tendit le téléphone.

— C'est le commandant. Il veut te parler.

— Maintenant ? demanda Stuart.

— Maintenant, confirma Mustang.

Monica sentit encore son estomac se nouer quand elle vit le regard de Mustang se poser sur elle, puis se détourner comme si quelque chose n'allait pas.

Stuart accepta le téléphone et s'éloigna d'un pas, mais Monica tendit impulsivement la main et saisit sa manche.

— Si c'est à mon sujet, je veux l'entendre.

Il secoua la tête, mais Monica s'approcha d'un pas.

— C'est mon droit, insista-t-elle.

Quelque chose se passa entre eux pendant qu'ils se regardaient, et juste au moment où elle fut sûre que Stuart allait refuser, il hocha la tête.

— Je ne crois pas... commença Mustang, mais Stuart leva une main en interrompant son ami.

Stuart regarda le téléphone et appuya sur un bouton avant de dire :

— Pid ici. Mustang a dit que vous vouliez me parler, monsieur ?

CHAPITRE QUATRE

Pid avait l'impression qu'il n'allait pas aimer ce que le commandant Huttner avait à dire, alors il se prépara.

— J'ai donné l'ordre à Mustang de ramener Monica Collins à Hawaï.

— Pardon ? demanda Pid.

— Je dois lui parler, c'est une affaire de sécurité nationale, affirma le commandant.

Pid était stupéfait. Et il savait que Monica n'allait absolument pas être contente. Il la regarda et en effet, elle était bouche bée en regardant le téléphone dans sa main.

— C'est une civile, monsieur, dit Pid.

— J'en ai conscience. Elle est aussi la seule personne capable de décrire cet enfoiré qui prétend être un SEAL. J'ai besoin de savoir ce qu'il s'est passé et ce qu'elle a vu. Il faut aussi qu'elle discute avec un de nos artistes pour créer un portrait-robot.

— Euh... je suis sûre qu'elle accepterait de faire une visio-conférence et de vous dire tout ce qu'elle sait.

— Ça ne suffit pas. Hall... nous avons des informations antérieures sur cet homme. Il fait ça depuis longtemps.

— Fait quoi, monsieur ?

— Il profite des conflits dans le monde. Il pénètre dans des pays secoués par des troubles civils et encourage les manifestants. Il répand des rumeurs et ment carrément pour prolonger les émeutes. Quand il a bien énervé tout le monde et que les choses dégénèrent, il entre dans certains bâtiments pour voler ce qu'il peut trouver. Et d'une façon ou d'une autre, cet homme sait exactement qui il doit cambrioler. Il a pris des millions de dollars en espèces, en armes, en actions et obligations, et en bijoux. Il est très doué... trop doué... et il faut l'arrêter. D'après ce que je sais, cette femme est la seule à avoir vu cet homme en face et à y avoir survécu. Je la veux dans la base avant la fin de la journée de demain. Est-ce clair ?

Pid déglutit et garda les yeux rivés sur Monica. Elle n'était pas ravie et il ne pouvait pas lui en vouloir. On ne lui avait même pas demandé si elle voulait bien coopérer. Son commandant avait d'autres moyens d'obtenir l'information sans la faire venir jusqu'à Hawaï pour l'interroger en personne. Putain, le commandant Huttner pouvait prendre un avion pour l'endroit où se rendait Monica.

— Et si elle ne veut pas venir ? ne put s'empêcher de demander Pid.

— Elle n'a pas le choix, répondit simplement Huttner.

Pid pinça les lèvres de frustration.

— Alors, vous voulez que nous la forcions si elle n'est pas d'accord ?

— Oui, répondit le commandant sans hésiter, ce qui surprit énormément Pid. Il s'agit d'une affaire de sécurité nationale. Cet homme est une épine dans notre pied depuis plus longtemps que nous voulons l'admettre.

— Comment se fait-il que nous n'en ayons jamais entendu parler ?

— Parce que c'est une humiliation. Pour la Navy et les États-Unis.

— C'est donc *vraiment* un SEAL ?

— Je ne suis pas disposé à donner plus de détails au téléphone, précisa le commandant. Mustang m'a dit que vous avez subi des coups de feu pendant l'évacuation de la femme.

Pid n'aimait pas la façon dont son patron faisait référence à Monica comme étant « la femme », mais il le confirma.

— Et comment penses-tu qu'il savait où notre hélicoptère allait passer vous chercher ?

Le commandant n'attendit pas de réponse et poursuivit :

— C'est parce qu'ils connaissaient nos tactiques. Il sait que vous vous êtes mis à l'abri jusqu'à ce que la voie soit libre, puis que vous avez cherché le lieu le plus proche où un hélicoptère pouvait atterrir. Il est malin. Et encore une fois... il faut l'arrêter. À ce jour, mademoiselle Collins est notre meilleure chance de découvrir qui il est. Ramène-la à Hawaï. C'est un ordre.

Pid poussa un soupir.

— Oui, monsieur.

— Rends le téléphone à Mustang, ordonna Huttner.

Pid tendit le téléphone satellite à son chef d'équipe sans un mot.

Il avait envie de dire tant de choses à Monica, mais ne savait pas par où commencer. Il était en partie ravi qu'elle ait insisté pour écouter la conversation. Il n'aurait pas du tout aimé lui annoncer qu'au lieu de retourner à sa vie de nounou pour la famille Law, on la forçait à prendre l'avion pour Hawaï avec eux.

— Je...

Il ne put rien dire de plus avant que Monica secoue la tête.

— Laisse. Vais-je au moins pouvoir dire au revoir à August et Remington avant notre départ ?

Pid regarda Mustang qui avait raccroché le téléphone et semblait tout aussi frustré que le reste de l'équipe. Son chef hocha la tête.

— Oui.

Les trente minutes qui suivirent furent parmi les plus insoutenables de la vie de Pid. Ils se dirigèrent vers le bâtiment où les citoyens américains attendaient leur vol pour les États-Unis.

Il était évident que Monica tenait aux deux enfants et inversement. Elle passa un peu de temps à rassurer les garçons en disant qu'elle allait bien et à écouter leurs histoires sur leur premier vol dans un véritable hélicoptère.

Mustang expliqua à l'ambassadeur qu'ils allaient devoir trouver une autre nounou, car Monica allait être conduite à Hawaï. Le petit August pleura quand il découvrit qu'elle ne partait pas avec eux, et Monica ne semblait pas beaucoup plus contente.

Elle n'avait pas dit un mot à Pid et au reste de l'équipe depuis qu'ils avaient reçu l'ordre de la ramener aux États-Unis. C'était comme si tous les progrès qu'il avait faits avec elle au cours des dernières heures avaient été effacés en un clin d'œil.

Pid ne pouvait s'arrêter de penser à ce qui était arrivé sur le terrain. Il avait été impatient de la faire monter dans l'hélicoptère et de l'éloigner de la personne qui leur tirait dessus, grimpant le premier sur l'échelle pour la stabiliser avant de l'aider à le rejoindre et à s'attacher. Être au-dessus d'elle lui aurait également donné un meilleur point de vue pour viser le mystérieux tireur, s'il en avait eu l'occasion.

Mais elle était restée paralysée quand il avait tendu la main vers elle. Avec le recul, il avait l'impression que c'était à cause de ce qui était arrivé avec son père : elle en avait assez révélé sur son passé et Pid aurait dû faire preuve de plus de discernement. Même s'il ne pouvait pas savoir qu'elle souffrait de stress post-traumatique à cause de l'incident.

L'horreur dans ses yeux avait suffi pour qu'il comprenne ce qu'il se passait presque immédiatement, et il avait pu passer au plan B. Mais il détestait lui avoir causé une telle angoisse pour commencer. Il avait été soulagé de voir qu'elle avait repris ses esprits à l'intérieur de l'hélicoptère et qu'elle lui avait permis de l'aider avec le casque.

Malgré tout, il était certain que le peu de progrès qu'il avait fait pour acquérir une toute petite partie de sa confiance avait été anéanti.

Elle ne dit pas un mot quand il lui apprit qu'il était temps de partir. Elle ne fit pas un bruit pendant qu'ils la conduisirent vers l'avion militaire qui allait tous les ramener aux États-Unis, puis à Hawaï. Elle garda les lèvres serrées en s'installant sur un siège, puis elle détourna la tête de Pid et du reste de l'équipe.

Il soupira et s'installa à quelques rangées d'elle, la laissant seule comme elle le souhaitait manifestement.

Slate s'installa à côté de lui, Mustang de l'autre côté.

— Elle ne le prend pas bien, fit remarquer Mustang quand ils eurent décollé.

— Tu crois ? répondit Pid d'un ton sarcastique.

— Elle n'a pas une très bonne opinion des hommes de l'armée, expliqua Slate.

— Pourquoi ? Voulut savoir Mustang.

— Son père était un enfoiré autoritaire, expliqua Pid à son chef d'équipe. Je pense qu'il gérait sa maison d'une main de fer. Il a appris à sa fille que demander de l'aide était strictement interdit.

Il raconta à Mustang comment Monica avait été blessée à la main. Quand il eut fini, son ami était tout aussi furieux que Pid l'avait été en apprenant l'histoire.

— Ben merde, alors. Être forcée de nous accompagner ne va pas améliorer son opinion des militaires, n'est-ce pas ?

— Non. Et en parlant de ça, avez-vous déjà vu le commandant Huttner aussi énervé par quelque chose ? demanda Pid.

— Absolument pas. En général, il est très calme. Ce type l'énerve vraiment, remarqua Mustang.

— Assez pour plus ou moins nous donner l'ordre d'enlever

une femme qui n'aura sans doute pas assez d'informations pour identifier cet enfoiré, ajouta Slate.

Pid acquiesça. Il ne lui avait pas tardé de dire au revoir à Monica, mais ceci n'était absolument pas la façon dont il voulait rester dans sa vie, c'était certain.

— Eh bien, espérons qu'elle dira à Huttner ce qu'il a besoin d'entendre et qu'elle repartira assez vite là où elle veut aller, dit Mustang en secouant la tête.

Les hommes devinrent silencieux pendant que l'avion montait, donnant le temps à Pid de réfléchir à la situation. C'était franchement merdique. Monica n'avait littéralement rien de plus que ce qu'elle portait sur elle. Le fait qu'elle avait son passeport sur elle avait facilité le fait de quitter le pays et de rentrer aux États-Unis, mais tout le reste était en suspens. Il supposait que Huttner allait trouver un endroit où la loger sur la base. Il y était obligé. Elle allait aussi avoir besoin de vêtements, de nourriture, sans doute d'un moyen de transport.

Plus Pid y pensait, plus il était fâché contre son commandant.

Il aurait vraiment pu faire l'entretien par visioconférence. Il avait aussi assez de connaissances pour faire déplacer quelqu'un à l'endroit où s'installaient l'ambassadeur et sa famille. À la place, il avait abusé de son pouvoir pour forcer leur équipe à la ramener à Hawaï.

Pas étonnant que Monica ait une piètre opinion de l'armée.

En soupirant, Pid regarda la femme qu'il n'arrivait pas à se sortir de la tête. Elle avait les mains serrées sur ses genoux et le regard perdu dans le vague. Le voyage de retour à la maison allait être long.

* * *

Quand ils atterrirent à la base navale d'Honolulu, il faisait à nouveau sombre dehors. Ils voyageaient depuis plus de vingt heures et Pid était épuisé. Tout ce qu'il voulait faire, c'était rentrer chez lui et dormir. Mais d'abord, il voulait être sûr que Monica soit bien installée et qu'elle ait tout ce dont elle avait besoin.

Mustang, Midas et Aleck étaient impatients de voir leurs compagnes, et même Jag et Slate avaient été focalisés sur leur téléphone à la seconde où les roues de l'avion avaient touché le tarmac. Les deux derniers n'étaient peut-être pas officiellement casés, mais ils auraient aussi bien pu l'être, si l'on tenait compte de leur empressement à prendre des nouvelles de Carly et Ashlyn, respectivement.

Pid resta en retrait et attendit Monica pendant que ses coéquipiers descendaient de l'avion.

— Est-ce que ça va ? demanda-t-il doucement lorsqu'elle se dirigea vers lui.

— Bien, dit-elle avec raideur.

Pid soupira intérieurement. Il ne lui en voulait pas d'être de mauvaise humeur. S'il avait été surpris en milieu d'une émeute, qu'il avait dû se cacher d'un homme cherchant à lui faire du mal, courir pour éviter d'être piégé dans une maison en feu, se cacher, se faire tirer dessus en pendant d'une échelle accrochée à un hélicoptère en mouvement, puis apprendre qu'il n'allait pas retourner à son travail auprès des enfants qu'il aimait, mais qu'il devait prendre un avion avec des gens qu'il ne connaissait pas et en qui il n'avait pas confiance, vers un État où il n'était jamais allé, sans savoir ce que l'avenir lui réservait... Oui. Il aurait été de mauvaise humeur aussi.

— Pour ce que ça vaut, je suis désolé, lâcha-t-il.

Elle le regarda dans les yeux pour la première fois depuis qu'ils étaient montés à bord de l'avion.

— Pourquoi ?

— Pour toute cette situation merdique. Mais je vais faire en sorte que le commandant te traite avec respect et que tu reçoives une juste compensation pour tout ceci.

Monica le fixa un moment avant que ses épaules s'affaissent. Elle déplaça son regard, se concentrant sur un point au milieu du torse de Pid.

— Je pense que ce n'est pas une surprise si je dis que je ne suis pas contente. Mais je veux aider. Qui que soit ce type, il était très sûr de lui et très suffisant. Son regard m'a fait horriblement peur et c'est pour cette raison que je me suis cachée. S'il profite des situations explosives dans de nombreux pays du monde, effrayant et potentiellement tuant d'autres femmes... je veux contribuer à l'arrêter.

Pid fut soulagé, même s'il sentait arriver un « mais ».

— Mais ça ne veut pas dire que je suis contente d'être ici. Je suis mal à l'aise dans une base militaire, et je suis tellement éloignée de ma zone de confort que ce n'est pas drôle du tout, termina-t-elle.

Pid prit une décision. Il ne savait pas du tout si son commandant allait être d'accord, ou même si Monica allait accepter, mais il avait l'intention de faire entendre ses inquiétudes concernant toute la situation.

— Allez, viens, Pid ! cria Midas en dehors de l'avion. Bouge-toi ! Je veux rentrer à la maison et voir Lexie avant la fin de ce siècle.

Pid avait assez de jugeote pour ne pas toucher Monica, même si ses doigts en brûlaient d'envie. Il se souvenait très bien de la sensation de son corps contre lui sur l'échelle de l'hélicoptère. Sa peau était chaude, il l'avait sentie même à travers leurs vêtements, et elle était parfaitement adaptée à lui, malgré leur différence de taille.

Ce qui était fantaisiste et ridicule... malgré tout, le souvenir était gravé dans son cerveau.

— Monica ? Peux-tu me regarder une seconde ?

Il attendit qu'elle le regarde dans les yeux avant de poursuivre.

— Peu importe ce qui arrivera, tu n'es pas seule ici. Je sais que tu n'as pas confiance en moi et même si je déteste ça, je comprends et je ne t'en veux pas. Si tu as besoin de quoi que ce soit, il te suffit de me le faire savoir. Si tu as faim, je te nourrirai. Si tu as peur, je ferai ce que je peux pour te rassurer. Et si quelqu'un est trop insistant pour te soutirer des informations, tu leur dis d'aller se faire voir et je viendrai te chercher pour que tu fasses une pause.

Monica déglutit et demanda si doucement que Pid l'entendit à peine :

— Pourquoi ?

— Parce que tu n'as rien demandé de tout ça. Parce que tu me plais.

Elle fronça les sourcils.

— Je te plais ? Tu ne me connais même pas.

— Je sais que tu es forte. Tu sais abattre et dépecer une biche. Tu as plus d'intégrité dans ton petit doigt que la plupart des gens dans tout leurs corps. Tu aimes les enfants, tu es courageuse même quand tu as peur, tu n'hésites pas à faire ce que tu penses être juste, et tu ne paniques pas dans des situations qui feraient craquer la plupart des gens. Je ne connais pas les petites choses, comme ta couleur préférée, si tu aimes mieux la plage ou la montagne, ni ce que tu aimes manger... mais elles sont sans conséquence par rapport aux choses que je considère comme vraiment importantes.

Pid ne savait pas d'où venait tout cela, mais il voulait que cette femme comprenne qu'elle avait un allié. Elle n'était pas seule.

Il se souvint alors de l'histoire qu'elle avait racontée au sujet de son père et de sa demande d'aide... et ce qui était arrivé ensuite.

Elle n'allait pas lui demander son aide. Jamais.

Ce fait le rendit encore plus déterminé à veiller sur elle. À garder en tête ce qui était le mieux pour elle. Si elle ne voulait pas demander d'aide, il allait faire son possible pour anticiper ce dont elle avait besoin et le lui donner.

— Pid !

Cette fois, c'était Aleck qui criait son nom avec impatience.

— Nous devrions y aller, dit Monica.

— D'accord.

Pid se tourna et marcha vers la porte de l'avion, prêt à faire en sorte que Monica soit installée avec tout ce dont elle avait besoin avant de quitter la base navale.

Le commandant Huttner les attendait quand ils entrèrent dans le petit terminal de la base militaire.

— Bienvenue chez vous, dit-il aux SEALs.

Il se tourna ensuite vers Monica :

— Et bienvenue à Hawaï, mademoiselle Collins. J'aurais aimé que ce soit dans de meilleures circonstances, mais j'apprécie votre bonne volonté dans cette enquête très importante.

— Je ne me souviens pas que l'on m'ait donné le choix, répondit Monica.

Son ton était parfaitement respectueux, mais elle n'hésita pas à exprimer ce qu'elle pensait de la situation.

Pid eut des difficultés à ne pas sourire en voyant l'air surpris de son commandant.

— D'accord, eh bien... si vous voulez m'accompagner, nous allons nous débarrasser de l'entretien initial. Plus vite vous nous direz tout ce que vous avez, plus vite vous pourrez repartir, dit le commandant.

Pid fit un pas en avant, ne se plaçant pas tout à fait devant Monica, mais presque.

— Non, dit-il un peu plus durement qu'il ne l'avait voulu.

— Pardon ? demanda Huttner.

— Il est tard, raisonna Pid en faisant de son mieux pour se souvenir à qui il parlait afin de modérer son ton. Nous voyageons depuis des heures. J'ai faim et je suis fatigué et j'ai besoin d'une douche, alors je suis certain que Monica ressent la même chose. Elle est ici. Elle n'ira nulle part. Vous pourrez sûrement lui parler demain ? Ou encore mieux, après-demain. Plus elle est confortable et reposée, plus ses souvenirs seront précis.

Les deux hommes se fixèrent, leurs deux volontés s'affrontant sans qu'ils échangent un seul mot.

Finalement, le commandant poussa un long soupir.

— Très bien, dit-il. Mais je m'attends à ce qu'elle soit à mon bureau à huit heures pétantes après-demain matin.

Pid regarda derrière lui et vit le regard reconnaissant de Monica rivé sur lui. Il préférait de loin ce regard au dédain qu'il avait si souvent vu dans ses yeux. Il leva un sourcil comme pour lui demander si c'était acceptable. Elle hocha la tête et Pid se retourna vers son commandant.

— Oui, monsieur, lui dit-il, un peu tard.

Huttner passa une main dans ses cheveux déjà ébouriffés et Pid se rendit compte pour la première fois que son commandant était extrêmement perturbé. L'homme mystérieux prétendant être un SEAL faisait agir Huttner d'une façon qui ne lui ressemblait pas.

Cela piqua la curiosité de Pid, mais il avait d'autres choses en tête.

— Où comptez-vous loger Monica ? demanda-t-il.

— À Gabrunas Hall.

Pid se raidit et il vit Mustang faire de même.

— La caserne du personnel célibataire ? demanda-t-il, incrédule.

— Il y avait une chambre vide et c'est près de mon bureau, répondit Huttner.

— Pourquoi pas le Navy Lodge ? s'enquit Pid.

Ce dernier était plus un hôtel qu'une caserne. Les chambres n'étaient pas élégantes, mais beaucoup possédaient une petite cuisine et surtout, pour le bien de Monica, la plupart des gens qui logeaient là étaient des membres de l'armée à la retraite et leurs familles. Ils n'allaient pas être en uniforme. Elle serait plus à l'aise en leur présence.

— C'est plein, répondit Huttner. C'est la saison touristique et toutes les chambres sont réservées.

— Elle peut loger chez moi, lâcha Pid.

Il avait déjà pris la décision de lui proposer cela si nécessaire, afin de mieux veiller sur elle, mais maintenant, il allait insister.

— Je peux rester à la caserne, dit doucement Monica derrière lui.

Pid se tourna vers elle.

— Les hommes et les femmes qui vivent là-bas sont célibataires pour la plupart. Ils vont et viennent toutes les heures de la nuit. Même si c'est mal vu, il y a souvent des fêtes bruyantes et tu seras entourée de marins en uniforme, chaque seconde de chaque jour. Je sais que tu ne me fais pas confiance, et que tu ne me connais pas vraiment, mais je jure sur ma vie et celle de mes coéquipiers que tu seras en sécurité chez moi. J'ai une chambre d'amis, c'est calme, et je ne vis pas dans la base.

Pid retint presque son souffle en attendant la réponse de Monica. Il avait conscience qu'il aurait dû demander la permission de Huttner pour la conduire hors de la base, mais la loger dans la caserne bruyante allait la stresser et n'était pas propice à sa coopération et aux informations souhaitées par le commandant.

— Ça ne sera pas un problème, l'amadoua Pid. Je te laisserai tranquille. Tu ne seras même pas obligée de me parler si tu n'en as pas envie. Ce n'est pas immense, mais je te jure que ce sera plus confortable et relaxant que dans la caserne.

— Très bien, dit Monica après un autre long moment.

Soulagé, Pid se retourna vers son commandant.

— Je la conduirai à votre bureau à huit heures après-demain matin.

— Je ne suis pas sûr... commença Huttner, mais Pid l'interrompit.

Il savait qu'il poussait le bouchon et qu'il allait sans doute recevoir un avertissement, mais il s'en moquait. C'était important.

— Elle n'a pas eu le choix de venir ici, rappela-t-il à son officier supérieur. Le moins que nous puissions faire, c'est de nous assurer qu'elle soit installée aussi confortablement que possible. Et vous savez aussi bien que moi que Gabrunas Hall n'est pas calme pour quelqu'un qui n'est pas dans l'armée.

Pendant un moment, Pid crut que son commandant allait lui refuser sa requête de loger Monica... comme il aurait sans doute dû le faire. Mais après un silence bien trop long, durant lequel il observa Pid attentivement, il finit par hocher la tête.

— J'approuverai son séjour chez toi, mais cela signifie que tu es responsable d'elle.

— Je sais, répondit Pid en ignorant la façon dont Monica s'agitait, mal à l'aise, en entendant les paroles de son commandant.

— Et dois-je te rappeler que ceci est une affaire de sécurité nationale ? insista Huttner.

Une fois de plus, Pid aurait aimé savoir exactement pourquoi leur commandant était si perturbé par l'homme que Monica avait vu. Mais pour l'instant, sa priorité était de l'installer et de la mettre à l'aise, malgré une situation très pénible pour elle.

— Compris, dit Pid.

Huttner hocha la tête en le regardant, puis il dévisagea le reste de l'équipe des SEALs avant de sortir du terminal sans un mot de plus.

Dès qu'il fut hors de portée, Aleck siffla.

— On dirait qu'il nous faut avoir une conversation avec notre commandant, dit-il inutilement.

— Je vais lui parler demain, annonça immédiatement Mustang.

— J'apprécie, dit Pid.

Puis il se tourna vers Monica.

— Es-tu prête à partir ?

— Je vais loger dans un hôtel hors de la base, dit Monica avec raideur.

— Accompagne Pid, l'encouragea Jag. Tu seras plus en sécurité avec lui.

Monica redressa le dos.

— Je sais prendre soin de moi. Je n'ai pas besoin d'un baby-sitter.

— Bien sûr que non, répondit Aleck. Tu es une adulte. Mais d'après les réactions de notre commandant, il se passe quelque chose. Quelque chose de gros. Je ne sais pas si c'est une très bonne idée que tu restes seule en ce moment.

— Cet enfoiré t'a vue, ajouta Slate. Il a sans doute des connaissances. Il ne faudrait surtout pas qu'il s'en prenne à toi pour t'empêcher de l'identifier.

— En outre, tu es à Hawaï, fit remarquer Mustang. Peut-être contre ta volonté, mais tu es là. Tu ferais aussi bien d'en profiter autant que possible avant de partir. Rester dans la base ou dans un hôtel sans voiture signifie que tu ne verras pas grand-chose. Au moins, si tu es avec Pid, tu verras une partie de l'île.

— Et c'est calme chez Pid... même si c'est vraiment le bordel, ajouta Midas.

— La ferme, grogna Pid.

Il savait qu'il n'était pas très doué pour tenir la maison, mais il n'appréciait pas que ses amis le fassent savoir à Monica avant même qu'elle accepte de loger chez lui.

— Je vais parler de la situation à Lexie ce soir. Je suis certain qu'Elodie, Kenna et elle seront ravies d'aller récupérer des vêtements et des affaires et de les déposer chez toi demain, proposa Midas.

— El voudra sans doute préparer quelques repas aussi alors, ne sois pas surprise de la voir demain avec une tonne de nourriture, ajouta Mustang.

— Si tu en as l'occasion, conduis-la chez Duke's. Kenna sera ravie de t'offrir un repas gratuit, ajouta Aleck.

— Merci, les gars, mais pouvons-nous ne pas submerger Monica dès le premier jour ? En plus, je ne sais pas combien de temps elle va passer ici. Elodie ne voudra surtout pas que sa nourriture se perde dans mon frigo parce qu'elle en a trop préparé, avertit Pid.

Il avait conscience que pendant que ses amis parlaient, la tête de Monica n'arrêtait pas de tourner, passant d'un homme à l'autre tout au long de leur discussion.

— Je vais essayer de faire en sorte qu'El se maîtrise, concéda Mustang en souriant.

— Merci.

— Je rentre, dit Aleck. À plus tard.

— Moi aussi, acquiesça Jag. Bonne route, tout le monde.

En l'espace d'une minute, Pid se retrouva seul avec Monica dans le terminal presque vide. Il fourra les mains dans ses poches pour s'assurer de ne pas la toucher.

— Viens. Il est tard et je sais que tu dois être épuisée.

Elle ne dit rien, se contentant de lui emboîter le pas lorsqu'il se dirigea vers la sortie. Sans un mot, ils traversèrent le parking jusqu'au fond, où il avait laissé sa voiture.

Monica s'arrêta brutalement quand il appuya sur la clé pour déverrouiller les portes et que les phares clignotèrent.

— Tu roules en monospace ? demanda-t-elle, incrédule.

Pid avait l'habitude que l'on se moque de lui pour son choix de véhicule, mais ça lui était égal. La Honda Odyssey était fabuleuse pour transporter toute sorte de choses. Il pouvait y faire passer ses cinq coéquipiers et avoir encore de la place pour de l'équipement à l'arrière. En ce qui le concernait, le monospace était le véhicule parfait.

Il sourit.

— Oui, répondit-il sans la moindre gêne.

— Tu me surprends constamment, avoua-t-elle doucement.

Pid n'avait jamais entendu des mots plus agréables.

— Bien.

Il lui ouvrit la portière du côté passager et vit une fois de plus la surprise dans ses yeux. Elle ne fit pas de commentaire, se contentant de grimper sur le siège.

Quand ils furent en route vers sa maison, Pid proposa :

— Si tu le souhaites, nous pouvons nous arrêter et récupérer des affaires pour toi. Mais je suis crevé et je sais que tu dois l'être aussi. Tu peux m'emprunter un tee-shirt et un jogging pour la nuit, même si les deux seront trop grands, et nous pourrons faire une lessive pendant que tu dors. J'ai du savon, du shampooing, de l'après-shampooing et une brosse à dents supplémentaires pour te dépanner jusqu'à ce que tu puisses récupérer les marques que tu aimes. Mais si tu veux vraiment que nous nous arrêtions ce soir, ce n'est pas un problème.

— Je peux attendre, répondit Monica.

Puis elle le surprit en ajoutant :

— Tu as de l'après-shampooing ?

Pid gloussa en haussant les épaules.

— Je sais, ce n'est pas très viril... tout comme mon monospace. Mais j'ai les cheveux épais et l'après-shampooing les adoucit.

— Je ne te jugeais pas, j'étais juste curieuse, précisa Monica.

Ils firent le reste du trajet en silence. Pid envisagea de lui montrer quelques endroits marquants, mais il faisait nuit et elle n'allait pas vraiment les distinguer alors, il resta silencieux et profita de ne pas avoir trop de circulation sur les routes, car il était très tard.

Il se gara dans son allée et fut soulagé de voir que les

lumières de sécurité qu'il avait installées fonctionnaient. Elles illuminèrent le devant de la maison, leur permettant de voir le petit pavillon. Il avait eu de la chance en trouvant cet endroit à louer. Il était d'une taille parfaite pour lui et il aimait le fait qu'il soit à l'arrière, dans un coin de la propriété. D'un côté, un grand champ séparait la maison de plain-pied de celle de son propriétaire, et il y avait des arbres dans tout le jardin, l'abritant du soleil.

Elodie se plaignait que son jardin était trop sombre, mais c'était une des choses que Pid aimait le plus. Il avait grandi en Alaska, où la lumière du soleil en hiver était rare, peut-être quelques heures par jour seulement. Il aimait l'obscurité, cela lui rappelait son enfance. Il n'aimait pas que le soleil brûle à travers ses fenêtres jusque tard dans la soirée.

Et c'était calme, comme l'avait dit Midas. L'homme plus âgé auquel les deux maisons appartenaient ne recevait que très peu de visite et il n'ennuyait pas Pid. Tant qu'il payait son loyer à temps, son propriétaire le laissait tranquille. L'autoroute était assez loin pour qu'il n'y ait pas de bruits de route, seulement les bruits des nombreux animaux qui vivaient aux alentours.

Il descendit de la voiture avec l'idée d'ouvrir la portière de Monica, mais elle était déjà sortie et elle faisait le tour de la voiture vers *lui*. Et soudain… Pid fut nerveux. Il se demanda s'il avait fait une erreur. Monica aurait peut-être été plus à l'aise dans un hôtel, finalement. Ou peut-être aurait-il dû demander à Aleck de l'installer dans la chambre d'amis de son appartement-terrasse. Elle aurait sans doute bien plus profité de la vue de son balcon que de sa petite maison sombre. Et elle aurait eu Kenna pour lui tenir compagnie.

Mais c'était trop tard, maintenant. Il n'avait pas l'intention de donner l'impression à Monica qu'il ne voulait pas d'elle ici. Il déverrouilla sa porte et lui fit signe de passer devant lui.

Elle entra dans la maison et il la suivit, fermant et verrouillant la porte. Pid alluma les lampes… et grimaça en voyant l'état du salon. L'équipe savait qu'il n'était pas vraiment Monsieur Propre. Ils plaisantaient tout le temps à ce sujet. Mais en voyant sa maison à travers les yeux d'une inconnue lui fit comprendre exactement depuis combien de temps il n'avait pas nettoyé à fond.

Le pavillon était petit et compact. La pièce principale était ouverte avec une cuisine le long d'un mur. Un long comptoir la séparait du reste de la pièce. Il avait un canapé en cuir avec une table basse ovale, un fauteuil inclinable en daim avec une petite table d'appoint dans le salon. La télévision était fixée au mur, et au-dessous se trouvait une longue table étroite sur laquelle étaient posés sa console de jeux vidéo, son lecteur DVD et son modem pour Internet.

Il y avait un couloir sur la droite qui menait aux deux chambres et à la salle de bains. Il n'avait pas mentionné le fait qu'ils allaient devoir partager la salle de bains, mais c'était trop tard, désormais.

Ce n'étaient ni ses meubles ni l'aspect désuet de la maison qui faisaient grimacer Pid intérieurement, mais plutôt le désordre général de l'endroit. Ce n'était pas vraiment sale, même s'il y avait quelques plats dans l'évier datant d'avant sa mission en Algérie. C'était plutôt qu'il y avait du bazar *partout*. Il vit au moins deux tee-shirts – un par terre et un sur le canapé – deux paires de rangers et une paire de baskets éparpillés dans la maison, et il y avait trop de tasses de café et de gobelets en plastique sur les tables pour les compter. Il y avait des publicités posées sur le comptoir qui séparait la cuisine du salon, et la lessive qu'il n'avait pas pris la peine de finir de plier était empilée dans un panier à linge à côté du canapé.

Il était gêné et il se promit de ne plus jamais partir en mission sans au moins faire un nettoyage préliminaire.

— Oui, euh... il est évident que je dois nettoyer un peu, marmonna-t-il.

Monica se contenta de hausser les épaules.

— J'ai vu pire, dit-elle.

Pid pensa qu'elle était juste polie, mais il fut ravi de changer de sujet.

— Sers-toi de ce que tu veux dans la cuisine. Mais je dois te prévenir, il faut que j'aille faire les courses. Il y a sans doute des légumes douteux dans le tiroir du frigo, n'y touche pas, plaisanta-t-il. Mais j'ai plein de barres de céréales et de quoi faire des boissons protéinées. La buanderie est ici, dit-il en indiquant une petite pièce sur la gauche. Et les chambres sont par là.

Il montra le couloir.

Elle marcha dans cette direction et Pid ouvrit la porte de la chambre d'amis.

— J'ai des draps propres dans le placard du couloir. Je vais te faire le lit.

— Je peux m'en occuper, lui dit Monica.

— D'accord. Quoi qu'il en soit, ceci sera ta chambre. Ce n'est pas grand-chose, mais je te promets que tu seras mieux ici que dans la caserne.

— C'est très bien, dit Monica.

Pid aurait aimé que la chambre contienne autre chose qu'un lit double, une bibliothèque débordant de romans historiques qu'il aimait lire, et un petit bureau sur lequel étaient entassés des morceaux d'ordinateur.

— La salle de bains est là, sur la droite. Il n'y en a qu'une seule, mais je n'entrerai pas si la porte est fermée. Il y a des serviettes propres et des affaires dans le placard au-dessus des toilettes. Et la brosse à dents que je t'ai promise se trouve dans le tiroir à droite du lavabo.

— Merci.

Elle ne disait vraiment pas grand-chose, mais Pid n'insista pas. Elle devait être hors de son élément, et il était plus ou moins un inconnu.

— As-tu besoin de quelque chose ?

— Non.

— D'accord. Je vais juste aller te chercher un tee-shirt et un jogging. Monica ?

— Oui ? demanda-t-elle, en levant enfin les yeux vers lui.

— Je suis désolé pour tout ce qui est arrivé... mais je ne suis pas désolé que tu sois ici. Je ne t'aurais pas proposé ma chambre d'amis si je ne voulais pas que tu viennes.

Pid ne savait pas trop pourquoi il voulait le préciser, mais c'était important.

Monica hocha la tête et Pid ne sut pas déchiffrer son regard. Puisqu'il ne pouvait pas rester dans la chambre d'amis à la fixer toute la nuit, il recula vers la porte.

— Je reviens tout de suite.

Elle ne répondit pas quand il se tourna et partit dans sa propre chambre. Il attrapa un tee-shirt et un vieux jogging qu'il lui apporta. Leurs mains se frôlèrent quand il les lui passa... et Pid aurait pu jurer sentir une décharge électrique traverser ses doigts.

— N'hésite pas à utiliser le lave-linge quand tu te seras changée, dit-il en se sentant à nouveau mal à l'aise.

— Je ferai ça.

— D'accord. Alors, je suppose que je te verrai demain matin.

Monica hocha encore la tête, puis elle marcha vers la porte. Pid partit en comprenant le message, et il grimaça quand la porte se referma avec un claquement.

— Merde, marmonna-t-il.

Il ne savait pas pourquoi il voulait que cette femme irritable se détende et lui parle, mais il le voulait vraiment. Il était probable qu'elle ne reste que quelques jours, trois ou quatre au plus, avant de repartir à l'étranger pour son travail. Qu'elle lui parle ou pas n'avait aucune importance... sauf que si.

En soupirant, Pid passa une main dans ses cheveux. Il était épuisé et il avait besoin de sommeil. Il ne voulait pas non plus gêner Monica quand elle allait sortir pour mettre ses vêtements dans le lave-linge. Le mieux qu'il pouvait faire pour l'aider à se sentir à l'aise, c'était se faire discret. Ainsi, après avoir vérifié que la porte de derrière et les fenêtres étaient bien fermées, il partit dans sa chambre.

CHAPITRE CINQ

Même si elle était épuisée et stressée, Monica ne pouvait pas se coucher avant que ses vêtements soient lavés et placés dans le sèche-linge. Elle devait faire en sorte d'avoir quelque chose à porter le lendemain autre que le tee-shirt et le jogging trop grands que Stuart lui avait passés. Même si elle appréciait les vêtements plus qu'elle ne pouvait le dire. Ils étaient confortables, bien qu'immenses sur sa petite silhouette.

Même après avoir lancé le sèche-linge et s'être couchée dans le lit confortable de la chambre d'amis, Monica ne dormit pas bien. C'était trop silencieux. Et elle était trop angoissée par l'environnement inconnu.

Elle resta éveillée pendant au moins une heure avant de finir par somnoler en se tournant et se retournant. Jusqu'à ce que quelque chose la réveille.

En s'asseyant, elle regarda l'horloge. Il était quatre heures vingt et une du matin et il faisait toujours nuit dehors. Elle pencha la tête, essayant de comprendre ce qui l'avait réveillée, et elle entendit quelque chose dans le salon.

Le cœur battant à toute vitesse, se demandant si l'homme qu'elle avait vu en Algérie l'avait retrouvée, Monica rejeta les couvertures et sortit du lit. Elle attrapa le couteau que Stuart lui avait prêté : il ne lui avait pas demandé de le rendre et elle ne l'avait pas proposé. Elle le sortit de son étui et s'avança vers la porte sur la pointe des pieds.

Quand elle était allée se coucher, elle avait remarqué que la porte ne grinçait pas, ce qui était une bonne chose, maintenant. Elle l'ouvrit lentement et longea le couloir en silence jusqu'à ce qu'elle puisse jeter un coup d'œil dans la pièce principale de la maison de Stuart.

Écarquillant les yeux de surprise, elle laissa retomber la main qui tenait le couteau et fixa la scène devant elle.

Stuart aspergeait la table basse de produit nettoyant, puis il l'essuyait avec une serviette en papier. Elle comprit que le bruit qu'elle avait entendu était celui de la bouteille avec laquelle il nettoyait les surfaces.

— Que fais-tu ? demanda-t-elle.

Stuart sursauta et se tourna vers elle.

— Merde ! souffla-t-il.

— On ne dirait pas que c'est ça que tu fais, plaisanta Monica en se surprenant elle-même.

Il esquissa un sourire en se redressant et ne la regarda pas directement. Elle eut presque l'impression qu'il était gêné.

— Je me suis réveillé et je n'arrivais pas à me rendormir. Je me suis dit que j'allais nettoyer un peu. Je ne voulais pas te réveiller.

— Je ne dormais pas bien, lui dit-elle.

— Tu es prête à utiliser ça ? demanda Stuart en montrant le couteau dans sa main.

Monica hocha la tête.

— Si je le dois, oui.

— Bien.

Elle ne s'était pas attendue à cette réponse. Elle avait cru qu'il allait lui faire une leçon sur la dangerosité du couteau. Elle repartit dans sa chambre et posa le couteau dans l'étui à côté du lit, puis elle revint au salon. Elle était réveillée désormais, et elle savait d'expérience qu'elle n'allait plus pouvoir s'endormir.

En outre, elle était de plus en plus curieuse au sujet de Stuart. Elle ne pensait pas qu'il se préoccupait d'elle ; son père lui avait toujours appris à « connaître son ennemi ». Monica ne considérait pas réellement Stuart comme son ennemi, mais il n'était pas non plus un ami.

— Tu n'es pas obligé de nettoyer pour moi, dit-elle alors qu'il continuait à essuyer la table basse.

Il fallait admettre que la pièce était bien plus agréable maintenant qu'il avait ramassé les plats, les chaussures et les vêtements qui avaient été éparpillés partout.

Stuart grimaça.

— Si, il le fallait. Je n'avais pas remarqué comme c'était terrible avant que nous arrivions hier soir.

Monica avait également été surprise par l'état de la maison. D'après son expérience, les militaires étaient des maniaques méticuleux. Son père l'avait été. Elle avait été obligée de faire son lit tous les matins, de ramasser tous ses jouets et de les ranger, et si elle avait laissé une tasse posée dans l'évier – ou, pire encore, n'importe où dans le salon – au lieu de la rincer et de la placer dans le lave-vaisselle, elle aurait eu de graves problèmes.

Elle avait fait de son mieux au fil du temps pour se débarrasser de quelques-unes des habitudes compulsives que son père lui avait apprises, mais elle était toujours plus ordonnée que la plupart des gens. Voir le bazar de la maison de Stuart avait été très surprenant.

— Je croyais que vous autres, les militaires, vous étiez des maniaques de la propreté, ne put-elle s'empêcher de dire.

Elle avait beau se répéter qu'elle ne voulait rien savoir au sujet de Stuart et ses amis, il la surprenait sans cesse... ce qui lui donnait envie d'en apprendre plus.

Il gloussa et s'avança vers le comptoir pour poser le liquide nettoyant, puis il jeta les serviettes en papier dans la cuisine avant de se laver les mains.

— Je pense que parce que j'étais obligé de tout laisser à sa place et de ne pas avoir le moindre pli sur mon lit au camp d'entraînement, quelque chose en moi s'est rebellé. Je n'étais jamais si désordonné quand j'étais petit.

— Mais tu vivais avec tes parents, n'est-ce pas ? demanda Monica.

— Oui. Et si tu insinues que ma mère ramassait tout derrière moi, tu as raison. J'ai joué au foot pendant tout le lycée et elle râlait toujours pour que je range mes protège-tibias et mes ballons. Je n'étais pas aidé par le fait que ma sœur était parfaite. Sa chambre était toujours propre et elle ne laissait jamais rien traîner dans la maison.

— Tu as une sœur ? demanda Monica.

Stuart hocha la tête en se séchant les mains avec un torchon accroché au frigo.

— Oui. Elle a un an de moins que moi et c'est une plaie.

Il sourit en le disant, faisant comprendre à Monica qu'il plaisantait.

— Êtes-vous proches ?

— Autant qu'on peut l'être alors que je suis dans la marine et qu'elle est infirmière itinérante. Mais quand nous étions jeunes, je trouvais qu'elle était pénible et elle pensait que j'étais un crétin.

— L'étais-tu ? demanda Monica sans réfléchir.

Stuart ne sembla pas offensé par sa question.

— Probablement. Je pense que c'est le cas de la majorité des adolescents, entre les hormones et les difficultés à trouver qui ils sont et où est leur place dans le monde, dit-il tranquillement en s'appuyant contre le comptoir.

Il portait un pantalon de jogging gris et un tee-shirt bleu marine sur lequel il était écrit NAVY en grosses lettres blanches. Elle n'avait jamais vraiment compris la fascination des femmes pour ce vêtement particulier jusqu'à présent, mais elle dut soudain se maîtriser pour détourner les yeux de l'entrejambe de Stuart. Le tissu doux était collé sur son corps... et il était plus qu'évident que Stuart était très bien pourvu.

— Et toi ? demanda-t-il.

— Hein ? dit-elle, s'en voulant de ne pas avoir fait plus attention à la conversation.

Stuart sourit comme s'il savait qu'elle avait l'esprit mal placé, mais il ne fit pas de remarque.

— As-tu des frères et sœurs ?

— Oh. Non, Dieu merci. Je suis ravie que personne d'autre n'ait eu à souffrir de la même enfance que moi.

Stuart ne réagit pas immédiatement à son affirmation, et Monica regretta ces paroles à la seconde où elles eurent quitté sa bouche. Elle parlait rarement de l'enfer qu'elle avait vécu dans la maison de son père, mais quand elle le faisait, elle était immédiatement traitée différemment. Comme si elle était une poudrière prête à exploser.

Pourtant, l'expression de visage de Stuart ne changea pas. Il dit simplement :

— C'est pour ça que tu es une si bonne nounou. Tu as envie de traiter les enfants que tu gardes à l'opposé de la façon dont tu as été traitée.

Monica fut surprise par sa perspicacité. Il avait essentiellement raison. Le jour où elle avait quitté la maison de son père, elle avait juré de ne jamais faire ressentir à un enfant ce qu'*elle* avait ressenti pendant si longtemps. Effrayée. À marcher sur des œufs, terrifiée à l'idée de dire ou de faire quelque chose de mal qui allait faire retomber la colère de son père sur elle. Elle essayait d'anticiper les besoins des enfants avant qu'ils aient besoin de lui demander.

Sa gorge se serra et elle lutta pour maîtriser ses émotions. Comment était-il possible que cet homme semble la connaître si bien après une si courte période de temps ? C'était perturbant, mettant Monica très mal à l'aise.

Et une fois de plus, comme s'il savait ce qu'elle ressentait, il changea de sujet.

— Tu as faim ?

— Il n'est même pas cinq heures du matin, lui dit Monica.

Stuart haussa les épaules.

— Tu es debout. Je suis debout. Nous ferions aussi bien de commencer la journée.

— Je ne suis pas contre l'idée de manger quelque chose, répondit prudemment Monica.

— Comme je l'ai dit hier soir, il faut que j'aille faire les courses, alors je n'ai pas d'œufs. Mais j'ai du mélange pour pancakes. Je peux aussi préparer des biscuits et je crois qu'il y a du bacon au frigo. Et avant que tu dises quoi que ce soit, je sais que ce n'est pas très sain. Je récupérerai des fruits, des flocons d'avoine, des œufs et plus de lait aujourd'hui. J'ai quelques pêches en conserve si tu as très envie de fruits, cependant.

Monica le fixa, perplexe. Il était extrêmement gentil, mais elle ne voulait pas lui être plus redevable qu'elle ne l'était déjà.

— Je peux me préparer quelque chose, dit-elle.

— Je m'en occupe... sauf si tu ne veux pas que je te prépare le petit-déjeuner ?

— Je ne te comprends pas, lâcha Monica, dont la frustration était évidente dans la voix.

Stuart fronça les sourcils.

— Je ne sais pas ce qu'il se passe dans ta tête, mais il n'y a rien à comprendre. Tu es une invitée dans la maison et je propose de te préparer quelque chose à manger.

— Que veux-tu en échange ? demanda Monica.

Le visage de Stuart montra sa surprise... suivie très vite par l'irritation. Il se redressa, quittant sa posture détendue contre le comptoir.

— Rien. Absolument *rien*. Personne ne t'a jamais rien fait de gentil sans attendre quelque chose en retour ?

La réponse de Monica fut immédiate :

— Non.

— Eh bien, c'est vraiment nul, putain. Je suppose que je serai le premier... si tu me laisses faire. Va te doucher, prends ton temps. Cette maison n'a pas l'air de grand-chose, mais j'ai un chauffe-eau fabuleux. Je préparerai un peu de tout ce que j'ai et tu pourras choisir ce que tu veux manger. Si ça peut te rassurer, quand je reviendrai des courses plus tard, je te laisserai nous préparer le déjeuner.

Monica se détendit.

— Oui, d'accord.

Sa réponse ne sembla pas faire plaisir à Stuart. Il garda les sourcils froncés jusqu'à ce qu'il finisse par soupirer.

— Tu me rends fou, Mo, dit-il doucement.

Si doucement que Monica n'était pas sûre de l'avoir bien entendu. Puis il fit signe vers le couloir avec sa tête.

— Vas-y. La salle de bains est toute à toi.

Elle hésita un instant, souhaitant rester et parler davantage avec Stuart, mais soulagée d'avoir une porte de sortie. Finalement, les vieilles habitudes prirent le dessus et elle fuit.

Stuart la rendait nerveuse. Elle ne le comprenait pas. Il n'agissait pas comme les autres gens avec elle. Elle savait qu'elle était distante et qu'elle émettait des ondes pour repousser les gens, mais Stuart ne semblait pas les voir ou les ressentir. Il la traitait comme s'ils étaient de vieux amis. C'était bizarre.

Et en même temps, incroyablement tentant.

Pendant des années, Monica avait souhaité trouver un homme en qui elle pouvait avoir confiance. Dont elle pouvait tomber amoureuse et avec qui elle pouvait avoir des enfants... mais pas un militaire. Pas quelqu'un comme son père.

Beaucoup de personnes ayant grandi comme elle auraient

eu peur d'avoir des enfants à leur tour, mais pas elle. Elle allait leur faire sentir qu'ils étaient ce qui comptait le plus dans sa vie, parce que ce serait le cas. Elle ne leur ferait jamais de mal, ne les traiterait jamais comme s'ils étaient facilement remplaçables, comme elle l'avait été.

En baissant les yeux vers ce qui restait de sa main gauche, Monica ferma les paupières et fit de son mieux pour bloquer les souvenirs que la vue de sa chair abîmée ne manquait jamais de faire remonter. La douleur. L'incompréhension. La peur.

Bien décidée à ne pas laisser cet homme abattre les murs qu'elle avait passé toute une vie à ériger autour d'elle, Monica inspira profondément après s'être enfermée dans la salle de bains. Si Stuart voulait lui préparer le petit-déjeuner, très bien. Elle n'allait pas interpréter ses actes. Elle serait partie dans un jour ou deux. De retour à sa vie prévisible, bien que solitaire.

CHAPITRE SIX

La journée était passée étonnamment vite pour Pid. Il avait laissé Monica chez lui pendant qu'il était sorti tôt pour aller faire les courses, avant que le magasin ne se remplisse. Il avait espéré la trouver plus détendue à son retour, mais ça n'avait pas été le cas.

Elodie était passée, comme il s'y était attendu, avec deux plats et un bol de saimin. Elle s'entraînait à préparer des plats hawaïens, et le saimin était une soupe avec des nouilles au blé et à l'œuf, du bouillon de poisson, de la ciboule, de fines tranches de kamaboko. Elodie y avait ajouté des algues nori en morceaux. Pid n'avait pas été certain d'aimer le plat au début, mais il avait fini par apprendre à l'apprécier après avoir vécu à Hawaï pendant un moment.

Monica avait été polie, mais distante. Pid avait vu qu'Elodie était un peu déçue, mais il avait reconnu la lueur de détermination dans ses yeux. Il était évident qu'elle allait faire son possible pour que Monica se lâche un peu.

Après le déjeuner, Lexie était passée avec une pile de vêtements parmi lesquels Monica pouvait choisir. Elle n'avait pas paru ennuyée par la réticence de l'autre femme, continuant joyeusement à bavarder en expliquant que Kenna était désolée de ne pas pouvoir passer, mais qu'elle espérait rencontrer Monica avant que celle-ci reparte.

C'était maintenant l'heure du dîner. Pid avait servi une partie du poulet et du riz apportés par Elodie, et Monica et lui mangeaient sur la terrasse. Il y avait une petite table qu'il utilisait rarement, mais qui lui sembla utile maintenant.

Monica n'avait pas beaucoup parlé, mais Pid essayait de ne pas le prendre pour lui. Il n'avait jamais rencontré quelqu'un d'aussi silencieux qu'elle.

— Je suis désolé que tu n'aies pas pu voir grand-chose d'Oahu pour l'instant, dit-il en cherchant désespérément à avoir un peu de conversation.

Monica le regarda dans les yeux et il la vit avaler soigneusement avant d'attraper une serviette et de s'essuyer la bouche. Cette femme avait des manières impeccables. Pid se sentait comme un homme de Neandertal comparé à elle.

— Ça ne fait qu'une journée, dit-elle au bout d'un moment.

— Malgré tout, cet endroit est incroyable et j'aimerais beaucoup en partager une partie avec toi.

Monica haussa les épaules.

Plusieurs minutes s'écoulèrent avant qu'il essaie à nouveau :

— Tu ne parles pas beaucoup.

Ce n'était pas vraiment une question plus une observation.

Elle soupira et posa sa fourchette.

— Chez moi, c'était mal vu de parler à table.

— Vraiment ? J'ai toujours cru que le dîner était un moment où les familles se tenaient au courant de ce que tout le monde avait fait au cours de la journée, s'étonna Pid.

— Pas dans ma famille. De plus, papa savait ce que ma mère et moi avions fait toute la journée, parce qu'il était là.

— Tu n'allais pas à l'école ?

— Non. J'ai fait l'école à la maison.

— Faisais-tu du sport ? Participais-tu à des activités en dehors de la maison ?

Pid était à peu près certain de connaître la réponse à cette question, mais il la posa néanmoins.

— Non.

Ce fut tout. Juste « non ».

Pid était déçu par ses réponses simples. Chaque minute qu'il passait en sa présence lui donnait envie d'en apprendre plus. Il appuya les coudes sur la table et dit :

— Comme tu l'as vu, je n'aime pas tellement les règles et les conventions. Je suis désordonné. Je contredis mon patron. Et ça m'est égal de faire ce qui est poli ou pas.

— Comme ne pas mettre tes coudes sur la table ? demanda Monica.

Elle ne sourit pas, mais Pid savait qu'elle le taquinait.

— Exactement, rétorqua-t-il avec un sourire. Il est évident que tu n'aimes pas parler de ta famille, et ce n'est pas grave. Mais chez moi, tu peux faire ce que tu veux. Tu peux parler la bouche ouverte, manger le dessert en premier. Rester allongée à regarder la télé toute la journée. Je m'en moque. Je veux juste que tu te détendes, Mo. J'ai l'impression que tu ne t'es pas beaucoup détendue dans la vie et tant que tu es ici à Hawaï, c'est le moment parfait de le faire. Personne ici ne te jugera ou ne te fera du mal. On ne t'obligera pas à faire ce que tu ne veux pas... enfin, en dehors de la raison pour laquelle tu es ici à la base, finit-il maladroitement.

Monica le fixa de ses grands yeux bleus. Il vit son incompréhension et son envie. Envie de quoi, il ne le savait pas, mais il voulait lui donner tout ce dont elle avait besoin pour se sentir plus à l'aise. Le problème c'était qu'il savait qu'elle n'allait pas le lui demander. Sa main gauche était un rappel douloureux de ce qui était arrivé quand elle avait demandé de l'aide.

— Mo ? demanda-t-elle.

Pid gloussa. Évidemment, elle se focalisait là-dessus parmi tout ce qu'il avait dit.

— Oui. Tu m'as l'air d'être une Mo.

— À quoi ressemble une Mo ?

Pid haussa les épaules.

— À toi.

Elle leva les coins de la bouche, mais pas assez pour qu'il aperçoive sa fossette.

— Tu es bizarre, dit-elle.

Pid éclata de rire.

— Oui. Je suis un geek de l'électronique, comme tu as dû le comprendre à cause de la quantité de pièces d'ordinateurs dans ta chambre. Je suis extrêmement maladroit. Je vis à Hawaï, pourtant je préfère les journées pluvieuses et nuageuses à celles qui sont ensoleillées. Et en général, ma maison est en bazar. Je suis bizarre, c'est vrai. Mais, je suis qui je suis et ça ne me gêne pas. La vie est courte, lui dit-il. Je pourrais vivre ma vie en essayant d'être parfait, d'être à la hauteur des attentes de tous ceux que je rencontre, mais ça me rendrait fou. Je serais malheureux et un crétin. Je laisse donc la plupart de ces choses me passer au-dessus de la tête.

Le regard de Monica était rivé sur lui, comme si elle absorbait ses paroles au fond de son âme. Pid continua donc.

— J'ai eu une chouette enfance. Mes parents étaient super et même quand j'ai merdé en séchant l'école et en fumant de l'herbe avec des amis, je savais qu'ils m'aimaient et je n'ai jamais eu peur de ce qu'ils allaient me faire si je prenais une mauvaise décision. Je ne peux pas faire comme si je comprenais quelque chose à ton enfance... mais je peux admettre que je suis ravi par la mort de ton père. Je suis désolé pour ta mère, mais en même temps je suis furieux contre elle de ne pas t'avoir protégée comme elle aurait dû le faire. Mais Mo, tu as survécu d'une façon ou d'une autre. Tu es sortie de là. Et regarde-toi. Tu as réussi, les enfants que tu gardes t'aiment assez pour s'assurer de ta sécurité pendant la situation en Algérie, et tu as des nerfs d'acier.

— J'ai un lourd passé, dit-elle.

— Qui n'en a pas ? répondit Pid.

Il ne savait pas trop comment ils avaient abouti à cette conversation intense, mais il ne le regrettait pas.

— Je n'essaie pas de minimiser ce qui t'est arrivé, mais franchement, la race humaine est bien détraquée. J'ai vu des choses dont je ne veux plus jamais parler, je ne veux même pas y penser. Des choses horribles. Mais j'ai consciemment pris la décision de ne pas m'y attarder. Sinon, je serais roulé en boule quelque part, avec le cerveau en compote. Ce qui t'est arrivé ne définit pas qui tu es. Cela en dit plus sur le genre de personnes qu'étaient tes parents que sur toi. Ton père était un tyran violent et ta mère était faible. Tu n'es rien de tout cela. Tu es une survivante. Tu es Monica Collins... et tu es plutôt incroyable.

Pid ne regrettait pas les larmes qu'il vit dans les yeux de Monica. Il voulait qu'elle sache combien il l'admirait. Il avait l'impression que personne ne lui avait jamais fait de compliments.

Elle finit par reprendre le contrôle de ses émotions – ce qui encore une fois, ne surprit pas Pid – avant de dire :

— Je suppose que Mo est un meilleur surnom que *Stupid*.

Il sourit.

— Oui.

— Stuart ?

Il adorait entendre son prénom sur ses lèvres.

— Oui, Mo ?

— Je ne suis pas douée pour ça.

— Pour quoi ?

— Ceci. Parler de tout et de rien. Être... amicale. Sauf avec les enfants.

— Si tu n'as pas envie de parler, tu n'es pas obligée de

parler, lui dit Pid. Ça ne me gêne pas. Je peux blablater tout seul. C'est simplement que je ne veux pas que tu aies peur de me parler. Si tu as envie de parler de maquillage et de vernis à ongles, super. Si tu veux parler de politique et de l'état du monde, très bien. Mais si tu veux rester assise là et me laisser jacasser, ce n'est pas un problème non plus. Tu es en sécurité avec moi, Mo. Je sais qu'en ce moment, tu ne me crois peut-être pas, mais tant que tu seras ici, que ce soit pour une journée, ou une semaine, ou un mois, je te donne ma parole. Je vais même m'avancer et parler au nom de mes coéquipiers. Mustang, Midas, Aleck, Jag et Slate sont également des zones sûres pour toi. Et leurs copines. Elodie, Lexie et Kenna. Même Carly et Ashlyn. Tu n'es obligée d'être personne d'autre que toi-même avec eux. Compris ?

— Non.

Pid gloussa.

— J'adore ta franchise.

— C'est juste que... je me connais. Je suis réservée. Carrément froide, parfois. Les gens ne m'aiment pas, lâcha Monica.

Pid faillit avoir le cœur brisé à ces mots.

— *Moi*, je t'aime bien, dit-il doucement.

— Mais tu es bizarre.

Il ne put s'empêcher de sourire.

— C'est vrai. Mais pour être honnête, tu l'es aussi. Nous sommes tous bizarres à notre façon. Assume ta propre bizarrerie, Mo. Et peu importe que tu sois introvertie. Tout le monde ne peut pas être extraverti. Nous avons besoin de gens qui préfèrent rester en retrait et regarder et observer. Être la voix de la raison quand nous en avons le plus besoin. Mais sache que quoi qu'il arrive pendant ton séjour à Hawaï, tu as des gens qui te soutiennent.

Monica regarda la nourriture sur son assiette et inspira profondément avant de lever la tête et de le regarder une fois de plus dans les yeux.

— C'est vraiment bon. Elodie est une excellente cuisinière.

Et d'un seul coup, la discussion sérieuse et émotionnelle fut terminée. Ça ne gênait pas Pid. Il avait dit ce qu'il voulait.

— Effectivement. Et son histoire est assez incroyable aussi.

— Son histoire ? demanda Monica.

— Mange, dit Pid en indiquant son assiette avec la tête. Je vais te raconter comment nous l'avons rencontrée. Nous étions à bord d'un navire près du Moyen-Orient, en train de discuter de la façon de monter à bord d'un navire-cargo qui avait été détourné, quand nous avons entendu une voix de femme par la radio...

Pendant les vingt minutes qui suivirent, Pid expliqua l'histoire éprouvante d'Elodie et comment elle était venue vivre à Hawaï et avait épousé Mustang. Quand il eut terminé, Monica avait vidé son assiette et elle était penchée en avant, l'écoutant avec intérêt.

— Il est difficile de croire que tout ça lui est arrivé, vu comme elle est ouverte et aimable, fit remarquer Monica.

— Je pense que Mustang a joué un rôle important. De plus, c'est une personne naturellement aimable. Elle a dû rester sur ses gardes pendant qu'elle fuyait, mais maintenant qu'elle est en sécurité et heureuse, elle est davantage elle-même. Et elle n'a plus jamais l'intention de travailler sur un bateau de location.

La fossette que Pid avait eu envie de voir fit enfin une apparition quand Monica rit. En fait, elle éclata de rire.

— Je ne peux pas lui en vouloir.

— Elle travaille maintenant avec Lexie à Food For All, une organisation caritative qui aide à nourrir les personnes dans le besoin avec des déjeuners préparés. Elle n'était pas ravie qu'ils distribuent des sandwiches monotones et assez dégoûtants au beurre de cacahouètes et à la gelée ainsi que des chips. Elle agit maintenant pour fournir des déjeuners sains et gourmands à leurs clients.

— C'est cool.

— Oui, acquiesça Pid.

Il n'avait pas remarqué que des nuages s'étaient approchés quand il entendit le bruit des gouttes frapper le toit de sa terrasse. Il faisait également plus frais.

— Veux-tu rentrer ? demanda-t-il.

Monica haussa les épaules.

— Si tu en as envie.

— Mais toi, que veux-tu ? Tu n'es pas obligée de faire ce que je veux.

Elle se mordit la lèvre et soupira.

— Pardon. C'est une habitude.

— Je sais, dit-il doucement.

Et c'était vrai.

— Personnellement, j'adore les averses. Et même si le froid extrême que j'ai connu en Alaska ne me manque pas tellement, je préfère avoir froid que chaud. Mais si tu as froid, nous pouvons retourner à l'intérieur. Ou tu peux attraper une couverture et ressortir. Ou bien, si tu es à l'aise, tu peux rester là. Ou tu peux rentrer et regarder la télé. Ou prendre quelque chose pour le dessert. Ou lire un livre. Ou aller te coucher.

Pour la deuxième fois en l'espace de quelques minutes, Monica gloussa.

— D'accord, d'accord. J'ai compris. Le monde m'appartient.

— Exactement, répondit Pid avec satisfaction. De mon côté, je pense que je vais rester ici un moment et écouter la pluie. Libre à toi de te joindre à moi ou pas. Fais comme tu veux.

— Et la vaisselle ?

— Je m'en occuperai plus tard.

— Plus tard ce soir ou dans trois jours ? demanda Monica.

Pid ricana avant de lâcher :

— C'était une blague ?

— Peut-être, dit-elle avec un petit sourire.

— Petite maligne. Je la rentrerai plus tard. Et en l'honneur de ta présence, je la mettrai même directement dans le lave-vaisselle.

— Je peux le faire maintenant, suggéra-t-elle.

— Non. Laisse. Tu es mon invitée. Et les invités ne font pas la vaisselle.

Pendant un moment, il crut qu'elle allait protester, mais elle hocha alors la tête.

— Ça ne me gênerait pas de rester assise ici un peu.

Intérieurement, Pid bondit de joie en criant. Extérieurement, il lui sourit et dit :

— Cool.

Pendant les trente minutes qui suivirent, ils restèrent assis en silence, perdus dans leurs pensées en regardant et en écoutant la pluie.

Puis Monica annonça :

— Je pense que je vais rentrer. Si ça ne te gêne pas.

Pid n'aimait pas qu'elle demande ainsi sa permission, mais le fait qu'elle prenne l'initiative de rentrer était un pas dans la bonne direction.

— Aucun souci. Je vais rester ici un peu plus longtemps.

— Je peux rapporter la vaisselle à l'intérieur, proposa-t-elle.

— Non. Je m'en occupe. Je pense qu'il faudra que nous partions vers sept heures et demie demain matin pour arriver à la base à huit heures, précisa-t-il.

— D'accord. Je serai prête.

Elle recula sa chaise et se leva.

Quand elle atteignit la porte pour rentrer, Pid l'arrêta :

— Mo ?

Elle se retourna.

— Oui ?

— Je suis navré pour la raison de ta venue ici et pour ton obligation de parler au commandant, mais je suis content d'apprendre à mieux te connaître.

Elle le fixa un instant avant de hocher la tête et de se faufiler dans la maison.

En soupirant, Pid ferma les yeux et posa la tête contre le dos de sa chaise. Le bruit constant de la pluie l'apaisait, mais il aurait aimé faire en sorte que Monica se sente plus à l'aise. Il ne savait pas du tout combien de temps elle allait passer à Hawaï. Il était entièrement possible qu'elle parle avec Huttner le lendemain, puis qu'elle prenne un avion le soir même pour l'endroit où se trouvaient l'ambassadeur et sa famille.

Il était également possible que le commandant veuille la garder à proximité jusqu'à trouver l'homme mystérieux qu'il recherchait apparemment. Monica n'allait sans doute pas apprécier, mais Pid n'était pas du tout contre cette idée.

Il n'avait pas menti. Il appréciait Monica. Oui, elle était assez bizarre et difficile à connaître. Mais ça le rendait encore plus désireux de casser le bouclier qu'elle avait érigé autour d'elle. Il avait aussi l'impression que plus elle allait passer du temps avec Elodie et les autres femmes, plus elle allait leur plaire.

Pid resta dehors pendant encore trente minutes, jusqu'à ce que la pluie s'arrête, puis il rentra. Il rinça la vaisselle et la rangea dans le lave-vaisselle comme il l'avait promis. Il n'y avait pas vraiment autre chose à ranger dans la maison, alors il partit pour sa chambre. Il s'arrêta devant la porte de Monica et n'entendit aucun bruit.

À ce moment-là, une idée se forma. Il pensa à la façon dont il l'avait rencontrée pour la première fois et à certaines des choses qu'elle avait dites depuis. C'était un projet assez insensé, mais plus il y réfléchissait, plus il voulait le réaliser.

Il allait devoir obtenir la permission du propriétaire de la maison, et son plan n'avait de sens que si Monica restait pendant plus d'un jour ou deux. Il allait devoir attendre la réunion de Monica avec le commandant pour être fixé.

En continuant vers sa chambre, Pid se sentit coupable d'espérer que Huttner exige que Monica reste à Hawaï. Ce n'était pas juste pour elle, elle méritait de retourner à sa vie, mais il y avait beaucoup de choses que Pid voulait lui montrer. Sa tête se remplit avec les endroits où il voulait la conduire, toutes les choses uniques qu'il voulait partager à Hawaï.

Il supposa qu'il aurait dû être inquiet d'être aussi enthousiaste à l'idée de passer plus de temps avec cette femme blessée, mais il ne l'était pas.

Pid s'endormit quelques heures plus tard en pensant à Monica… et quand il se réveilla seulement trois heures plus tard, il eut le besoin soudain de se lever et de vérifier que tout allait bien. Il n'avait encore jamais eu ce sentiment, mais avec Mo dans la maison, il voulait être certain que les portes et les fenêtres étaient bien verrouillées.

Sans remettre en question ce besoin, Pid roula hors du lit et traversa silencieusement la maison, vérifiant deux fois toutes les serrures. Tout était en ordre et quand il grimpa à nouveau dans le lit, il était satisfait de savoir que pour cette nuit au moins, Monica était en sécurité.

Avec un peu de chance, le lendemain allait apporter beaucoup plus de réponses sur le futur immédiat de son invitée, et sur ce qu'il se passait avec l'homme que son commandant voulait si désespérément identifier. Même s'il n'était pas très content des actions de Huttner, il était ravi d'avoir l'occasion d'apprendre à connaître Monica un peu mieux.

CHAPITRE SEPT

Monica était assise avec raideur sur la chaise en face du commandant naval de Stuart. Dylan Huttner était un homme imposant et il lui rappelait beaucoup son père. Il avait des cheveux bruns et des yeux marron comme lui, ainsi qu'une présence autoritaire. C'était un homme qui avait l'habitude d'être obéi et de ne pas être remis en question.

Mais dans d'autres domaines, il était aussi éloigné de son père que possible. Il était évident que le commandant était en grande forme, contrairement à son père la dernière fois qu'elle l'avait vu. Il faisait aussi de son mieux pour la mettre à l'aise, ce dont Darren Collins ne s'était jamais préoccupé.

Elle n'arrivait toujours pas à croire que Stuart avait parlé à son officier supérieur comme il l'avait fait quand ils étaient arrivés le matin. Quand il avait appris qu'il n'avait pas le droit d'être présent lors de l'entretien, Stuart avait piqué une crise. Il n'y avait pas d'autre façon de décrire son comportement. Monica était certaine qu'il allait être traduit en cour martiale ou, quel que soit l'équivalent dans la marine, mais après un moment intense, le commandant avait fini par hocher la tête une seule fois.

— Tout ira bien, lui avait dit Stuart avant de la conduire dans la salle de conférence qu'ils occupaient en ce moment.

La chaise sur laquelle elle était assise était étonnamment confortable. Elle s'était plus ou moins attendue à une chaise pliante métallique et un spot lumineux. C'était ridicule, bien sûr, mais elle n'avait pas imaginé des chaises pivotantes rembourrées, des verres et une carafe d'eau, de la lumière tamisée. Elle aurait pu croire qu'elle se trouvait dans une espèce de salle de conférence de luxe d'une entreprise. D'un autre côté, la Navy n'était-elle pas en quelque sorte une entreprise ?

Elle jeta un coup d'œil vers l'autre homme dans la pièce. Mustang, le chef d'équipe de Stuart, participait également à l'interrogatoire. Ce n'était pas le nom que les hommes donnaient à cet entretien, mais c'était l'impression qu'elle avait. Elle était là contre sa volonté et elle avait l'impression d'être accusée de quelque chose.

— Dites-moi ce qui est arrivé le jour de l'évacuation. Et n'omettez rien, exigea le commandant Huttner sans autre préliminaire.

Monica eut envie de lever les yeux au ciel, mais elle se retint. Il était inutile de contrarier cet homme. Même s'il ne lui avait donné aucun choix, il l'avait laissée loger chez Stuart, et il avait accepté que ce dernier reste dans la salle.

Elle répéta donc son récit de ce qui était arrivé en Algérie. Elle expliqua qu'elle s'était inquiétée de ne pas voir la famille Laws revenir à l'heure prévue, et qu'elle envisageait de se rendre à l'ambassade par elle-même quand elle avait entendu un bruit près de la porte vitrée à l'arrière de la maison. Elle décrivit l'homme qu'elle avait vu, l'impression qu'il lui avait donnée et, comment elle s'était cachée dans la pièce secrète de la chambre de Desmond et Ophelia. Elle raconta au commandant qu'elle avait observé l'intrus pendant qu'il fouillait les pièces grâce aux écrans de sécurité.

Elle n'omit rien de son récit, y compris le fait qu'elle avait été prête à tirer sur Stuart et Slate.

Elle décrivait comment ils s'étaient échappés de la maison quand le commandant l'interrompit.

— Pouvez-vous m'en dire plus sur l'homme qui a tiré sur la porte ?

— Comme quoi ?

— Décrivez-le encore une fois.

Monica soupira intérieurement. Elle avait déjà donné une description aussi précise que possible. Mais elle ne montra pas son irritation. Elle se contenta de répéter.

— Il était moins grand que Stuart et Slate, dit-elle. Plus âgé aussi. Je ne suis pas très douée avec les âges, mais si je devais en deviner un, je dirais quelque part entre quarante-cinq et cinquante-cinq ans ? Il avait un morceau de tissu qui couvrait sa bouche et son nez, mais ses cheveux étaient visibles et ils étaient bruns avec des mèches grises. Pas beaucoup, mais il y en avait. Je sais que ça ne fait pas automatiquement quelqu'un de vieux, mais c'est l'impression que j'ai eue d'après les rides autour de ses yeux et son comportement général. Il était en forme physiquement. Ses yeux étaient sombres. J'aurais dit qu'ils étaient noirs, mais ce n'est pas vraiment possible. Donc sans doute marron foncé.

Monica s'arrêta de parler et attendit la question suivante du commandant.

— Quoi d'autre ?

Elle fronça les sourcils.

Comment ça, quoi d'autre ?

— Que pouvez-vous me dire d'autre sur lui ? J'ai besoin de plus que ça pour l'identifier.

— Euh... il avait un tatouage sur l'avant-bras gauche.

Le commandant se pencha en avant.

— Un tatouage de quoi ?

— Je ne sais pas.

Monica sursauta quand l'homme frappa la table de la main et aboya :

— Réfléchissez !

— Monsieur... commença Mustang, mais Stuart ne resta pas aussi calme que son ami.

Il se leva brutalement et posa une main sur la table en se penchant vers son patron.

— Hors de question, dit-il avec un ton que Monica n'avait encore jamais entendu de sa part.

Sa voix était grave et il était extrêmement énervé.

— Nous savons tous les deux que forcer mademoiselle Collins à venir ici n'était pas vraiment légal, mais elle est venue quand même. Elle essaie de nous aider et lui faire peur ne l'aidera pas à se souvenir d'autre chose. Lâchez. La.

Monica retint son souffle. Elle était certaine que Stuart était sur le point d'être jeté aux fers. Elle ne savait pas du tout si la Navy utilisait encore une telle chose, mais elle ne pensait pas que le commandant allait supporter que l'un de ses subordonnés lui parle de cette façon. Et elle avait raison.

— Tu sais que je peux ajouter une lettre de réprimande à ton dossier pour ta façon de me parler, n'est-ce pas ? demanda le commandant à Stuart d'une voix sévère.

Monica se raidit encore davantage. Elle n'aimait pas être la raison pour laquelle Stuart risquait d'avoir des problèmes.

— Je suis désolé, monsieur, répondit Stuart. Mais Monica fait du mieux qu'elle peut.

À sa surprise, le commandant se détendit.

— Je sais.

Il se tourna vers elle :

— J'apprécie votre aide.

Monica fut surprise que cet homme acquiesce soudain.

Il se leva alors et commença à faire les cent pas.

— Cette situation est délicate, leur dit le commandant.

— Alors, expliquez-la, dit Mustang. Quand j'ai essayé d'en

parler hier, vous avez dit que vous alliez me mettre au courant plus tard. C'est plus tard.

— Pas devant une civile.

— Monica est peut-être une civile, mais pour pouvoir travailler dans la maison de l'ambassadeur, elle a dû recevoir une habilitation, fit remarquer Stuart. Et elle est impliquée. Il est évident qu'elle est l'une des meilleures pistes que vous avez pour attraper ce type, qui que ce soit, et il me semble de plus en plus clair que sa vie pourrait être en danger à cause de lui. Le moins que vous puissiez faire après l'avoir déracinée et conduite à Hawaï, c'est d'expliquer pourquoi l'identification de ce type est si importante.

Le commandant laissa échapper un soupir de frustration.

— Parce que ce type est doué. *Vraiment* putain de doué. Il possède un nombre infini de pseudonymes, et il est capable de se faufiler dans n'importe quel pays sans laisser de traces. Son mode opératoire est le même partout. Il choisit des pays au bord de l'insurrection et se mêle aux manifestants. Il les incite à la violence, sonne la charge des pillages, se sert de tout ce sur quoi il peut mettre la main, puis disparaît comme il est venu quand les choses deviennent incontrôlables.

— Comment savez-vous tout cela ? demanda Mustang.

— Parce qu'il nous nargue, répondit le commandant.

— Comment ? voulut savoir Stuart.

— En envoyant des e-mails cryptés.

— À qui ? insista Stuart.

— À des commandants hauts placés de la marine. Moi-même, Storm North, Dag Creasy, Patrick Hurt et d'autres. Des commandants *SEAL*, précisa Huttner.

— Merde, jura Mustang.

— C'était *vraiment* un SEAL ? demanda Monica doucement.

— Probablement, confirma le commandant. Je parierais ma carrière dessus.

— Peut-il s'agir de quelqu'un dont l'équipe a été envoyée dans la zone ? demanda Stuart.

— Non. J'ai déjà vérifié. Il y avait deux autres équipes de SEALs pour aider à l'évacuation des civils à Alger, et personne ne manquait à l'appel au moment où Monica dit avoir vu ce type. Il est plus âgé, comme Monica l'a suggéré, et je pense qu'il est à la retraite... ou peut-être a-t-il été viré de la marine et est-il maintenant furieux ?

— Et il utilise son entraînement pour se venger, dit Mustang.

— Exactement, mais il est monté d'un cran. Il y a eu un incident à Hong Kong en particulier, et cet enfoiré prétend avoir battu, violé et tué trois femmes au milieu du chaos... ce qui a été confirmé plus tard. Pareil à Barcelone, Beirut, Santiago... il est très fier d'envoyer des e-mails précisant les détails sur les gens qu'il a tués.

Le commandant marqua une pause dans ses allers-retours pour attraper la tablette sur laquelle il prenait des notes pendant l'entretien avec Monica. Il cliqua plusieurs fois dessus, puis la tendit à Mustang.

— Pendant que vous reveniez d'Algérie, il a envoyé ça aux autres commandants et à moi.

Monica eut très envie de voir ce que disait l'e-mail, mais elle resta assise en silence pendant que Mustang lisait. Sans un mot, il passa la tablette à Stuart. Monica étudia son visage et il était évident que le message envoyé par l'homme mystère n'était pas une bonne chose. La mâchoire de Stuart tressaillit et il se mit à respirer plus vite.

— Merde, dit-il quand il eut terminé, rendant la tablette à Huttner.

— Ce comportement explique en partie pourquoi j'ai insisté pour que mademoiselle Collins vous accompagne, dit le commandant.

— Qu'a-t-il dit ? demanda Monica, incapable de rester silencieuse plus longtemps.

— Ce n'est pas tant ce qu'il a dit, mais plutôt la photo qui accompagnait cet e-mail, répondit Huttner.

— Puis-je la voir ? demanda Monica.

Les trois hommes se raidirent.

— Non, dirent Mustang et Stuart en chœur.

Au même moment, leur commandant dit :

— Oui.

— Elle n'a pas besoin de voir ça, insista Stuart.

— Si elle le voit, elle comprendra peut-être que je n'essaie pas d'être un salopard, rétorqua Huttner. À notre connaissance, elle est une des seules personnes à avoir vu ce type, et à pouvoir le reconnaître. Si mes suppositions sont justes et que c'est un ancien SEAL, elle pourra l'identifier à partir de photos.

— Vous savez que les chances sont très minces, argumenta Stuart. Il avait le visage couvert et nous ne savons pas depuis combien de temps il n'est plus en service.

— Elle est tout ce que nous avons pour l'instant. Et plus il passe de temps en liberté, plus de personnes sont en danger, insista Huttner.

Stuart et son commandant se regardèrent dans les yeux, aucun des deux ne cédant à l'autre.

— Si vous êtes inquiets de me faire voir quelque chose d'horrible, ne le soyez pas. J'ai déjà vu un mort.

À ces mots, les trois hommes se tournèrent pour la fixer, incrédules.

— *Quoi ?* demanda Stuart.

Elle ne pouvait pas vraiment lui en vouloir d'être surprise. Son affirmation sortait de nulle part. Mais elle voulait rassurer ces hommes, expliquer qu'elle n'allait pas s'évanouir à cause d'une photo envoyée par e-mail par l'ancien SEAL.

Elle s'adressa au commandant :

— Mon père n'était pas quelqu'un de bien. Il était paranoïaque et obsédé par la sécurité autour de notre propriété. Quand j'avais douze ans, un homme chassait et il est accidentellement venu sur notre terrain. Il a marché sur un des pièges installés par mon père. Sa jambe était complètement broyée et il souffrait beaucoup. Mon père m'a dit de l'accompagner pour aller confronter cet homme, et quand il n'a pas cru qu'il s'était perdu en chassant, mon père lui a tiré dans la tête. À bout portant. Puis il m'a obligée à l'aider à traîner le corps de l'homme jusqu'à son camion. Je suis allée avec lui dans les montagnes, où j'ai dû l'aider à creuser un trou pour l'enterrer.

Monica aurait pu entendre une mouche voler, tant la pièce était silencieuse.

Elle avait été si pressée de rassurer les hommes qu'elle savait gérer ce qu'il y avait sur cette photo, qu'elle n'avait pas réfléchi à son aveu. Elle commença à trembler, se demandant si elle allait elle-même être jetée aux fers maintenant qu'elle avait non seulement admis être témoin d'un meurtre, mais avoir aidé à disposer d'un corps.

— Quand j'ai fui mon père, j'ai écrit une lettre anonyme à la police, continua-t-elle doucement, incapable d'arrêter de trembler. J'ai expliqué ce qui était arrivé et où ils pouvaient trouver le corps de cet homme. Je savais que sa famille devait souffrir depuis sa disparition. En se demandant où il était et ce qui lui était arrivé. Tout ce que je dis, c'est que si ce type a envoyé une photo de quelque chose de violent… je ne vais pas m'effondrer en la voyant.

À sa surprise, au lieu de la mettre debout et de lui enfiler immédiatement des menottes, le commandant soupira et se rassit sur sa chaise en l'examinant.

Stuart prit la main gauche de Monica dans la sienne. Pour une fois, elle ne grimaça pas parce que l'on touchait ses doigts coupés. Il caressa le dos de sa main avec le pouce pour l'apaiser.

— Dis-moi que ton père est allé en prison, lâcha Mustang.

Monica secoua la tête.

— Je ne le peux pas. La police a enquêté, mais je suppose que mon père a bougé le corps à un moment. Il n'y avait donc aucune preuve en dehors de ma parole. Mais le karma a fini par l'avoir à la fin. Il est tombé d'un poste d'observation des cerfs et il est mort de froid un hiver.

— Bien.

Ce simple mot fut dit avec tant de sentiment et de satisfaction que Monica ne put s'empêcher de pousser un soupir de soulagement.

— Montrez-lui, dit Stuart.

Le commandant fit glisser la tablette vers l'autre côté de la table et Monica l'attrapa de sa main droite, car Stuart n'avait pas lâché sa main gauche.

Elle inspira brusquement en voyant la photo de l'e-mail. Une petite femme blonde était allongée sur un duvet rose. Elle était nue, ses yeux bleus étaient ouverts vers le plafond, ses membres manifestement disposés en étoile de mer. Il y avait une flaque rouge écarlate autour de son corps, une couleur choquante contre les jolies fleurs roses de la literie. Un couteau était planté dans sa poitrine, exactement à l'endroit où devait se trouver son cœur.

Monica déglutit en voyant que cette femme lui ressemblait un peu, et elle reporta son attention sur les mots qui accompagnaient la photo.

J'aimerais vous montrer ma dernière œuvre d'art. N'est-elle pas jolie ? Les photos sont meilleures à l'état brut, cela fait davantage ressortir le sang. Comme toujours, il n'y aura pas d'empreintes digitales, de preuves ADN, rien pour montrer que j'étais là. Je ne suis pas un taureau dans un magasin de porcelaine. J'ai appris chez les meilleurs. Ils ont dit que j'étais fou… ceci ressemble-t-il au travail d'un fou ? La réponse est non. Je meatrise tout et tout le temps. Je sais exactement

*ce que je fais et vous ne m'attraperez jamais tant que je ne voudrais
pas être attrapé.*

— Merde alors, souffla Monica.

Même si elle ne voulait pas vraiment regarder la photo à
nouveau, elle l'examina encore.

— Que vois-tu ? demanda Stuart doucement.

— C'était rapide, dit Monica. Elle n'a pas de blessures
défensives sur les mains, sauf s'il les a nettoyées. Cela me fait
penser à un animal que l'on achève après lui avoir tiré dessus.
C'était la partie préférée de mon père lors de la chasse. Plonger
un couteau dans le cœur de l'animal.

— Elle a raison, fit remarquer Huttner.

Sans tenir compte de ses mots, Monica poursuivit :

— Et ce couteau ressemble beaucoup à celui que tu m'as
donné.

Elle avait bien conscience que Stuart ne lui avait pas vraiment donné son KA-BAR pour qu'elle le garde, mais c'était
insignifiant pour le moment.

— Je l'ai remarqué aussi, intervint Mustang. C'est le genre
de couteau que l'on fournit aux SEALs et celui qu'ils préfèrent
utiliser.

Monica inspira profondément et repoussa la tablette vers le
commandant. Elle serra la main de Stuart avec son pouce,
ayant besoin du lien avec un autre humain.

— Je n'ai pas bien vu son tatouage. Je veux dire, je l'ai vu,
mais il est flou dans ma tête. Il était entièrement noir, je me
souviens de ça. Et il couvrait une grande partie de son avant-
bras. Il y avait peut-être un serpent ? Je suis désolée. Je m'in-
quiétais davantage de fuir et de faire en sorte qu'il ne me trouve
pas que de mémoriser des signes caractéristiques.

— C'est déjà plus que ce que nous avions, dit le commandant. Merci.

— Cet e-mail a quelque chose de bizarre, souligna Mustang.

Stuart hocha la tête.

— Il est grammaticalement correct, sauf la coquille à *meatriser*.

— Il prétend ne pas avoir laissé de traces, expliqua Mustang, mais cette dernière phrase donne l'impression qu'il veut que quelqu'un découvre qui il est.

— Mais quelle est sa motivation ? demanda Stuart.

— La vengeance ? suggéra Mustang en haussant les épaules.

— S'il a été viré, il essaie peut-être de prouver que la Navy a fait une erreur, indiqua Stuart.

— Et cette partie sur la folie... faut-il fouiller les archives à la recherche de quelqu'un ayant été renvoyé à la vie civile pour un problème mental ? Quelque chose qui ne donnerait peut-être pas droit à une pension pour handicap ? demanda Mustang en se tournant vers le commandant.

— Déjà sur le coup, le rassura l'homme plus âgé.

Monica était fascinée en regardant le brainstorming de Stuart et de son chef d'équipe. Ils échangeaient des idées avec facilité et ils étaient clairement sur la même longueur d'onde.

— Vous voyez pourquoi il est si important que nous attrapions ce type, dit le commandant Huttner à Monica.

Son regard couleur chocolat transperça le sien, l'empêchant de détourner les yeux.

— Il est passé des troubles et de l'incitation à l'émeute au vol, puis au meurtre. Il doit être arrêté. Et vous êtes la seule à avoir été face à lui en ayant survécu... d'après ce que nous savons. Vous avez beaucoup de chance, mademoiselle Collins. Vous auriez aussi bien pu être cette femme sur le lit avec un couteau dans le cœur. J'ai besoin de votre aide. Le pays a besoin de votre aide. Des femmes dans le monde entier ont besoin de votre aide pour les empêcher d'être sa prochaine victime.

Il en rajoutait… mais ça fonctionnait. Monica savait qu'elle allait se sentir extrêmement coupable si quelque chose arrivait à quelqu'un d'autre alors qu'elle aurait pu l'empêcher. Malgré tout…

— Je ne sais toujours pas trop ce que je peux vous dire d'autre, souffla-t-elle.

— Vous pourriez jeter un coup d'œil aux dossiers des anciens SEALs, voir si quelque chose réveille des souvenirs ?

— De combien de dossiers parlez-vous ? demanda Monica.

Huttner grimaça et baissa la tête.

Les SEALs ne représentent qu'un pour cent du personnel de la Navy environ. Mais nous allons faire de notre mieux pour réduire le champ des recherches en tenant compte de l'âge et du renvoi pour déshonneur ou troubles mentaux.

Monica avait l'impression qu'il essayait de minimiser le nombre de dossiers restants. Malgré tout, s'ils réduisaient le champ des recherches, c'était déjà quelque chose. Autrement, elle pouvait sûrement étudier les dossiers huit heures par jour pendant un an et ne pas arriver au bout de tous les SEALs.

Quoi qu'il en soit, quel autre choix avait-elle ? Pouvait-elle vraiment simplement partir et dire « bonne chance » au commandant avant de reprendre le cours de sa vie ? Et si ce type décidait de faire en sorte qu'elle ne puisse pas transmettre des informations au gouvernement ? Apparemment, elle était la seule à avoir survécu, et ça n'allait pas être très difficile de la trouver si elle continuait à travailler pour l'ambassadeur. Elle regarda Stuart, surprise de voir qu'il la fixait. Elle s'était attendue à ce qu'il cherche à la convaincre de rester, comme son patron le faisait, mais il la surprit quand il dit :

— Quoi que tu décides, tu as mon soutien. Ce n'est pas une décision facile à prendre, et je suis désolé que tu te retrouves au milieu de tout ça.

— Si vous restez, la Navy fera en sorte que ça en vaille la peine, dit le commandant. Je suis certain qu'une chambre sera bientôt libre dans l'hôtel, et vous pourrez y emménager. Vous recevrez un traitement pour les dépenses quotidiennes. J'en parlerai également à l'ambassadeur afin qu'il sache que vous servez votre pays et que vous ne démissionnez pas simplement pour le plaisir.

— Il engagera quelqu'un d'autre, dit Monica en regardant l'homme assis de l'autre côté de la table.

Elle ressentit une pointe de remords à l'idée de ne plus jamais voir August et Remington. Mais leur père allait trouver une autre nounou, et même si elle espérait qu'ils allaient garder de bons souvenirs d'elle, ils allaient vite s'adapter.

— Dans ce cas, la Navy vous aidera à trouver un emploi quand tout sera terminé, rétorqua le commandant.

Monica pinça les lèvres. Elle ne savait pas du tout combien de temps allait prendre l'identification de cet homme, mais elle avait l'impression que ça n'allait pas être rapide. Il était manifestement très doué pour rester discret. Et si le commandant et tous les autres enquêteurs de la Navy n'avaient pas réussi à découvrir qui il était, elle n'avait pas grand espoir de pouvoir l'identifier rapidement. Si elle décidait de rester, elle allait sans doute être là pendant un moment.

Pouvait-elle le faire ? Pouvait-elle supporter tout ce temps passé avec des militaires pendant qu'elle parcourait les dossiers ? Elle n'en était pas franchement sûre.

Puis elle sentit Stuart serrer encore une fois sa main. Sa main avec les doigts qui manquaient.

Elle fut subitement frappée par une idée. Elle connaissait cet homme depuis moins d'une semaine et elle se sentait assez à l'aise avec lui pour qu'il touche ses moignons abîmés. Elle ne ressentait pas de panique ni le besoin d'arracher sa main à la sienne, comme quelques jours auparavant. C'était perturbant, et elle se sentit une fois de plus complètement en dehors de sa zone de confort.

Malgré ça, elle se surprit en disant doucement :

— Je vais rester et faire ce que je peux pour vous aider.

Huttner poussa un soupir de soulagement.

— Super. Je vais installer un ordinateur que vous pourrez utiliser pour commencer à parcourir les dossiers. Si vous acceptez, je vais contacter une interrogatrice qui est vraiment douée dans son domaine et qui pourrait vous aider à vous souvenir de quelque chose que vous ignorez savoir. Et il y a un hypnotiseur que la Navy a utilisé dans le passé. Je vais voir si nous pouvons organiser cela également.

— Du calme, monsieur, dit doucement Stuart. Monica a dit qu'elle allait rester pour aider, mais il est inutile de tout faire en une journée. Elle a besoin de vêtements et d'autres affaires essentielles. Elle n'avait rien en arrivant à Hawaï. Il faut également organiser la paperasse pour qu'elle puisse recevoir sa compensation.

— C'est vrai. Bien sûr. Mais il faudra qu'elle vienne tous les jours ouvrés pour regarder les fichiers.

— Elle le fera.

Monica aurait dû être ennuyée que les deux hommes parlent de sa vie comme si elle n'était pas assise à côté... mais c'était trop agréable être défendue par Stuart, même s'il la rendait nerveuse. Ça ne l'aurait pas dérangée de commencer tout de suite sur les fichiers, mais il était vrai qu'elle était un peu bouleversée. Elle allait peut-être avoir de la chance et indiquer rapidement l'homme que le commandant cherchait si désespérément, mais c'était peu probable.

— Je vous tiendrai au courant dès qu'il y aura une chambre libre à l'hôtel de la base, dit Huttner.

Monica ne savait pas s'il parlait à Stuart ou à elle, mais elle supposa que ça n'avait pas d'importance.

— Euh... vais-je avoir des problèmes pour ce que je vous ai raconté ? demanda-t-elle.

Elle ne voulait pas vraiment remettre le sujet sur la table, mais elle préférait savoir maintenant si le commandant avait l'intention de rapporter sa complicité pour meurtre. C'était mieux que d'être surprise plus tard par l'arrivée de la police.

Pour la première fois depuis qu'elle avait rencontré le commandant, elle vit de la bonté dans ses yeux.

— Non. Vous aviez douze ans. C'était il y a longtemps… et j'ai l'impression que vous avez traversé un enfer avec l'homme qui se disait être votre père.

— C'est le cas, chuchota-t-elle en se sentant épuisée.

Elle était complètement perturbée. La réunion d'aujourd'hui ne s'était pas du tout passée comme elle l'avait cru. Dans son expérience, les militaires étaient des durs pragmatiques qui se moquaient de tout ce qui ne faisait pas partie de leurs objectifs. Et même s'il était évident que le commandant de Stuart était professionnel et pragmatique, et que sa frustration l'avait dominé pendant un court moment, il était évident qu'il avait aussi un côté plus doux. Ce qui était déconcertant.

Même si elle n'aurait jamais accepté de venir ici de son plein gré, elle fut assez surprise de ne pas être plus pressée de finir ce qu'on lui demandait avant de décamper d'Hawaï aussi vite que possible. La thérapeute qui lui avait suggéré de passer du temps avec des militaires savait peut-être de quoi elle parlait, finalement. Elle apprenait que même s'ils étaient intenses, la plupart des hommes avec lesquels elle avait passé du temps depuis que les choses avaient mal tourné en Algérie ne ressemblaient pas à son père.

C'était un énorme soulagement.

Huttner se leva et Stuart et Mustang firent de même, alors Monica suivit le mouvement.

— Merci d'être aussi compréhensive au sujet de la situation, dit le commandant. Je sais que j'ai abusé de mon autorité pour vous forcer à venir à Hawaï, mais j'espère que vous comprenez maintenant l'urgence de la situation, et pourquoi je l'ai fait.

— Oui, monsieur, dit Monica, ne sachant pas trop quoi dire d'autre.

— Tu la ramèneras demain ? demanda l'homme plus âgé à Stuart.

Il soupira.

— Après le déjeuner. Nous avons notre rapport de mission à ce moment-là et elle pourra parcourir les dossiers pendant notre réunion.

Monica retint son souffle, attendant de voir si le commandant allait accepter.

— Ce sera très bien.

Huttner tourna les talons et sortit de la salle de conférence.

Monica poussa un long soupir.

— Prête à partir ? demanda Stuart, comme si rien de l'heure écoulée ne sortait de l'ordinaire.

Elle hocha la tête.

— Je vais parler au reste de l'équipe, dit Mustang. Les mettre au courant.

— Bien.

— Je veux attraper ce type, ajouta Mustang.

— Pareil, acquiesça Stuart.

— Être un SEAL est l'un des plus prestigieux métiers que l'on puisse avoir. Savoir que ce type utilise ce qu'il a appris contre son pays, contre d'autres pays, et contre les femmes... c'est répugnant et inacceptable, poursuivit Mustang d'un ton énervé.

— Je suis d'accord, répondit Pid.

Monica resta silencieuse, percevant toujours la colère qui venait de Stuart et ne voulant pas qu'il dirige cette irritation vers elle.

Mais Mustang respira profondément et sembla contenir sa fureur.

— Pardon, lui dit-il.

Monica écarquilla les yeux de surprise.

— C'est juste que je suis très énervé.

— Je parie qu'Elodie peut t'aider à te sentir mieux, dit Stuart avec un petit sourire en coin.

— Carrément, oui. Être avec elle suffit à me détendre. Monica, merci. Je sais que c'est une situation merdique et tu n'as rien fait pour mériter d'être au milieu de tout ça. Mais si Elodie ou moi pouvons faire quoi que ce soit pour te faciliter les choses, fais-le-nous savoir.

— Euh... d'accord, dit Monica en sachant qu'elle ne ferait rien de la sorte.

Stuart secoua la main de Mustang.

— Merci de nous avoir accompagnés aujourd'hui.

— Quand tu veux. Le commandant aurait dû nous mettre au courant plus tôt. Nous aurions pu essayer de repérer ce type en Algérie. Surtout si l'on considère que c'était exactement le genre de situation dont il pouvait essayer de profiter.

— Je suis d'accord, répéta Stuart.

— Oh, au fait, as-tu parlé à Aleck, ce matin ?

— Non, pourquoi ?

— Apparemment, il ne veut pas attendre plus longtemps pour épouser Kenna. Ils sont en ce moment même en train de préparer un mariage luau.

— Sans déconner ? demanda Stuart en souriant.

— Sans déconner. J'ai l'impression que le concierge, Robert, s'est mis en tête de leur offrir le meilleur mariage qui soit, sur la plage des appartements de Coral Springs.

— Fabuleux ! Il me tarde d'en savoir plus.

— Pareil. À demain, dit Mustang en s'éloignant dans le couloir.

— Luau ? demanda Monica quand ils furent seuls.

Stuart sourit.

— Oh, oui. C'est vraiment très hawaïen. Tu vas adorer.

— Oh, mais... pourquoi serais-je invitée ? demanda-t-elle

quand Stuart posa la main au creux de son dos pour l'encourager à passer devant lui dans le couloir.

— Tu es sérieuse ?

— Oui ? demanda-t-elle en levant les yeux vers lui.

Stuart attendit qu'ils soient dehors et qu'ils marchent vers son monospace sur le parking pour dire :

— Je sais que c'est difficile à comprendre pour toi, mais tant que tu es là, tu fais partie de notre groupe. Tu seras invitée aux barbecues, aux soirées entre filles, et tu seras sous la protection de mon équipe. Si Aleck et Kenna se marient pendant que ton séjour ici, tu seras invitée, c'est sûr.

Monica resta sans voix. Elle n'avait encore jamais rencontré quelqu'un comme Stuart et ses amis. Ils étaient extrêmement généreux. Ils ne la connaissaient même pas. N'allaient sans doute pas beaucoup l'apprécier. Pourtant, Stuart affirmait qu'ils allaient agir comme si elle était une de leurs meilleures amies. Ça n'avait aucun sens.

— Tu verras, ajouta Stuart comme s'il pouvait lire dans ses pensées et savoir à quel point elle était perplexe.

Il attendit qu'elle soit installée sur le siège passager avant de fermer sa portière et de faire le tour jusqu'au côté conducteur.

— Je me suis dit que nous pouvions passer par le centre commercial d'Alana Moana en rentrant. Même si Lexie a bien deviné ta taille et t'a apporté des affaires pour te dépanner, je suis sûr que tu voudras choisir tes propres vêtements. Et ne t'inquiète pas pour le coût. La compensation financière que tu auras couvrira largement ce que tu as besoin d'acheter.

— D'accord.

Monica n'avait jamais vraiment aimé le shopping, mais l'idée de choisir ses propres affaires lui plaisait bien, comme il l'avait dit.

— Et j'aimerais te parler d'autre chose.

Monica se prépara au pire.

— Je sais que le commandant va nous prévenir dès qu'une chambre sera libre à l'hôtel de la base… mais j'aimerais que tu envisages de rester chez moi.

Monica fut sincèrement stupéfaite. Elle s'était dit que Stuart allait être plus qu'heureux de la voir quitter sa maison le plus vite possible.

— Je crois honnêtement que tu seras plus confortable chez moi que sur la base. J'ai remarqué comme tu deviens tendue et mal à l'aise chaque fois que tu vois des hommes et des femmes en uniforme. Et comme tu passeras pas mal de temps à la base pour examiner les dossiers, avoir un endroit où tu n'es pas obligée de rester sur tes gardes tout le temps sera sans doute bien pour toi.

Il avait raison sur ce point, mais Monica n'aurait jamais voulu être un fardeau. Pour personne. S'il lui proposait sa maison par sens du devoir, elle devait immédiatement décliner son offre.

Stuart poursuivit.

— Et… j'aime t'avoir à la maison. Je n'avais pas remarqué comme c'est calme et solitaire chez moi jusqu'à ce que tu y restes toute la journée d'hier. Même quand nous ne parlions pas, c'était agréable de ne pas être seul. Les autres sont occupés avec leurs femmes maintenant, et je dois admettre que ça me manque de passer du temps avec quelqu'un d'autre.

— Mustang, Midas et Aleck sont pourtant les seuls à avoir des petites amies ou des épouses, non ? demanda Monica en ne répondant pas immédiatement à sa question.

— Tu as une bonne mémoire. Oui. Mais même si Jag et Slate ne sortent pas officiellement avec Carly et Ashlyn, ils sont intéressés. Et ils sont patients. Jag passe beaucoup de temps à veiller sur Carly, qui ne s'est pas encore remise de quelque chose que son ex lui a fait, et Slate passe la plupart de son temps à essayer de contenir Ash, sans y parvenir. C'est une vraie tigresse. Slate est bien occupé avec elle.

Stuart gloussa et Monica resta assise à le fixer pendant qu'il les conduisait vers le centre commercial.

— Quoi qu'il en soit, si tu ne veux vraiment pas rester chez moi, ce n'est pas grave. Mais sache que ça ne me gêne absolument pas et que j'aimerais beaucoup ta compagnie.

En réalité, Monica n'avait pas envie de loger dans la base. Elle essayait de ne pas se laisser dominer par son passé et sa peur, mais être en permanence entourée de militaires n'était pas ce qu'il y avait de mieux pour sa psyché.

— Je resterai tant que je ne gêne pas, dit-elle.

Stuart lui fit un grand sourire.

— Super. Si ça ne t'embête pas, j'aimerais m'arrêter dans un magasin de bricolage avant que nous rentrions.

— Pourquoi ? demanda-t-elle.

— Je veux mettre une meilleure serrure sur ta porte pour que tu te sentes vraiment en sécurité.

— Ce n'est pas nécessaire, rétorqua Monica, bien qu'elle ne puisse s'empêcher de sentir une pointe de soulagement.

Elle appréciait Stuart, mais ça ne voulait pas dire qu'elle lui faisait entièrement confiance. Il était quand même un militaire. Et s'ils apprenaient à mieux se connaître, il pouvait se mettre des idées en tête au sujet de leur relation. Elle avait beau se répéter que Stuart n'était pas comme son père, un doute agaçant demeurait toujours.

— Si, ça l'est. Mais il y a autre chose que j'ai prévu de faire, et il me faut récupérer des matériaux.

— Quoi donc ?

— C'est une surprise, dit-il avec un petit sourire.

Monica ne put s'empêcher d'être curieuse. Elle ouvrit la bouche pour poser d'autres questions, mais il tourna à gauche dans un parking et dit :

— Nous sommes arrivés.

Monica laissa tomber en haussant les épaules. Elle découvrit qu'il lui tardait de s'asseoir sur la terrasse de la maison de

Stuart sans penser à grand-chose pendant un moment. Elle avait mal au cerveau. Elle avait dû penser à trop de mauvais souvenirs ce jour-là, sans parler du fait qu'elle avait beau essayer, elle n'arrivait pas à visualiser le tatouage sur le bras du SEAL. Elle avait l'impression que c'était une des clés les plus importantes pour découvrir l'identité de cet homme.

Et d'une façon ou d'une autre, même si elle n'était là que depuis peu de temps, la maison confortable entourée par des arbres lui donnait davantage l'impression d'être son foyer que n'importe quel autre endroit où elle avait vécu.

CHAPITRE HUIT

Il était difficile de croire que toute une semaine s'était écoulée depuis que Pid était revenu d'Algérie avec Monica. Après le rapport de mission, il avait sollicité quelques jours de congé afin de terminer une surprise qu'il préparait pour son invitée. Il la conduisait à la base chaque matin, l'accompagnant jusqu'au petit bureau où le commandant Huttner avait réquisitionné un ordinateur afin qu'elle puisse parcourir les dossiers d'anciens SEALs.

C'était un projet intimidant, mais Monica ne semblait pas perturbée. Elle semblait plus... résignée. Il était évident qu'elle n'était pas ravie de devoir parcourir toutes les photos enregistrées, mais elle n'avait pas refusé non plus.

Pendant qu'elle était à la base, Pid travaillait aussi efficacement que possible chez lui pour terminer la surprise qu'il avait prévue. Elle avait été intriguée par le bazar qu'il faisait en coupant et en mesurant des planches, mais elle ne s'était pas plainte de la sciure sur le sol ou de tous les outils qu'il laissait traîner.

Aujourd'hui était le jour où il allait pouvoir montrer à Monica sur quoi il travaillait. Ce matin, son propriétaire – qui était entrepreneur en bâtiment – était venu l'aider avec une partie du projet.

Pid avait ensuite demandé à Aleck de venir dans l'après-midi pour l'aider à finir, et d'une façon ou d'une autre, toute l'équipe était arrivée. Il leur était reconnaissant. Il ne s'était pas rendu dans la chambre de Monica avant aujourd'hui, sauf une fois pour prendre des mesures, car il n'avait pas voulu qu'elle devine la surprise. Avoir cinq paires de mains supplémentaires était donc extrêmement utile. L'équipe parvint à terminer tout le projet à la fin de la journée.

Quand Pid fit un pas en arrière pour étudier leur travail, Midas lui donna une tape dans le dos.

— Ça rend bien, Pid.

— Si je ne savais pas ce que je cherchais, je ne saurais même pas que c'est là, acquiesça Jag.

Pid scruta la pièce d'un œil critique. Ce n'était pas parfait. Il n'avait pas le temps ni les connaissances pour déplacer la fenêtre afin d'équilibrer les dimensions de la chambre, mais il se dit que ça devait aller.

— Quelles sont les chances pour que Monica puisse identifier ce type ? demanda Slate.

Mustang était parti cinq minutes auparavant pour récupérer Monica à la base et la ramener chez elle. Elle allait sans doute être surprise que Pid ne vienne pas la chercher, comme il l'avait fait tous les autres jours de cette semaine, mais il devait ranger au moins un petit peu avant qu'elle rentre.

Pid poussa un soupir et se pencha pour attraper des outils sur le sol. Les autres suivirent son exemple et commencèrent à ranger, afin que la chambre reprenne la même apparence que quand Monica l'avait vue en partant ce matin. Presque.

— Franchement ? Presque aucune chance, dit-il à Slate.

— C'est ce que je pensais, répondit son ami.

— C'est vraiment une tâche impossible, intervint Midas. Il y a des milliers d'anciens SEALs entre quarante-cinq et cinquante-cinq ans. Et si elle s'est trompée en devinant son âge, cela en ajoute des milliers de plus. Il lui faudra sans doute tous les examiner si ça n'aide pas de rétrécir leur nombre en se basant sur le type de renvoi. Et la photo du dossier pourrait avoir été prise quand il était bien plus jeune.

— Je sais, dit Pid.

Et le tatouage n'est pas très utile, car il peut l'avoir eu après avoir quitté la Navy, dit Midas.

— Sans parler du fait qu'il avait le visage couvert, ajouta Aleck.

— Je *sais*, répéta Pid.

— Alors, quel est le plan ? demanda Jag. Elle va vivre pour toujours dans cette petite forteresse que tu lui as construite ?

— Non, répondit Pid, irrité.

Il était certain que Monica était assez fermée, mais il avait fini par s'attacher à elle au cours de la semaine. Il ne voulait pas qu'elle vive dans la chambre d'amis pendant le restant de sa vie. Ça ne le gênait pas de voir un jour s'ils étaient compatibles en tant que *plus* qu'amis et colocataires.

Il comprenait qu'elle allait avoir besoin de temps pour apprendre à lui faire confiance. À sa connaissance, elle n'avait confiance en personne, particulièrement pas les militaires, ce qui le rongeait. Une femme comme elle, si forte et courageuse après tout ce qu'elle avait traversé, ne devait pas vivre en étant fermée et effrayée à cause d'un seul homme.

Il ne savait pas s'il pouvait être celui qui allait aider Monica à baisser sa garde et à apprendre à profiter de la vie, mais il avait envie d'essayer.

— C'est tout ? Juste « non » ? le taquina Slate.

— C'est ça, dit Pid à ses amis.

— D'accord. Bon, pour passer à autre chose, libérez votre emploi du temps dans un mois. Kenna et moi allons nous marier et si vous n'êtes pas tous là, je vais devoir vous frapper.

Les hommes félicitèrent Aleck en lui donnant des tapes dans le dos.

— Comment allez-vous réussir à planifier un mariage en si peu de temps ? demanda Slate. Je croyais qu'il fallait des mois aux femmes pour préparer tout ça.

— C'est souvent le cas, mais nous avons Robert, dit Aleck avec un sourire.

— Ah, le concierge magique. Un autre avantage quand on est riche, plaisanta Jag.

— À vrai dire, je pense qu'il aurait même accepté gratuitement de tout organiser. C'est Kenna. D'une façon ou d'une autre, elle donne envie aux gens de faire tout leur possible pour lui faire plaisir, souligna Aleck.

Un an plus tôt, Pid n'aurait jamais imaginé être là à parler de détails du mariage, mais pendant qu'Aleck leur expliquait que leurs parents allaient venir, et parlait des permis que Robert avait réussi à obtenir pour enterrer un cochon sur la propriété pour le luau, il ne put s'empêcher de sourire. Certains hommes n'auraient pas aimé voir changer leurs amitiés une fois que des petites amies et des épouses étaient arrivées dans le groupe, mais pas Pid. Il adorait voir le bonheur de ses amis.

— Oh, et Kenna fait un enterrement de vie de jeune fille, et elle m'a dit de te dire qu'elle veut vraiment que Monica vienne, lui dit Aleck.

Son sourire s'estompa un peu.

— Je ne sais pas, dit-il en se dérobant.

Même s'il avait annoncé à Monica qu'elle faisait maintenant partie de leur tribu, se rendre à un mariage était une chose, mais participer à un enterrement de vie de jeune fille avec des femmes qu'elle ne connaissait pas allait être plus difficile à lui vendre.

— J'ai essayé de dire à Kenna que c'était bizarre d'inviter une femme qu'elle ne connaissait pas à son enterrement de vie de jeune fille, mais elle a insisté. Elle a dit que si elle était ton amie, cela faisait de Monica *son* amie, et elle veut qu'elle soit là.

— Monica a des difficultés à apprécier les gens, expliqua Pid.

Il détestait dire quoi que ce soit de négatif sur la femme dont il se préoccupait plus qu'il n'aurait dû, puisqu'elle allait finir par partir, mais il voulait prévenir ses amis, afin qu'ils préviennent à leur tour leurs petites amies.

— Je pense que c'est évident, dit Midas. Lexie lui a envoyé des textos pour essayer de la mettre à l'aise, mais sans grand succès.

— C'est juste qu'elle a du mal à faire confiance aux gens, dit-il.

— À cause de son enfoiré de père, grogna Slate.

Pid hocha la tête.

Tout le monde savait maintenant que son père l'avait forcée à aider à enterrer un homme. Et de quelle façon sa main avait été abîmée.

— Et si nous allions dîner chez Duke's avant l'enterrement de vie de jeune fille ? Se voir dans un lieu neutre pourrait les aider à mieux se connaître, suggéra Aleck.

Pid hocha la tête. Il voulait vraiment que Monica s'entende avec les femmes de ses amies, mais si elle n'y arrivait pas ? Ce n'était pas rédhibitoire pour lui. Il appréciait Monica exactement comme elle était. Silencieuse. Introspective. Elle était beaucoup plus à même de regarder et d'écouter que de se joindre à des festivités. Il ne doutait pas qu'elle allait s'entendre avec Elodie, Lexie et Kenna, mais être leur meilleure amie n'était pas obligatoire pour devenir sa petite amie.

D'un autre côté... à quoi pensait-il ? Monica était à Hawaï dans un but bien précis et uniquement celui-là : identifier l'homme qui était entré dans la maison de l'ambassadeur. C'était tout. Une fois que c'était fait, ou s'il devenait évident que ça n'allait *pas* arriver, elle allait partir. Retourner à sa vie de nounou.

— Super, je vais demander à Kenna à quel moment elle pense que c'est le mieux, continua Aleck.

— Et je vais en parler à Lexie, qui le fera savoir à Elodie.

— Avez-vous des objections si Ashlyn vient aussi ? demanda Slate.

— Pas moi, lui dit Aleck. Plus on est de fous, plus on rit.

— J'aimerais beaucoup que Carly quitte son appartement, mais c'est peut-être trop tôt pour elle de revenir chez Duke's, ajouta Jag.

— Penses-tu qu'elle viendra à notre mariage ? demanda Aleck.

Jag haussa les épaules.

— Je ne sais pas. Mais je ferai de mon mieux pour la convaincre.

— Regardez-nous, plaisanta Midas. En train d'organiser un goûter pour nos femmes.

Tout le monde rit et Pid ne put s'empêcher de se joindre à eux. Ils ne parlaient certainement pas comme un tas de SEALs féroces de la Navy à ce moment-là, mais il savait que ça leur était égal.

Son téléphone vibra à cause d'un texto et Pid regarda l'écran. Mustang lui faisait savoir qu'il avait récupéré Monica et qu'ils étaient sur le chemin du retour.

— Bon, il est temps pour tout le monde de partir. J'apprécie votre aide plus que vous le pensez, mais Mo est en route.

Il avait déjà expliqué pourquoi il ne voulait pas que tout le monde soit présent au moment de lui montrer ce qu'il avait fait, et ça ne gênait pas ses amis. Monica n'aimait pas être au centre de l'attention, et avoir toute son équipe en train de la fixer en attendant sa réaction n'était pas facile pour elle.

Pid n'arrivait pas à croire comme il était nerveux. Il faisait les cent pas en attendant que Mustang arrive avec Monica. Il voulait que son invitée se sente à l'aise. Elle n'avait pas voulu être ici et elle rendait un énorme service au commandant et à son pays. Le moins qu'il pouvait faire était de s'assurer qu'elle se sente autant que possible en sécurité pendant qu'elle était aux États-Unis.

Le bruit des pneus sur le gravier devant sa maison poussa Pid à marcher jusqu'à la porte d'entrée. Il salua Mustang, assis au volant de son gros pick-up défoncé. Il avait peut-être l'air merdique, mais Mustang s'en occupait méticuleusement. Le moteur était sans doute en meilleur état que la majorité des voitures sur les routes.

Pid regarda Monica pendant qu'elle marchait vers lui. Elle semblait fatiguée. Il détestait comme son énergie semblait être drainée par le fait de regarder des dossiers toute la journée. Pid sourit à son invitée en se disant qu'il allait parler à Monica et au commandant pour voir s'il était possible de raccourcir les heures qu'elle passait à la base chaque jour, même si cela impliquait qu'elle mettrait plus longtemps à parcourir tous les fichiers.

— Est-ce que tu vas bien ? demanda-t-elle en fronçant les sourcils.

— Moi ? Bien sûr. Pourquoi ?

— Mustang n'a pas vraiment voulu me dire pourquoi tu n'es pas passé me prendre aujourd'hui. Il a simplement dit que tu étais occupé. Je ne savais pas si c'était du jargon masculin pour dire que tu étais malade... ou que tu en avais assez de me transporter partout tout le temps.

— Je ne suis pas malade et je n'en ai absolument pas assez de te conduire partout où tu as besoin d'aller. Tu te souviens de ce projet sur lequel je travaillais ?

Il attendit qu'elle hoche la tête avant de continuer.

— Eh bien, j'ai terminé aujourd'hui.

La curiosité illumina son regard.

— Ah bon ?

— Oui. Tu veux le voir ?

— Je n'en suis pas sûre.

Pid fronça les sourcils.

— Tu n'en es pas sûre ?

— Je ne suis pas une grande fan de surprises, expliqua-t-elle.

— Laisse-moi deviner, dit Pid. Ton père ?

Monica lui fit un regard penaud.

— Oui. La plus mémorable est quand il m'a dit d'aller dehors, qu'il avait une « surprise » pour moi. Cinq poules avaient été tuées pendant la nuit par un prédateur. Une sixième était toujours en vie, mais incapable de marcher. Elle gigotait sur le sol, il était évident qu'elle souffrait. Il m'a dit de la tuer, de plumer les six poules, de couper leur tête et leurs pattes, de retirer leurs organes internes, et de les ramener à l'intérieur pour que ma mère les lave et les congèle pour plus tard. J'avais six ans.

Pid ferma les yeux et inspira profondément en essayant de garder son calme.

Il ne rouvrit les yeux que lorsqu'il sentit une main toucher son bras. Monica se tenait juste devant lui, le visage inquiet.

— Ce n'était pas si terrible, dit-elle.

— Ne fais pas ça, dit Pid en secouant la tête. N'essaie pas de défendre ce qu'a fait ce connard. Il t'a traumatisée, et tu as beau être une femme incroyable, quelqu'un que j'admire énormément, tout ce qu'il a fait est resté gravé dans ta tête. Et je *déteste* ça pour toi.

Ils se fixèrent longuement et Pid eut envie de la serrer dans ses bras. Mais il ne voulait pas la faire fuir ou lui donner l'impression qu'il avait pitié d'elle. Parce que ce n'était pas le cas. Comment pouvait-il avoir pitié de quelqu'un qui avait fait le nécessaire pour survivre ?

— Si j'ai davantage de bonnes surprises, je les envisagerais peut-être différemment, dit-elle au bout d'un moment en lui faisant un petit sourire.

Putain, cette fossette qu'il n'apercevait que de temps en temps était la faiblesse de Pid. Elle n'avait qu'à lui sourire et il était prêt à faire tout ce qu'elle pouvait demander, uniquement pour revoir cette fossette.

— D'accord. Il me reste encore un peu de nettoyage à faire, alors ne tiens pas compte de la saleté et de la sciure.

— Comme je l'ai fait pendant tout le reste de la semaine ? le taquina-t-elle.

Pid gloussa.

— Oui, comme ça.

— Tu sais quoi ? lâcha-t-elle quand ils entrèrent dans la maison.

— Quoi ?

— Je commence à m'habituer à ne pas vivre dans une maison immaculée. Je n'avais pas remarqué qu'une partie de mon enfance était restée si profondément ancrée en moi. Partout où j'ai vécu, j'ai gardé ma chambre très propre. J'ai fait en sorte que mon lit soit toujours fait. Que tout soit à sa place. J'ai même fait de mon mieux pour ranger les maisons de mes employeurs. C'est assez libérateur de ne pas s'inquiéter pour la sciure sur le sol ou la vaisselle sale dans l'évier.

Pid rit.

— Je ne sais pas si je dois être fier ou horrifié d'avoir une si mauvaise influence sur toi.

— Fier, vraiment, affirma Monica en posant son sac sur le comptoir de la cuisine et en regardant autour d'elle.

Le salon n'était pas si terrible. Les autres l'avaient aidé à passer le balai, mais le canapé et la table basse étaient encore poussés contre le mur et couverts par un drap pour essayer de les protéger de la poussière et des débris.

— Waouh, vous avez fait du breakdance ici, ou quoi ?

Pid éclata de rire. Quand il réussit à se maîtriser, il demanda :

— Tu me vois sérieusement faire du breakdance ?

Elle le regarda avec sérieux et dit :

— Je pense que tu peux absolument tout faire, si tu le veux vraiment.

Merde. Elle le rendait tellement ému.

— Merci, Mo. Bon, la surprise est dans ta chambre. Vas-y et jette un coup d'œil.

Elle lui lança un regard nerveux, mais longea lentement le couloir jusqu'à la chambre qu'elle utilisait depuis une semaine.

Pid la suivit en croisant les doigts pour qu'elle aime ce qu'il avait fait.

Au début, elle resta simplement dans l'embrasure de la porte, observant autour d'elle d'un air perplexe. Tout était exactement comme elle l'avait laissé ce matin-là. Pid avait pris soin de tout remettre en place.

Monica se tourna vers lui.

— Euh... merci ?

Pid sourit.

— Remarques-tu quelque chose... de bizarre... concernant les dimensions de la pièce ?

Elle se retourna pour étudier l'espace et Pid l'entendit retenir son souffle quand elle comprit ce qu'il avait fait.

— Oh mon Dieu, Stuart ! As-tu...

— Oui, dit-il, toujours avec un grand sourire. Je n'ai pas pu examiner la pièce sécurisée de la maison de l'ambassadeur à Alger, mais j'ai construit le même genre. Ce mur sur la gauche est un faux. Il y a environ quatre-vingts centimètres entre le mur d'origine et celui-ci. Il n'y a pas beaucoup d'espace dedans, mais pour quelqu'un de ta taille, je me suis dit que c'était plus qu'assez pour que tu puisses bouger.

Monica n'avait pas dit un mot, elle s'était contentée de se retourner et de fixer le mur comme si elle avait des yeux à rayons X et qu'elle pouvait voir à travers. Pid passa donc devant elle et se dirigea vers l'endroit où il avait caché le bouton qui ouvrait la porte. Celui-ci se trouvait près du sol, et Pid appuya sur une latte avec le pied.

Une petite porte s'ouvrit à côté de lui. Elle ne faisait qu'environ un mètre quarante de haut, loin de la taille habituelle. Il devait se pencher pour y entrer. Mais il n'avait pas construit ça pour lui, il l'avait fait uniquement pour la tranquillité d'esprit de Monica.

— Je voulais que tu puisses ouvrir la porte même si tu avais les mains pleines, c'est pour ça que j'ai décidé de mettre le bouton près du sol, expliqua-t-il. Pour l'instant, il y a une couverture, un oreiller, un téléphone portable, une radio avec des écouteurs, et un petit tabouret. La seule chose que je n'ai pas faite, c'est brancher l'électricité sur la nouvelle prise du mur. Je le ferai plus tard. Mais la prise d'origine fonctionne toujours, alors la radio peut être branchée et le téléphone portable chargé. Et il y a une dernière chose.

— Encore ? chuchota Monica.

Pid hocha la tête.

— J'ai pensé à la chambre en Algérie, et je me suis dit que si Slate et moi n'étions pas venus, tu aurais été coincée dans cette pièce quand les émeutiers ont mis le feu à la maison.

Il avait été confirmé par surveillance satellite que tout le quartier avait été détruit par la foule.

— Je ne veux surtout pas que tu ailles te cacher dans cette pièce sécurisée et que tu y restes coincée. J'ai donc fait venir mon voisin pour m'aider à faire une sortie. Elle est encore plus petite que celle-ci, il te faudra donc te mettre à quatre pattes pour l'utiliser, mais je l'ai essayée et j'ai pu sortir, alors tu le pourras aussi. J'ai planté des buissons de ce côté de la maison récemment, alors ça te permettra de sortir sans être vue. Ensuite, si tu as besoin d'aide, tu peux courir jusqu'à la maison du voisin, ou n'importe où.

Pid savait qu'il parlait vite, mais il n'arrivait pas à voir ce que ressentait Monica et ça l'angoissait.

— Je voulais simplement que tu te sentes en sécurité, dit-il doucement. Et cette pièce en Algérie a permis que tu fuies cet enfoiré qui t'aurait certainement fait du mal. Je ne m'attends pas à ce que le danger vienne frapper à ma porte, mais je ne peux pas promettre que ça n'arrivera jamais. Je me suis fait quelques ennemis dans mon travail, et même si en général mon identité reste secrète, il existe toujours une chance pour qu'il y ait une fuite. Ou peut-être qu'un voleur ciblera ma maison parce qu'elle est éloignée de la route. Quoi qu'il en soit... je me suis dit qu'avoir un endroit pour te cacher pouvait te mettre plus à l'aise ici.

Pid resta debout à côté de la porte ouverte de la chambre sécurisée et s'agita, mal à l'aise. Monica n'avait toujours rien dit et il commençait à être nerveux. Il la regarda pendant qu'elle s'avançait lentement vers lui. Elle se pencha et jeta un coup d'œil dans l'espace entre le faux mur qu'il avait construit et le mur extérieur d'origine. Il avait branché une petite lampe afin qu'elle puisse voir l'endroit clairement.

Elle se releva alors et il vit des larmes dans ses yeux.

Pid paniqua un peu, pensant que quelque chose n'allait pas, qu'elle détestait ce qu'il avait fait. Il se remit donc à parler, essayant d'empêcher les larmes de couler sur les joues de Monica. Il avait l'impression que rien n'allait l'abattre davantage que de la voir pleurer.

— Tu n'es pas obligée de l'utiliser. C'est juste une idée que j'ai eue. Je sais que j'ai un peu rétréci cette chambre, mais ce n'est pas si terrible. Et si tu détestes vraiment, nous pouvons échanger nos chambres. Je peux rester ici et tu peux loger dans la plus grande.

Monica leva la main et la posa au centre du torse de Pid. Il arrêta immédiatement de parler. Il respirait à peine en attendant qu'elle parle.

— Personne de toute ma vie n'a jamais rien fait d'aussi incroyable pour moi, dit-elle au bout d'un moment. Personne. Merci, Stuart.

— Avec plaisir.

— Je n'arrive pas à croire que tu aies fait tout ça en une journée, dit-elle en laissant la main sur son torse, mais en regardant la porte près de laquelle ils se trouvaient.

— J'ai construit le cadre pendant la semaine et j'ai gardé les panneaux dans ma chambre. Il a juste fallu que je les sorte et que je les installe.

Monica leva les yeux au ciel.

— Et que tu installes le placo, que tu peignes, que tu coupes un trou dans ta maison afin de mettre l'autre porte.

Elle se tourna vers lui.

— Je suppose que tes amis t'ont aidé ?

Pid hocha la tête.

— Franchement, je suis stupéfaite, chuchota-t-elle.

En posant la main par-dessus celle de Monica sur son torse, Pid dit :

— Tu n'es pas obligée de dire quoi que ce soit. Je suis simplement content que tu ne me prennes pas pour une espèce de survivaliste fou.

Il n'essayait pas d'être drôle, mais à ces mots, Monica rejeta la tête en arrière et rit de façon incontrôlable. Il ne put que la regarder avec de grands yeux pendant qu'elle faisait de son mieux pour se maîtriser.

Pid n'avait jamais rien vu d'aussi beau qu'une Monica joyeuse. Il voulait mémoriser ce moment au cas où il ne le revoyait jamais. Ralentir le temps, embouteiller son rire contagieux et jubilatoire.

Elle se maîtrisa bien trop vite et secoua la tête.

— Mon père était un de ces survivalistes fous, et tu ne joues pas dans la même catégorie que lui. De loin. Son idée de la sécurité était le bunker en béton au fond de notre propriété. Je détestais cet endroit. Chaque fois qu'il nous faisait descendre là-dedans, j'avais l'impression que le couvercle du cercueil se refermait sur nous. Il y avait une odeur bizarre, ça fuyait de tous les côtés, et la seule sortie était par l'entrée. Ceci ne ressemble pas du tout à ça. *Pas du tout*. Et c'est le meilleur cadeau que j'ai pu recevoir. Merci.

Ensuite, elle le surprit en se penchant et en le serrant dans ses bras. Ça ne dura pas longtemps, mais Pid n'avait jamais été aussi affecté par le contact d'une femme que lors de cette brève embrassade.

Elle s'écarta de lui et demanda timidement :

— Puis-je essayer d'ouvrir la porte ?

— Bien sûr.

Pid recula et ferma la porte. Elle se referma presque sans bruit et il devait admettre avoir fait du bon travail. Quand la porte était close, il ne pouvait presque pas la voir. Si l'on ignorait sa présence, on ne pouvait pas remarquer la légère imperfection du mur.

Il regarda en souriant Monica appuyer le pied sur le plancher pour ouvrir la porte. Elle se baissa et passa à l'intérieur pour inspecter l'endroit.

— Puis-je sortir ? demanda-t-elle.

Pid s'accroupit pour regarder l'espace entre les deux murs.

— Bien sûr. Il n'y a pas de mécanisme caché pour cette porte. Mais elle est doublement verrouillée. Il te suffit d'ouvrir les verrous et d'appuyer sur la poignée.

Elle fit cela et la lumière du soleil inonda l'espace depuis l'extérieur. Elle se mit à quatre pattes et sortit à moitié. Puis elle revint et le regarda.

— Puis-je entrer depuis l'extérieur ?

Pid secoua la tête.

— Non. Avec la quantité de pluie que nous avons ici, je n'étais pas sûr de pouvoir trouver un levier qui soit à la fois caché et assez solide pour supporter l'humidité et continuer à fonctionner. Je ne voulais pas non plus mettre une poignée sur le côté de la maison, car cela révélerait la présence d'une porte. Pour l'instant, c'est donc seulement une sortie. Pas une entrée.

Monica revint à l'intérieur et tira sur la porte extérieure pour la refermer. Elle tourna les verrous et revint vers lui. Pid recula pendant qu'elle sortait de la petite pièce. Elle ferma la porte et resta plantée là un moment, fixant le mur d'un air pensif.

— Ça va ? demanda Pid.

Elle se tourna pour le regarder.

— Très bien, dit-elle avec un sourire qui lui offrit le cadeau de sa fossette.

— Bien. Tu as faim ?

— Je suis affamée.

Pid fronça les sourcils.

— As-tu déjeuné ?

— Oui. Mais c'était il y a des heures.

Il gloussa.

— D'accord. Que dirais-tu d'un steak pour le dîner ?

— Délicieux. Que puis-je faire pour t'aider ?

— Tu veux préparer une salade ?

— D'accord.

Ils repartirent dans le salon, jusqu'à la petite cuisine. Elle n'était vraiment pas assez grande pour qu'ils puissent y travailler confortablement tous les deux, mais Pid ne se plaignit pas. Il aimait l'avoir à proximité. Il aimait se cogner contre elle quand il bougeait trop vite. Et il ne put s'empêcher de remarquer que Monica ne s'écartait pas vraiment brusquement de lui chaque fois qu'il la frôlait accidentellement.

Pendant qu'il préparait les steaks, il demanda :

— As-tu trouvé quelque chose aujourd'hui ?

Elle sut exactement de quoi il parlait.

— Non.

— Mais ça se passe bien ? Tu es assez à l'aise dans la pièce que le commandant t'a attribuée ?

— Ça va, dit Monica. Mais franchement, je ne pense pas que ça va fonctionner.

— Pourquoi pas ? demanda Pid.

Il n'était pas vraiment surpris par son affirmation, mais il voulait entendre la raison pour laquelle elle n'avait pas confiance en sa capacité à reconnaître l'homme qu'elle avait vu.

— Parce que tout le monde a l'air si différent du type que j'ai vu. Ils sont plus jeunes sur les photos. Et en uniformes. Et leurs yeux sont différents.

— De quelle façon ?

— Je ne sais pas si je peux l'expliquer. L'homme à la porte avait couvert le bas de son visage, mais je savais qu'il souriait. Je pouvais voir les rides autour de ses yeux. J'ai imaginé que ce n'était pas un sourire amical, plus un sourire... d'anticipation. Ses yeux étaient froids, chuchota-t-elle. Je voyais qu'il voulait me faire du mal. Entrer et faire quelque chose d'horrible.

— Mo, dit Pid avec douceur en la faisant tourner et en l'attirant contre son torse, comme il avait eu envie de le faire plus tôt.

Il ne réfléchit pas à ce qu'il faisait, réagissant simplement à la peur et à la douleur de sa voix.

Il fut surpris quand elle ne s'écarta pas de lui. À la place, elle sembla se blottir plus près. Elle avait les bras coincés entre eux et il sentit ses doigts s'appuyer contre son torse, son front reposant également contre lui.

— Les hommes sur les photos semblent tous... fiers. Heureux de se faire prendre en photo pour leur fichier officiel. Et pourquoi ne le seraient-ils pas ? Ce sont des SEALs. Ils ont travaillé dur pour arriver là. Peut-être que si je voyais des photos d'hommes camouflés, sales, je reconnaîtrais quelqu'un, mais dans leurs uniformes repassés avec l'excitation et la fierté dans les yeux... je pense simplement que ce sera impossible pour moi de le retrouver avec la moindre certitude.

Pid était frustré pour elle. Pour son commandant. La situation était merdique. Il y avait un homme quelque part qui n'hésitait pas à continuer dans sa voie. À encourager la violence contre les autres, à tuer des femmes, à voler ce qui n'était pas à lui. À causer autant de souffrance qu'il le pouvait.

Avec une main sur ses omoplates et une autre au creux de son dos, Pid tint Monica contre lui en lui donnant tout le soutien dont il était capable sans qu'elle se sente piégée.

Il la sentit inspirer profondément et sut qu'elle allait s'écarter avant qu'elle se mette à bouger. Il laissa immédiatement retomber ses mains pour la laisser s'éloigner.

— Je suppose que ça signifie que tu auras une invitée plus longtemps que tu ne le pensais, hein ? Combien de temps penses-tu que ton commandant me gardera ici à regarder des photos même s'il est évident que je ne reconnaîtrai personne ?

— Franchement ? Je n'en ai aucune idée, lui dit Pid.

— Il est assez remonté contre ce type, n'est-ce pas ?

— Oui.

— Puis-je te dire quelque chose ?

— Tu peux me dire ce que tu veux, répondit Pid du fond du cœur.

— Je ne déteste pas être ici. Je pensais que ça allait être le cas. Je veux dire, être entourée par des militaires en permanence n'est pas vraiment mon idée d'un bon moment. Mais jusqu'ici, les gens que j'ai rencontrés sur la base ont été gentils. Ou du moins, pas *pas* gentils, si tu vois ce que je veux dire.

— Oui.

— Être avec toi et tes amis m'a fait comprendre que je ne m'impliquais pas vraiment avec les thérapeutes que j'ai consultés dans le passé.

— Que veux-tu dire ? demanda Pid.

— C'est juste que... ils m'ont tous dit que ma haine de tout ce qui a un rapport avec l'armée est irrationnelle. Que mon père était une seule personne, qu'il n'était pas représentatif de tous ceux qui portent l'uniforme. Mais bien que je hochais la tête et répétais que je le comprenais... je crois que ce n'était pas le cas. Pas vraiment. Jusqu'à aujourd'hui. Je *déteste* le fait qu'il me contrôle toujours, toutes ces années après.

— Il faut que tu sois plus indulgente avec toi-même, Mo.

— J'essaie, dit-elle en levant les yeux vers lui. Et tu m'aides beaucoup. Tu as été si gentil, alors même que je ne t'ai donné aucune raison de l'être.

Il lui sourit.

— Ton côté irritable ne me gêne pas.

Elle leva les yeux au ciel.

— D'un autre côté, peut-être que j'aime être ici parce que la météo est si agréable.

Il gloussa.

— Ça me manque d'être avec des enfants, mais c'est aussi une pause appréciable.

Pid hocha la tête.

— Penses-tu que tu aimerais voir davantage de l'île ? Sortir plus ?

— Avec toi ?

— Non, je pensais juste te donner les clés de mon précieux monospace et une carte, et te pousser dehors, la taquina-t-il.

Elle lui sourit.

— Ton précieux monospace ?

— Oui.

Monica leva les yeux au ciel.

— Ça ne me gênerait pas de voir autre chose que ta maison. Non pas qu'elle est désagréable, elle est en réalité très confortable et j'aime beaucoup le jardin. Mais oui, je suppose que puisque je suis à Hawaï, je ferais aussi bien de visiter un peu. Ça peut toujours servir si je dois occuper des enfants dont j'aurai la charge dans l'avenir.

Pid ne voulait pas penser à son départ, même s'il était inévitable.

— Super. Oh, et une dernière chose.

— Oui ? demanda-t-elle, méfiante.

— Kenna aimerait t'inviter à son enterrement de vie de jeune fille. Je sais que c'est bizarre, étant donné qu'elle ne te connaît pas et inversement, mais elle est comme ça. Elle est extrêmement amicale.

— Je ne sais pas, répondit Monica d'un ton évasif.

— Nous en avons parlé avec les autres et nous pourrions tous nous rejoindre chez Duke's pour dîner un soir. Ce sera très détendu, aucune pression. Je me suis dit que c'était sans doute une bonne idée de te la faire connaître ainsi que les autres femmes avant que tu dises oui ou non pour l'enterrement de vie de jeune fille.

— Et si je dis non ? demanda-t-elle.

Pid ne put s'empêcher de ressentir une pointe de déception, mais il prit soin de ne pas la montrer.

— Alors, nous n'irons pas.

— Je ne suis pas douée pour me faire des amis, Stuart. Ce n'est pas que je pense que Kenna et les autres femmes ne sont pas des gens bien, c'est juste que je ne sais jamais de quoi parler, et les gens ont tendance à penser que je suis snob ou coincée quand je ne participe pas aux conversations.

— Elles ne penseront pas ça, lui dit Pid.

Monica eut l'air sceptique.

— Je te le promets. Elles ne le penseront pas.

Elle soupira.

— J'irai. Mais tu dois me laisser dire « je te l'avais bien dit » quand il sera devenu évident que nous ne nous entendons pas bien.

Pid eut très envie de serrer encore Monica dans ses bras, mais il parvint à se retenir.

— D'accord. Marché conclu.

Juste à ce moment-là, l'estomac de Monica gargouilla et Pid gloussa.

— Bon. Assez parlé. Il faut que je te nourrisse.

Il se tourna une fois de plus vers les steaks qu'il avait posés sur le comptoir.

— Stuart ?

— Oui, Mo ?

— Merci.

— Pour quoi ?

— Tout. La pièce sécurisée. Ta patience avec moi. Me laisser loger ici. Tout.

— Être avec toi n'est pas une épreuve, Mo, dit Pid avant de se forcer à se concentrer sur le dîner.

Sinon, il allait sans doute dire plus que ce qu'elle était prête à entendre. Principalement qu'il aurait aimé lui donner le monde entier si elle le laissait faire.

C'était fou comme il devenait attaché à cette femme, mais Pid s'en moquait. Il ne savait pas du tout si elle allait rester dans sa vie pendant un jour de plus, une semaine, ou un mois. Mais il prévoyait de faire son possible pour lui montrer qu'elle était en sécurité ici avec ses amis, son équipe, et lui. Elle pouvait baisser sa garde et être elle-même, et on allait quand même l'apprécier... et l'aimer.

Non pas que Pid était amoureux de Monica. Pas encore. Mais il avait l'impression que s'il continuait à passer du temps avec elle, ça allait arriver. Passionnément.

Et ça ne lui faisait même pas peur. Pas du tout.

Un jour après l'autre, se dit-il. Tout peut arriver. Elle pourrait identifier l'homme que recherchait le commandant et partir... ou peut-être, avec beaucoup de chance de son côté, elle allait décider de rester, qu'elle trouve ou pas l'homme qu'elle avait vu en Algérie.

Quoi qu'il en soit, Pid était bien décidé à ne pas laisser passer une seule journée sans faire sourire Monica. Son but était de voir cette fossette autant que possible avant qu'elle parte.

— Pourquoi souris-tu, là-bas ? demanda Monica en le dévisageant d'un air suspicieux.

— Je pense simplement au dîner, lui dit-il.

— Eh bien, accélère, mon estomac hurle.

— Oui, m'dame, dit-il avec un autre sourire.

Oui, ça lui allait très bien d'avoir cette femme chez lui.

CHAPITRE NEUF

La semaine suivante s'écoula comme la précédente, sauf que quand Stuart la déposait chaque jour pour qu'elle passe des heures à parcourir des fichiers officiels de la Navy, il partait dans un bâtiment différent sur la base pour faire son propre travail.

Monica ne savait pas trop ce qu'il faisait toute la journée, mais apparemment, il était tout le temps occupé. Il quittait aussi la maison très tôt chaque matin pour faire du sport avec son équipe. Parfois, ils allaient « facilement » faire huit kilomètres à la nage dans l'océan, d'autres fois ils couraient un demi-marathon, et d'autres fois encore ils allaient à la base navale et s'entraînaient avec les autres.

Au début, Monica avait été méfiante en restant seule dans sa maison, mais elle avait fini par se détendre. Comment aurait-il pu en être autrement ? Assise sur sa terrasse à l'arrière, entourée d'arbres fruitiers, voyant de temps en temps une poule sauvage chercher de la nourriture, elle avait l'impression d'être chez elle, ce qu'elle n'avait encore jamais ressenti.

À vrai dire, Monica trouvait inquiétant de se sentir aussi à l'aise dans la maison de Stuart. Et elle n'avait pas passé autant de temps sans travail depuis qu'elle avait fui sa maison d'enfance. Même si elle ne pouvait s'empêcher d'admettre que c'était agréable d'avoir du temps pour elle et de ne pas avoir à s'inquiéter de ce qu'elle devait préparer pour les enfants au petit-déjeuner, ou de les lever et de les habiller, ou le million d'autres choses qu'il fallait faire quand on s'occupait d'enfants.

Ici, elle pouvait simplement être... Monica.

Le problème avec cela était que sans travail pour se focaliser dessus, sans que quelqu'un dicte tout ce qu'elle devait faire... elle ne savait pas trop qui était Monica Collins.

En soupirant, elle but une autre gorgée de son café, profitant de la calme matinée du week-end. Elle n'avait jamais bu beaucoup de café dans le passé, mais en goûtant le café Kona, qui était préparé avec du grain Peaberry – elle ne savait pas ce que c'était – elle avait été convertie.

Elle repensa à Stuart... à qui elle pensait souvent ces derniers jours. Il avait été plus que généreux, et elle le savait. Elle n'était pas une invitée normale. Elle avait été une inconnue, et pas très reconnaissante pour son aide et celle de Slate en Algérie. À vrai dire, Monica savait qu'elle avait été carrément belliqueuse. Mais il l'avait tout de même invitée à loger chez lui, en sachant qu'elle allait être mal à l'aise dans la base militaire.

Non seulement ça, mais il avait fait son possible pour construire cette incroyable pièce secrète. Elle avait encore du mal à réaliser qu'il avait fait cela. Après être partie se coucher, elle s'était assise dans le petit espace la première nuit, et elle avait simplement pleuré.

Pleuré parce que Stuart avait été si gentil avec elle. Tout comme ses amis. Pleuré parce que pour la première fois de sa vie, quelqu'un semblait la comprendre. Vraiment comprendre ses peurs. C'était terriblement effrayant, parce que Stuart ne la connaissait même pas vraiment. Il n'imaginait pas toutes les choses qu'elle avait dû endurer dans son enfance. Et pourtant, il savait instinctivement ce dont elle avait besoin et faisait de son mieux pour qu'elle se sente en sécurité chez lui.

Avec chaque jour qui s'était écoulé depuis, Monica s'était un peu plus détendue. Mais maintenant, elle avait un problème différent de celui qu'elle avait eu en arrivant sur l'île au début.

Avant, elle avait été impatiente de parler au commandant des SEALs et de retourner à sa vie. Maintenant, après seulement deux semaines, elle s'était installée. Elle aimait se réveiller sans avoir de gros planning. Elle commençait à s'habituer aux hommes et aux femmes qu'elle voyait régulièrement dans le bâtiment où elle passait ses journées.

Et plus que tout, il y avait Stuart.

Monica était terriblement partagée. Elle appréciait cet homme. Beaucoup. Mais elle n'était toujours pas certaine de lui faire entièrement confiance. Et elle détestait son père avec une colère renouvelée parce qu'il lui avait fait ça. Il avait très bien réussi à lui faire remettre en question les motivations de tout le monde. À lui apprendre à chercher les signes de supercherie chez chaque personne qu'elle rencontrait. C'était en partie la raison pour laquelle elle avait commencé à travailler avec des enfants. Ils n'avaient pas encore appris à tromper, particulièrement les plus jeunes.

Monica but une autre gorgée de son café et ferma les yeux. Qu'elle ait confiance ou pas, elle devait admettre – au moins à elle-même – que le désir d'en savoir plus sur l'homme avec lequel elle vivait plus ou moins devenait plus fort chaque jour. Parce qu'elle n'avait pas voulu parler de sa famille, Stuart avait fait comme elle. Elle savait qu'il avait grandi en Alaska, qu'il avait une sœur, mais c'était à peu près tout.

Quand elle entendit un bruit derrière elle dans la maison, Monica se tourna et vit Stuart dans la cuisine. C'était encore une de ses attentions pour la mettre à l'aise. Il faisait toujours du bruit en allant et en venant, afin de ne pas la surprendre. Elle était certaine qu'il était capable de se déplacer aussi silencieusement qu'un fantôme s'il le voulait, car il faisait partie des forces spéciales, après tout, mais il marchait partout dans la maison d'un pas lourd, comme s'il était un des enfants dont elle s'était occupée.

En souriant, elle but une autre gorgée lorsque Stuart ouvrit la porte et la rejoignit sur la terrasse.

— Waouh, c'est agréable de voir ça en rentrant à la maison, dit-il doucement en tirant une chaise longue près de la sienne et en s'asseyant.

— Quoi donc ? demanda-t-elle en scrutant le jardin à la recherche de ce qui lui faisait tant plaisir.

— Toi, dit-il. Avec le sourire. Ce n'est pas souvent.

— Si, rétorqua Monica, alors qu'elle savait qu'il avait raison.

Stuart haussa les épaules.

— Je dis ça comme ça. Ça me plaît.

Pas gênée par ce compliment, Monica demanda :

— Comment s'est passé ton entraînement ?

— Il était dur, mais bon. Mustang a décidé qu'il était temps de faire une autre séance sur la course d'obstacles avec nos sacs.

— Je n'arrive pas à croire que vous soyez allés faire un entraînement à la base un dimanche, dit Monica.

Stuart but une gorgée de son café et se détendit sur sa chaise. Il croisa ses longues jambes au niveau des chevilles et soupira, posant la tasse sur son ventre et fermant les yeux.

— Les jours ne veulent pas dire grand-chose pour nous, dit-il tranquillement. Il est important que nous restions en forme, et souvent les week-ends sont plus faciles pour utiliser l'équipement à la base, puisqu'il n'y a pas autant de monde là-bas.

Monica le comprenait.

Ils restèrent silencieux un moment, profitant de l'agréable température du matin. D'expérience, Monica savait qu'il pouvait faire assez chaud pendant la journée, particulièrement quand le soleil sortait.

— Si tu veux, je me suis dit que je pouvais te faire faire un petit tour de l'île, aujourd'hui. Je pensais te conduire aux jardins de Moanalua et te montrer l'énorme arbre à pluie qu'ils ont là-bas. Il est intéressant parce que sa canopée est aussi large que l'arbre est haut. C'est vraiment quelque chose à voir. Cependant, il n'y a pas beaucoup de fleurs, même si ça s'appelle les jardins de Moanalua. Après, nous pourrions aller en centre-ville. On ne peut pas aller à Oahu sans voir le cimetière mémoriel national du Pacifique, et le Punchbowl.

— Le Punchbowl ? demanda Monica.

— Le cratère Punchbowl est le cône de tuf d'un volcan éteint. Le nom hawaïen est Puowaina, ce qui est le plus souvent traduit comme « colline du sacrifice ». C'est approprié, puisque le cimetière se trouve là-bas. Il y a également un point de vue hallucinant.

Monica ne put s'empêcher d'être enthousiaste pour la journée. Elle n'était pas beaucoup sortie depuis qu'elle était là, et voir un peu de l'île pouvait être agréable.

— Si tu aimes les points de vue, nous pourrions aller à celui de Tantalus au parc de Puu Ualakaa. Il y a une très belle vue de Diamond Head, de Waikiki, du centre-ville d'Honolulu, et de l'océan au loin. Tu n'es pas malade en voiture, hein ?

Monica secoua la tête.

— J'ai le mal de mer, oui. Mais pas en voiture.

— Ouf, parce que les routes pour monter là-bas sont assez sinueuses. Nous pourrions finir l'après-midi à Waikiki, où tu pourras récupérer quelques souvenirs si tu en as envie, et où nous rejoindrons la bande chez Duke's.

Monica soupira et regarda le jardin. Elle savait que c'était aujourd'hui qu'ils allaient se rejoindre au restaurant populaire de Waikiki. Elle n'était toujours pas ravie, mais si Kenna était bien décidée à l'inviter à son enterrement de vie de jeune fille le week-end suivant, et à son mariage, elle se dit que c'était une bonne idée d'essayer au moins de la connaître, et les autres femmes également.

— Tout ira bien, dit Stuart en posant la main sur son bras.

Monica se sentait très mal d'avoir des réticences à les rencontrer. Mais elle n'avait pas menti en expliquant à Stuart qu'elle avait des difficultés à se faire des amis. Elle ne semblait jamais avoir rien de commun avec la plupart des gens, et elle se sentait toujours mal à l'aise en essayant de parler de tout et de rien. Elle restait donc en général silencieuse en les écoutant, ce qui dérangeait parfois.

— Je sais, dit-elle.

— Je ne t'exposerais jamais à quelqu'un que je pensais incapable de t'apprécier, dit Stuart doucement.

Monica hocha la tête.

Il soupira.

— Je ne vais pas te demander de me faire confiance, parce que je sais que la confiance est compliquée pour toi, mais tu verras. Tout ira bien. De plus, au pire tu auras goûté le hula pie de Duke's. Il est à mourir. Est-ce que tu bois ?

Monica secoua la tête et demanda :

— Pourquoi ? Est-ce un problème ?

— Pas du tout.

— C'est bizarre, marmonna-t-elle en regardant son café. C'est une autre raison pour laquelle je ne m'entends pas avec les gens, particulièrement lors d'événements sociaux.

— Aucun problème. Je demandais seulement parce que Duke's a des cocktails populaires. Ils les font aussi sans alcool. Personne ne va se soucier du fait que tu boives ou pas, Mo.

— Parfois, je demande de l'eau dans un verre de martini, avoua-t-elle. Ça évite que l'on m'embête avec le fait de ne pas boire d'alcool.

— C'est malin. Mais tu ne seras pas obligée d'avoir recours à ce genre de ruses avec Elodie et les autres. Ça leur est vraiment égal.

Plus Monica entendait parler des femmes de ses amis, plus elle espérait qu'elles allaient l'apprécier. Mais elle était sur une pente dangereuse. Tout d'abord, parce qu'elle ne savait pas si c'était très probable, et deuxièmement, parce qu'elle allait sans doute partir bientôt. Le commandant commençait à être frustré par son incapacité à reconnaître qui que ce soit. Stuart n'arrêtait pas de lui dire d'être patiente, mais c'était difficile quand son patron était si manifestement *impatient*. Et elle devenait elle-même de plus en plus pressée de découvrir qui était cet homme mystère.

— Mo, regarde-moi.

Monica déglutit et regarda Stuart. C'était ridicule qu'il soit aussi beau après avoir fait du sport pendant une heure et demie ou plus. Il avait des traces blanches sur son tee-shirt à cause du sel de sa transpiration. Ses cheveux rebiquaient dans tous les sens et son visage était râpeux à cause de la pousse de sa barbe pendant la nuit. Elle le sentait même de l'endroit où elle se trouvait... et ce n'était pas exactement une odeur fraîche et propre.

Mais tout cela ne faisait rien pour diminuer son attirance.

Monica aurait dû paniquer à cette révélation. À la place, elle put seulement fixer ses yeux marron sombre... et se demander s'ils étaient de la même couleur quand il était excité.

Merde.

Il fallait qu'elle arrête d'avoir l'esprit mal tourné et qu'elle se concentre sur ce qu'il disait.

—... sera amusant. Et si pour une raison ou une autre tu ne passes pas un bon moment, il te suffira de me le faire savoir et nous partirons.

Monica écarquilla les yeux.

— Mmm, quoi ?

— Si tu n'es pas bien, fais-le-moi savoir d'une façon ou d'une autre. Nous pouvons même trouver une espèce de code que personne d'autre ne remarquera, et je te ramènerai ici. Il y a un nouveau livre qui est sorti cette semaine et que tu n'as pas encore pu lire, non ? Tu pourras te pelotonner dans ta chambre et lire tranquillement.

Monica le fixa avec de grands yeux. Elle avait effectivement parlé à Stuart d'un livre qui venait d'être publié et qu'elle voulait lire, mais elle ne s'était pas rendu compte qu'il l'écoutait aussi attentivement. Et le fait qu'il veuille bien abandonner une sortie avec ses amis pour *elle*, qu'il venait de rencontrer et qui allait sans doute quitter sa vie bientôt, la stupéfiait.

Une seconde... que disait-elle ? Sans doute ? Il n'y avait pas de sans doute là-dedans. Elle *allait* partir.

— Mo ? demanda Stuart, dont l'inquiétude s'entendait facilement.

— Pardon, je t'écoute. Et tout ira bien.

— Je ne veux pas que tu ailles juste *bien*, dit-il. Je veux que tu passes un véritable bon moment. Et tu n'es pas obligée de parler ou de boire pour ça. Elodie, Lexie et Kenna sont assez drôles. Et si Ashlyn vient aussi, ce sera encore plus fou. Attends de voir les échanges entre Slate et elle. Ils se plaisent, mais ils ne veulent pas l'admettre. C'est assez hilarant.

Monica eut un pincement au cœur qu'elle n'avait encore jamais ressenti. Elle n'avait pas de groupe d'amis proches. Et écouter Stuart parler des autres lui donnait envie d'avoir ce qu'elle n'avait jamais eu.

— Que dirais-tu de ça : si tu tires sur le lobe de ton oreille droite, je saurais que tu veux partir, suggéra Stuart.

Monica le fixa un instant avant de sourire. Puis elle se mit à rire si fort qu'elle faillit renverser son café.

— Quoi ? lui demanda Stuart en souriant.

— Que je tire sur mon oreille ? Pour un SEAL, pour une espèce de super soldat-espion, c'est vraiment nul.

Le sourire de Stuart ne faiblit pas.

— D'accord, que suggères-tu ?

Elle était ravie de ne pas l'avoir offensé.

— Je ne sais pas, mais bon sang, ton idée vient d'un film d'espionnage ringard, c'est sûr.

— Je t'aime comme ça, dit Stuart.

Monica fronça le nez.

— Comme quoi ?

— Heureuse.

Elle devait admettre qu'elle s'aimait aussi ainsi. Mais elle ne l'avoua pas à haute voix.

— Et si je te le disais simplement quand j'ai envie de partir ? suggéra-t-elle.

— D'accord, Mo. Ça marche.

Stuart s'appuya à nouveau contre sa chaise et inspira profondément.

— Alors... tu as grandi en Alaska ? demanda Monica.

Elle ne savait pas du tout pourquoi il eut cet énorme sourire sur le visage à sa question, mais il hocha la tête.

— Oui. À Palmer, une petite ville au nord d'Anchorage. Il n'y avait qu'environ sept mille habitants, ce qui donnait une impression d'intimité. Et avec ça, je veux dire que tout le monde connaissait les affaires de tout le monde.

Il gloussa.

— Y faisait-il froid ? demanda Monica.

— C'était en Alaska, alors oui, la taquina-t-il. Mais je n'y ai pas tellement réfléchi, parce que j'y étais habitué. La chose dont les gens se plaignaient toujours était la brièveté des journées en hiver, mais j'aimais – et j'aime encore – l'obscurité. Nous n'avons pas vécu assez au nord pour avoir de l'obscurité pendant vingt-quatre heures, mais au milieu de l'hiver, il n'y a environ que quatre heures de lumière du soleil par jour. Et bien sûr, en été, c'est le contraire. C'était un enfer pour ma mère d'essayer de coucher ma sœur et moi alors qu'il faisait encore jour dehors. Tout le monde a des rideaux occultants aux fenêtres pour l'été.

— C'est difficile à imaginer pour moi.

— Je pourrais...

Stuart s'arrêta de parler.

— Tu pourrais quoi ? demanda Monica.

— Rien. C'est un endroit unique, c'est certain. Mes parents l'adorent et ils ne partiront jamais.

Elle se demanda ce qu'il n'avait pas dit. Avait-il été sur le point de proposer de lui montrer ? Non, ce serait fou, étant donné qu'elle était seulement sa colocataire temporaire.

— Alors, ils sont toujours là-bas ? demanda-t-elle.

— Oui. Tous les deux en bonne santé et heureux. Ma mère est bénévole dans un des refuges pour sans-abri et mon père est médecin à l'institut cardiovasculaire d'Alaska.

— Waouh. Impressionnant.

Stuart haussa les épaules.

— C'est juste mon père, pour moi. Un jour il m'ennuie, et le suivant je suis tellement fier de lui que je ne peux pas le supporter.

Monica ne pouvait pas imaginer ce que c'était.

— Je suis désolé.

Elle regarda Stuart, surprise.

— Pourquoi ?

— Parce que je parle trop de ma famille.

— C'est moi qui ai posé la question, dit Monica. Et tu n'as pas à être désolé. Ce n'est pas parce que tu as eu une enfance et une famille merveilleuses et pas moi que tu dois t'en excuser.

— Je déteste que tu n'aies pas eu la même chose, dit Stuart.

— Moi aussi. Mais je pense que je m'en sors bien.

Pour la première fois depuis très longtemps, elle le croyait vraiment. On lui avait si souvent répété qu'elle n'arriverait à rien. Qu'elle était seulement bonne à être une pondeuse. Que sa valeur dans la vie était liée au soin qu'elle allait mettre à satisfaire les besoins d'un homme et tenir une maison. Mais au cours des dernières semaines, en ayant plus de temps pour penser à elle-même et à sa vie, Monica avait compris que Stuart avait peut-être raison... elle était plutôt forte. Elle avait traversé des choses que les gens ne pouvaient pas croire si elle les leur racontait.

En pliant sa main gauche, Monica regarda ses doigts mutilés. Oui, on pouvait dire qu'elle avait plutôt bien survécu malgré une enfance merdique.

— Ça va ? demanda Stuart.

L'inquiétude dans sa voix la détourna de ses moignons.

— Oui, dit-elle sincèrement.

— Bien. As-tu déjà pris ta douche ?

— Non.

— Veux-tu passer la première, ou c'est moi ?

Monica fronça le nez d'un air comique et affirma :

— Toi. Absolument.

— Hé, protesta-t-il. Essaies-tu de me dire que je sens ?

— Je n'essaie pas, je te le dis.

Elle regarda Stuart qui rit en jetant la tête en arrière. Mon Dieu, elle aurait pu rester assise à le fixer toute la journée. Ce n'était pas une épreuve, pas du tout.

— Très bien. J'y vais. As-tu pris le petit-déjeuner ?

— Non. Mais je peux préparer quelque chose pendant que tu es à la douche, proposa-t-elle.

— Non, je m'en occupe. Que dirais-tu d'œufs brouillés, de bacon et de petits pains à la sauce ?

— Je ne suis pas sûre d'avoir besoin de manger autant.

— Nous allons beaucoup marcher aujourd'hui. Tu brûleras les calories.

Stuart se leva, puis il stupéfia Monica en se penchant et en déposant un baiser sur le haut de sa tête.

C'était un geste spontané. Même *lui* semblait surpris par ce qu'il avait fait.

— Pardon... je ne voulais rien faire de déplacé.

— Ça va, dit Monica en levant les yeux vers lui.

Stuart la fixa un moment, comme pour s'assurer qu'elle était sincère, puis il hocha la tête.

— Bon, je rentre.

Il lui jeta un faux regard noir avant de poursuivre :

— Interdiction de t'approcher de la cuisine, je suis sérieux. Je m'occupe du petit-déjeuner.

— D'accord. Je n'irai pas. Je vais rester assise ici à compter les poules jusqu'à ce que tu aies fini, dit Monica.

— Bien. J'ai l'impression que tu n'as pas assez souvent eu l'occasion de te détendre.

Puis il se tourna et partit à la salle de bains.

Monica sentit son cœur battre très fort... et pour la première fois, elle s'inquiéta, parce que plus elle passait du temps avec Stuart, plus elle avait de sentiments pour lui.

Son père aurait été ravi qu'elle tombe amoureuse d'un militaire, mais beaucoup moins content que Stuart soit si honorable. Il allait certainement penser que ses coéquipiers étaient des lavettes parce qu'ils témoignaient tant d'affection à leurs femmes. Il aurait détesté que Stuart soit aussi doux avec elle.

Elle ne se souvenait pas d'une fois où son père avait préparé un repas pour elle et sa mère. Il s'était attendu à ce qu'elles fassent toutes les corvées « féminines ». La cuisine, le nettoyage, le raccommodage des vêtements... tout. Pendant ce temps, il restait assis à se plaindre de tout.

Le fait que Stuart insiste fréquemment pour cuisiner était très éloigné de ce à quoi elle avait l'habitude, mais ça plaisait à Monica. Beaucoup. Pas parce qu'elle aimait se faire servir, mais parce que Stuart était prêt à faire sa part du travail domestique.

Monica n'avait jamais vécu avec un homme depuis qu'elle avait quitté la maison de son père. La maison de ses employeurs ne comptait pas. Elle n'était pas une invitée dans les maisons où elle avait vécu, mais une employée. Elle devait s'occuper des enfants, faire le nécessaire pour qu'ils soient nourris, heureux, et divertis.

Vivre avec Stuart ne ressemblait à rien de ce qu'elle aurait pu imaginer. Et c'était bien.

En buvant le fond de café qu'il restait dans sa tasse, Monica se leva et partit à l'intérieur. Stuart ne mettait jamais très long-temps sous la douche, et elle fut soudain excitée à l'idée de commencer la journée. Elle voulait voir tout ce qu'il avait mentionné... et il y avait même une étincelle, une petite étin-celle, d'anticipation pour le dîner avec ses amis prévu ce soir-là.

CHAPITRE DIX

Pid s'inquiétait de plus en plus. Monica l'avait prévenu qu'elle n'était pas douée pour les situations sociales, et elle n'avait pas menti.

Tout le monde s'était rassemblé chez Duke's, et les choses avaient assez bien commencé. Kenna avait la soirée de libre et elle put rester assise à table avec eux et profiter du repas au lieu de les servir. Elodie et Lexie étaient là, tout comme Ashlyn. Carly n'était pas venue, et cela contrariait visiblement Jag, mais en général, tout le monde était de bonne humeur.

Sauf Monica.

Elle était assise à côté de lui au milieu de la table rectangulaire, buvant son thé glacé, et se concentrant essentiellement sur la nourriture devant elle. Elle avait salué tout le monde, mais n'avait pas dit un mot depuis.

Elodie avait essayé de l'inclure dans la conversation, mais comme il s'agissait des plans pour le mariage luau dans quelques semaines, Monica n'avait pas grand-chose pour y contribuer. Pid avait vu les regards inquiets que ses amis jetaient dans sa direction, mais il avait légèrement secoué la tête et ils avaient reporté leur attention sur la conversation en cours.

La journée, avant d'arriver chez Duke's, s'était extrêmement bien passée. Monica avait souri plus que jamais, et elle avait même accepté de le laisser prendre un selfie d'eux au point de vue du parc national de Puu Ualakaa. C'était une photo que Pid allait chérir pour toujours. Elle avait les yeux fermés et elle riait, affichant pleinement la fossette qui le rendait fou. Ses cheveux blonds tournaient autour de sa tête dans le vent et quelques mèches s'étaient emmêlées avec les siennes. Elle ressemblait à une femme qui n'avait aucun souci au monde, et c'était ainsi qu'il voulait toujours se souvenir d'elle.

Ils avaient passé une journée incroyable et elle avait même insisté pour lui acheter une poupée de danseuse hawaïenne pour le tableau de bord de son monospace. Il n'avait aucune intention de profaner son précieux véhicule avec ce jouet irritant, prévoyant à la place de la poser sur le bord de la fenêtre au-dessus de son évier, où il la verrait quand même chaque jour en pensant à elle.

Il appréciait Monica plus qu'il l'avait cru. Il n'avait encore jamais passé autant de temps à apprendre à connaître une femme en tant qu'ami. Et pour lui, cette amitié se transformait lentement en quelque chose de plus. Il était pressé de la voir quand il se levait et retardait autant que possible le moment de dire bonne nuit avant de partir seul dans sa chambre.

Mais la femme qu'il avait appris à connaître au cours des dernières semaines et pendant les dernières heures n'était pas la même que celle qui était assise à côté de lui en ce moment. Elle avait le visage fermé et ne semblait pas avoir envie de s'impliquer.

— Veux-tu aller voir la plage ? demanda-t-il quand les assiettes furent retirées et qu'ils attendaient l'arrivée des desserts.

— D'accord, dit-elle doucement.

— On revient tout de suite, dit Pid au groupe.

— Nous serons toujours là, plaisanta Elodie.

Pid tint la chaise de Monica quand elle se leva et il posa une main au creux de son dos pour traverser le restaurant jusqu'aux escaliers qui allaient les conduire à l'étendue de sable.

Quand ils furent éloignés des lumières vives et du bruit du restaurant, il demanda :

— Ça va ?

Elle soupira.

— Je t'ai dit que je n'étais pas douée avec les gens.

— Tu t'en sors très bien avec *moi*, rétorqua-t-il. Et quand tu étais avec mes coéquipiers, tu étais détendue.

— Je ne m'intègre pas bien, dit-elle doucement. Je ne me suis jamais intégrée. Je ne sais pas quoi dire pour ajouter à la conversation et je ne veux surtout pas dire quelque chose de gênant qui donnera l'impression à tout le monde que je suis une bête curieuse.

— Mo, dit Pid en s'arrêtant et en se tournant face à elle.

Il posa les mains sur ses épaules.

— Il te suffit d'être toi-même.

Elle secoua la tête.

— C'est précisément ce que je crains. Monica Collins n'est pas très intéressante.

— N'importe quoi, dit Pid. Tu as un très grand sens de l'humour et tu as plus de compassion dans ton petit doigt que la plupart des gens dans leur corps entier. Tu as simplement besoin de te détendre. Arrête de t'inquiéter au sujet de ce qu'il faut dire avant de le dire. Les femmes dans ce restaurant ne vont pas te juger. Quel que soit le sujet.

— Je vais essayer.

Sans demander la permission, Pid la serra contre lui. Il

passa les bras autour d'elle et lui fit une longue étreinte venant du fond du cœur. Il la sentit se détendre contre lui et ne put s'empêcher de pousser un soupir de contentement en sentant comme ils allaient bien ensemble. Elle avait la joue posée sur son torse, au-dessus de son cœur, et elle saisit son tee-shirt au niveau des hanches en restant silencieuse dans ses bras.

— Tu te sens mieux ?

Elle hocha la tête.

— Mon repas était délicieux.

— Tu vas adorer le hula pie aussi. Promis.

Après un autre instant, ils retournèrent vers le restaurant. Les desserts avaient été servis pendant leur absence. Pid n'hésita pas à enfourner une énorme bouchée dès que Monica et lui furent installés à nouveau.

Tout le monde rit en voyant son plaisir exagéré.

— Je ne sais pas ce qu'ils mettent là-dedans, mais ça doit être une substance illicite, dit-il avec la bouche pleine.

Monica prit au contraire une petite bouchée délicate, mais il l'entendit gémir de plaisir quand elle goûta pour la première fois le hula pie de Duke's.

— Je te l'avais dit, lâcha-t-il en lui donnant un coup d'épaule.

— C'est vrai.

Pid la regarda inspirer avant de se tourner vers Elodie pour dire doucement :

— Stuart a mentionné que tu étais une chef incroyable, et il n'avait pas tort. Les plats que tu as apportés étaient délicieux. Quel est le plat que tu préfères préparer ?

C'était la bonne question. Elodie fit un grand sourire et se lança immédiatement dans une discussion de ses plats préférés. Et même si Monica ne participait pas vraiment beaucoup à la conversation qui suivit, elle y faisait plus attention et elle hochait la tête en écoutant ce que disaient les autres.

Pid était fier d'elle. Il était évident qu'elle était toujours mal à l'aise, mais elle faisait des efforts. Il ne pouvait rien demander de plus.

Quand Ashlyn voulut savoir ce que Monica et lui avaient fait toute la journée, il leur parla de leur tour en voiture et de la météo qui avait coopéré pour les photos aux points de vue.

— Tu devrais la conduire au North Shore pour qu'elle rencontre Baker, dit Elodie avec un sourire.

— Baker ? demanda Monica.

— C'est un SEAL à la retraite. Il est *canon*. Et il surfe ! expliqua Elodie.

— Hé, attention. Je vais croire que tu l'apprécies plus que moi, grommela Mustang.

Elodie se pencha et embrassa son mari sur la joue en lui tapotant le torse.

— Jamais.

Elle se retourna ensuite vers Monica.

— Il est mystérieux et un peu effrayant, mais mon Dieu, il ne fait pas mal aux yeux.

— Putain, El, dit Mustang en levant ses propres yeux au ciel.

Pid vit les lèvres de Monica esquisser un petit sourire. Il n'avait jamais été aussi content de voir ça de toute sa vie.

— Elodie a raison, ajouta Kenna. J'ai cru que j'allais me faire pipi dessus quand il s'est penché et qu'il a dit d'une voix funeste : « Personne ne cherche la merde aux SEALs » imita-t-elle en frissonnant théâtralement. Il est comme James Bond sans l'accent, et beaucoup plus beau.

— Lequel ? demanda Ashlyn. Parce que beaucoup d'hommes ont joué James Bond et ils sont tous plutôt beaux.

— Non. Aucun ne bat Baker, insista Lexie.

— D'accord, pouvons-nous arrêter de nous extasier sur Baker Rawlins ? gémit Jag.

Toutes les femmes gloussèrent.

— La suggestion d'El n'est pas si bête, dit Mustang quand les dames eurent réussi à se maîtriser. Avec les connaissances de Baker, et parce qu'il a toujours un doigt dans l'engrenage, il pourrait avoir une idée sur le type que cherche Monica.

Pid hocha la tête. Il aurait vraiment dû y penser.

— Tu as raison. Je vais voir si je peux organiser quelque chose et j'en parlerai également à Huttner. Il a peut-être déjà averti Baker de tout ce qu'il se passe.

— C'est vrai, acquiesça Mustang.

— Euh, si ce type est aussi effrayant qu'il en a l'air… nous pouvons peut-être juste l'appeler ? suggéra Monica.

Kenna se pencha au-dessus de la table et transperça Monica du regard.

— Baker est effrayant, il n'y a aucun doute là-dessus. Mais cet homme est doué dans son domaine. Il a pris rendez-vous avec un chef mafieux pour faire en sorte qu'Elodie soit en sécurité. Et il a promis de faire le nécessaire pour retrouver le fils de Shawn afin de nous assurer que je suis en sécurité. Il a une telle intégrité qu'elle est surprenante. C'est un des gentils, malgré son attitude.

Le téléphone de Lexie sonna avant que qui que ce soit puisse dire autre chose. Elle ne prit pas la peine de se lever de table, se contentant de s'excuser :

— C'est Natalie. Elle ne m'appellerait pas si tard un dimanche s'il ne se passait pas quelque chose.

Tout le monde se tut en écoutant Lexie parler avec la patronne de Food For All.

— Salut, Nat, que se passe-t-il ? Oh mon Dieu, sérieusement ? D'accord, je peux me rendre là-bas dès maintenant. Je suis à Waikiki, alors il me faudra vingt minutes pour arriver, est-ce que ça va ? Bien. La police est sur place ? D'accord, tant mieux. Je fais ça, merci. Non, profite de tes vacances, je te rappelle quand j'aurai parlé à la police et découvert l'étendue des dégâts. Très bien. D'accord, je te tiens au courant. Au revoir.

— Que se passe-t-il ? demanda Aleck dès qu'elle eut raccroché.

— Natalie a dit que l'alarme a été déclenchée au Food For All de Barber's Point. Elle a demandé si je pouvais aller y jeter un coup d'œil et faire savoir à la police s'il manquait quoi que ce soit. Elle a précisé qu'il n'y avait pas de blessés, évidemment, puisque nous sommes fermés. Mais la vitrine a été fracassée, ce qui a sans doute déclenché l'alarme.

— Très bien. On y va, affirma Midas.

— Je viens aussi, dit Ashlyn. Je dois vérifier qu'ils n'ont pas perturbé mon organisation de toutes nos fournitures.

— Je t'y conduis, lui proposa Slate.

— Moi aussi, je veux y aller, lança Elodie. Je veux voir l'état de ma cuisine.

— Si vous y allez, alors, moi aussi, insista Kenna.

— Fait chier, on dirait qu'on va tous à Barber's Point, dit Jag en se levant.

— Je m'occuperai de la note demain en venant travailler, leur dit Kenna.

— Pas du tout. Je m'occuperai de la facture quand je te déposerai au travail demain, insista Aleck.

— Comme tu veux, répondit Kenna en levant les yeux au ciel.

Pid attrapa le coude de Monica quand ils se levèrent.

— Est-ce que ça te va d'aller voir ce qu'il en est à la distribution des repas ?

— Bien sûr. Ça m'intéresse de voir l'endroit après avoir entendu Lexie et Ashlyn en parler.

Pid était rassuré de constater qu'elle avait bien écouté la conversation autour d'eux pendant le dîner. Il avait l'impression qu'elle allait devoir traîner plusieurs fois avec tout le monde pour être à l'aise, mais que ça allait finir par arriver.

Tout le groupe se dirigea vers la sortie. Pid ne savait pas ce qu'ils allaient trouver là-bas, mais il ne put s'empêcher d'espérer qu'il s'agisse d'un cambriolage complètement au hasard et qu'il n'y ait aucun rapport avec les problèmes qu'avaient subi toutes ces femmes. Les SEALs ne voulaient surtout pas qu'Elodie, Lexie ou Kenna aient à souffrir encore de tout ce à quoi elles avaient survécu.

CHAPITRE ONZE

Monica ne s'était pas attendue à ce que la soirée se termine ainsi : à traîner sur un parking à deux pâtés de maisons des locaux de Food For All avec Elodie, Lexie, Kenna, Ashlyn et Slate, pendant que les autres descendaient au bout de la rue pour parler à la police sur place et vérifier qu'elles pouvaient approcher sans risque.

Elle avait vu ces hommes sympathiques se transformer en soldats mortels lorsqu'ils avaient insisté pour que les femmes restent sur place pendant qu'ils faisaient leur truc. Elle fut surprise de se rendre compte qu'elle n'était pas nerveuse auprès d'eux. Même avec Slate, qui était extrêmement imposant en montant la garde dans le parking.

C'était une révélation, et Monica savait qu'elle allait y penser plus tard, mais pour le moment elle était simplement anxieuse de savoir que tout allait bien dans la banque alimentaire. Elle ne travaillait pas là-bas, n'avait encore jamais vu le bâtiment, mais écouter les autres femmes parler avec passion des gens qu'elles aidaient, et entendre leur inquiétude concernant le cambriolage et son impact sur le service essentiel qu'elles fournissaient, rendait Monica impatiente de voir quels étaient les dégâts.

Le téléphone de Slate reçut un texto et il le regarda.

— C'est bon, il n'y a pas de risque, les informa-t-il.

Lexie et Elodie avaient presque commencé à bouger avant qu'il ait fini de parler, manifestement très pressées d'entrer dans le bâtiment et de voir ce qui était arrivé.

Mais avant qu'elles aient fait une dizaine de pas, un homme sortit de l'ombre devant elles.

Monica n'avait encore jamais vu Slate bouger aussi vite. Il se trouva devant les deux femmes avant même que Monica ait le temps de cligner des paupières.

— Tout va bien, Slate, c'est Theo, lui dit Lexie en posant une main sur le bras du SEAL.

Monica ne savait pas qui était Theo, mais manifestement Slate le savait, car il hocha la tête et elle vit ses muscles se détendre.

— Salut, Theo. Il y a eu un peu d'excitation par ici ce soir, hein ? lui demanda Lexie.

Monica se rendit compte presque immédiatement que cet homme n'était pas tout à fait sain d'esprit. Il gardait le regard fixé sur le béton à ses pieds et il se balançait légèrement d'avant en arrière.

— Theo, est-ce que ça va ? demanda Lexie.

Monica devina que cet homme avait environ quarante-cinq ans, mais quand il parlait, il semblait beaucoup plus jeune.

— De mauvaises choses se sont passées, dit-il.

— Les as-tu vues ? demanda-t-elle doucement.

— Kevin McCallister, dit Theo, toujours sans lever les yeux du sol qu'il examinait comme si c'était la chose la plus intéressante au monde.

— Qui est-ce ?

— Ce soir. Kevin McCallister, répéta Theo.

Lexie leva la tête vers Slate et haussa les épaules.

— Je ne connais personne de ce nom.

— Moi non plus, confirma Elodie. C'est peut-être un sans-abri qu'il connaît de la rue.

— Viens, veux-tu nous accompagner à Food For All ? Je peux te préparer quelque chose à grignoter. As-tu mangé ce soir ? demanda Lexie.

— Non, pas à manger, dit Theo, agité.

Monica ne savait pas trop si c'était bien sa place d'intervenir, mais elle ressentit le besoin d'aider. En plus des enfants, les autres personnes avec lesquelles elle semblait facilement communiquer étaient celles qui souffraient de handicaps mentaux. Parce que de bien des façons, ils étaient comme des enfants coincés dans des corps d'adultes. Elle s'approcha de l'endroit où Lexie et Elodie parlaient avec cet homme et dit :

— Bonjour, Theo. Je m'appelle Monica. Je suis contente de te rencontrer.

Il jeta un coup d'œil en l'air, puis baissa les yeux vers le trottoir, agité.

— Theo est un de mes amis, lui dit Lexie. Il a été là pour moi quand un homme méchant a essayé de me faire du mal. Il a été blessé. Il vit dans un studio près d'ici, expliqua-t-elle.

Monica avait très envie d'entendre l'histoire à laquelle Lexie faisait référence, mais pour le moment, elle voulait davantage calmer Theo.

Le téléphone de Slate reçut encore un message.

— Les autres s'inquiètent, dit-il. Nous devrions bouger.

— Allez, Theo, viens avec nous, l'encouragea Lexie.

Il secoua presque violemment la tête.

— Kevin McCallister, répéta-t-il.

— Allez-y. Je vais voir si je peux faire en sorte qu'il me parle, proposa Monica.

— Tu en es sûre ? demanda Lexie.

— Absolument. Je vois la devanture du bâtiment d'ici, alors tout ira bien.

— J'envoie Pid dès que nous arriverons à Food For All, dit Slate.

— Ce n'est pas nécessaire... commença à protester Monica, mais en voyant le regard de l'autre homme, elle pinça les lèvres, interrompant ce qu'elle allait dire.

— Merci de lui parler, dit Lexie à voix basse après s'être détournée de l'homme agité. Il est bien plus calme depuis qu'il a déménagé ici. Cela fait longtemps que je ne l'ai pas vu dans cet état.

Monica hocha la tête et quand le groupe fut parti en direction de Food For All, elle essaya une fois de plus de s'adresser à Theo.

— Peux-tu me parler de Kevin McCallister ? demanda-t-elle.

— Il est moi. Je suis lui, dit Theo.

Monica fronça les sourcils. Elle savait que Theo essayait de lui dire quelque chose, mais elle ne savait pas trop quoi. Ce devait être frustrant pour lui.

— As-tu vu qui s'est introduit à Food For All ?

Theo hocha la tête et se balança d'avant en arrière.

— Lui as-tu parlé ?

Il secoua la tête.

— L'as-tu déjà vu ?

Il hocha encore la tête.

Monica savait qu'elle devait transmettre cette information aux policiers. Si Theo connaissait cet homme, il était probable que ce soit aussi le cas de Lexie et Elodie.

— As-tu peur de retourner à Food For All ?

Theo hocha la tête.

— L'homme qui est entré est parti. Les policiers sont là-bas. Ils veilleront sur toi.

Monica vit le visage de Theo perdre toute sa couleur.

— Non, ils me conduiront en prison.

— Theo ? Peux-tu me regarder ?

Il lui fallut une minute entière, mais elle fut très fière de lui quand il finit par lever la tête et la regarder dans les yeux.

— Personne ne te conduira en prison. Tu n'as rien fait de mal, dit Monica.

— Kevin McCallister, répéta Theo.

Monica fronça les sourcils. Qu'essayait-il de lui dire ?

Du coin de l'œil, elle vit Pid s'approcher d'eux. Elle devait prévenir Theo afin qu'il ne prenne pas peur.

— Voilà Stuart... tu le connais sans doute sous le nom de Pid.

Theo regarda derrière lui, puis il hocha encore la tête.

Il devait y avoir une raison pour laquelle cet homme était toujours là. S'il avait si peur, il était plus logique pour lui de retourner à son appartement, où les choses étaient familières. À la place, il avait cherché Lexie. Il ne partait pas maintenant, même si Monica était une inconnue pour lui. Ce qu'il essayait de leur dire devait être important.

— Salut, dit Stuart en s'approchant.

Soudain, Monica fut frappée par une idée. Elle n'était pas certaine d'être sur la bonne voie, mais ça valait la peine d'être tenté. Elle leva une main vers Stuart, qui s'arrêta à quelques mètres de Theo et elle. Elle n'avait pas le temps d'expliquer ce qu'il se passait à Stuart, mais elle espérait qu'il leur laisse assez d'espace pour que son nouvel ami ne soit pas distrait ou effrayé.

— Kevin McCallister est le garçon qui est resté seul chez lui, n'est-ce pas ? demanda-t-elle en se souvenant de tous les enfants qu'elle avait gardé qui avaient aimé ces films.

Theo leva brusquement la tête et la regarda dans les yeux.

— Oui, oui.

— Et tu as dit que tu étais lui et qu'il est toi ? demanda-t-elle.

Theo hocha la tête avec encore plus d'enthousiasme.

— De New York, pas Chicago.

— D'accord, le deuxième film quand il est monté dans le mauvais avion et qu'il a fini à New York tout seul, insista Monica.

— Oui. Magasin de jouets. Tourterelle, acquiesça Theo.

— Pourquoi es-tu Kevin ? demanda-t-elle.

Theo baissa les sourcils et sa lèvre se mit à trembler.

Monica détestait le voir aussi bouleversé.

— Puis-je te toucher ? demanda-t-elle en sachant qu'il ne fallait pas toucher quelqu'un comme Theo sans sa permission.

Theo tendit si vite le bras qu'il fit sursauter Monica. Il saisit sa main gauche et s'y accrocha comme si c'était sa bouée de sauvetage. Normalement, elle aurait eu un mouvement de recul si l'on essayait de toucher sa main endommagée, mais elle était trop inquiète par ce que Theo essayait de lui dire.

— Magasin de jouets. Les voleurs cachés dans la maison de poupée, dit-il avec urgence.

— C'est ça. Ils se sont cachés dans le magasin jusqu'à ce qu'il soit fermé, puis ils sont sortis pour voler. Est-ce ce qu'il s'est passé à Food For All ?

Theo secoua la tête.

— Après.

Monica se creusa la cervelle pour essayer de se souvenir du film et de ce qui était arrivé ensuite. Cela lui revint soudain. Sans tourner la tête, elle leva la voix et demanda :

— Quels étaient les dégâts du bâtiment, Stuart ?

Il répondit à voix basse et Monica appréciait que Stuart soit aussi perspicace.

— On ne dirait pas que le verrou a été forcé ou que la porte a été enfoncée. Mais la vitrine a été fracassée par un parpaing.

Monica hocha la tête et serra la main de Theo.

— Tu as vu l'homme à l'intérieur et tu as cassé la vitre, n'est-ce pas ?

Les yeux de Theo s'emplirent de larmes.

— Il s'est enfui. Le policier va me mettre en prison.

Monica secoua la tête.

— Non, pas du tout. Tu as fait ça pour recevoir de l'aide, pour déclencher l'alarme, hein ?

Theo hocha une fois de plus la tête et regarda le trottoir.

— Tu as tellement bien fait, Theo. Quelle chance que tu aies été là pour voir l'homme entrer ! Comment savais-tu que c'était un méchant ? Que tu devais casser la vitre pour faire venir la police ?

— Il portait du noir. Et il n'a pas allumé les lampes. Il faisait sombre. Il avait un sac et je l'ai vu mettre des choses dedans. Lexie n'aurait pas aimé ça.

— Non, en effet. Merci de m'avoir dit ce qui est arrivé. Si je promets qu'il ne t'arrivera rien de mal, m'accompagnerais-tu à Food For All ? Je resterai à tes côtés et je ne laisserai pas la police te mettre en prison.

— Promis ?

Sa voix effrayée toucha Monica.

— Je te le promets.

— D'accord. Si tu restes avec moi.

— C'est ce que je ferai. Lexie et Elodie vont être tellement fières de toi. Tout comme monsieur Duncan était fier de Kevin.

Là-dessus, Monica vit un petit sourire sur le visage de Theo.

— J'ai confiance en toi, dit-il.

Ces mots firent légèrement tressaillir Monica. Cet homme enfant qu'elle venait tout juste de rencontrer lui faisait confiance... alors qu'elle n'arrivait à avoir confiance en personne, même après avoir appris à connaître les gens pendant des semaines. C'était assez déprimant.

En repoussant cette idée, et sans lâcher la main de Theo, Monica se tourna pour regarder Stuart pour la première fois. L'admiration sur son visage la fit presque trébucher sur ses propres pieds. Elle ne se souvenait pas d'un moment où quelqu'un de plus de dix ans l'avait regardée de cette façon.

— Hé, Theo, tu vas nous donner des complexes, à mes

coéquipiers et moi. Nous sommes tous venus, prêts à jouer les héros, et nous avons découvert qu'une fois de plus, c'est toi le héros de la soirée, dit Stuart.

Monica sentit l'homme à côté d'elle se tenir un peu plus droit.

— Theo est un héros, déclara-t-il.

— Oui, c'est ce que tu es, mon pote, acquiesça Stuart.

Il s'approcha du côté droit de Monica et lui tendit la main.

Ils marchèrent ainsi, elle au milieu, Theo et Stuart lui tenant la main, le long du trottoir vers Food For All qui était maintenant illuminé, chaque lampe du bâtiment brillant vivement.

Ils s'arrêtèrent avant d'entrer et Monica demanda à Theo :

— Tu es prêt ?

— Prêt, confirma-t-il.

Elle sentit que l'on tirait sur sa main droite et elle regarda Stuart.

— Tu es incroyable, dit-il doucement avant d'embrasser sa tempe puis de lui serrer la main et de la lâcher.

Se sentant toute réchauffée et fondue à l'intérieur, Monica conduisit Theo dans le bâtiment, prenant soin d'éviter le verre brisé éparpillé sur le sol à l'intérieur de la porte.

Vingt minutes plus tard, quand Theo eut avoué avoir brisé la vitre et expliqué aux policiers ce qu'il avait vu, Monica et lui furent assis à l'une des tables. Quelqu'un avait donné un papier et un crayon à Theo et il était penché au-dessus, en train de dessiner.

Pid se tenait sur le côté et gardait un œil sur Monica. La façon dont elle avait patiemment parlé avec Théo et compris ce qu'il essayait de communiquer était impressionnante. Pas étonnant qu'elle soit aussi douée pour son travail. Il n'était pas surpris que le fils de l'ambassadeur ait été aussi inquiet pour elle, en Algérie.

Il sentit quelqu'un s'approcher de lui et se tourna pour voir Elodie. Elle passa un bras autour du sien et pencha la tête contre son biceps.

— Elle me plaît, dit Elodie doucement.

Pid ne put s'empêcher de sourire.

— Bien.

— Au début, je n'en étais pas trop sûre. Elle et toi vous paraissez si différents. Et elle ne semblait pas avoir très envie d'apprendre à nous connaître.

— Elle était angoissée.

— Je la comprends. Ce n'est pas facile de s'intégrer à un groupe de personnes très proches. Mustang m'a un peu parlé d'elle, mais pas beaucoup. Je ne savais pas trop à quoi m'attendre et quand elle n'a même pas essayé de se joindre à notre conversation au dîner, j'étais un peu contrariée. Mais quand vous êtes sortis sur la plage et que vous êtes revenus, elle était mieux.

Pid hocha la tête.

— Alors, je me suis dit qu'elle essayait sans doute de comprendre la dynamique du groupe. Je sais que nous autres, les femmes, nous pouvons être un peu trop, parfois. Mais en apprenant sa réaction avec Théo ? Et comment elle a compris ce qu'il disait avec cette histoire de Kevin McCallister ? Et comment elle est maintenant ? Je comprends.

— Qu'est-ce que tu comprends ? demanda Pid, sincèrement curieux.

— Elle est silencieuse. Introspective. Elle n'aime pas attirer l'attention sur elle. Elle ne sera jamais très extravertie, particulièrement en public. Mais laisse-la en présence de quelqu'un comme Theo, et elle s'épanouit comme une fleur qui voit le soleil pour la première fois.

Il hocha la tête.

— C'est juste qu'il lui faut un moment pour apprécier les gens, dit-il. Il lui a fallu deux semaines pour être vraiment elle-même avec *moi*.

Elodie hocha la tête et laissa son bras glisser hors du sien.

— Si tu ne la gardes pas, tu es fou, Pid.

— Elle a une carrière, Elodie, précisa-t-il. Les chances pour qu'elle reste sont assez minces.

— Dans ce cas, fais-la changer d'avis, rétorqua Elodie.

— Ce n'est pas si facile.

— Pourquoi pas ? Je suis restée. Tout comme Lexie. Donne-lui une *raison* de rester, Pid.

— Hé, El, peux-tu venir là une seconde ? appela Lexie depuis l'endroit où elle parlait toujours avec les policiers.

— J'arrive ! cria-t-elle à son amie.

Puis elle se tourna vers lui.

— Tu sembles... content. Je ne t'ai pas vu aussi détendu depuis que je te connais. Si tu la laisses partir, tu le regretteras.

Elle se retourna ensuite et traversa la salle pour voir de quoi Lexie avait besoin.

— Désolé, mon vieux, dit Mustang en s'approchant.

— Tu as entendu ? demanda Pid à son ami.

— L'essentiel. Elodie est en mission, elle veut voir tous les membres de l'équipe aussi heureux que nous.

Pid hocha la tête, mais ne fit aucun commentaire.

— Pour ce que ça vaut, Monica semble effectivement avoir un effet apaisant sur toi. Dernièrement, tu m'as semblé plus posé, si tu comprends ce que je veux dire, affirma Mustang.

Pid le comprenait parfaitement. C'était exactement ce qu'il ressentait. Il lui tardait de passer ses soirées avec Monica. Elle était facile à vivre, et au lieu de regarder les nouvelles en essayant de deviner où risquait d'avoir lieu la mission suivante, il passait son temps à parler avec Mo et à chercher à la faire sourire.

Son ami lui donna une tape dans le dos et traversa la salle vers sa femme.

Slate était parti plus tôt pour ramener Ashlyn chez elle, et Jag était déjà parti après s'être assuré que tout était plus ou moins correctement géré. Lexie et Elodie avaient insisté pour que Kenna rentre avec Aleck, également. Ils devaient rencontrer Robert le lendemain matin pour discuter de certains détails du mariage et il se faisait tard.

Pid était perdu dans ses pensées, songeant à ce qu'Elodie lui avait dit, quand il vit Monica marcher vers lui. Elle tenait un bout de papier dans la main.

— Que se passe-t-il ? demanda-t-il, inquiet.

— Theo a dessiné ça. Je pense que c'est le type qu'il a vu ici ce soir.

En regardant le papier, Pid vit le portrait parfait d'un homme.

— Merde alors, Theo dessine vraiment bien ! s'exclama-t-il.

— Je sais. Je veux dire, je savais qu'il en était capable : regarde cette magnifique peinture sur le mur, ici. Mais souvent, les gens sont doués pour une forme d'art et pas une autre. Je ne savais pas s'il allait être doué pour dessiner les portraits, mais quand nous nous sommes assis, je l'ai plus ou moins encouragé à essayer... et voici le résultat.

— Pourquoi n'apporterais-tu pas ça à Lexie et les autres pour voir si elles le reconnaissent ? Autrement, les policiers en auront besoin pour les aider à découvrir qui il est.

Monica hésita.

— Je pensais que *tu* pourrais le leur apporter.

Pid tendit la main et posa un doigt sous son menton pour la pousser à le regarder dans les yeux.

— De quoi as-tu peur ? demanda-t-il d'une voix grave.

Monica haussa les épaules.

— Ce soir ne s'est pas très bien passé. Je le sais, tu le sais, elles le savent. Je me suis dit que ce serait moins gênant si je traînais avec Theo jusqu'à ce que tu veuilles partir.

— Il faut que tu sois plus indulgente avec toi-même, Mo. Il nous a fallu un moment pour être à l'aise l'un avec l'autre. Pourquoi pensais-tu que ce serait différent avec mes amis ?

Le regard qu'elle eut alors fut terrible pour Pid. Il était évident qu'elle voulait devenir l'amie des autres femmes, mais qu'elle ne savait pas comment faire.

— Je t'accompagne. Viens, dit-il sans lui donner l'occasion de protester.

Il lui prit encore la main et se dit que c'était bon signe quand elle ne la retira pas brusquement. Ils avancèrent vers l'endroit où Elodie et Lexie parlaient avec les deux policiers. Tout le monde se tourna vers eux.

— J'ai demandé à Theo de dessiner l'homme qu'il a vu dans le bâtiment ce soir, annonça Monica sans préambule, en tendant le morceau de papier.

Lexie y jeta un seul regard et poussa un petit cri.

— Merde, c'est Cash !

Elodie regarda par-dessus son épaule et hocha la tête.

— Oui, c'est vraiment lui.

— Qui est Cash ? demanda un des policiers.

— Il a été récemment engagé pour prendre ma place au Food For All du centre-ville, expliqua Lexie.

— Peut-il avoir une clé de ce bâtiment ? demanda le policier.

— Il ne le devrait pas. Mais il est possible qu'il ait fait une copie à un moment donné. Et ce n'est sans doute pas compliqué de penser qu'il a pu découvrir le code de l'alarme, afin de ne pas la déclencher en entrant.

— Nous allons voir ça, dit l'autre policier. Ce dessin me semble très précis.

— Merci, dit Lexie à Monica.

Elle haussa les épaules.

— Je n'ai rien fait.

— Si. Tu as compris que c'est Theo qui a brisé la vitrine, déclenchant volontairement l'alarme, et tu l'as suffisamment détendu pour qu'il dessine ça. Tu as quasiment résolu l'enquête pour les inspecteurs, lui dit Lexie.

Les joues de Monica rosirent.

— Je suis contente d'avoir pu vous aider, dit-elle. Mais vraiment, c'était entièrement du fait de Theo.

— Bref. Considère que tu fais partie de notre tribu, affirma Lexie. Je sais que tu n'es pas encore à l'aise avec nous, mais tu y arriveras.

Monica la regarda, surprise, ses joues devenant encore plus rouges.

— Oh, euh… d'accord.

— Et je sais que tu ignores combien de temps tu vas rester, mais si tu pouvais éventuellement ralentir ton examen des photos que le commandant te fait regarder, afin d'être présente à la fois pour l'enterrement de vie de jeune fille de Kenna et son mariage, nous aimerions beaucoup !

Pid et Mustang éclatèrent de rire.

— Quoi ? demanda Lexie. Je veux seulement qu'elle reste aussi longtemps que possible.

— Je ne suis pas certain que ce soit une très bonne idée de lui demander d'interférer dans une enquête fédérale alors que tu te trouves devant deux militaires et deux agents de police, dit Midas en s'approchant et en posant un bras autour de Lexie.

— Je n'interfère pas ! insista innocemment Lexie. Je fais simplement en sorte que Monica sache que nous souhaitons sa présence au mariage dans quelques semaines.

Pid vit Monica faire un petit sourire à ses nouvelles amies.

— Je vais voir ce que je peux faire, promit-elle.

— Super ! s'exclama Lexie.

— Merveilleux ! renchérit Elodie.

— Je vais vous laisser continuer ce que vous faisiez. Je serai là-bas avec Theo, dit Monica en montrant la table de l'autre côté de la salle, où Theo était penché au-dessus d'un autre bout de papier.

Quand elle se fut éloignée, Lexie se tourna vers Pid et affirma :

— Elle est géniale.

Il ne put cacher son sourire.

— Oui.

— Nous avons bientôt terminé ici, dit l'un des agents à Lexie.

Elle se tourna vers lui et Pid repartit de l'autre côté de la salle, vers un endroit contre le mur, plus près de Theo et Monica. Il pouvait maintenant entendre leur conversation et Monica leva la tête et le regarda dans les yeux. Il lui fit un sourire rassurant et elle le lui rendit.

La vue de cette fossette adorable fit encore une fois battre son cœur plus vite. Il écouta d'un air absent Monica rassurer Theo en expliquant que les policiers avaient aimé son dessin. Ils parlèrent du fait que Theo n'aimait pas les croûtes sur ses sandwiches et qu'il détestait les gaufres.

Monica lui demanda s'il aimait son appartement près de là, et Theo répondit qu'il l'aimait beaucoup. Il pouvait dormir sans s'inquiéter que quelqu'un lui vole ses affaires.

— Tu te sens en sécurité là-bas ? demanda Monica.

— Oui, en sécurité.

— C'est important, de se sentir en sécurité, souffla Monica.

Theo leva les yeux vers elle et demanda :

— Et toi, tu te sens en sécurité ?

Les muscles de Pid se raidirent pendant qu'il attendait une réponse. Monica répondit à la question de Theo, mais son regard resta fixé sur Pid quand elle dit :

— Tu sais quoi ? Oui, je me sens en sécurité.

— Bien, lui dit Theo en tapotant sa main gauche.

Pid savait qu'elle n'était pas à l'aise quand les gens

touchaient ses doigts endommagés, mais le fait que Theo le fasse ne semblait pas la gêner.

— Pid est un homme bien, lui dit Theo. Maintenant qu'il t'a trouvée, il te gardera en sécurité.

Le regard de Monica revint vers lui.

— Ah bon ? demanda-t-elle.

Theo hocha la tête comme s'il voyait l'avenir et qu'il savait ce qui allait arriver.

— Oui. Pid est grand et fort.

— C'est vrai, acquiesça Monica en gloussant.

Leur conversation revint vers ce que Theo aimait le plus manger, mais Pid ne quitta pas son emplacement contre le mur. Il ne voulait pas rater la façon dont le regard de Monica errait vers lui de façon répétée pendant qu'elle tenait compagnie à Theo, le temps que Lexie et Elodie terminent leur conversation avec les agents de police.

Pid aida Mustang et Midas à fermer la vitrine avec des planches et, après encore une demi-heure, tout le monde fut prêt à partir. Midas appela une entreprise vitrière pour venir remplacer la vitre manquante le lendemain et les agents avaient tout ce dont ils avaient besoin pour le moment.

Theo serra Monica dans ses bras pour lui dire au revoir, puis il fit de même avec tous les autres. Il longea le trottoir dans la direction de son appartement pendant que tous les autres s'éloignaient vers le parking où ils avaient laissé leur voiture.

Quand Lexie eut promis de tenir Monica au courant de l'enquête, ils se remirent enfin en route.

Pid regarda Monica et vit qu'elle avait la tête en arrière, posée contre l'appuie-tête, les yeux fermés.

— Est-ce que ça va ? demanda-t-il.

— Oui, répondit-elle sans hésiter.

— Ce n'était pas exactement la fin de soirée que j'avais imaginée, fit-il remarquer.

— C'était mouvementé, dit-elle en ouvrant les yeux et en

tournant la tête sans la lever. Je suis désolée de ne pas avoir fait meilleure impression.

— Mo, arrête. Tu étais très bien. De plus, ces femmes adorent Theo. Et pas seulement parce qu'il s'est littéralement traîné sur le sol en saignant comme un cochon embroché, cherchant à atteindre Lexie parce qu'il savait qu'elle était en danger. Beaucoup de gens ne le traitent pas très bien. On ne peut nier qu'il ne sent pas très bon. Il est bizarre. Il est difficile à comprendre, parfois. Et pourtant, sans hésitation, tu t'es liée d'amitié avec lui. Tu as fait en sorte qu'il s'ouvre à toi. Cela a suffi à te faire mériter une place spéciale dans tous nos cœurs.

— Les enfants et les personnes porteuses de handicaps mentaux m'aiment bien, dit-elle. Et je les aime aussi. Je sais que les choses ne se passaient pas très bien au restaurant. J'essayais... mais je ne me sens pas à l'aise auprès de la plupart des adultes.

— Ce n'est pas grave, la rassura Pid. Il te faut simplement plus de temps pour apprécier les gens. Il n'y a rien de mal à ça. Et après la déclaration de Lexie ce soir, je pense qu'il est évident que tu n'as pas à t'inquiéter.

Monica gloussa.

— J'ai cru que Mustang allait mourir quand elle m'a demandé de ralentir mon examen des profils.

— N'est-ce pas ? acquiesça Pid. Putain, Lexie est merveilleuse, mais ce n'était ni le meilleur moment, ni le meilleur endroit pour cette conversation, c'est sûr.

— Puis-je te dire quelque chose ?

— Tu peux me dire ce que tu veux, affirma Pid.

— Pour la première fois de ma vie, il me tarde de passer du temps avec un groupe de femmes.

— Ça me fait plaisir. Elles sont très gentilles et je sais que tu passeras un bon moment. Mais je crois que je suis jaloux.

— Jaloux ? demanda Monica.

— Oui. Le fait que tu sortes avec elles pour l'enterrement

de vie de jeune fille de Kenna signifie que je passerai une soirée de moins avec toi.

Quand elle ne répondit pas, Pid s'en voulut beaucoup. Il avait révélé sa main trop tôt et il lui avait fait peur... une fois de plus.

— Nous traînons ensemble tous les soirs, finit-elle par dire.

— Oui.

— C'est... sympa, chuchota Monica.

Pid sentit les cheveux se dresser sur sa nuque. Pour certaines femmes, ces mots auraient été peu enthousiastes, au mieux. Ils auraient fait croire à un homme qu'elles n'étaient pas heureuses de passer du temps avec lui. Mais de la part de Monica, il s'agissait d'un très grand compliment.

— Oui, c'est vrai.

Ils restèrent silencieux pendant le reste du trajet jusqu'à la maison. Pid se gara et l'attendit devant le monospace, posant la main au creux de son dos quand ils s'avancèrent vers la porte d'entrée. Il la déverrouilla et alluma les lampes en entrant.

Quand elle se dirigea vers le couloir jusqu'à sa chambre, Pid l'appela :

— Mo ?

Elle s'arrêta et se tourna vers lui.

— Oui ?

Il s'avança lentement vers elle, le regard plongé dans le sien. S'il avait vu le moindre signe qu'elle était mal à l'aise ou nerveuse parce qu'il s'approchait d'elle, il se serait arrêté et aurait simplement dit bonne nuit.

Mais tout ce qu'il vit dans ses yeux, c'était un désir faisant écho à celui qui se nichait au fond de son âme.

Monica humecta ses lèvres en levant les yeux vers lui.

— Je vais t'embrasser, lâcha-t-il en attendant sa réaction.

Elle écarquilla les yeux... et miracle de tous les miracles, elle hocha la tête.

En bougeant lentement, Pid se pencha plus près. Il couvrit

doucement ses lèvres avec les siennes et il sentit immédiate-ment des étincelles depuis l'endroit où ils étaient en contact jusqu'à ses orteils. Il n'avait jamais été aussi viscéralement affecté par une femme. Il ne savait pas trop quoi en penser... sauf qu'il ne voulait jamais arrêter de la toucher.

Il ne tendit cependant pas les mains vers elle. Ne la serra pas contre lui comme il en avait envie. Il se contenta de tourner la tête et d'approfondir progressivement leur baiser. Elle étira timidement la langue et l'enroula avec la sienne, et là-dessus, Pid eut la pire érection de sa vie.

Cette petite preuve de confiance avait scellé son sort. Il la désirait de toutes les fibres de son être, mais il savait qu'il fallait procéder lentement. Obtenir sa confiance était plus important que tout ce qu'il avait fait dans sa vie jusque-là.

Même s'il aurait pu l'embrasser toute la nuit, Pid se força à rompre le baiser. Elle avait les pupilles dilatées, maintenant, et il lui fallut faire un effort pour ne pas se jeter sur elle quand elle se lécha les lèvres.

— Euh... waouh, dit-elle doucement.

Pid sourit.

— Oui.

Il se pencha une fois de plus et embrassa son front d'un air révérencieux.

— Dors bien, Mo.

Elle sembla perplexe pendant une seconde, puis elle hocha la tête.

— Toi aussi.

Pid eut l'impression qu'elle pensait qu'il allait demander plus. Il avait découvert qu'il aimait la surprendre. Il ne voulait pas être comme n'importe quel autre homme dans sa vie. Mais ce baiser lui faisait savoir qu'il était intéressé par plus qu'une relation platonique. Il allait respecter son rythme, mais le changement de leur relation était agréable. Il priait pour qu'elle ressente la même chose afin de faire progresser leur relation dès le lendemain matin.

Ce fut presque physiquement douloureux de se détourner d'elle et de marcher jusqu'à sa chambre, mais il réussit. Monica devait savoir qu'elle pouvait lui faire confiance. Elle avait dit à Theo qu'elle se sentait en sécurité chez lui, et il préférait se couper un membre que de faire quoi que ce soit pour anéantir cette avancée.

Il avait Monica dans la peau, et il ne pouvait plus l'en retirer. Rien n'avait changé, elle allait sans doute partir bientôt, mais pour lui, il n'y avait plus de retour en arrière possible. Pid s'était jeté dans le vide. Il espérait simplement qu'elle ressente la même chose que lui.

CHAPITRE DOUZE

Monica passa chaque jour de la semaine suivante à la base, examinant d'autres profils, sans trouver quelqu'un qui ressemble même de loin à l'homme qu'elle avait vu. Comme toujours, elle passait ses soirées avec Stuart, mais après le baiser, les choses avaient changé entre eux. Stuart était plus tactile. Il ne dépassait jamais les limites, ne faisait jamais rien qui la poussait à ne pas se sentir en sécurité, mais il touchait son dos quand il passait devant elle dans la cuisine. Il déposait tout le temps des baisers sur le haut de sa tête. Il lui donnait même la main quand ils étaient assis sur la terrasse, le soir.

Il lui avait raconté plus d'histoires sur son enfance en Alaska, et sur les endroits qu'il avait visités grâce à la marine. Quand elle avait demandé ce qui était arrivé à Lexie, il le lui avait révélé sans hésitation. Il avait même parlé de la terrible expérience de Kenna, et ajouté des détails sur ce qu'avait vécu Elodie également.

Apprendre ce que les trois femmes avaient traversé rapprocha Monica d'elles d'une certaine façon. Elle ne les avait pas vues depuis l'autre soir, quand Food For All avait été cambriolé, mais elles lui avaient toutes envoyé des messages.

Elle commençait lentement à sentir qu'elle les comprenait un peu mieux, et inversement.

Toutes ces femmes savaient ce que c'était de souffrir. Elles avaient toutes traversé leurs propres épreuves, et elles avaient survécu, comme elle. Cependant, Monica avait l'impression qu'elles avaient moins de complexes qu'elle. Elle travaillait là-dessus. Passer du temps avec Stuart et ses amis, voir comment ils traitaient les femmes, tout cela lui donnait désespérément envie de se débarrasser du fardeau que son père lui avait légué. Elle voulait être forte, et drôle, et insouciante. Elle voulait juger les gens d'après leurs actes, et pas à cause de leur travail ou de l'uniforme qu'ils portaient.

L'enterrement de vie de jeune fille était prévu pour le week-end suivant. Samedi soir, elles allaient se rendre dans quelques bars de Waikiki, puis rentrer à l'appartement de Kenna et Aleck pour y passer la nuit. Monica n'avait pas été certaine de rester dormir, mais quand Kenna l'avait appelée pour lui expliquer les plans de la soirée, Monica avait été emportée par l'enthousiasme de l'autre femme.

Aleck allait rester tard chez Slate, donnant assez de temps aux femmes pour faire ce qu'elles voulaient sans s'inquiéter de la présence des hommes.

La veille, quand Stuart était venu la chercher à la base, il l'avait grondée quand il avait vu ses yeux injectés de sang. Fixer l'ordinateur toute la journée commençait à lui saper le moral, même si elle avait fait de son mieux pour ne pas le montrer à Stuart.

Oui. Eh bien, il était allé tout droit au bureau de son commandant et lui avait annoncé que Monica prenait un jour de congé vendredi. Elle avait besoin de faire une pause. Heureusement, ça ne gênait pas le commandant. Ce n'était pas comme s'il était son patron. Oui, elle était ici à sa demande, mais quand même.

Non seulement ça, mais le commandant s'était encore

excusé... et il avait plus ou moins dit à Monica qu'elle pouvait partir quand elle le souhaitait. Qu'il était toujours désespérément à la recherche du SEAL véreux, mais qu'il n'avait aucun droit de la forcer à rester à Hawaï contre sa volonté.

Elle avait été très surprise. Et elle avait rassuré Huttner en répondant que maintenant qu'elle était là, et parce qu'elle avait été remplacée en tant que nounou de l'ambassadeur par l'agence pour laquelle elle travaillait, elle voulait aller jusqu'au bout. Rester et continuer à essayer d'identifier l'homme qu'elle avait vu.

Sa réponse avait surpris à la fois le commandant Huttner *et* Stuart, mais ils avaient fait de leur mieux pour cacher leurs réactions. Le commandant l'avait remerciée... et Monica n'avait pas su interpréter le regard de Stuart. Elle aimait penser qu'il était content de sa décision.

Aujourd'hui, pour son jour de congé inattendu, Stuart allait peut-être lui faire rencontrer le célèbre Baker dont elle avait tant entendu parler. Quand elle avait annoncé ce que Stuart avait prévu aux autres femmes par texto, il y avait eu une flopée de réactions au sujet de cet homme. Elodie lui avait demandé de prendre discrètement une photo si elle le pouvait, et Lexie et Kenna étaient tout à fait pour.

Monica avait ri en s'imaginant faire semblant de prendre une photo du paysage par exemple, pour prendre secrètement Baker en même temps. Après avoir appris comme il était intense et effrayant, elle n'avait aucunement l'intention de se faire prendre la main dans le sac. De plus, elle n'aurait pas aimé que quelqu'un lui fasse la même chose... mais elle ne pouvait s'empêcher d'être curieuse, se demandant s'il était aussi beau que le pensaient les autres.

— Tu sembles différente aujourd'hui, dit Stuart pendant qu'ils roulaient vers les plages populaires du North Shore. Plus détendue.

— Je le suis. Je pense que le fait de savoir que je peux partir quand je le souhaite me soulage d'une forte pression.

— As-tu eu des nouvelles de l'agence pour laquelle tu travailles au sujet d'un autre placement ?

Monica essaya de déchiffrer l'expression de Stuart, sans y parvenir. Voulait-il qu'elle parte ? Posait-il la question pour être poli, ou bien avait-il une arrière-pensée ?

Comme s'il pouvait lire dans ses pensées, Stuart précisa :

— Pour ce que ça vaut, je suis très content que tu restes ici aussi longtemps que tu le veux. Je pense que j'ai montré l'autre soir que tu me plais, Mo.

Ses paroles firent naître une agréable sensation de chaleur en elle. Quelqu'un lui avait-il déjà directement affirmé qu'il ne voulait pas qu'elle parte ? Non. Même avec tous les emplois de nounou qu'elle avait eus au cours des années, aucun de ses patrons ne lui avait jamais demandé de rester plus longtemps que son contrat.

— J'ai envoyé un e-mail pour les tenir au courant de ma situation, mais je leur ai demandé de ne pas me mettre tout de suite sur leur liste.

Le sourire que lui fit Stuart transforma la chaleur en quelque chose de plus torride.

— Bien.

Un seul mot. Cela suffit à ce que Monica se sente fondre.

Ses sentiments pour Stuart se transformaient rapidement, passant de la gratitude pour le logement qu'il lui proposait afin qu'elle évite la base navale en quelque chose de plus... intime... personnel. Le baiser qu'ils avaient partagé une semaine auparavant avait été différent de n'importe quel autre baiser. Plus satisfaisant. Certainement plus sensuel.

Elle appréciait Stuart. Elle aimait passer du temps avec lui, aimait qui il était en tant que personne, et elle pouvait même admettre que plus elle restait, plus cette « appréciation » grandissait pour devenir autre chose. Ce qui aurait dû lui faire très peur. À la place, quand elle pensait à une réelle relation avec Stuart, l'idée lui donnait presque le tournis.

— Tu sais, poursuivit-il, il y a beaucoup de gens à Oahu qui ont besoin d'une nounou.

Monica se figea en réfléchissant à ces mots. Elle trouvait incroyable que cette pensée ne lui ait même pas traversé l'esprit.

— Je n'essaie pas de te dire comment vivre ta vie. Tu es une adulte qui prend des décisions toute seule depuis longtemps. Mais ce qu'il y a de bien dans ton métier, c'est qu'il y a des enfants avec des parents qui travaillent partout.

Il n'avait pas tort.

Monica hocha la tête en réfléchissant. Elle n'était pas sûre que son agence puisse l'aider à trouver un placement ici, car ils s'occupaient davantage des dignitaires dans des pays étrangers, mais avec l'expérience qu'elle avait, elle ne pensait pas avoir de mal à trouver un emploi auprès de quelqu'un ayant besoin d'une nounou pour garder ses enfants. Mais peut-être pas une nounou vivant chez son employeur.

— J'aime quand tu as ce regard-là, dit Stuart.

Elle jeta un coup d'œil vers lui et vit qu'il souriait en conduisant.

Monica avait envie de dire tant de choses, mais sa tête tourbillonnait de possibilités pour son avenir. Était-elle folle d'envisager de rester ici ? Sans doute. Mais pour la première fois depuis des lustres – peut-être depuis toujours – elle était enthousiaste en pensant à son futur.

Elle n'avait pas les mots pour dire ce qu'elle pensait à Stuart, mais elle ne voulait pas qu'il suppose un rejet de sa part. Elle tendit donc le bras et lui toucha la main en la posant sur la console entre eux.

Ce n'est que lorsqu'il referma les doigts autour de sa main qu'elle se rendit compte qu'elle avait utilisé sa main gauche. Cela suffit à ce qu'elle se fige de surprise. Elle n'oubliait jamais, au grand jamais, ses doigts abîmés. Mais quand elle avait tendu la main vers Stuart, elle n'avait pensé qu'à communiquer avec lui.

Le sourire sur son visage était devenu si grand quand elle l'avait touché que Monica n'avait pas le cœur de le lâcher maintenant. Ils roulèrent donc vers le nord de cette façon, main dans la main, Stuart avec un sourire idiot et Monica réfléchissant à ce qu'allaient être les prochaines étapes de sa vie, tout en s'émerveillant du fait qu'un homme aussi incroyable que Stuart semble s'intéresser à elle.

Une heure plus tard, Stuart se gara sur un grand parking de plage presque plein. Ils trouvèrent une place tout au fond et quand il coupa le moteur et que Monica commença à descendre, il lui serra la main.

— Mo ?

Elle se tourna vers lui.

— Oui ? demanda-t-elle en se sentant soudain timide.

— Je sais que tu réfléchissais beaucoup pendant le trajet. Je suis désolé que Huttner t'ait forcée à venir à Hawaï, mais je suis content d'avoir eu l'occasion de mieux te connaître. Pour ce que ça vaut... j'aimerais beaucoup que tu décides de rester. Mais dans le cas contraire, je veux quand même rester en contact. Parce que je pense que tu es plutôt incroyable.

Monica déglutit. Elle n'était pas prête à révéler tout ce qu'elle pensait et ressentait pour l'instant. Stuart lui plaisait... mais lui faisait-elle confiance ? Il pouvait la faire souffrir, terriblement, et elle protégeait ses sentiments depuis trop longtemps pour s'arrêter maintenant.

Mais elle voulait aussi qu'il sache combien elle appréciait tout ce qu'il avait fait pour elle. Il n'était pas obligé de la laisser vivre chez lui. Il n'était pas obligé de tenir tête à son commandant pour elle. Il n'était pas obligé de l'aider à s'intégrer auprès de ses amis. Il l'avait pourtant fait.

— Je ne sais pas encore ce que je vais faire, mais pour le

moment, je veux continuer à parcourir les dossiers à la recherche de l'homme que j'ai vu. Il ne doit pas continuer et si je suis la seule capable de l'identifier, je dois continuer à chercher. Mais... ça ne me gênerait pas non plus de rester en contact avec toi.

Elle vit que ses paroles n'étaient pas exactement ce que Stuart voulait entendre, mais elle lui accorda le mérite de ne pas insister. Elle savait qu'il ne lui mettrait jamais la pression pour une chose qu'elle ne voulait pas, ou qu'elle n'était pas prête à donner librement.

— Allez, viens, allons voir les surfeurs faire des prouesses sur les vagues.

Il leva alors sa main abîmée et la porta à ses lèvres pour y déposer un baiser.

Monica retint son souffle en observant son expression. Elle ne vit aucun dégoût, aucune pitié. Si elle ne se trompait pas, elle vit de l'admiration et de l'affection. Puis il la lâcha et elle se tourna pour descendre du monospace.

Sans réfléchir, elle fit la même chose, rejoignant Stuart derrière le véhicule. Comme si c'était la chose la plus naturelle au monde, il prit une nouvelle fois sa main dans la sienne – sa main gauche – et commença à marcher vers la plage.

Le vent soufflait fort, et Monica regretta de ne pas avoir pensé à s'attacher les cheveux avant de partir. Les mèches blondes volaient devant son visage et elle fronça le nez en les chassant.

— Tiens.

En regardant la main que Stuart lui tendait, elle fut surprise d'y voir un de ses élastiques à cheveux.

— Quoi... ? Comment... ? bafouilla-t-elle.

Il haussa les épaules.

— J'ai vu que tu les oubliais souvent alors j'en ai mis un dans ma poche avant de partir, au cas où.

S'il ne lui avait pas tenu la main, Monica serait sans doute tombée à la renverse de surprise. C'était un *homme*. Un SEAL de la navy ! Et il avait un de ses élastiques dans la poche ? *Juste en cas de besoin ?*

Merde alors.

Elle l'attrapa et s'arrêta pour attacher ses cheveux. Elle était consciente du regard de Stuart sur elle pendant qu'elle rassemblait ses mèches indisciplinées et qu'elle les nouait vite et efficacement en un chignon décontracté.

— Tu donnes l'impression que c'est tellement facile, fit-il remarquer quand elle eut terminé et qu'ils s'étaient remis à marcher.

— Ce n'est pas très compliqué, répondit-elle sérieusement.

Stuart se contenta de lui sourire. En souriant toujours, ils marchèrent main dans la main vers la plage contre laquelle s'écrasaient d'énormes vagues.

— Waouh, dit Monica en apercevant une des plus grosses vagues de toute sa vie. Je n'arrive pas à croire que les gens viennent volontairement ici.

Stuart gloussa.

— Ce n'est pas mon truc non plus, mais les surfeurs adorent ce genre de vagues.

— Salut ! dit une voix féminine sur leur droite.

En se tournant, Monica vit une femme de quarante ou cinquante ans assise à une table de pique-nique, dans l'ombre. Elle avait une grande glacière à côté d'elle et des jumelles sur la table. Ses cheveux bruns volaient dans la brise qui venait de l'océan et ses yeux marron étaient aimables et accueillants.

— Si je devais parier, je dirais que tu es l'un des amis de Baker, dit la femme avec un sourire entendu.

Stuart acquiesça et s'approcha de l'endroit où la femme était assise.

— Tu aurais raison. Je m'appelle Pid, et voici Monica.

— Moi, c'est Jodelle, mais tout le monde m'appelle Jody.

— Ravie de te rencontrer, dit Monica pendant que Stuart hochait la tête.

— Vous avez faim ? demanda Jody. J'ai des sandwiches, si c'est le cas.

— Pas pour moi, merci. Mo ?

Monica secoua la tête. Puis elle lâcha :

— Tu proposes de la nourriture à tous les inconnus que tu rencontres sur la plage ?

Jody éclata de rire. C'était un rire naturel et plein de liberté.

— À peu près, oui. Mais j'apporte surtout des en-cas pour mes garçons. Je viens ici le matin avant l'école et je fais en sorte qu'ils ne surfent pas jusqu'à rater le début des cours. La plupart vont directement à l'école d'ici, et je sais qu'ils ne mangeraient rien au petit-déjeuner si je ne leur donnais pas une tortilla avant qu'ils sautent dans leur voiture. Puis, après l'école, je veux être certaine qu'ils ont assez d'énergie pour surfer en toute sécurité. Je leur prépare donc des sandwiches que je distribue.

— Waouh, dit Monica.

Jody gloussa encore.

— Je sais, la plupart des gens pensent que je suis folle, mais ça m'est égal. La communauté des surfeurs a pris soin de moi quand j'en avais le plus besoin, et je suis heureuse de montrer ma reconnaissance de la seule façon dont je suis capable.

Monica l'examina de près. Sous l'expression accueillante et franche de cette femme, elle vit... de la douleur. Il lui était arrivé quelque chose de terrible qui la hantait encore aujourd'hui.

Ce sentiment n'était pas étranger à Monica.

— Comment sais-tu que je suis un ami de Baker ? demanda Stuart.

Jody leva les yeux au ciel.

— Tu t'es vu ?

Monica ne put s'empêcher de glousser en voyant l'air perplexe de Stuart.

— Quoi ? demanda-t-il en fronçant les sourcils.

Cela fit encore plus rire Monica. Jody se joignit bientôt à elle.

En réaction, Stuart leva les yeux au ciel à son tour.

Ayant manifestement pitié de lui, Jody expliqua :

— C'est juste ton apparence. Tu ne donnes absolument pas l'impression d'être un surfeur venant profiter des vagues. Tu as le même genre d'air que Baker.

— Un air, hein ? répéta Stuart.

— Oui, tu donnes l'impression que si quelqu'un respire mal, tu seras là pour t'en occuper, lâcha Monica.

Stuart la regarda dans les yeux.

— Exactement, insista Jody.

— Et c'est une bonne chose ? demanda-t-il.

Mais cette question était pour Monica, pas pour la femme assise à la table à côté d'eux.

— Oh, oui, dit-elle doucement.

En même temps, Jody répondit :

— Bien sûr.

Monica regarda les yeux de Stuart, incapable de détourner la tête. Il fit le premier pas pour rompre le sortilège intime qui s'était installé tout autour d'eux en se tournant vers Jody.

— Est-il ici ?

— Oui. Là-bas, en train de garder un œil sur mes garçons.

Jody indiqua l'océan d'un coup de menton.

Monica regarda l'eau et elle parvint à distinguer des têtes sombres parmi les vagues, mais c'était à peu près tout. Puis elle vit quelqu'un se lever comme s'il marchait sur l'eau et chevaucher une des vagues monstrueuses qui roulait vers la plage.

C'était poétique, et magnifique, et terriblement effrayant. Elle n'avait aucune envie de se trouver tout près de la puissance de l'océan, et certainement pas sur la crête d'une vague qui allait finir par s'écraser sur terre.

Mais d'une façon ou d'une autre, la personne sur la planche de surf se laissa tomber à la dernière seconde, retournant en mer pendant que la vague qu'il ou elle avait chevauchée se brisait dans un tourbillon de mousse et d'éclaboussures.

— C'est magnifique, n'est-ce pas ? demanda Jody.

C'était vrai, même si Monica pensait que l'intensité des vagues dominait un peu la beauté. Elle hocha néanmoins la tête.

— Je suppose qu'il va venir quand il vous verra ici, leur dit Jody.

— Parce qu'il verra quelqu'un te parler, fit remarquer Stuart.

Ce n'était pas une question.

Jody haussa les épaules.

— Il est protecteur avec tous ceux qu'il connaît, répondit-elle en cherchant à apparaître nonchalante sans vraiment y parvenir.

Monica avait l'impression qu'il y avait plus qu'une amitié entre Jody et le mystérieux Baker, mais elle ne les connaissait pas assez bien pour spéculer.

Dix minutes s'écoulèrent avant qu'ils voient un homme émerger de l'océan agité. Monica pensa un peu à Aquaman, à cause de sa façon d'émerger des vagues comme s'il était immunisé contre leur fureur et leur puissance. Il portait une planche de surf sous le bras et avançait à grands pas dans leur direction, d'un air déterminé.

Monica se sentit soudain mal à l'aise. Elle se souvint de toutes les histoires que lui avaient racontées les autres femmes sur Baker, et elle avait l'impression qu'il n'était pas comme Stuart et ses coéquipiers.

Quand il s'approcha davantage, Monica vit qu'il portait une

combinaison de plongée à manches longues. Le tissu le moulait comme une deuxième peau, soulignant son torse et ses cuisses musclées. Le bas de la combinaison s'arrêtait juste au-dessus de ses genoux, et ses mollets se contractaient quand il marchait sur le sable.

Monica ne put s'empêcher de le fixer. Elodie et les autres avaient raison... cet homme était absolument à tomber. Même s'il avait sans doute la cinquantaine, il était très en forme. Les mèches argentées dans ses cheveux et sa barbe bien taillée ne faisaient que souligner sa masculinité, au lieu de lui donner l'air plus âgé. C'était vraiment un bel homme aux tempes argentées comme on en voyait en ligne sur les photos de Hollywood.

Mais il était aussi terriblement intimidant. Monica se surprit à faire un pas en arrière quand il avança vers la table de pique-nique.

Il appuya sa planche de surf contre un arbre avant de s'approcher d'eux.

— Pid, dit-il en hochant la tête.

— Salut, Baker.

— Quel bon vent t'amène ici ? Toutes les femmes vont bien ? Carly a-t-elle eu des nouvelles du fils de son ex ?

— Tout le monde va bien. Je ne sais pas pour Carly, mais je ne crois pas. Jag en aurait parlé.

Baker hocha la tête.

— Je suis sûr que tu as appris pour le mariage d'Aleck et Kenna dans quelques semaines, n'est-ce pas ? demanda Stuart.

— Le luau sur la plage ? Oui.

Monica regarda Stuart et Baker parler, remarquant le respect évident qu'ils avaient l'un pour l'autre. Puis les yeux verts de jade de Baker se tournèrent vers elle.

— Monica Collins, je suppose ?

Elle parvint seulement à hocher la tête.

— Ravie de te rencontrer. Merci de ne pas avoir enregistré

une plainte auprès de l'inspecteur général contre le commandant Huttner. Il a dépassé les bornes en forçant Pid et les autres à te faire venir à Hawaï, mais ses intentions étaient bonnes.

— Euh... avec plaisir.

— Pas encore de chance avec les photos, hein ? demanda Baker avant de continuer. Mais tu n'es qu'au H de l'alphabet, alors ce n'est pas étonnant.

Monica ne savait pas du tout comment il était au courant de tout ce qu'elle faisait. Elle venait tout juste de terminer les dossiers des hommes dont les noms commençaient par un H.

— Oui, dit-elle sans conviction.

— Eh bien, ton travail est apprécié, lui dit-il. Personne ne peut impunément salir le nom des SEALs.

Monica déglutit, ne voulant pas savoir exactement ce qu'il voulait dire et quelles étaient les conséquences pour un SEAL crapuleux.

— Je vois que vous avez rencontré Jodelle.

— Comment ça se passe là-bas, Baker ? demanda Jody.

Si Monica n'avait pas regardé l'homme plus âgé, elle aurait raté l'affection qui adoucit son visage quand Jody parla.

— Pas mal. Les garçons vont tous bien. Je leur ai dit qu'il se faisait tard, alors ils ne devraient pas tarder à rentrer chez eux pour faire leurs devoirs.

Jody lui fit un sourire satisfait.

— Bien.

Baker se tourna à nouveau vers Stuart.

— Alors ? Qu'est-ce qui t'amène ici, si ce n'est pas à cause des filles ?

Monica gloussa intérieurement quand Baker traita Elodie, Lexie et Kenna de « filles ». Elle fit cependant en sorte de ne pas montrer ce qu'elle pensait.

— Mo avait besoin de faire une pause et je voulais que tu la rencontres. Et peut-être m'arrêter pour lui faire goûter la meilleure glace pilée de l'île chez Matsumoto. Je voulais aussi voir si tu avais une idée quant à l'identité de cet enfoiré qui fait chier un pendule au commandant.

Monica ricana.

— Quoi ? C'est vrai qu'il en chie un pendule. Mais je ne peux pas lui en vouloir.

— J'aurais aimé avoir une idée, dit Baker. Je suis resté en contact avec Huttner et nous avons parlé de quelques possibilités, mais n'ayant pas plus d'infos, nous devons attendre.

— C'est-à-dire, tant que je ne peux pas vous donner plus d'informations sur lui, dit Monica doucement.

Baker haussa les épaules et Monica interpréta cela comme un oui.

Elle détestait ne pas être capable de décrire l'homme assez clairement pour que quelqu'un le dessine. Elle avait envisagé de demander à Theo de l'esquisser après avoir vu le portrait qu'il avait fait de l'homme ayant pénétré dans Food For All. Malheureusement, elle avait vraiment le sentiment de ne pas l'avoir assez vu pour créer un portrait-robot de cet homme. Elle avait l'impression d'avoir échoué, alors qu'elle n'avait jamais demandé la responsabilité de découvrir qui il était.

— Serviette ? demanda Jody à Baker en lui tendant une serviette bleu foncé.

— Merci, dit Baker en l'acceptant.

Il était impossible de se méprendre sur le regard plein de désir de Jody. Et à la seconde où elle détourna les yeux, le même regard apparut chez Baker.

Pendant une seconde, Monica s'imagina jouer les entremetteuses. Révéler ce qu'elle avait observé à Kenna et aux autres pour leur faire prévoir quelque chose au mariage, rendre Jody et Baker ivres et voir s'ils agissaient en fonction des étincelles qui crépitaient entre eux.

Mais elle se ravisa. Elle avait l'impression que *personne* ne s'immisçait dans la vie de Baker. Il ne l'aurait pas permis. Elle se dit aussi que s'il désirait vraiment Jody, il n'aurait pas hésité à agir. Il devait donc y avoir une raison pour laquelle il n'agissait pas en fonction de son attirance, et Monica ne voulait surtout pas l'énerver en se mêlant de tout cela ou en répandant des rumeurs pour qu'Elodie et les autres se mêlent de sa vie.

Baker et Stuart bavardèrent de gens qu'elle ne connaissait pas et Monica ne les écouta plus. Quand Baker commença à retirer la combinaison de son torse et de ses bras, elle se détourna pour fixer l'océan. Ce n'était pas comme s'il se déshabillait sur la plage, il se contentait de baisser la combinaison pour se sécher, mais elle se sentait tout de même gênée de le regarder.

Elle entendit Stuart parler à Baker de l'un de leurs exercices d'entraînement récents et elle ne put s'empêcher de jeter un coup d'œil à l'homme plus âgé. Elle rationalisa le fait de le dévisager en se disant que Lexie et les autres allaient vouloir un rapport complet de sa rencontre avec Baker lors de l'enterrement de vie de jeune fille, le week-end suivant. Quand elles allaient apprendre qu'elle l'avait vu en combinaison de plongée, elles allaient vouloir tous les détails croustillants.

Mais à la seconde où elle aperçut Baker torse nu avec la combinaison pendue sur ses hanches, toutes ses pensées concernant les autres femmes – et même l'endroit où elle se trouvait – lui sortirent de la tête. Elle fut brutalement et violemment ramenée à la maison à Alger, debout au milieu du salon de l'ambassadeur, fixant l'homme aux yeux malveillants qui lui avait ordonné d'ouvrir la porte. Promettant qu'il était un SEAL de la Navy... qu'elle pouvait lui faire confiance.

Soudain incapable de penser à autre chose que la fuite, Monica fit un pas en arrière et trébucha immédiatement sur un rocher derrière elle. Elle tomba durement sur les fesses, mais elle ne quitta pas des yeux la menace devant elle.

— Merde... Mo ? Est-ce que ça va ? demanda Stuart, mais elle n'enregistra pas ses paroles.

Son seul objectif était de mettre autant de distance que possible entre elle et l'homme au tatouage noir sur l'avant-bras.

Elle recula en crabe, se dépêchant de s'éloigner de lui.

— C'est quoi ce bordel ? demanda l'homme en faisant un pas vers elle avec la main tendue.

Monica gémit et se releva d'un bond. Elle se mit à courir, sans destination en tête : elle savait simplement qu'elle devait partir. *Maintenant !*

Deux bras solides l'attrapèrent autour de la taille et la collèrent contre un torse dur.

Elle se débattit. Désespérément. Mais c'était inutile...

— Monica ! C'est moi, Stuart. Calme-toi !

Ces mots la touchèrent à peine. Elle était perdue dans un autre temps et un autre endroit. Elle vit des flashs de l'homme au tatouage sur les écrans de sécurité dans la pièce secrète. L'idée de ce qu'il allait faire s'il lui mettait la main dessus se mêla aux paroles furieuses de son père. Elle eut mal à la main en l'entendant dire « *Tu fais les choses par toi-même. Demander de l'aide ne fera que te pourrir sur le long terme.* »

— Monica ! répéta une voix dure.

L'homme derrière elle la fit descendre sur le sable et la força à s'asseoir sur ses genoux. Il garda les bras autour d'elle, mais elle sentit aussi son souffle chaud près de son oreille. Il lui fallut un moment pour comprendre la litanie de ses mots... mais quand ce fut le cas, elle se figea, ne voulant plus se débattre.

— C'est moi, Stuart. Tu es en sécurité. Je te le promets. Quoi qu'il se soit passé, nous l'affronterons ensemble. Reviens-moi. C'est ça, c'est bien. Je veille sur toi. Respire, Mo. Respire profondément... bien. Encore. Bravo. Je sens ton cœur battre à toute vitesse. Détends-toi.

— Stuart ? chuchota-t-elle.

— Oui. Je suis là.

Monica comprit où elle était... au North Shore avec Stuart.

Et Jody et Baker… et elle venait de s'humilier. Mais à ce moment-là, c'était bien le dernier de ses soucis. Elle ferma les yeux et inspira profondément en reniflant l'air salé et en sentant la brise sur ses joues.

— Tu m'as fait très peur, dit doucement Stuart. Tu veux bien me dire ce qui a causé cette crise de panique ?

Elle ne le voulait pas, mais Monica savait qu'elle le devait.

— Le tatouage, lui dit-elle en chuchotant, tremblant de tout son corps.

— Quel tatouage ? demanda-t-il.

— Le mien, dit une voix grave au-dessus d'eux.

Monica n'ouvrit pas les yeux quand Baker parla. Elle se contenta de hocher la tête.

— Tu l'as déjà vu ? demanda-t-il.

Elle acquiesça encore.

— Sur l'homme qui a tiré dans la fenêtre. Je savais qu'il en avait un, mais je n'arrivais pas à le visualiser dans ma tête. C'était juste une image floue. Mais à la seconde où j'ai vu le tien, ça m'est revenu.

— *Merde*, dit Baker d'une voix si terrifiante que Monica sursauta.

Elle s'accrocha au bras de Stuart autour d'elle.

— Ça va, Mo. Tu es en sécurité.

L'était-elle ? Le fait que l'homme effrayant au-dessus d'elle possédait le même tatouage que le type accusé d'avoir violé et tué des femmes et d'avoir pillé et invité les foules à la violence n'était pas vraiment rassurant.

Baker était-il complice ? Donnait-il des infos à l'autre type ? Stuart avait dit que Baker était extrêmement doué pour tout ce qui était électronique, même plus que lui. Qu'il était capable de trouver des informations que personne d'autre ne trouvait. S'il faisait partie des plans de l'autre homme… elle était mal.

Elle sentit plus qu'elle n'entendit quelqu'un bouger, puis la voix de Baker lui parvint juste devant elle.

— Ouvre les yeux, ordonna-t-il. Regarde-moi.

— Baker, dit Stuart d'un grognement menaçant.

Ce fut le ton protecteur de Stuart qui donna à Monica la force nécessaire pour ouvrir les yeux. Baker était accroupi devant elle. La colère dans ses yeux lui donna envie de disparaître, mais elle déglutit et campa sur ses positions.

— Il faut que tu sois sûre de toi, dit-il d'un ton bourru.

Il tendit le bras et lui montra son tatouage.

La vue de l'encre sur sa peau lui donne la chair de poule, mais Monica ne détourna pas les yeux.

Un autre souvenir de son enfance apparut dans sa tête. C'était quand elle avait trouvé une portée de chatons d'un chat errant qui vivait sur leur propriété. Elle leur faisait des câlins quand son père l'avait trouvée. Il l'avait forcée à regarder pendant qu'il attrapait ces chatons vieux d'une semaine et qu'il les tuait. Quand elle essaya de détourner le regard, il l'avait frappée. Avec force. Lui avait dit que si elle ne regardait pas, il allait frapper sa mère à la place.

Monica avait eu cinq ou six ans. Même alors, elle savait qu'il valait mieux ne pas désobéir à son père. Qu'il allait vraiment faire ce dont il la menaçait.

Elle ne pensait pas que Baker allait la battre si elle refusait de regarder son bras, mais elle ne voulait pas risquer le coup.

— Respire, Mo, lui dit Stuart.

Elle sentit son menton sur son épaule. Ses cheveux contre sa joue. Elle se sentait entourée par lui... et étonnamment, cela lui permit de se détendre légèrement.

Elle regarda encore le bras de Baker et le tatouage sur sa peau. C'était un dragon. La queue s'étirait tout autour de son biceps et sa bouche était ouverte, un rictus montrant ses nombreuses dents. Elle se souvenait avoir dit au commandant que c'était peut-être un serpent, et elle se rendait maintenant compte que ce qu'elle avait vu était la queue qui tournait autour du bras de l'homme.

— C'est le même, affirma Monica.

— Tu en es sûre ?

— Oui.

— Sûre à quel point ? demanda Baker.

Elle le regarda alors dans les yeux en essayant de ne pas se recroqueviller à cause de la fureur qu'elle y voyait. D'une façon ou d'une autre, elle sut que ce n'était pas contre elle.

— Aussi certaine que je sais que si je n'étais pas sortie de la maison de mon père quand je l'ai fait, j'aurais été morte au bout d'un mois.

Elle ne savait pas du tout si l'homme devant elle savait de quoi elle parlait, mais quand il hocha une fois la tête et se leva, elle se dit que oui. Stuart lui avait expliqué que Baker avait la capacité de découvrir n'importe quoi sur n'importe qui. Elle ne l'avait pas vraiment cru à l'époque. Maintenant, elle était certaine qu'il avait fait des recherches sur elle. Probablement à la seconde où il avait appris que le commandant l'avait forcée à venir à Hawaï pour aider à identifier le SEAL crapuleux.

— Sais-tu qui c'est ? demanda Stuart.

— J'en ai une assez bonne idée, répondit Baker.

Monica sentit plus qu'elle n'entendit Stuart grogner de frustration. Il lui demanda ensuite avec douceur :

— Penses-tu pouvoir te lever ?

Elle n'en était pas sûre, mais elle hocha quand même la tête. Et elle n'aurait pas dû s'inquiéter : Stuart ne la lâcha pas une seconde en l'aidant à descendre de ses genoux. Il la conduisit vers la table où Jody était toujours assise, l'air extrê-mement inquiète maintenant, et lui fit signe de s'asseoir sur le banc.

Monica le fit avec reconnaissance. Elle était déjà une fois tombée sur les fesses devant ces gens, elle n'avait pas envie de recommencer.

— Qui est-il ? demanda Stuart.

— Shane « Bull » Beyer. Il était dans mon équipe de SEALs.

Tout le monde dans l'équipe a eu le même tatouage un soir après une mission particulièrement difficile. Nous étions extrêmement proches... mais au fil du temps, il s'est passé quelque chose dans la tête de Bull. Il est devenu imprudent, puis hors de contrôle... puis dangereux. C'est allé jusqu'au point où j'ai dû faire un rapport et le signaler à mon commandant. Après une évaluation psychologique, il a été renvoyé de l'équipe et il a reçu l'ordre de faire de la psychothérapie. Il a refusé et a été renvoyé pour ODPMC.

Stuart émit un sifflement.

Monica fronça les sourcils.

— C'est quoi ?

— Cela désigne un renvoi pour autre condition physique et mentale, expliqua Baker. C'est utilisé quand quelqu'un ne peut pas prétendre à un renvoi pour handicap, mais qu'il présente un problème qui interfère avec sa performance.

— Ça ne lui a pas fait plaisir, dit Stuart.

Ce n'était pas une question.

Baker gloussa, mais pas joyeusement.

— Non, il n'était certainement pas content. J'ai essayé de l'aider quand il est sorti de l'armée, mais il m'a dit d'aller me faire voir. Que je l'avais déjà assez *aidé*. Je l'ai gardé à l'œil pendant un moment, mais il a fini par disparaître. Je suppose que c'est à ce moment-là qu'il a commencé à utiliser de fausses identités.

— Et maintenant ? demanda Stuart.

— Maintenant, je pars à la chasse, dit Baker.

Monica frissonna en entendant la menace de son ton.

— Si j'avais su qu'il était capable de tomber si bas, j'aurais géré ça plus tôt. Je vais appeler Huttner et avoir une discussion avec lui, lui parler de mes soupçons.

Monica réussit à rassembler assez de courage pour demander :

— N'as-tu pas besoin de preuves ? Je veux dire, comment

sais-tu que c'est lui et pas un des autres types de ton équipe ? Ou quelqu'un qui aime simplement les dragons et s'est fait un tatouage ?

— J'ai lu ta description de l'homme que tu as vu, dit Baker.

Il ne faisait pas les cent pas. Ne semblait pas déstabilisé. Son immobilité pendant qu'il se tenait devant elle pour expliquer son raisonnement le rendait encore plus effrayant.

— Ça correspond parfaitement à Bull. À tel point que j'aurais dû deviner plus tôt que c'était lui. Mais ça fait des années que je n'ai pas eu de nouvelles. Au moins une décennie.

— Quel est son objectif final ? demanda Stuart.

— Qui sait ? Causer autant de désordre que possible ? Se venger des États-Unis ? Il aime sûrement dire aux femmes que c'est un SEAL avant de les terroriser. C'est peut-être sa façon de « rendre la monnaie de sa pièce » à l'organisation qui l'a rejeté, selon lui.

— Je veux participer, dit Stuart.

Baker secoua immédiatement la tête.

— Totalement hors de question.

— J'ai un enjeu là-dedans, argumenta-t-il.

— J'en ai conscience, dit Baker en jetant un coup d'œil vers Monica avant de dévisager Stuart. Mais tu es toujours en service. Je ne vais pas te laisser faire quelque chose qui pourrait te causer des problèmes. De plus... c'est une affaire entre Bull et moi.

— Baker ? demanda Jody.

Et tout à coup, Baker reprit instantanément le contrôle de sa colère. Ses épaules se détendirent visiblement et il inspira profondément avant de se tourner vers la femme assise à la table.

— Je suis désolé, Jodelle, dit-il.

Elle secoua la tête.

— Je ne sais pas ce qu'il se passe, mais je suppose que tu vas partir pendant un moment ?

— C'est possible.

— Fais attention, dit-elle doucement. Je ne peux pas perdre un proche de plus.

— Tu ne vas pas me perdre, la rassura Baker.

Monica eut presque l'impression de s'immiscer dans une conversation très intime. Il se passait vraiment plus entre eux qu'ils étaient prêts à l'admettre.

— Je veux être informé de tout ce que tu découvres, dit Stuart à Baker. Et je pense que comme Mo est la seule à pouvoir identifier ce type, elle pourrait être sérieusement en danger s'il découvre que tu es sur ses traces.

Baker secoua la tête.

— Sans vouloir vexer Monica, ça m'étonnerait qu'il se soucie d'elle. Il sera ravi de savoir qu'il irrite la Navy. Et moi. Il jubilera carrément quand il se rendra compte que je suis sur ses traces. C'est un jeu pour lui. Il est sans doute énervé de ne pas avoir encore été identifié et il bâcle volontairement ce qu'il fait.

— Il a laissé Monica le voir ? demanda Stuart.

— Oui. Et je ne serais pas surpris que d'autres indices nous semblent évidents maintenant. Je ne pense pas que ta copine soit en danger, dit Baker.

Monica n'eut pas le temps de traiter cette histoire de « ta copine » quand Stuart rétorqua avec :

— Et la tienne ?

Les deux hommes se fixèrent longuement avant que Baker pousse un soupir et dise :

— Je te tiens au courant.

— Bien. Es-tu prête à partir, Mo ?

Elle jeta un coup d'œil à Stuart. Il ne semblait *pas* content. L'air détendu qu'il avait en arrivant était parti. *Elle* en était la cause... et elle détestait ça.

Elle hocha simplement la tête.

Stuart posa une main sous son coude et dès qu'elle fut

debout, il passa le bras autour de sa taille. C'était agréable. Réconfortant. Monica savait qu'elle aurait dû s'écarter, mais elle ressentit le besoin d'absorber son soutien autant que possible pendant juste un peu plus longtemps.

— J'ai été ravie de te rencontrer, dit Monica à Jody.

— Moi aussi.

— Je suis désolée pour ce qu'il s'est passé, ne put-elle s'empêcher d'ajouter.

— Pourquoi ? D'après ce que je comprends, j'ai l'impression que toute la raison pour laquelle tu es sur cette belle île a été résolue au cours des dix dernières minutes.

Elle avait raison. Monica n'avait plus de raison de rester. Elle pouvait appeler son agence d'emploi et leur dire de lui trouver un nouveau placement tout de suite.

Deux semaines plus tôt, elle aurait sauté sur cette occasion. Maintenant, elle ne savait plus trop ce qu'elle voulait.

— À plus, dit Stuart à Baker en hochant le menton.

— À plus, répondit Baker.

Monica jeta un coup d'œil en arrière pendant qu'ils marchaient vers le parking et le monospace de Stuart, et elle vit Baker assis sur le banc à côté de Jody. Il leva une main et repoussa une mèche des cheveux de Jody, un geste intime prouvant que leur relation était plus qu'une simple amitié.

Et malgré tout ce qu'il s'était passé, Monica devait admettre qu'Elodie, Lexie et Kenna avaient raison. Baker était un beau spécimen… même s'il lui faisait affreusement peur.

CHAPITRE TREIZE

Pid avait des difficultés à se débarrasser de sa frustration et de sa colère. Il était furieux contre ce Bull... mais il était encore plus frustré de ne pas savoir où en était Monica. Elle lui avait fait terriblement peur quand elle était devenue toute pâle et qu'elle avait eu cette crise de panique. S'il ne l'avait pas rattrapée avant qu'elle puisse partir en courant, elle aurait vraiment pu se blesser.

Maintenant, il ne savait pas du tout ce qu'elle pensait. Allait-elle exiger qu'il la ramène à la maison pour qu'elle puisse faire ses bagages et dégager d'Hawaï ? Retourner à son travail de nounou ?

Il ne la connaissait pas depuis très longtemps, mais l'idée de ne plus jamais la voir donnait envie de vomir à Pid. Il s'était attaché à elle. Il n'en avait pas eu l'intention, s'était dit qu'il lui rendait simplement un service en la laissant loger chez lui, alors même qu'il profitait de plus en plus de sa compagnie. Mais il aurait dû le savoir au bout de seulement deux jours... quand il avait pour la première fois eu l'idée de construire le faux mur dans sa chambre. Il n'aurait pas fait cela pour quelqu'un qui ne comptait pas pour lui. Et elle comptait beaucoup.

Le lundi suivant le week-end où elle avait rencontré Baker et les choses avaient plus ou moins implosé, il l'accompagna pour parler à Huttner. Le commandant n'avait pas dit grand-chose. Il avait simplement écouté Monica lui expliquer pourquoi elle pensait que le tatouage de Baker était le même que celui qu'elle avait vu sur l'homme mystère, puis il l'avait remerciée et dit qu'elle pouvait rentrer chez elle pour la journée. Pid l'avait donc ramenée chez lui, où elle avait insisté pour dire qu'elle allait bien, qu'elle allait simplement se détendre pendant le reste de la journée.

Il n'avait pas vraiment d'autre choix que de retourner au travail, même s'il restait tout le temps inquiet pour elle.

Le mardi, il appela son commandant pour savoir si Monica devait retourner à la base au lieu de faire tout le trajet pour éventuellement la ramener chez lui. Huttner dit qu'il avait parlé à Baker et que les choses progressaient, et qu'il voulait peut-être que Monica vienne à un moment pour répondre à des questions et regarder des photos, mais qu'il était inutile qu'elle vienne tout de suite. Elle passa donc une autre journée à la maison pendant qu'il était à la base.

Leurs soirées avaient été très calmes. Monica n'avait pas vraiment eu envie de parler, alors Pid l'avait laissée tranquille. Mais c'était fini. Il s'inquiétait pour elle et il avait besoin qu'elle lui parle.

Ainsi, après l'entraînement physique avec l'équipe et quelques réunions ce matin-là, il rentra à la maison au début de l'après-midi du mercredi. Il avait une idée pour essayer de détendre un peu Monica. Il priait pour que ça fonctionne et qu'elle ne se dise pas qu'il dépassait les bornes.

Il lui avait envoyé un texto avant de quitter le travail, lui faisant savoir qu'il rentrait à la maison. Il ne voulait surtout pas lui faire peur en arrivant sans prévenir. Quand il passa la porte d'entrée, elle attendait anxieusement, debout dans le salon, se tordant presque les mains.

— Qu'est-ce qui ne va pas ? demanda-t-elle dès l'instant qu'il passa la porte.

— Rien.

— Dans ce cas, pourquoi as-tu quitté le travail en avance ? L'ont-ils trouvé ? Ce Bull ?

— Je suis ici parce que je m'inquiète pour toi. Et non, d'après ce que je sais, ils n'ont pas encore retrouvé Bull, mais ils vont y arriver, d'autant plus que Baker est très fâché contre lui.

Elle fronça les sourcils.

— Tu t'inquiètes pour moi ? Pourquoi ?

— Tu es sérieuse ?

Monica sembla encore plus perplexe.

— Oui.

Pid marcha vers elle, ne s'arrêtant que lorsqu'il se trouva juste devant elle. Il prit son visage dans les mains, puis inclina sa tête en arrière pour voir ses yeux.

— J'essaie de ne pas me vexer que tu te sentes obligée de poser la question. Il est évident que je n'ai pas réussi à faire en sorte que tu saches combien tu comptes pour moi. Combien j'aime t'avoir ici dans ma maison. Parler avec toi tous les soirs. Partager nos journées, et simplement traîner avec toi en général. J'ai aussi essayé d'avancer lentement... afin de ne pas te faire peur avec l'intérêt que j'éprouve pour toi. Mais je suis peut-être allé *trop* lentement. Depuis que je t'ai embrassée, mes sentiments n'ont fait que croître, Monica. Et maintenant que tu es presque libre de partir, je ne peux penser qu'à des façons de te convaincre de rester.

Il inspira profondément avant de continuer :

— Je m'inquiète pour toi parce que tu es restée coincée dans ta tête depuis que nous sommes revenus du North Shore. Tu es restée silencieuse, encore plus que d'habitude... et j'ai peur que tu me dises que tu as parlé à ton patron et que tu pars.

Monica leva la tête vers lui, écarquillant ses yeux bleus, mais elle ne dit rien.

Pid ne savait pas si c'était bon signe ou pas, alors il continua à parler.

— J'ai pris le reste de ma journée pour te faire changer d'air. En espérant te faire penser à autre chose que tout ce qui est arrivé. J'ai pris rendez-vous quelque part dans ce but.

— Où ça ? demanda-t-elle doucement.

— C'est une surprise.

Monica fronça le nez.

— Une autre surprise ?

Pid gloussa.

— Tu as aimé la dernière que j'ai préparée pour toi.

— C'est vrai, dit-elle.

— Au cas où je n'ai pas été assez clair... je ne veux pas que tu partes. J'ai peur que les sentiments que je ressens pour toi ne soient pas réciproques, et que tu continues ta vie sans un regard en arrière.

Elle humecta ses lèvres et il retint son souffle pendant qu'elle respirait profondément avant de se mettre à parler.

— Ils sont réciproques.

Pid poussa un long soupir de soulagement.

— Mais je ne suis pas un très bon pari pour une relation, Stuart. Je ne sais pas si je saurais un jour faire encore confiance à un homme, pas après tout ce qu'a fait mon père. J'ai aimé vivre ici, mais j'ai l'habitude d'être seule. De me débrouiller et de payer pour moi. Ça m'a semblé bien de loger chez toi quand j'étais forcée de rester ici. Mais maintenant qu'ils savent qui est ce type... maintenant que rester ou partir est *mon* choix... ça me gêne de vivre à tes crochets pendant que je prends la décision.

— Tu ne vis pas à mes crochets, lui dit Pid. Et bien que cela aille à l'encontre de tout ce que je ressens, si ça peut te rassurer, je te laisserai payer un loyer.

Elle sembla surprise.

— Vraiment ?

— Oui. Que penses-tu de cent dollars par mois ? demanda-t-il avec un sourire.

Monica leva les yeux au ciel.

— J'en pense que tu ne comprends pas ce que je dis.

Toute trace d'humour quitta le visage de Stuart.

— Je te comprends, Mo. Je déteste que tu ressentes ça, mais je le comprends. Nous pouvons travailler sur quelque chose qui nous conviendra à tous les deux. Je ne veux surtout pas te retirer ton indépendance. Mais ne prends pas mon inquiétude pour toi ou ma réticence à accepter ton argent pour une forme de contrôle ou d'autorité sur toi. J'ai simplement appris à la dure que l'argent ne veut presque rien dire. Oui, cela facilite la vie de bien des façons, mais quand la faucheuse arrive, peu importe combien d'argent quelqu'un possède à la banque ou combien de machins et de bidules il a récoltés au cours des années.

Monica hocha la tête.

Pid savait qu'il devait lâcher son visage, mais il aimait trop la toucher. Il lui caressa la joue avec le pouce, s'émerveillant de la douceur de sa peau...

— Alors ? Resteras-tu ici ? demanda-t-il.

Il vit la peur dans ses yeux. Il détestait ça. Le *détestait*. Il voulut lui dire qu'elle pouvait entièrement lui faire confiance, qu'il ne lui ferait jamais de mal et ne la blesserait pas émotionnellement. Il était à la limite de tomber amoureux d'elle, même s'il savait que ça n'allait sans doute pas soulager les angoisses de Monica, car cela arrivait trop vite. Il pouvait seulement lui montrer par ses actes qu'elle était en sécurité avec lui. Physiquement, mentalement et émotionnellement.

— Je vais rester pour le moment. Si tu me promets de me le faire savoir quand j'abuse de ton hospitalité et que ça ne fonctionne pas.

Pid remarqua qu'elle avait dit *quand*, pas si. Mais il ne fit pas de commentaire.

— Marché conclu, acquiesça-t-il immédiatement en sachant que ce jour ne viendrait jamais. Il était bien plus probable que Monica décide qu'elle ne puisse pas être une épouse de la Navy, ou que les déploiements de Stuart étaient trop fréquents et l'incertitude concernant ses destinations et son retour trop difficiles à gérer pour elle.

— Je ne suis pas prête pour...

Elle se tut.

— Aucune pression, Mo. Oui, je veux une relation avec toi, mais je ne suis pas une espèce d'adolescent hors de contrôle ou d'enfoiré qui s'attend au sexe quand tu n'es pas prête ou intéressée. J'aimerais te toucher, comme je le fais maintenant. Et te tenir la main. Et peut-être échanger quelques baisers de temps en temps. Serais-tu d'accord ?

Il adora le rougissement de ses joues quand elle hocha la tête.

— Je peux être très pénible, la prévint-il. Mais je promets de ne jamais me venger sur toi après une mauvaise journée ou de te pousser plus loin que ce que tu veux. Sexuellement, ou avec mes amis, ou même si nous ne faisons que parler. Je veux tout savoir sur toi, tout ce que tes crétins de parents t'ont fait subir... mais je peux attendre que tu sois prête à le partager.

— Je n'aime pas parler de ces choses-là, avoua Monica.

— Parce que tu n'as pas trouvé quelqu'un en qui tu as assez confiance. Je le sais. Mon objectif est d'être ton endroit sûr, Mo. La personne à laquelle tu sais que tu peux dire n'importe quoi et qui ne te jugera pas, ne se fâchera pas, ne t'en voudra pas.

— Stuart, je ne suis pas certaine...

Pid lui coupa la parole en posant doucement un doigt sur ses lèvres.

— Je peux être certain pour nous deux, chuchota-t-il avant

de se pencher lentement vers elle, lui laissant le temps de s'écarter.

Mais elle ne le fit pas. À la place, elle se leva sur la pointe des pieds et posa une main derrière son cou et l'approcha d'elle.

Quand leurs lèvres se rejoignirent, Pid sourit, adorant qu'elle soit aussi impatiente que lui de le toucher. Leur baiser fut long et profond et tout aussi intense que la première fois.

Sachant qu'il devait y mettre fin avant d'aller plus loin que ce pour quoi elle était prête, et ne souhaitant pas qu'elle change d'avis au sujet de rester chez lui, Pid se força à lever la tête. Les lèvres de Monica étaient gonflées à cause de leur baiser et elle avait les paupières à demi fermées. Elle semblait tout à fait satisfaite... et il ne put s'empêcher de l'imaginer dans son lit, exactement ainsi après qu'il ait fini de lui faire l'amour lentement et passionnément.

— Je vais me changer, puis il nous faudra partir si nous voulons être à l'heure, dit-il.

— À l'heure pour quoi ? demanda-t-elle.

— Tu verras.

Elle fronça les sourcils.

— Ne peux-tu pas au moins me donner un indice ? insista-t-elle en faisant la moue.

Pid se pencha et l'embrassa sur le front.

— Non. Je sais que c'est important de décider si tu vas rester ou pas à Hawaï, et je vais faire tout ce qu'il y a en mon pouvoir pour que tu ne le regrettes pas si tu restes.

Il laissa alors retomber ses mains et se tourna vers le couloir menant aux chambres avant de prendre le risque de faire quelque chose de fou... comme de jeter tous ses plans de l'après-midi par la fenêtre pour rester à la maison et embrasser Monica.

* * *

Deux heures plus tard, Pid regardait Monica jouer avec deux petites filles, assise sur le sol de la garderie Head Start pour les familles à revenus modestes. La fossette de sa joue pour laquelle il devait toujours travailler dur était présente depuis qu'ils s'étaient garés sur le parking.

Il avait expliqué avoir appelé le centre pour voir s'ils voulaient des volontaires. La gérante avait été très contente d'accepter de les rencontrer. Elle avait été encore plus ravie en apprenant l'expérience de Monica avec les enfants.

Pid avait passé une partie de son temps à aider à construire quelques étagères dans une des pièces... puis on lui avait tendu un bébé, qui avait sans doute environ sept mois, qui ne s'était pas arrêté de pleurer depuis que Monica et lui étaient arrivés. Il ne savait pas tellement ce qu'il faisait, mais après avoir bercé l'enfant quelques minutes et l'avoir tenu contre son torse, le bébé épuisé avait fini par s'endormir dans ses bras.

Monica ne l'avait même pas remarqué debout contre le mur, et Pid ne la dérangea pas. Elle semblait être entièrement plongée dans la conversation avec les fillettes au sujet des aventures récentes de leur poupée.

Ceci était une des meilleures idées de sa vie. Monica semblait cent fois moins stressée que ce matin-là. Il était évident que la présence d'enfants lui nourrissait l'âme comme rien d'autre. Il n'avait encore jamais vu personne s'entendre aussi bien avec eux. Elle se souciait sincèrement de leur bien-être et son aise auprès d'eux était évidente.

Pendant qu'il l'observait, toujours avec le bébé endormi dans ses bras, elle leva la tête et leurs regards se croisèrent. Elle le fixa longuement avant d'articuler un *merci* silencieux.

Pid hocha la tête, lorsqu'une des fillettes tira sur la manche de Monica, et elle se retourna pour écouter ce qu'on lui racontait.

Et tout à coup, Pid sut que c'était ce qu'il voulait. Que Monica joue avec leurs deux filles pendant qu'il portait leur fils. Ce fut un désir viscéral et il eut soudain l'impression qu'il allait faire tout son possible pour l'obtenir.

C'était son avenir… il n'avait pas l'intention de le laisser filer entre ses doigts. Il ne savait pas du tout comment parvenir jusque-là, sauf en continuant d'essayer d'obtenir la confiance de Mo pour lui offrir ceci précisément. La famille. L'amour.

— Elle est fabuleuse avec eux, dit tout doucement Sylvia, la gérante, en s'approchant.

— C'est vrai, acquiesça-t-il.

— Et vous n'êtes pas si mal, vous non plus, répondit-elle avec un sourire en indiquant le petit garçon dans ses bras.

Pid haussa les épaules.

— Il était épuisé d'avoir pleuré. Ce n'est pas moi.

Sylvia secoua la tête.

— Vous seriez surpris. Il n'apprécie pas beaucoup de gens. Croyez-moi, je l'ai mis dans beaucoup de bras, pour être ensuite déçue quand il continuait à hurler quoi qu'ils essaient. Vous l'avez pris et il a fallu… quoi, deux minutes, avant qu'il se calme ?

Pid regarda l'enfant dans ses bras. Sa peau brune toute chaude brillait de bonne santé, ses cheveux noirs contrastaient avec la couverture bleu pastel dans laquelle il était enveloppé. Le bébé pinçait les lèvres et Pid imaginait qu'il faisait des rêves de nourrisson. C'était peut-être le plus beau bébé qu'il ait jamais vu.

— Je suppose qu'elle ne cherche pas de travail ? demanda Sylvia.

Pid ne put empêcher un sourire de monter sur ses lèvres.

— Peut-être.

Sylvia rayonna.

— Merveilleux. Et si tu veux quitter ton travail à la Navy, nous pourrions sans doute te trouver un créneau également.

Il était évident qu'elle le taquinait.

— Je garderai ça en tête, lui dit Pid.

— Faites ça.

Sylvia redevint alors sérieuse.

— Cela fait longtemps que je pratique cette profession. J'ai travaillé avec des enfants presque toute ma vie. Et j'ai rarement vu quelqu'un communiquer aussi facilement avec les petits que votre petite amie. Elle a ce don spécial qui attire les enfants. Je ne peux pas l'expliquer, et je sais que certaines personnes diraient que je suis folle de penser que ça existe. Mais je l'ai vu seulement quelques rares fois. Monica possède ce don.

Pid était d'accord. Il l'avait vu avec le fils de l'ambassadeur en Algérie et il le voyait maintenant. Le monde était un meilleur endroit parce que Monica en faisait partie. Il ne savait pas si c'était *à cause* de ce qu'elle avait traversé dans son enfance, ou *malgré* cela. Mais ça n'avait aucune importance. Elle avait besoin d'enfants pour être épanouie, tout comme ils avaient besoin d'elle.

Leur conversation fut interrompue lorsqu'une femme entra dans le bâtiment, manifestement pour récupérer son enfant.

Pid n'avait pas prévu de rester aussi longtemps, mais il n'avait pas le cœur de retirer Monica aux enfants. Il était donc dix-huit heures trente quand ils quittèrent les locaux de Head Start. Monica avait donné son adresse e-mail à Sylvia quand elle avait proposé de lui envoyer plus d'informations sur le bénévolat ou sur le travail au centre. Pid avait envie de voir plus souvent l'air satisfait sur le visage de Monica.

— Tu as faim ? demanda-t-il en ouvrant la portière côté passager de son monospace.

Elle s'installa sur le siège et hocha la tête.

— Je suis affamée.

Pid ne s'éloigna pas de la portière. Il en était incapable. Elle avait un si grand sourire, si différent de ce à quoi il était habitué, qu'il en était stupéfait.

— Stuart ? Quelque chose ne va pas ?

En réponse, il fit un pas vers elle et posa les mains sur sa nuque. Il appuya le front contre celui de Monica, l'enlaçant intimement.

— J'aurais dû voir plus tôt combien tu avais besoin de ça.

Monica poussa légèrement ses épaules et il s'écarta immédiatement. Elle le surprit en posant les mains sur ses joues. Pid pensa que c'était peut-être la deuxième fois qu'elle l'avait volontairement touché avec la mauvaise main.

— Je ne savais pas moi-même combien j'en avais besoin, rétorqua-t-elle. Comment le pouvais-tu ?

Pid posa une main sur sa cuisse en prenant soin de la laisser près de son genou, et il plaça l'autre main sur sa joue.

— Je ne suis pas si mauvais pour les surprises, hein ? plaisanta-t-il.

Monica gloussa.

— Jusqu'ici, tu en as réussi deux sur deux.

À ce moment-là, il entendit le ventre de Monica gargouiller bruyamment.

Il sourit, retira la main de Monica de sa joue et embrassa sa paume en disant :

— Allons trouver à manger. Que dirais-tu de nourriture vietnamienne ?

— Je n'ai jamais goûté. Mais en général, je trouve toujours quelque chose que j'aime.

— Bien. Il y a un restaurant incroyable sur le chemin du retour, il s'appelle The Pig and The Lady et nous pourrons y prendre à emporter.

— Ça m'a l'air intéressant, lui dit-elle.

Pid ferma la portière et courut jusqu'à l'autre côté de la voiture. Il ne put s'empêcher de tendre la main et de remettre en place une mèche de ses cheveux ébouriffés quand il s'installa.

Monica fronça le nez.

— J'ai sûrement l'air horrible, dit-elle, gênée.

— Tu es magnifique, lui dit-il sincèrement.

Elle rougit et Pid se promit de lui faire plus souvent des compliments. Il avait l'impression qu'elle n'en avait pas eu assez dans sa vie.

Quand il sortit du parking, elle tendit la main et prit la sienne.

Sa copine était peut-être un peu craintive, et ils avançaient peut-être lentement, mais il ne pouvait nier qu'il avait l'impression que tout était parfait chaque fois qu'il la touchait.

CHAPITRE QUATORZE

Monica n'était pas très à l'aise à cette idée d'enterrement de vie de jeune fille.

Pour commencer, elle n'avait jamais participé à cela, alors elle ne savait pas trop à quoi s'attendre. Des stripteaseurs ? Des costumes ridicules ? Tout le monde buvant au point de ne plus pouvoir marcher ?

Et deuxièmement, elle n'était absolument pas ravie à l'idée de la partie « soirée pyjama » des festivités. De toutes ses trente années, elle n'avait jamais eu de soirée-pyjama… et elle ne pensait pas que loger chez Stuart comptait. Il était hors de question qu'elle invite qui que ce soit chez elle quand elle était petite. Elle ne savait pas trop ce que son père aurait fait, et ça n'aurait pas été autorisé de toute façon. En outre, elle n'avait pas eu d'amis dans sa jeunesse, de toute façon.

C'était assez triste qu'elle ait trente ans et qu'elle participe à sa première soirée-pyjama. Stuart lui avait dit que si elle se sentait mal à l'aise à n'importe quel moment, elle pouvait lui envoyer un texto et il allait venir la chercher.

En réalité, elle aimait bien Kenna, Lexie et Elodie. Elle ne connaissait pas aussi bien Ashlyn, et Kenna avait dit qu'elle espérait que son amie Carly fasse une apparition, mais elle n'était pas certaine de sa venue. Quoi qu'il en soit, avec tant de questions au sujet de Luke Keyes, sans parler de ce Bull, Kenna avait refusé de sortir dans les bars de Waikiki, alors elles allaient simplement traîner à l'appartement-terrasse où elle vivait avec Aleck.

Cela convenait parfaitement à Monica. Comme elle ne buvait pas, les bars ne lui faisaient pas très envie.

Stuart se gara devant l'immeuble de Coral Springs et il se tourna vers elle.

— Respire, Mo. C'est censé être un bon moment.

— Je sais, lui dit-elle.

— Il te suffit d'être toi-même. Tout le monde sait déjà que tu n'es pas très bavarde et elles ne vont pas s'attendre à ce que tu le sois juste parce que tu traînes avec elles.

Monica hocha la tête. Elle le savait également. Elodie, Lexie *et* Kenna l'avaient rassurée plusieurs fois par texto, affirmant qu'il leur tardait de passer plus de temps avec elle. Et si elle décidait de rester à Hawaï, elle voulait effectivement bien s'entendre avec ces femmes.

Il était difficile pour elle de croire qu'elle envisageait de rester à cause d'un homme. Cela ne lui ressemblait pas du tout. D'un autre côté, Stuart ne ressemblait à aucun homme qu'elle ait pu rencontrer jusque-là. Avait-elle confiance en lui ? Pas tout à fait... et elle se sentait très mal à cause de ça. Mais il lui plaisait. Beaucoup. Il lui donnait l'impression qu'elle était en sécurité – autant que c'était possible avec un homme – quand elle était avec lui. Mais lui faire confiance à cent pour cent, au point de lui confier sa vie ? Elle ne le savait pas.

En revanche, Monica savait qu'elle était complètement perturbée en ce qui concernait la confiance. Son père l'avait assez frappée pour qu'elle n'en ait plus. Si elle devait choisir une chose pour laquelle elle le détestait le plus, c'était bien cela.

Mais elle faisait des efforts. De petits pas. Elle adorait être assise sur la terrasse de Stuart et bavarder de tout et de rien. Elle aimait cuisiner avec lui. Elle aimait vraiment l'embrasser. Cela allait devoir suffire... pour l'instant.

— Mo ? dit Stuart, inquiet.

Elle se rendit compte qu'elle était restée assise dans la voiture, perdue dans ses pensées. Elle se tourna et lui fit un sourire courageux.

— Tout ira bien.

Il tendit la main et caressa sa joue avec le pouce à l'endroit où elle savait que sa fossette devait être apparue. Il avait avoué l'autre soir combien il aimait cette fossette. Elle avait toujours cru que cela lui donnait un air un peu trop juvénile, mais en tenant compte du plaisir évident qu'il avait à la voir, elle commençait à croire que ce n'était pas si terrible.

— Bien sûr. Tu te sous-estimes, ainsi que les autres. Mais si à n'importe quel moment, tu te sens mal à l'aise, fais-le-moi savoir et je viendrai te chercher. Même s'il est deux heures du matin. Je suis sérieux. D'accord ?

— Pourquoi ai-je l'impression d'avoir huit ans et que tu me déposes à une fête d'anniversaire ? marmonna Monica.

— Je ne te vois *vraiment* pas comme ayant huit ans, répondit Stuart.

La passion fut facile à entendre dans sa voix et elle sentit son propre corps se réchauffer en réaction.

C'était autre chose qui avait surpris Monica. Combien Stuart l'excitait. Elle avait déjà pratiqué le sexe auparavant. Ça n'avait pas été fabuleux et elle ne comprenait jamais les femmes dans les romances et les films où elles parlaient des étincelles et des frissons, et du fait de désirer quelqu'un plus que d'avoir envie de respirer.

Elle commençait à le comprendre, maintenant.

Elle se pencha vers Stuart au-dessus de la console et il la rejoignit vite à mi-chemin. Le baiser qu'ils partagèrent la poussa à recourber les orteils. Elle n'avait jamais vécu ça avant cet homme.

Il s'écarta et lui caressa la joue une dernière fois avant de dire :

— Vas-y. Avant que je te kidnappe pour te ramener dans ma tanière.

Monica ne put s'empêcher de rire.

— Euh… Je vis dans cette tanière, lui dit-elle.

Stuart agita les sourcils en disant d'une voix traînante :

— Tu vis dans ma maison, pas dans ma tanière.

Monica sut qu'elle rougissait, alors elle ouvrit la portière pour essayer de le cacher. Elle commençait à être à l'aise avec les contacts de Stuart au point d'en avoir envie. Il était quelqu'un de très tactile, ce qui la ravissait. Il cherchait constamment à lui toucher le visage, à poser la main dans son dos, ou à lui tenir la main. La veille au soir, il s'était blotti derrière elle sur le canapé pendant qu'ils regardaient la télévision. Monica s'était raidie au début, mais elle avait fini par se détendre contre lui.

Elle n'avait été dans sa chambre qu'une seule fois, quand il lui avait fait visiter la maison. L'idée qu'il puisse se coller contre son dos pendant qu'ils étaient dans son lit fit encore davantage brûler ses joues. En avait-elle envie ? Oui. Et non. La veille, elle avait apprécié être dans ses bras plus qu'elle ne l'aurait cru possible… et elle supposait que plus elle allait se rapprocher de cet homme, plus cela allait la détruire si la relation ne fonctionnait pas.

Elle ouvrit la porte coulissante du monospace et attrapa son sac pour la nuit. Elle resta à côté de la vitre ouverte côté passager et salua Stuart de la main.

— À demain.

— Amuse-toi, dit-il. Comme tu le sais, je vais chez Slate avec les autres. Nous allons faire un feu de camp et traîner à la plage.

Monica hocha la tête. Stuart avait mentionné que son ami possédait une petite maison avec accès à la plage pas très loin de Coral Springs. La maison était à une rue d'être vraiment *sur* la plage, mais c'était assez près, et largement assez grand pour que tous les hommes y soient à l'aise.

Elle agita une dernière fois la main et se dirigea courageusement vers les portes de l'immeuble. Stuart attendit qu'elle soit vraiment entrée pour partir : c'était encore une autre façon qu'il avait de veiller sur elle.

— Bonjour, vous devez être Monica, dit un homme plus âgé assis à l'accueil dans le grand vestibule.

— C'est moi, confirma-t-elle.

— Je m'appelle Robert et les autres dames sont déjà à l'étage. Mais ne vous inquiétez pas, mademoiselle Greene vient d'arriver alors, vous n'êtes pas très loin derrière. Si je peux avoir vos papiers d'identité et si vous voulez bien signer ceci, nous allons vous mettre en route.

Monica fut impressionnée par l'efficacité de cet homme, et par la sécurité de l'immeuble, mais elle n'était pas vraiment surprise. Kenna avait beaucoup parlé de cet endroit et de Robert et combien il l'aidait avec le mariage à venir.

Au bout de quelques minutes, elle monta dans l'ascenseur jusqu'à l'appartement-terrasse. En essayant de ne pas hyperventiler et en se disant que tout allait bien se passer, Monica sortit de l'ascenseur et longea le couloir jusqu'à l'appartement de Kenna et Aleck.

La porte s'ouvrit avant même qu'elle l'atteigne.

— Bienvenue ! s'exclama Kenna. Et avant que tu paniques et que tu te dises que je suis capable de voir à travers les portes, Robert a appelé pour dire que tu montais.

Elle avait un grand sourire accueillant et Monica ne vit aucune trace de faux-semblant.

— Merci, lui dit-elle.

— Je suis tellement contente que tu sois venue. Je sais que

tu dois encore être un peu mal à l'aise avec nous toutes, puisque tu ne nous connais pas depuis très longtemps, mais je te promets que nous sommes inoffensives, précisa Kenna.

Sans lui laisser le temps de dire quoi que ce soit, ce qui était sans doute une bonne chose, car Monica ne savait pas comment répondre, Kenna attrapa son sac.

— Je vais le poser ici près de la porte pour l'instant, et nous déciderons plus tard où tout le monde dormira.

Elle baissa la voix comme si elle disait un secret à Monica :

— Mais si tu veux un coin sur le balcon, réclame-le très tôt, parce que c'est l'un des meilleurs endroits pour dormir.

Monica ne put s'empêcher de sourire.

— D'accord.

— Super, acquiesça Kenna en souriant. Viens. Elodie est à la cuisine, à la recherche du bon ratio de tequila et de mélange pour Margarita, et j'ai l'impression qu'elle va toutes nous rendre ivres au bout d'un verre si quelqu'un ne l'en empêche pas. Elle a la main lourde avec l'alcool.

Se sentant déjà un peu plus à l'aise qu'elle ne l'aurait cru, Monica suivit Kenna dans l'autre pièce. L'appartement était magnifique et la vue du balcon était aussi incroyable qu'on le lui avait dit.

— Monica ! s'exclamèrent Lexie et Elodie en la voyant.

— Salut ! ajouta Ashlyn. Ça fait plaisir de te revoir.

— Carly n'est pas là, annonça Kenna en continuant à traverser la cuisine jusqu'à Elodie. Je l'ai suppliée, mais elle a dit que c'était plus sûr pour nous si elle ne venait pas. Ce qui est débile, mais elle n'a pas voulu changer d'avis.

— C'est son ex qui est venu chez Duke's avec une bombe autour de la taille, expliqua Lexie pour Monica. Il a explosé en un million de morceaux, ce qui est vraiment dégoûtant, mais ça ne se voit plus sur la plage maintenant… mais parce que son fils a disparu et que personne ne le retrouve, pas même Baker – ce qui l'énerve beaucoup – Carly a quitté son travail et reste enfermée dans son appartement maintenant, ce qui déçoit beaucoup Jag.

— Waouh, c'était une phrase bien longue, la taquina Ashlyn.

— Hé, tu as compris sans problème, non ? demanda Lexie. Alors, quelle importance ?

— Combien de Margaritas as-tu déjà goûtées ? demanda Kenna en levant un sourcil.

Lexie gloussa.

— Un peu.

— Mon Dieu, la soirée va être longue, dit Kenna en regardant le plafond. Pas de vomi sur les tapis, compris ? ordonna-t-elle.

Tout le monde rit.

— Pas de vomi du tout, rétorqua Elodie. Nous sommes toutes des adultes respectueuses et matures. Nous ne sommes pas obligées de nous bourrer la gueule.

— Juste d'être un peu joyeuses, dit Lexie.

— Peut-être ivres, précisa Ashlyn.

— Monica sera chargée des boissons, déclara Kenna.

Monica la regarda, surprise.

— Comme elle ne boit pas, elle peut faire en sorte que nous nous maîtrisions. Si elle pense que quelqu'un a trop bu, elle lui tend un verre d'eau. Et nous devons toutes accepter de le boire quoiqu'il arrive. D'accord ?

Monica voulut protester. Elle n'était pas certaine de vouloir être la police de l'alcool, mais quand tout le monde accepta immédiatement, elle supposa qu'elle n'avait pas le choix.

— N'utilise pas tout le mélange pour Margarita, Elodie, ajouta Kenna. Fais en sorte qu'il en reste assez pour préparer quelques boissons sans alcool pour Monica.

Une fois de plus, Monica fut surprise. Elle avait supposé qu'elle allait simplement boire de l'eau toute la soirée. Elle s'était même dit que les autres risquaient d'être un peu irritées qu'elle ne boive pas avec elles. À la place, elles avaient pris soin de l'inclure autant que possible. C'était agréable.

Une heure plus tard, quelqu'un frappa à la porte. Kenna se leva d'un bond et cria :

— La nourriture est arrivée !

Puis elle se dirigea vers l'entrée.

Elle revint dans la pièce suivie par quatre hommes portant tous des sacs remplis à ras bord. Robert s'était organisé pour leur envoyer tout ce qu'un groupe de femmes pourrait vouloir manger. C'était un énorme choix de hors-d'œuvre. Des choses qu'elles pouvaient grignoter toute la soirée quand elles avaient faim. Il y avait des nems, des ailes de poulet, du houmous et des légumes, des chips, des œufs à la diable, des boulettes de viande hawaïennes, de la salade d'ananas, des brochettes de fruits, du poulet Thaï, des roulés de bœuf à la japonaise, et bien sûr, des malasadas pour le dessert.

Quand tout le monde se fut servi une grande assiette, elles se rassemblèrent sur le balcon pour regarder le soleil se coucher et bavarder.

Monica écoutait surtout, mais personne ne semblait lui en vouloir de ne pas participer, et d'une façon ou d'une autre, son silence lui paraissait moins gênant maintenant, qu'il l'avait été chez Duke's.

Finalement, Elodie se tourna vers elle et demanda :

— Alors, avions-nous raison au sujet de Baker ?

Monica mâcha soigneusement la bouchée qu'elle venait de prendre, puis elle avala avant de demander :

— À quel sujet ?

— Qu'il est canon.

Tout le monde rit en regardant Monica, dans l'expectative.

— Euh... oui ?

— Il m'en faut plus. Nous avons besoin de détails, l'encouragea Lexie.

— Attendez. Tout d'abord... ça ne te gêne pas que nous

parlions de lui ? demanda Kenna. Aleck m'a raconté comment tu as réagi en voyant son tatouage. Celui qui t'a rappelé le type que tu as vu, qui a essayé de te faire du mal.

C'était très gentil de sa part de vouloir vérifier que ça ne la gênait pas de parler de ce qui était arrivé. Une fois de plus, elle eut ce sentiment chaleureux.

— Je vais bien. Eh oui, j'ai plus ou moins fait une crise de panique quand j'ai compris que le tatouage sur son avant-bras était le même que celui de l'autre type. Si Stuart n'avait pas été là, j'aurais sans doute couru tout droit dans l'océan. Je ne pensais à rien d'autre qu'à m'éloigner.

— J'adore que tu l'appelles toujours Stuart, soupira Elodie.

Ashlyn leva les yeux au ciel.

— C'est simplement parce que tu appelles Mustang par son vrai prénom.

Elodie haussa les épaules.

— Sans doute.

— Chut, laissez Monica parler, dit Kenna.

Tout le monde se tourna une fois de plus vers elle et Monica fit de son mieux pour ne pas se sentir mal à l'aise au centre de l'attention.

— Bon, il faut dire que j'ai trébuché et que je suis tombée sur les fesses avant d'essayer de m'enfuir, plaisanta-t-elle.

— Je parie que Pid était furax, dit Lexie. Pas contre toi, mais parce que tu aurais pu te blesser.

Monica se rendit compte que même s'il avait été inquiet, il avait aussi été assez fâché. Elle ne l'avait pas compris sur le moment, parce qu'elle avait été si focalisée sur le tatouage de Baker... mais Lexie avait raison.

— Il n'était pas très content, dit-elle au bout d'un moment.

— Avec nos hommes, c'est l'euphémisme du siècle, dit Kenna.

— Alors ? Baker ? Il est incroyablement beau, hein ? Et super intense en même temps ? demanda Elodie.

Monica eut envie de taquiner l'autre femme, ce qui ne lui ressemblait pas du tout.

— Ça va, dit-elle avec autant de nonchalance que possible.

— Tu plaisantes ? Seulement « ça va » ? Avec ses cheveux argentés ? Et cette barbe ?

— C'était pas mal, dit Monica. J'ai été surprise de voir qu'il avait aussi du gris parmi les poils de son torse.

Quatre paires d'yeux faillirent tomber de leurs orbites lorsque les femmes la fixèrent.

Elodie fut la première à retrouver sa voix.

— Tu as vu son torse nu ? demanda-t-elle.

— Oui, il surfait quand nous sommes arrivés. Il est sorti de l'eau avec sa planche sous le bras et en ne portant rien d'autre que sa combinaison. Des manches longues, une combi moulante qui s'arrêtait juste au-dessus de ses genoux... énumèra Monica d'une voix traînante.

— Dieu tout-puissant, souffla Elodie.

— Sérieusement ? demanda Kenna.

— Je veux vraiment rencontrer cet homme, grommela Ashlyn.

— Sérieusement, répondit Monica. Puis il l'a retirée très lentement. Il l'a ôtée de ses bras et de son torse... c'est alors que j'ai bien vu son tatouage.

— Il vient à ton mariage, n'est-ce pas ? demanda Ashlyn à Kenna.

Elle haussa les épaules d'un air absent.

— Je l'espère. Il a été invité.

— Waouh, alors tu l'as vu presque nu, s'exclama Lexie.

Monica rit et leva les yeux au ciel.

— Pas vraiment. Je ne faisais pas réellement attention après avoir vu ce tatouage. De plus, je pense que Jody n'aurait pas apprécié si je l'avais trop reluqué.

— Qui est Jody ? voulut savoir Ashlyn.

— Son nom est Jodelle, en fait, et c'est ainsi que Baker l'appelle. Si vous me demandez mon avis, c'est presque trop mignon, parce qu'elle a dit que tous les autres l'appellent Jody. Si j'ai bien compris, elle traîne à la plage et apporte des sandwiches aux jeunes surfeurs. Elle veille plus ou moins sur eux. Et il est assez évident qu'elle et Baker se plaisent.

— Attends, est-elle très menue, quarante ou cinquante ans, les cheveux bruns, et conduit-elle un combi Volkswagen très coloré ? demanda Lexie.

Monica haussa les épaules.

— Je n'ai pas vu quel genre de voiture elle avait, mais oui, le reste correspond.

— Je l'ai vue quand nous sommes allés là-bas, expliqua Lexie. Je ne l'ai pas rencontrée, mais Baker est allé tout droit vers sa fourgonnette quand il l'a vue se garer.

— Elle lui plaît donc ? demanda Elodie.

— Je pense que oui, confirma Monica.

— C'est tellement cool. Il donne l'impression d'être un solitaire, dit Kenna. Je ne l'imagine pas réellement avoir une relation.

— Oui, il a vraiment été con avec moi au début, intervint Lexie. Mais il veillait sur Midas, alors j'ai compris au bout d'un moment. Mais quand même.

— Il est agréable à regarder, dit Elodie. As-tu pris une photo ?

Monica ne put s'empêcher de rire.

— Désolée, non. J'étais trop occupée à faire une crise de panique pour essayer de prendre discrètement une photo.

Elodie poussa un soupir.

— Ce n'est pas grave. Mais je parie qu'il était incroyable dans cette combinaison de plongée.

— Il a peut-être la cinquantaine, mais il prend soin de lui, acquiesça Monica.

— Je suppose que tous les gars ressembleront à ça dans

vingt ans, dit Kenna. Je n'imagine pas que l'un d'entre eux s'arrête de faire du sport en prenant leur retraite.

Lorsque la conversation tourna autour de leurs hommes et leur apparence en atteignant la cinquantaine et le fait que ce n'était pas juste que certains hommes vieillissent beaucoup mieux que les femmes, Monica se leva et rassembla les assiettes. Elle partit dans la cuisine et décida qu'avec la nourriture que tout le monde avait mangée, elle pouvait servir une autre tournée de boissons.

Elle sortit la carafe sur le balcon et fut accueillie par des cris de joie de la part des autres.

Des heures plus tard, longtemps après le coucher du soleil, et après deux autres tournées de margaritas, elles étaient toutes assises sur le sol du salon, à jouer à Action ou Vérité.

Monica avait oublié qui l'avait suggéré en premier, mais comme elle ne voulait pas être la seule à ne pas participer, elle avait joué le jeu.

Elodie, Lexie, Kenna et Ashlyn ne souffraient absolument pas d'avoir consommé des margaritas toute la soirée. Elles étaient de bonne humeur et n'arrêtaient pas de rire. Monica ne contribua pas à leur conversation sur les ex, et elle écouta avec intérêt quand Kenna énuméra les plans pour son mariage.

— Action ou vérité ? demanda Kenna à Elodie.

— Vérité, répondit-elle.

— Combien d'orgasmes as-tu eus la nuit de ton mariage ?

— Tu vas essayer de me battre ? demanda Elodie.

— Peut-être, répondit Kenna avec un sourire en coin.

— Trois.

— Trois ? répéta Ashlyn, incrédule. Je ne te crois pas.

— Je suis sérieuse, et c'était seulement parce que nous étions fatigués.

Tout le monde rit.

— À ton tour, dit Kenna à Lexie.

Lexie regarda autour d'elle et finit par se fixer sur Ashlyn.

— Action ou vérité ?

— Action, dit Ashlyn fermement. J'ai une idée de ce que vous allez me demander si je choisis vérité.

— Du genre « que se passe-t-il entre Slate et toi », tu veux dire ? lâcha Elodie.

Ashlyn rougit.

— Oui. Mais comme j'ai choisi action, tu ne peux pas me le demander.

Monica eut envie de rire, mais elle se contenta de sourire.

— Très bien. Un gage, un gage, un gage… marmonna Lexie. Je te défie d'envoyer une photo de toi à Slate maintenant.

— C'est puéril, dit Ashlyn, mais ses joues rosirent encore plus qu'avant.

— Tu refuses donc ? demanda Lexie. Tu vas perdre.

— Perdre quoi ? voulut savoir Ashlyn.

— Je ne sais pas. Le jeu ? suggéra Lexie.

— Oooh, ce serait une tragédie, dit Ashlyn d'un ton sarcastique.

— Alleeez, gémit Lexie.

— Très bien. Je vais le faire. Monica, c'est toi qui prends la photo parce que tu es la seule à ne pas être ivre. Et fais en sorte qu'elle soit jolie, ordonna Ashlyn.

Monica prit son téléphone et hocha la tête pour indiquer qu'elle était prête.

Ashlyn pencha la tête, tira la langue, leva les yeux au ciel et fit des oreilles de lapin à côté de son visage. Monica appuya sur le bouton, même si elle riait au point de ne presque plus rien voir. Tout le monde s'était joint à elle également.

— Oh, tu vas sûrement l'appâter de cette façon, plaisanta Kenna.

Ashlyn se contenta de sourire et récupéra le téléphone auprès de Monica. Elle appuya sur quelques boutons et annonça :

— Voilà. C'est fait.

— Attends, je veux voir ce qu'il dit en recevant ça, lança Elodie.

Tout le monde attendit de voir ce que Slate allait envoyer en réponse. En regardant sa montre, Monica fut surprise de voir qu'il était presque une heure du matin.

— Euh, les filles, il ne sera peut-être pas réveillé. Il est tard.

— Mince, je ne savais pas qu'il était déjà minuit passé, dit Elodie.

— Attends, tu te transformes généralement en citrouille à minuit ? demanda Kenna.

— Non, en général, je m'endors dès neuf heures, rétorqua Elodie.

— Tu es vraiment trop ringarde, la taquina Lexie.

— Tu n'es pas mieux, et tu le sais, dit Elodie à son amie.

Monica adorait la façon dont tout le monde pouvait plaisanter sans se vexer. Et elle devait admettre qu'elle aimait encore plus Elodie et Lexie maintenant qu'elle savait qu'elles se couchaient tôt, elles aussi. Cela lui donnait l'impression d'avoir un point commun, même si ce n'était pas grand-chose.

— Oh ! Il écrit ! dit Ashlyn. Putain, je déteste ces trois points... il faut qu'il apprenne à écrire plus vite.

Puis elle fixa son téléphone et se mit à rire.

— Quoi ? Qu'a-t-il dit ?

Dans sa joyeuse ivresse, Ashlyn riait trop fort pour répondre, alors elle se contenta de passer son téléphone à Monica. Elle lut ce que Slate avait envoyé à voix haute.

— « On dirait que vous passez un bon moment. » Oh, attendez... il vient d'en envoyer un autre, dit-elle avant de lire celui-là à voix haute également. « Si tu essayais de me dégoûter, ça n'a pas marché. Je pense que tu es sexy, quelle que soit la grimace que tu fais. »

Tout le monde resta un moment silencieux, puis elles éclatèrent de rire quand Ashlyn se jeta sur son téléphone.

— Je le savais ! s'exclama Lexie. Je savais qu'il se passait quelque chose entre vous !

— Pas du tout, insista Ashlyn. C'est un coureur de jupons. Et il s'intéresse seulement à moi parce que je lui ai dit que ça ne m'intéressait pas.

Elodie s'arrêta brutalement de rire.

— Slate n'est *pas* un coureur de jupons, dit-elle sérieusement. Comme tous les autres de l'équipe.

— Mais bien sûr, rétorqua Ashlyn. Il est grand, beau, et c'est un SEAL. Il peut trouver des minous quand il veut.

— Non, il ne fait pas ça, insista Elodie. Il ne me l'a pas dit directement, mais d'après Scott, ils ont tous largement dépassé cette époque de leur vie. Bien sûr, au début de la vingtaine, ils ont tous fréquenté beaucoup de femmes, mais maintenant ? Non.

— Ça ne m'intéresse pas de sortir avec quelqu'un, dit Ashlyn.

Monica crut entendre une touche de désespoir dans ses paroles. Presque comme si elle les suppliait de la croire.

— Après avoir suivi Franklin à Hawaï, j'en ai fini avec les hommes. Carly et moi allons rester célibataires pendant très longtemps, affirma Ashlyn.

— Bon courage avec ça, marmonna Lexie.

— C'est mon tour, déclara Ashlyn en se tournant vers Monica. Action ou vérité ?

Monica se figea. Elle était une poule mouillée, et elle ne voulait certainement pas devoir envoyer une photo d'elle à Stuart ou autre chose d'aussi embarrassant. Mais elle était aussi morte de peur à l'idée de ce que l'autre femme pouvait demander si elle choisissait la vérité.

Après une longue pause, elle finit par lâcher :

— Vérité.

— Tu peux exiger une question différente si tu veux, mais

je voulais savoir... qu'est-il arrivé à ta main ? Es-tu née comme ça ?

Monica déglutit. Elle avait un choix. Elle pouvait choisir la lâcheté et refuser de répondre en réclamant une nouvelle question. Ou bien elle pouvait être honnête. S'ouvrir à ces femmes. Si elle décidait de rester, et si elle voulait vraiment mériter leur amitié, il fallait qu'elle se dévoile.

Elle leur raconta donc. Et elle ne cacha rien. Elle expliqua pourquoi et comment son père l'avait fait. Elle dit à quel point ça avait été douloureux, et comment elle avait souffert en silence quand l'infection s'était installée, sachant qu'il ne fallait pas qu'elle demande à son père de la conduire chez le médecin. Elle expliqua aux femmes comment elle s'était réveillée après l'opération, seule et morte de peur. Comme ses doigts lui faisaient encore mal jusqu'à ce jour, alors qu'elle ne les avait plus.

Quand elle eut terminé, la pièce était plongée dans un silence de mort... et Monica regretta d'avoir plombé l'ambiance de la soirée.

Juste au moment où elle allait s'excuser, Kenna s'exclama :

— Quel gros enfoiré, putain !

— Oui ! Pour qui se prenait-il ? Faire du mal à une enfant ? Et sa fille, en plus ! acquiesça Lexie.

— J'espère que son pénis s'est rabougri et qu'il est tombé ! ajouta Elodie.

Monica ne put s'empêcher de glousser en entendant cela.

— Comment peux-tu rire de ça ? demanda doucement Ashlyn.

— C'est juste que... je suppose que son pénis s'est vraiment rabougri, dit Monica avant d'expliquer comment son père était mort de froid.

— Bien.

— Il a eu ce qu'il méritait.

— Connard !

— As-tu raconté cette histoire à Pid ?

La question émanait d'Elodie.

— Oui.

— Je parie qu'il était super énervé.

— Oui, c'est vrai, admit Monica.

Elodie hocha la tête comme si cela confirmait ce à quoi elle pensait.

— C'est ton tour, dit-elle à Monica.

— Quoi ?

— C'est à ton tour de choisir quelqu'un pour Action ou Vérité.

Ce fut difficile pour Monica de penser à autre chose que ses souvenirs. Elle s'était plus ou moins attendue à ce que la fête soit finie après son histoire, mais à la place, ses nouvelles amies avaient exprimé leur dégoût envers son père et elles étaient passées à autre chose. Ça lui plaisait énormément.

— Lexie, action ou vérité.

— Action.

Monica se creusa la tête pour un bon gage. Puis elle se souvint de ce qu'elle avait vu sur Internet quelques jours auparavant. Elle attrapa son téléphone et fit une recherche rapide pour trouver une photo appropriée et elle l'envoya à Lexie par texto.

— Tu me fais peur, Monica, dit Lexie en riant.

— Pardon. Je viens de t'envoyer une photo. Ton gage est de l'envoyer à Midas et de lui demander quelle taille il veut, parce que tu en commandes un pour toi et un pour lui.

— Oh, mon Dieu, c'est hilarant ! dit Lexie après avoir regardé son téléphone. Nous devons toutes faire ça et comparer les réactions.

— Quoi ? Qu'y a-t-il sur la photo ? demanda Kenna.

Lexie tourna son téléphone et montra aux autres ce que Monica lui avait envoyé. C'était une photo d'un homme debout devant un fond blanc, portant un long tee-shirt qui descendait jusqu'à ses genoux. Cela ressemblait à une chemise de nuit. Elle était bleu pâle avec des bordures bleu marine au col, autour des bras et du bas. Il y avait même une petite poche sur le côté gauche du torse.

— Oh, oui. Je veux voir ce que Scott va répondre, dit Elodie.

— Marshall va dire « carrément pas », marmonna Kenna.

— Toi aussi, Monica, insista Lexie en transférant la photo aux autres.

— Seulement si Ashlyn le fait, se surprit-elle à dire.

— Très bien, mais comme Slate et moi, nous ne sortons pas ensemble, ça ne fonctionnera pas sur lui, dit Ashlyn.

Elles furent toutes silencieuses en composant leur texto.

— Prêtes ? demanda Lexie. Au bout de trois, on appuie sur envoyer. Un, deux, *trois* !

Tout le monde gloussa en attendant de voir ce que leurs hommes allaient dire en lisant le message. Les réponses arrivèrent une par une.

Marshall : Je t'aime, bébé, mais non.

Scott : Combien de verres as-tu bus ?

Midas : Je le mettrais si tu portes ce que je t'achète.

Slate : J'ai vu ce truc sur Internet l'autre jour. Je ne joue pas.

— Qu'a dit Pid ? demanda Lexie à Monica.

Elle fixa son texto, incrédule. Elle leva la tête vers les autres et lut sa réponse à voix haute.

— J'aime le bleu.

Tout le monde craqua alors, en riant si fort que des larmes coulaient le long de leur visage.

— Oh, mon Dieu, il est complètement dingue de toi, lui dit Kenna.

Monica ne put empêcher un petit sourire qui se forma sur ses lèvres. Aucun homme n'accepterait de porter une chemise de nuit comme celle de la photo sauf si, premièrement, il était entièrement sûr de sa virilité – ce qui était certainement le cas de Stuart – et deuxièmement qu'il voulait vraiment, *vraiment* faire plaisir à la femme qui souhaitait l'acheter pour lui.

Pendant que le jeu continuait, Monica fit de son mieux pour chasser la réponse de Stuart de son esprit, mais ce fut impossible. Elle n'arrivait pas à croire qu'il était prêt à porter une telle chose juste parce qu'elle le lui demandait.

Après quelques autres tours d'Action ou Vérité, il fut évident que la fête commençait à retomber. Lexie fut la première à les lâcher, et elle partit dans la chambre d'amis qu'elle partageait avec Ashlyn. Elodie s'endormit sur le canapé peu de temps après, et après avoir aidé à ranger un peu, Ashlyn fila dans le couloir pour aller se coucher.

Kenna fit signe à Monica de la rejoindre sur le balcon. Même si Monica était fatiguée, elle n'était pas encore tout à fait prête à dormir. Son esprit était trop occupé à ressasser ce repas et la soirée, et comment elle s'était bien entendue avec tout le monde.

Kenna et elle s'installèrent sur des chaises longues, chacune avec une bouteille d'eau, et elles regardèrent la lune briller au-dessus de l'océan.

— C'était le meilleur enterrement de vie de jeune fille qui soit, affirma Kenna.

— Même s'il n'y avait pas de stripteaseurs et de tiares et d'écharpes proclamant que tu es la future mariée ? la taquina Monica.

— Surtout à cause de ça, dit Kenna. Je suis désolée, mais les stripteaseurs, c'est un peu dégoûtant. Pourquoi aurais-je envie qu'un inconnu se frotte sur moi en me mettant son paquet devant le visage ? Beurk. Ça ne me gêne pas d'admirer un bel homme de loin, mais quelqu'un qui est couvert d'huile et qui se frotte sur moi ? Non.

— Comme Baker ? demanda Monica.

— Exactement, répondit Kenna en souriant. Est-ce que ça va ? demanda-t-elle.

Monica la regarda.

— Que veux-tu dire ?

— Je sais que tu ne t'attendais sans doute pas à nous révéler une partie de ton passé ce soir, et j'espère que tu n'as pas eu l'impression d'y être obligée.

— Je ne m'y attendais pas, avoua Monica. Mais tu sais quoi ? Je me sens plutôt bien.

— Tant mieux. J'allais dire que cette histoire en révèle plus sur ton enfoiré de père que sur toi... mais ce n'est pas vrai. Le fait que tu sois encore aussi gentille et agréable que tu l'es, après tout ce que tu as vécu et traversé, montre tout de ce que tu es. Tu es une femme extrêmement forte, Monica, et je suis fière de dire que tu es mon amie.

Monica savait que Kenna était encore un peu pompette, mais malgré tout, ses paroles comptaient beaucoup.

— Pareil pour moi, répondit-elle.

Elle se dit que c'était trop pathétique d'admettre que Kenna et les autres étaient les seules véritables amies qu'elle avait eues dans la vie, alors elle omit cette partie-là.

— Es-tu enthousiaste à l'idée de ton mariage ? demanda-t-elle.

— Je suis tellement excitée que je ne peux pas le supporter, avoua Kenna. Peu importe les danseurs hawaïens traditionnels, ou la nourriture, ou la cérémonie sur la plage. Je ne me soucie que de Marshall. Je l'aime tant. Il m'accepte exactement comme je suis. Une extravertie qui trouve que sa mission dans la vie est de se lier d'amitié avec tous ceux qu'elle rencontre, qui est entièrement heureuse d'être serveuse pour le restant de sa vie, et qui se moque totalement de savoir combien il y a d'argent sur le compte en banque de son homme.

— Il est riche, hein ?

Kenna rit et montra l'appartement derrière elles.

— Oui.

— C'est vrai. Tu as de la chance.

— Oui, acquiesça immédiatement Kenna. Je suis contente que nos parents viennent au mariage, mais franchement, j'aurais été tout aussi heureuse de me rendre au tribunal pour une cérémonie civile. Le plus important n'est pas la grosse fête, c'est de pouvoir passer le reste de ma vie avec l'homme que j'aime et en qui j'ai confiance.

Monica hocha la tête en buvant son eau. Puis elle se surprit à demander :

— Comment as-tu compris que tu lui faisais confiance ?

— Tu veux dire quand ?

Ce n'était pas ça, mais Monica hocha quand même la tête. Elle voulait vraiment savoir *comment* avoir confiance en quelqu'un. Elle ne savait pas du tout comment le faire.

— Je ne sais pas trop si je peux répondre à ça. Ç'a été progressif. Mais quand j'étais sur la plage avec Shawn, qui voulait m'enlever et me torturer, la seule chose que je savais avec certitude, c'est que Marshall n'allait pas le laisser faire. Je savais sans l'ombre d'un doute que si le pire arrivait, et que si Shawn parvenait à m'enlever de cette plage, l'homme que j'aimais n'aller pas arrêter tant qu'il ne m'avait pas retrouvée... et tué quiconque avait osé poser la main sur moi.

Monica poussa un soupir. Elle était ravie pour sa nouvelle amie. Mais ça ne répondait toujours pas vraiment à sa question.

Comme si elle savait qu'elle avait besoin d'en dire plus, Kenna ajouta :

— Je pense que la confiance est quelque chose qu'il y a ou qu'il n'y a pas entre deux personnes. On n'y pense pas tellement au jour le jour, mais quand on en a le plus besoin, on sait simplement au fond de nous qui nous défendra quand les choses tournent au vinaigre.

Et c'était ce que Monica craignait. Qu'elle finisse par croire que quelqu'un allait être là pour elle, comme son père aurait dû l'être, seulement pour être déçue une fois de plus.

— Merci de m'avoir invitée ce soir, dit-elle en changeant de sujet.

— Merci d'être venue. Et de t'être occupée de nous. Je sais que nous avons été assez pénibles à certains moments, avoua Kenna.

— Pas vraiment.

Oui, les autres avaient été assez éméchées et elles avaient fait les clowns, mais elles n'étaient pas méchantes ou pénibles dans leur ivresse, et la soirée avait été plutôt amusante.

— Veux-tu dormir ici avec moi ? demanda Kenna.

— Oui.

— Bien. Parce que je suis trop fatiguée pour rentrer.

Monica se leva et attrapa deux couvertures posées sur le dos d'une chaise près de là et elle couvrit Kenna avec douceur.

— Merci, marmonna-t-elle d'un ton endormi.

Monica s'installa sur la chaise longue sous sa propre couverture et sortit son téléphone. Il était trois heures moins le quart du matin, mais elle ne put s'empêcher de composer un message.

Monica : C'est juste pour te faire savoir que tout va bien. Je vais bien et je vais dormir maintenant.

Elle ne savait pas pourquoi elle ressentait le besoin d'envoyer un texto à Stuart. Il était sans doute déjà endormi. Mais elle voulait communiquer avec lui, même si c'était dans un seul sens.

Étonnamment, trois points clignotèrent en bas de l'écran, lui faisant savoir qu'il composait une réponse.

Stuart : Je savais que tout irait bien. Et Mo ?

Il avait plus confiance en elle qu'elle-même.

Monica : Oui ?

Stuart : Si tu m'achètes cette horrible chemise de nuit, je trouverai un moyen de me venger. :)

Elle rit. Apparemment, il avait su qu'elles plaisantaient toutes et il avait joué le jeu. Elle lui renvoya un smiley, puis elle posa son téléphone sur la petite table à côté d'elle. Elle ferma les yeux et s'endormit presque immédiatement, contente et heureuse.

* * *

Shane « Bull » Beyer était assis sur la plage dans le noir, pas loin des appartements de Coral Springs, avec des jumelles haute puissance accrochées autour du cou. Il fumait une cigarette et regardait les vagues de l'océan avec un petit sourire satisfait.

Il lui avait fallu des années pour trouver le bon moment et renvoyer l'ascenseur à l'homme contre lequel il s'était promis de se venger. C'était le moment.

Quand il avait été viré de la Navy, il avait été perdu, au début. Cela avait représenté toute sa vie. Être un SEAL était sa raison de vivre. C'était ce qu'il était. Et après tout ce qu'il avait fait, tout ce qu'il avait sacrifié, il avait été jeté comme s'il n'était rien d'autre qu'un tueur psychopathe.

Il était ce que la Navy avait fait de lui.

Il avait eu beaucoup de temps pour réfléchir à tout ce qui était arrivé. Et pour conclure ? Il n'y avait qu'une seule personne à blâmer pour son humiliation.

Baker « Meat » Rawlins.

C'était *son* évaluation de performance qui avait fini par faire virer Bull. Et il s'était juré de le faire payer.

La Navy pensait que Baker était l'incarnation du marin parfait. Un SEAL parfait. On lui avait donné éloge sur éloge, alors qu'en réalité il ne valait pas la *moitié* du SEAL qu'était Bull. Et il était jaloux du record de morts de Bull.

Pendant des années, Bull avait fait son possible pour discréditer l'institution qui l'avait laissé tomber. Il avait envoyé des indices à plusieurs commandants SEAL et aucun n'avait compris. Quelle bande d'idiots. Les équipes n'étaient manifestement pas comme autrefois. Il aurait déchiffré ses e-mails en moins de deux secondes.

Il avait même laissé cette pétasse voir son visage en Algérie. Il n'avait pas eu l'intention de la tuer, juste de jouer un peu avec elle, puis de la laisser s'échapper pour raconter l'histoire à ceux qui étaient chargés d'évacuer la maisonnée de l'ambassadeur. Mais elle s'était échappée.

Il avait été si frustré, si énervé que son plan déraille et qu'il ne puisse pas s'amuser comme il voulait, qu'il avait perdu le contrôle avec l'*autre* pétasse.

Avec l'employée de l'ambassadeur pour témoin, il s'était dit que le gouvernement allait l'identifier en l'espace de quelques jours, particulièrement après l'e-mail qu'il avait envoyé avec la photo de la pétasse morte.

Mais ça n'avait pas été le cas. La fille qui lui avait échappé devait être stupide, car elle n'avait pas réussi à comprendre qui il était.

Maintenant, il était à Hawaï. Sous le nez de tout le monde, et ils n'avaient *toujours* pas deviné qui il était.

Bref. Il en avait assez des indices subtils. Il *voulait* que ces crétins de la Navy sachent qui il était... connaissent la frustration de ne jamais l'attraper. Mais il n'y avait qu'un seul homme qu'il voulait affronter en personne. Son ancien chef d'équipe, Meat.

Et il savait exactement comment faire.

En souriant, Bull leva les yeux en direction du balcon qu'il surveillait depuis un moment. Apparemment, certains des amis SEALs de Baker étaient mariés, ou du moins dans des relations sérieuses. Et leurs femmes étaient toutes des amies. Ça n'allait pas être difficile d'en sélectionner une dans la horde et de l'utiliser pour appât. La personne parfaite pour ce plan était juste là, ce qui était pratique, à des kilomètres de l'endroit où il l'avait vue pour la dernière fois.

La pétasse d'Algérie.

Il avait eu du mal à le croire en découvrant qu'elle était ici. À Hawaï. Il avait cherché un moyen d'atteindre Meat, et elle représentait cela. Il avait envisagé d'utiliser la vieille femme qui était toujours à la plage le matin, mais il l'avait rejetée en voyant que Baker ne passait pas de temps avec cette femme ailleurs que sur la plage.

Non, la pétasse d'Algérie était une bien meilleure cible. Il l'avait vue avec un autre SEAL au North Shore l'autre jour, avait observé la rencontre avec son ancien chef d'équipe. Il avait été ravi quand elle avait vu son tatouage et qu'elle avait eu une crise de panique. Il avait immédiatement su qu'elle reconnaissait le dragon.

Il avait aussi vu l'inquiétude de Meat face à sa réaction.

Il avait fallu longtemps à cette pétasse pour comprendre. Il avait délibérément remonté ses manches avant de s'approcher de la maison en Algérie, et ce putain de gouvernement stupide n'avait toujours pas fait le lien.

Quand elle avait vu le tatouage de Meat, les choses s'étaient mises en place. Et maintenant, la Navy savait enfin qui il était... mais c'était trop tard. Beaucoup trop tard. Ils allaient perdre leur prodige. Ce putain de Baker Rawlins.

Utiliser la pétasse d'Algérie allait aussi énerver l'autre SEAL, celui chez lequel elle logeait. C'était un bonus agréable. Plus il pouvait faire de mal à des esclaves du gouvernement, mieux c'était.

Des plans tourbillonnaient dans sa tête, des plans qu'il

préparait depuis des semaines, depuis qu'il avait découvert que Meat vivait à Hawaï.

— Profite de ton moment entre filles, souffla Bull avant de se lever. Parce que la vie est sur le point de devenir très intéressante.

Puis il se dirigea vers son véhicule qui était garé à quelques pâtés de maisons, souriant tout le long.

CHAPITRE QUINZE

Pid jeta un coup d'œil à Monica, debout dans sa cuisine. Elle regardait son téléphone avec un petit sourire. Depuis la soirée d'enterrement de vie de jeune fille de douze jours plus tôt, son téléphone n'avait pas arrêté de sonner avec l'arrivée de messages. Apparemment, Kenna avait créé un groupe et mis tout le monde dedans, et elles s'envoyaient constamment des textos.

D'après ce qu'il voyait, Monica ne participait pas très souvent, mais le bonheur sur son visage montrait qu'elle aimait être incluse.

— De quoi parlent-elles, maintenant ?

Monica le regarda et son sourire s'élargit. Pid était attiré par elle comme une plante par le soleil. Il s'approcha et fit passer une mèche de cheveux de Monica derrière son oreille. Dernièrement, il ne pouvait pas s'empêcher de la toucher. Heureusement, ça ne semblait pas la gêner.

— Kenna dit vouloir fabriquer des poupées hawaïennes sur mesure à l'effigie d'Aleck et elle pour les distribuer comme petit cadeau pour les invités, dit Monica.

Pid leva les yeux au ciel. Les poupées hawaïennes si populaires auprès des touristes étaient ridicules. Malgré cela, il avait posé celle que Monica lui avait achetée sur son tableau de bord, alors qu'il avait prévu de la poser dans sa cuisine, jurant qu'elle ne s'approchait pas à moins de six mètres de son monospace.

Il gloussa.

— Je parie qu'Aleck a mis le veto sur cette idée.

Monica pencha la tête d'un air interrogateur.

— C'est vrai. Comment le savais-tu ?

— Parce que je ne voudrais surtout pas que quelqu'un pose une poupée hawaïenne à moitié nue avec ton visage sur le tableau de bord pour la fixer toute la journée.

Monica éclata de rire.

Voilà une autre raison qui le rendait heureux. Mo riait plus souvent, désormais. Quand il l'avait rencontrée au début, elle esquissait à peine un sourire. Maintenant, elle souriait et gloussait tout le temps. C'était magnifique.

— Quoi ? demanda-t-elle. Pourquoi me regardes-tu de cette façon ?

— Parce que tu es si belle.

Elle rougit.

— N'importe quoi.

— C'est vrai, insista-t-il. Et je suis tellement content que tu sois encore ici.

Il voulait demander si elle avait eu des nouvelles de son employeur au sujet d'un poste, mais franchement, il ne voulait pas le savoir.

— Es-tu presque prête à partir ?

Il allait la déposer à la garderie Head Start en partant au travail, et ils devaient partir s'il voulait arriver à temps à la base. Elle avait accepté de faire du bénévolat pour le moment, et Pid savait que la présence des enfants allait la détendre encore davantage. Elle était comme une fleur recevant enfin les ressources nécessaires pour fleurir.

— Je suis prête. Stuart ?

— Oui ?

Elle regarda par-dessus l'épaule de Stuart, puis baissa les yeux vers son téléphone, puis vers le centre de son torse avant de respirer profondément et d'annoncer :

— Ça me plaît ici.

Pid tendit la main et posa un doigt sous son menton, inclinant sa tête jusqu'à la regarder dans les yeux.

— Ça me fait plaisir.

— Je ne pensais pas que ça allait être le cas. Je veux dire, j'ai aimé visiter d'autres pays et faire l'expérience de nouvelles cultures. Mais Hawaï est fascinante, même si je n'ai pas encore vraiment commencé à creuser cette culture et à explorer l'île. Je ne pensais pas non plus trouver des amies pareilles. Je sais que ça ne fait pas très longtemps, et qu'il pourrait se passer n'importe quoi... mais tu avais raison. Elodie et les autres ne semblent pas gênées par le fait que je ne suis pas aussi extravertie qu'elles. Ça ne les embête pas quand je reste assise à les écouter plutôt que de me joindre à leur conversation.

— C'est bien, Mo, dit Pid en faisant passer la main autour de sa nuque.

— Et j'aime vivre ici avec toi.

Le sourire de Pid s'agrandit.

— Moi aussi, j'aime que tu vives ici avec moi.

Elle fit un pas en avant et posa les mains sur ses hanches en hésitant un peu. Même ce contact très innocent fit battre son cœur plus vite et augmenta son désir pour elle. Elle déglutit et se pencha plus près, se détendant contre lui.

C'était la première fois qu'elle initiait un contact plus intime que le fait de lui tenir la main. Et comme un adolescent subjugué, sa verge durcit immédiatement. Il lui était impossible de cacher sa réaction. Pas alors qu'elle était collée contre lui.

En penchant la tête vers le haut pour maintenir le contact visuel, elle chuchota :

— Je te veux.

C'était un changement brutal de comportement... et il avait beau être en pleine érection, Pid ne comprenait pas trop d'où venait ce changement. Oui, ils s'étaient beaucoup embrassés récemment, mais passer des baisers au fait de dire qu'elle voulait faire l'amour était une grosse étape pour quelqu'un comme Monica. Il l'examina, cherchant à comprendre ce qui avait déclenché cela.

— Pas de commentaire ? demanda-t-elle en s'assombrissant un peu.

— Moi aussi, je te veux, dit-il, ne souhaitant pas qu'elle pense le contraire, pas même une fraction de seconde. Mais j'ai une question.

Elle leva les sourcils.

— As-tu confiance en moi ?

Le léger sourire sur son visage disparut.

— Quel est le rapport avec tout le reste ? demanda-t-elle.

— Je veux plus que juste ton corps, Monica. Je veux tout. Et je pense que tu as déjà fait l'amour dans le passé sans vraiment t'impliquer, en mettant de côté les parties les plus importantes de toi. Je veux ce que tu n'as pas donné aux autres. Je veux tes espoirs et tes rêves. Tes peurs. Tes imperfections et ta passion... tout comme je veux te donner les miens. Le sexe, c'est super. Mais ce n'est pas tout ce que je veux de ta part..

Pid n'arrivait pas à croire qu'il disait cela. Il aurait dû être ravi que Monica ait envie de coucher avec lui. Mais s'il voulait une partie de jambes en l'air superficielle, il pouvait l'avoir n'importe quand. Il devenait trop vieux pour ces bêtises. Il voulait la même chose que Mustang. Que Midas et Aleck. Il voulait une vraie connexion avec la femme qu'il ramenait dans son lit. Avec *Monica*.

— Je... tu sais que je n'ai confiance en personne, répondit-elle doucement.

— Je le sais, répondit Pid en hochant la tête.

Elle détourna les yeux et Pid attendit ce qu'elle allait dire ensuite en retenant son souffle.

— La plupart des hommes auraient sauté sur l'occasion de coucher, grommela-t-elle.

— Je ne suis pas la plupart des hommes, dit Pid.

— Je sais, répondit Monica. Puis elle ajouta en chuchotant : je ne peux pas... je ne peux pas prendre le risque.

La déception frappa Pid de plein fouet, mais il garda une voix douce en répondant :

— Tu le peux avec moi. Je sais que ta confiance est un vrai cadeau, et je ne te laisserais jamais, jamais tomber comme l'ont fait les autres.

— Tu ne comprends pas, insista-t-elle.

— Tu as raison, je ne comprends pas. Mais j'essaie. Je t'explique : je suis en train de tomber amoureux de toi, Monica. Ai-je envie de me glisser dans ton corps chaud et humide ? Carrément. Mais je veux plus que simplement quelque chose de physique. Je veux de longues soirées à parler sur la terrasse. Je veux plus de rires et de sourires et cette fossette adorable sur ta joue. Je veux te voir heureuse et détendue quand tu as passé du temps avec les autres femmes. Après une mission difficile, c'est toi que je veux avoir à la maison. Je veux m'endormir avec toi dans mes bras et me réveiller de la même façon. Et, un jour, si ça fonctionne entre nous comme je pense que c'est possible... je veux te voir avec nos enfants. Tu seras une mère incroyable, Mo, et même si je ne te connais pas depuis très longtemps, et que je n'ai jamais vraiment pensé à devenir père, je sais que je le veux. Avec toi.

Les yeux de Monica se remplirent de larmes pendant qu'elle luttait visiblement pour contenir ses émotions.

— Mais j'ai besoin que tu le veuilles aussi. Pas seulement

que tu sois avec moi parce que tu penses m'apprécier un peu. Ou parce que c'est confortable d'être ici. J'ai besoin que tu me fasses confiance, Mo. Je sais que je demande beaucoup. Et que ce n'est sans doute pas juste de ma part de le demander si tôt dans notre relation... mais voilà.

— Stuart... commença-t-elle, faisant entendre son dépit dans ce simple mot.

Il secoua la tête.

— Non. Ne dis pas que tu ne le peux pas. Je pense que tu le peux. Je sais que tu le peux, parce que je sais que je mérite ta confiance. Je ne te laisserai pas tomber, Mo. Il faut juste que tu veuilles tout cela autant que moi.

— Ce n'est pas juste, lui dit-elle. Ce n'est pas si facile d'oublier trente ans de conditionnement.

— Je sais que ça ne l'est pas, répondit Pid, et ce sera une des choses les plus difficiles que tu auras faites. Mais si tu ne le fais pas, tu le laisses gagner. Il contrôle toujours ta vie, même toutes ces années après. Tu laisses ta tête se mettre en travers du chemin de ton cœur. Tu *peux* me faire confiance, Mo. Et quand tu l'auras compris, je te promets que tu te sentiras libre. Libérée de cet enfoiré qui t'a fait du mal il y a si longtemps et qui t'a fait croire que s'appuyer sur quelqu'un d'autre est une mauvaise chose. Tu penses que toi, tu me veux ? Tu n'as pas idée comme c'est difficile pour moi de ne pas te traîner au bout du couloir, te jeter sur mon lit, te déshabiller et te montrer exactement combien je te veux. Et c'est ce que je ferai... quand tu pourras me dire que tu as confiance en mon soutien. Que tu sauras que j'ai toujours en tête ce qui est le mieux pour toi. Que je veux être ton amant, ton ami et ton protecteur. Je sais que c'est archaïque, mais je suis comme ça.

Pid fixa la femme dans ses bras et pria pour qu'elle soit capable de dépasser tout ce que son donneur de sperme lui avait appris.

— Je comprends, dit-elle enfin.

Pid essuya les quelques larmes qui étaient tombées des yeux de Monica... et sentit son cœur se briser. Il ne pouvait pas retirer ce qu'il avait dit, et il ne le voulait pas. Tout venait du cœur. Mais il ne pouvait pas non plus être avec une femme qui n'avait pas confiance en lui.

Monica se pencha en avant et posa la joue sur son torse. Pid voulait se dire que c'était bon signe qu'elle ne se soit pas éloignée en lui disant qu'il était fou. Il la serra contre lui, s'émerveillant encore de voir comme elle s'adaptait parfaitement contre lui.

Finalement, elle s'écarta, essuya ses joues et annonça :

— Nous devons partir pour que tu n'arrives pas trop en retard.

Pid eut envie d'envoyer son travail au diable. Il voulait la forcer à lui parler pour dépasser ce problème, mais il savait que ce n'était pas si facile. En outre, il ne voulait pas que Monica lui dise simplement ce qu'il voulait entendre. Il aurait été anéanti de découvrir qu'elle lui mentait juste pour qu'il couche avec elle.

C'était une situation assez étrange. Une situation qu'il n'avait encore jamais vécue jusque-là. Il refusait le sexe. Mais il avait vraiment la sensation que pour qu'une relation de longue durée avec Monica fonctionne, il devait obtenir sa confiance.

— Est-ce que ça va ? demanda-t-il doucement.

Monica hocha la tête.

— Je comprends ce que tu ressens, lui dit-elle. Mais je ne suis pas certaine de pouvoir y arriver.

— Veux-tu toutes les choses dont nous avons parlé ? ne put-il s'empêcher de demander.

— Oui.

— C'est tout ce que j'avais besoin d'entendre. Je suis patient, Mo. Je peux te donner du temps.

— Mais comment le saurais-je ? dit-elle, frustrée. Je n'ai

encore jamais eu confiance en personne. Je ne sais même pas si je reconnaîtrais le moment où je te fais confiance.

— Tu le sauras, lui dit-il.

— Tu es plutôt pénible, rétorqua Monica en soupirant.

Pid éclata de rire.

— Oui. Et Mo ?

— Quoi ?

— Ce n'est pas parce que je ne suis pas prêt à faire l'amour avec toi que je ne veux pas t'embrasser. Ou te toucher.

Elle lui fit un petit sourire.

— Pareil pour moi.

— Je suis content que nous soyons d'accord au moins là-dessus, dit Pid en se penchant.

Ils s'embrassèrent au milieu de la cuisine pendant ce qui sembla être une éternité. Quand Pid s'écarta enfin, sa queue était à nouveau dure et Monica s'accrochait à lui comme si elle ne voulait jamais lâcher. Ils respiraient fort et elle avait les lèvres rouges et gonflées.

Elle était terriblement sexy et Pid faillit lancer qu'il avait tort. Qu'il n'était pas obligé d'attendre qu'elle ait confiance en lui. Mais il se retint en sachant qu'il devait être fort pour tous les deux s'ils voulaient une relation de longue durée.

— Maintenant, nous allons tous les deux être en retard, dit-elle sans quitter ses bras.

— Ça vaut complètement le coup. Et puis, je ne peux même pas te dire combien de fois Mustang, Midas et Aleck sont arrivés en retard.

Monica gloussa.

Ils quittèrent la maison main dans la main, et même si les choses avaient pris une tournure étrange ce matin-là, Pid ne pouvait pas être contrarié. Il se sentait bien au niveau de la relation entre Monica et lui. Comme il le lui avait dit, il allait lui offrir autant de temps que nécessaire pour qu'elle sache ce qu'elle ressentait. Il la soupçonnait de lui faire déjà confiance dans une certaine mesure, même si elle n'en avait pas conscience. Elle n'aurait pas accepté de loger chez lui dans le cas contraire. Il fallait simplement qu'elle accepte son enfance et qu'elle surmonte les dégâts psychologiques causés par son père.

Bien sûr, c'était plus facile à dire qu'à faire, et il pouvait recommander quelques psychologues très doués pour qu'elle leur parle afin de faciliter le processus. Il aurait déjà dû aborder le sujet, et il allait le faire bientôt. Pid voulait simplement que Monica comprenne comme elle était incroyable. Exactement telle qu'elle était. Elle n'était pas obligée de changer pour aimer et être aimée.

Monica pensa toute la journée à ce que Stuart avait dit pendant qu'elle interagissait avec les enfants du centre Head Start. Une chose sortait du lot comme un néon clignotant.

Il voulait des enfants.

Avec elle.

Elle avait rêvé d'avoir une famille, mais elle avait fréquemment refoulé cette pensée. Elle était trop perturbée pour se marier. Et même si elle savait qu'elle pouvait avoir des enfants sans se marier, ce n'était pas ce qu'elle voulait pour un enfant.

Une partie d'elle voulait ce qu'elle avait lu dans les livres et dans les films. Elle voulait un mari qui l'aimait sans condition. Qui était là quand elle avait besoin de lui. Qui était à cent pour cent présent pour élever leurs enfants. Qui irait aux galas de danse et aux matchs de foot. Qui changeait les couches et aidait à nettoyer la maison. Qui ne piquait pas une crise si quelqu'un cassait quelque chose ou mettait du bazar.

Elle avait cru que c'était une utopie. Que ça n'existait pas dans le monde réel. Elle s'était donc jetée dans son travail pour être la meilleure nounou qui soit. Elle vivait par procuration avec les enfants des autres.

Puis elle avait rencontré Stuart.

Il n'était pas parfait. Il mettait plus de désordre que certains des enfants dont elle s'était occupée, et il ne faisait pas grand-chose pour nettoyer sa maison, même s'il était évident qu'il faisait des efforts maintenant qu'elle était là. Il laissait tout le temps la lunette des w.c. relevée. Quand ils regardaient la télévision ensemble, il avait tendance à garder la télécommande pour lui. Étonnamment, il était incapable de faire plusieurs choses à la fois. Elle avait supposé qu'un agent des forces spéciales devait pouvoir le faire, mais ce n'était pas le cas de Stuart. En tout cas, Monica ne l'avait pas vu.

Mais était-ce vraiment important ? La liste des choses incroyables chez lui était quatre fois plus longue que les petits détails qui l'irritaient. À commencer par le fait qu'il lui avait carrément construit une pièce cachée. Et qu'il la laissait loger chez lui. Et qu'il partageait ses amis avec elle.

Et maintenant, il avait librement avoué qu'il voulait qu'elle mette au monde ses enfants.

Monica sentit une fois de plus les larmes monter dans ses yeux, mais elle cligna des paupières. Elle voulait des enfants également. Seulement, elle n'était pas certaine de pouvoir un jour faire confiance à un homme de la façon dont Stuart le voulait. Et c'était nul.

Quand il vint la récupérer à la fin de la journée, elle avait plus ou moins maîtrisé ses émotions. C'était d'autant plus facile qu'il n'agissait pas différemment avec elle. Quand elle monta dans son monospace – un monospace, franchement, il était déjà bien plus prêt pour avoir des enfants que la plupart des hommes – il se pencha et l'attira contre lui pour l'embrasser longuement, passionnément, avec force.

— C'était pour quoi, ça ? demanda-t-elle, à bout de souffle.

— Tu m'as manqué. J'ai pris l'habitude de te voir quand

j'en avais envie à la base. As-tu passé une bonne journée ?

— Oui. Sylvia m'a demandé si j'avais rempli la candidature qu'elle m'a envoyée par e-mail, avoua Monica.

— Et ?

— Je l'ai remplie, mais je ne l'ai pas encore envoyée, dit-elle.

— C'est une grande décision, répondit Stuart en roulant vers la maison. Je suppose que ça ne paie pas autant que ce que tu gagnais en tant que nounou chez l'habitant.

— C'est vrai, confirma Monica.

— Et la garde d'enfants pendant la journée, ce n'est pas la même chose que de passer tout son temps avec, dit-il.

— Non, c'est vrai.

— Et ces enfants sont très différents de ceux que tu avais l'habitude de garder, ajouta Stuart.

— Et ? dit Monica, un peu sur la défensive.

— Et rien, c'est juste une observation. La plupart des enfants du centre viennent de parents désavantagés, et tu as l'habitude de nounoufier pour des ambassadeurs et d'autres familles aisées.

Monica n'était pas certaine que nounoufier était un mot, mais ce n'était pas ce qui l'avait ennuyée dans la remarque de Stuart.

— Peut-être que ces enfants ont davantage besoin de moi, dit-elle, un peu froissée. La couleur de leur peau ne fait aucune différence pour moi. De même que les revenus de leur famille. De plus, c'est une raison supplémentaire pour travailler avec eux. Essayer de compenser ce qui peut leur manquer avant qu'ils entrent dans le système d'éducation publique. Les mettre au même niveau que leurs pairs.

Stuart souriait en conduisant, et cela l'irrita encore plus.

— Qu'est-ce qui te fait sourire ?

— Toi. Je suis totalement d'accord avec toi. Les enfants d'ici ont besoin de toi, Mo.

Elle comprit soudain qu'elle avait commencé par ne pas être certaine d'envoyer sa candidature et que maintenant elle défendait l'idée de travailler à Head Start plutôt que de trouver un travail pour un autre ambassadeur ou une autre famille riche.

— Tu es impossible, maugréa-t-elle.

Stuart se contenta de glousser.

— Hé, j'ai seulement demandé comment s'était passée ta journée.

Monica devait lui accorder ce point. C'était elle qui avait abordé la candidature.

— Je devrais sans doute trouver mon propre logement si je décide de rester, dit-elle doucement, abordant un sujet qu'ils avaient déjà effleuré.

— Non.

Monica attendit. Il ne dit rien de plus.

— Non ?

Il soupira.

— Tu sais déjà que j'aime t'avoir à la maison. *Tu* aimes être chez moi. Tu as ta propre chambre, je fais de mon mieux pour ne pas être un colocataire pourri. Je t'ai déjà dit que je n'allais pas te presser et je te le répète. Il n'y a aucune raison pour que tu déménages. Si tu veux prouver que tu peux être indépendante, c'est inutile. Je sais déjà que tu peux l'être. Tu es une adulte et tu t'es très bien débrouillée depuis que tu as quitté la maison de tes parents à l'âge de seize ans. J'aime traîner avec toi et parler de nos journées. J'aime avoir quelqu'un pour qui préparer le petit-déjeuner. J'aime tout chez toi, Mo. S'il y a quelque chose que je fais, ou que je ne fais pas, il te suffit de me le dire et je peux le régler.

— Ce n'est pas toi, dit-elle automatiquement.

Mais c'était bien lui. Il la perturbait. Lui donnait la sensation qu'elle était en sécurité. La rendait heureuse.

— Alors, reste, l'amadoua-t-il. Si tu as besoin de te sentir plus indépendante, nous trouverons une voiture d'occasion fiable afin que tu disposes de ton propre moyen de transport. C'est juste que... je ne veux pas que tu partes, termina-t-il doucement.

Elle avait du mal à croire qu'ils avaient cette conversation, mais heureusement, il conduisait, ce qui la rendait plus facile. Sinon, il l'aurait sans doute prise dans ses bras et embrassée comme ce matin-là, faisant court-circuiter son cerveau.

— D'accord. Je vais rester.

— Bien. Maintenant, que veux-tu pour dîner ?

Elle devait admettre qu'elle aimait sa façon de donner l'impression que des sujets intenses n'étaient pas aussi... eh bien... intenses.

— Des hamburgers.

— C'est comme si c'était fait, dit-il avec un sourire.

Ils roulèrent pendant quelques kilomètres avant que Monica demande en hésitant :

— L'ont-ils trouvé ?

Stuart savait de qui elle parlait.

— Pas encore, avoua-t-il. Mais ils pensent avoir repéré quelques-uns des faux noms qu'il utilise. Ce n'est qu'une histoire de temps, dit-il d'un ton confiant.

Monica se sentait mal de ne pas avoir reconnu Shane Beyer quand elle avait regardé son dossier. Mais tout le monde avait su que ce n'était pas gagné. L'homme qu'elle avait vu avait la moitié du visage couvert et il avait vingt ans de plus que dans les photos qu'elle avait regardées. Cela n'apaisait cependant pas sa culpabilité.

— Ont-ils une idée de ce qu'il prévoit de faire ? demanda-t-elle.

Elle n'ignora pas le regard inquiet que Stuart lança dans sa direction.

— Je sais que c'est sans doute confidentiel, mais ceci a un rapport avec moi, Stuart, dit-elle avec franchise.

Stuart soupira.

— Ils ne le savent pas. Mais maintenant que Huttner sait qui nous cherchons, certains des lettres et des e-mails qu'il a reçus ont plus de sens.

— Du genre ? demanda Monica quand il ne développa pas.

— Te souviens-tu de la photo de la femme assassinée que Huttner a montrée quand tu es arrivée à Hawaï ?

Monica ne pouvait pas l'oublier. L'image de cette pauvre femme qui se vidait de son sang sur son duvet, les jolies fleurs roses couvertes d'éclaboussures de sang... la scène était gravée dans son esprit. Ç'aurait pu être elle, si elle n'avait pas eu la salle sécurisée dans la maison de l'ambassadeur.

— Oui, dit-elle simplement.

— Le mot qui accompagnait la photo était plein d'indices.

Monica se creusa la cervelle pour essayer de se souvenir de ce qui était écrit, mais sans y parvenir. Elle avait été trop focalisée sur la photo.

— Qu'avait-il écrit ?

Stuart récita le mot aussi facilement que s'il le lisait tous les jours, soulignant les mots importants.

*« Je ne suis pas un **taureau** dans un magasin de porcelaine. J'ai appris chez les meilleurs. Ils ont dit que j'étais fou... ceci ressemble-t-il au travail d'un fou ? Je **meatrise** tout et tout le temps. »*

— Oh mon Dieu, dit Monica.

— Oui, il nous a plus ou moins tout épelé et personne n'a compris, dit Stuart d'un ton dégoûté. Écrire m-e-a-trise au lieu de m-a-î-trise n'était pas une erreur, Meat était le surnom de Baker quand il était chez les SEALs. Et la référence au taureau, ce n'est pas une coïncidence non plus : Bull était le surnom de Beyer. Huttner a reçu d'autres messages de nature similaire au fil des ans.

— Et maintenant ? demanda Monica, plus secouée qu'elle

ne voulait l'admettre.

— Nous nous occupons de ça, dit fermement Stuart. Et tu peux parier que Baker n'est pas ravi. Savoir que quelqu'un en qui il avait confiance et avec qui il a travaillé s'avère être complètement taré ne lui plaît pas du tout. Il savait que cet homme avait besoin d'aide il y a longtemps, mais ça...

Stuart secoua la tête avant de finir :

— Ce n'est pas bon du tout.

Monica ne savait pas trop si elle voulait connaître la réponse à la question suivante, mais elle la posa néanmoins.

— Suis-je en danger ? Tu sais, parce que je l'ai vu ?

— Nous ne le croyons pas, lui répondit Stuart en tendant la main.

Monica posa la sienne dedans sans réfléchir. Elle ne s'inquiétait plus qu'il touche sa mauvaise main. Il n'avait jamais montré que cela le répugnait, et elle s'était habituée à son contact.

— Bull semble surtout vouloir donner une mauvaise image de la Navy, et il veut que les chefs comprennent qu'il ne fait que ce qu'il a appris en tant que SEAL.

— Vous avez appris à violer et assassiner les femmes ? lâcha Monica avant de pouvoir se raviser.

— Sûrement pas. Mais nous avons appris comment entrer et sortir du pays sans être détectés. Et nous tuons effectivement, mais seulement ceux qui représentent une menace pour la sécurité de notre pays. Baker avait raison, autrefois. Bull est instable.

— Alors pourquoi suppose-t-il qu'il ne s'en prendra pas à moi ? insista Monica.

— Parce que c'est contre Baker qu'il est le plus fâché. Après avoir lu tous les mots et les lettres, il est évident que sa colère est focalisée sur son ancien chef d'équipe. Il lui reproche de l'avoir viré de la Navy et tout ce qu'il dit place la cible directement sur la tête de Baker.

— C'est de la folie, souffla Monica.

— Oui. Huttner voulait mettre Baker sous protection.

Monica ne put s'en empêcher. Elle éclata de rire.

— N'est-ce pas ? dit Stuart. C'est aussi ce que Baker a pensé de ce plan. Il accepte tout à fait de servir d'appât si cela permet d'arrêter Bull.

Monica redevint sérieuse.

— Ce n'est pas bon signe.

— Non. Mais j'ai confiance en Baker.

— Il ne fait pas partie de ton équipe, fit remarquer Monica.

— Non, c'est vrai. Mais c'est un SEAL. Peu importe qu'il soit à la retraite depuis une décennie ou plus. Il a aussi aidé mon équipe à plus d'une occasion. Il a plus d'intégrité dans son petit doigt que Bull dans tout son corps. Maintenant que nous savons que c'est Bull que tu as vu, et qu'il est à l'origine de troubles dans des pays qui n'ont pas besoin de plus de problèmes, où il a aggravé le tout en tuant et en violant des femmes, il sera retrouvé. S'il ose chercher Baker ? Ce sera la dernière chose qu'il fait.

Monica frissonna. Elle n'aimait pas cette situation. Pas du tout. Mais elle était soulagée de ne pas sembler être la cible de la colère de ce type. Elle pensa alors à autre chose.

— Jody est-elle en sécurité ?

— Qui ?

— La femme qui plaît à Baker.

— Oh. Je suis sûre que oui. Ils ne sont pas ensemble, mais il est impensable que Baker laisse quiconque toucher un cheveu sur sa tête. Tu as vu comme il est protecteur avec elle.

Elle l'avait vu, mais si Bull voulait vraiment se venger, s'en prendre à la femme à laquelle s'intéressait son ennemi juré était un bon moyen. Elle ne donna pas son opinion. Elle n'était pas l'experte dans cette situation. C'était Baker. Et Stuart. Et son équipe et leurs supérieurs.

Stuart marmonna quelque chose que Monica n'entendit pas.

— Pardon, quoi ?

— Rien. Je m'en voulais simplement de t'avoir inquiétée, dit Stuart.

Monica lui serra la main.

— Ce n'est pas la peine. Si tu avais éludé mes questions et dit que tout allait bien, j'aurais su que tu mentais. Et ce n'est pas vraiment le bon moyen pour gagner ma confiance.

Elle n'avait pas eu l'intention de dire cela, mais maintenant que c'était fait, elle ne pouvait pas le regretter.

— Tu as raison. Mais Mo, il y aura des moments où je ne pourrais pas te dire ce qu'il se passe avec mon travail.

— Je sais. Et franchement, je ne veux pas tout savoir. Je sais qu'il y a de la laideur dans le monde. Je l'ai vécue. Et je pense que si je savais certaines des choses que tu fais en mission, cela me rongerait.

Ce fut au tour de Stuart de lui serrer la main.

— Mais ça ne signifie pas que je veux que tu ériges un mur entre nous en ce qui concerne ton travail, dit-elle en sachant qu'elle était contradictoire, mais sans parvenir à s'exprimer clairement.

— Je comprends, dit-il.

Évidemment.

— Je te promets de te parler de tout ce que je peux... du moins de ce qui ne te mettra pas mal à l'aise. Nous voyons beaucoup de belles choses quand nous sommes déployés.

— Comme ?

— Comme les bébés que nous avons aidé à mettre au monde. Comme les chiens errants que nous avons contribué à ramener dans les services de protection des animaux. Comme les citoyens qui nous remercient pour ce que nous faisons. Comme les enfants que nous rencontrons.

Monica sourit alors.

— Vous avez le temps de rencontrer des enfants ?

— Parfois, oui. Et de jouer avec eux également. Au foot, essentiellement. Ils nous ratatinent, dit Stuart avec un sourire.

Monica imaginait très bien Stuart, Mustang, Midas et les autres jouer à la balle dans une rue avec des enfants pendant leur temps libre.

— Je suis fière de toi, dit-elle un peu timidement. Merci pour ton service à la nation, Stuart.

— En général, ces mots ne veulent pas dire grand-chose pour moi, avoua-t-il. Mais venant de toi, ils comptent beaucoup.

Il leva leurs mains et embrassa le dos de celle de Monica.

Elle soupira et ferma les yeux pendant qu'il continuait à conduire pour rentrer chez eux.

Chez eux.

Elle ne savait pas à quel moment elle avait commencé à considérer la maison de Stuart comme la sienne, mais c'était le cas. Et le plus effrayant était que ça ne la faisait même pas paniquer.

Elle avait vécu dans d'énormes villas à l'étranger, des maisons coûteuses fournies par le gouvernement aux ambassadeurs, mais aucune n'avait été plus proche d'un foyer pour elle que la petite maison avec deux chambres dans laquelle elle vivait avec Stuart.

Monica ne savait pas du tout comment l'homme assis à côté d'elle en était venu à être aussi important. Une seconde il était un militaire dont elle se méfiait beaucoup, et la suivante, il était l'homme qu'elle ne pouvait pas supporter de quitter.

C'était perturbant... mais pour une fois dans sa vie, Monica décida de se laisser porter. Peut-être existait-il une infime possibilité pour qu'elle fasse une pause, pour que sa vie devienne agréablement banale.

CHAPITRE SEIZE

Il restait trois jours avant le mariage de Kenna et Aleck, et la nouvelle amie de Monica commençait à paniquer. Elle envoyait constamment des textos à tout le monde dans le groupe en disant que rien n'était prêt. Elles savaient toutes que Robert maîtrisait tout, car Kenna leur avait dit plus d'une fois qu'il était incroyable.

Ses parents et ceux d'Aleck étaient arrivés en ville. Ils avaient dîné ensemble la veille et tout le monde s'était très bien entendu. La météo devait être parfaite le jour de leur mariage et en ce qui concernait Monica, Kenna paniquait pour rien.

En étant au courant de tous les arrangements pour leur cérémonie, Monica comprit qu'elle ne voulait rien de similaire, même de loin. Si elle se mariait un jour, elle voulait que tout reste simple et petit. Pas de cadeaux pour les invités. Pas d'énormes détails à régler avec le traiteur. Pas de gâteau. Juste elle et l'homme qu'elle aimait, faisant vœu de rester ensemble à travers toutes les épreuves.

Le thème du mariage réorienta ses pensées vers Stuart.

La veille, ils étaient allés plus loin que jamais, physiquement. Ils s'étaient embrassés et Monica avait voulu tellement plus. Avait eu besoin de plus. Elle l'avait poussé en arrière sur le canapé et soulevé son tee-shirt. Il avait posé une main autour de sa nuque pendant qu'elle avait déposé des baisers en remontant le long de ses abdos très durs. Quand elle avait embrassé un de ses tétons, il avait durci sous ses lèvres.

Savoir qu'elle pouvait l'affecter à ce point était un sentiment enivrant. Il était plus grand, plus fort, et la plupart du temps il semblait se contrôler. Mais les gémissements tombés de ses lèvres quand elle avait mordillé son téton qui pointait lui avaient donné la chair de poule. Elle était devenue un peu trop enthousiaste, suçant la peau à côté de son téton jusqu'à lui faire un suçon. Mais elle ne le regrettait pas. Elle aimait voir sa marque sur lui. Beaucoup.

Elle avait passé la main entre ses jambes et avait senti son érection pendant un bref instant avant qu'il saisisse sa main et échange soudain leurs positions. Elle se retrouva alors sous lui, plus que prête pour qu'il la prenne... mais il s'était contenté de se pencher, de l'embrasser avec tant de douceur qu'elle avait eu envie de pleurer, puis de s'asseoir.

Il était très sérieux au sujet de cette fichue histoire de confiance. D'un côté, c'était irritant. Les hommes étaient censés n'avoir aucun souci pour sauter dans le lit des femmes. Évidemment, il avait fallu qu'elle trouve celui qui n'était pas ainsi. Monica avait envie de lui dire qu'elle avait confiance en lui, mais elle n'arrivait pas à prononcer les mots.

D'un autre côté, elle ne pouvait nier qu'elle aimait le fait qu'il ne veuille pas se précipiter au lit. Elle se sentait importante. Valorisée. Cela indiquait aussi beaucoup de choses sur son caractère et prouvait qu'il ne voulait pas coucher avec elle simplement parce qu'il l'avait sous la main.

Elle était donc allée se coucher, terriblement en manque. Se donner du plaisir n'avait pas été aussi satisfaisant que ça l'aurait été avec Stuart. Ce matin-là, elle avait toujours été un peu irritée par lui quand il l'avait prise dans ses bras et tenue avec douceur, avec déférence, disant exactement ce qu'il fallait et lui faisant croire que tout allait bien se passer.

Mais était-ce vrai ?

Seulement si elle parvenait d'une façon ou d'une autre à se reprogrammer pour ne plus penser que tous les hommes finissaient par se retourner contre elle à la fin. Elle ne pensait pas que Stuart était ainsi, mais il lui suffisait de regarder sa main pour se rappeler brutalement de ce qu'il se passait quand elle baissait sa garde.

À la fin de la journée, à la place de Stuart, ce fut Elodie qui attendait Monica à l'extérieur du centre Head Start.

— Stuart va bien ? lâcha-t-elle quand elle atteignit le camion cabossé de Mustang que conduisait Elodie.

— Il va bien, répondit Elodie avec un sourire. Je crois que les garçons ont une espèce de réunion super importante de dernière minute et il a demandé si ça ne me dérangeait pas de passer te prendre et te ramener à la maison.

— Oh, eh bien... merci. J'apprécie. Tout va bien avec l'équipe ?

— Je suis sûre que oui. Cette réunion n'est peut-être rien, ou bien c'est en rapport avec une mission à venir qu'ils doivent planifier.

— Sont-ils souvent déployés ? demanda Monica.

Elle n'avait pas eu l'occasion de parler à l'une des autres femmes au sujet de la vie d'épouse ou de petite amie de SEAL et elle décida que c'était le bon moment.

— Ça dépend de ce que tu considères comme beaucoup, répondit Elodie. Le plus dur, ce n'est pas leur départ, c'est de ne pas savoir quand ils vont rentrer. Ils peuvent littéralement partir pour quelques jours ou pour plusieurs mois.

— Ouais, c'est nul, acquiesça Monica.

— Mais ce qui me permet de tenir, c'est de savoir que Scott rend le monde plus sûr, admit Elodie. Ça fait très ringard, mais la Navy n'envoie pas l'équipe pour prendre le thé avec des femmes exotiques. Ils pourchassent les terroristes. Ou ils sauvent des otages. Ou comme tu l'as vécu, ils partent exfiltrer les Américains quand il y a des problèmes.

Monica aimait considérer le travail de Stuart sous cet angle.

— Alors, même si je ne sais pas de quoi traite leur réunion aujourd'hui, je sais qu'elle est importante. Et que les garçons feront le nécessaire pour nous garder toutes en sécurité.

Monica hocha la tête.

— Ce n'est pas pour changer de sujet, mais es-tu prête pour la fête de ce week-end ? demanda Elodie.

Monica éclata de rire.

— Je crois que personne ne l'est.

— C'est vrai. Mais ce sera tellement amusant !

Monica ne put s'empêcher d'être d'accord.

Le reste du trajet jusqu'à la maison se fit sans histoire, en dehors d'un type qui sembla les coller sur l'autoroute. Les vitres de la voiture étaient teintées, et Monica ne put pas savoir qui conduisait, mais elle lui jeta un regard noir de toute façon.

— Je déteste conduire, se plaignit Elodie. Les gens sont tellement fous sur la route.

— Et tu es quand même venue me chercher ? s'étonna Monica quand elles quittèrent l'autoroute.

La personne qui les avait suivies de près passa à toute vitesse.

— C'est à ça que servent les amis, dit simplement Elodie.

Monica se mit presque à pleurer en entendant cette affirmation. Elle se sentait très émotive dernièrement, et elle ne savait pas trop si elle aimait ça. Quand elle parvint à se maîtriser, elle dit :

— Eh bien, j'apprécie vraiment.

— Je suis sûre que tu ferais la même chose pour moi.

— C'est vrai, dit Monica. Même si nos hommes ont des goûts douteux en matière de véhicules.

Elodie éclata de rire.

— N'est-ce pas ? Quoique, ce pick-up est très moche, mais il tourne très bien. En revanche, le monospace de Pid ?

Elle gloussa.

— Il est terriblement... pas cool. Mais au moins, tu n'auras pas besoin de le convaincre d'en acheter un quand il aura des enfants.

Monica ne put s'empêcher de sourire. C'était très vrai. Elle avait l'impression que même si Stuart avait eu une Mustang par exemple, il n'aurait pas hésité à l'échanger contre un véhicule plus pratique en famille.

Elodie se gara devant la maison de Stuart et se tourna vers Monica.

— Pour ce que ça vaut... j'espère vraiment que tu décideras de rester.

Monica fut surprise par ces mots.

— Tu es drôle et agréable et même si tu ne parles pas beaucoup quand nous sommes tous ensemble, je vois que tu t'intéresses à ce que nous disons. Et tu parles quand tu as vraiment quelque chose à dire. Et tu rends Pid heureux, et il est mon ami, alors ça me rend heureuse. Il n'y a pas que ça, Theo n'a pas arrêté de demander de tes nouvelles depuis qu'il t'a rencontrée. Bref... tu as ta place ici, Monica. Je voulais juste m'assurer que tu le saches.

Une fois de plus, Monica dut lutter pour retenir ses larmes.

— Merci. J'ai envoyé ma candidature à Sylvia ce matin.

Elodie rayonna.

— Fabuleux !

— Oui, acquiesça Monica.

Elle devait admettre qu'elle se sentait un peu soulagée de ne pas être obligée de faire ses bagages et de partir bientôt pour un autre pays.

— Envoie-moi un texto quand tu rentres, ordonna Monica à Elodie.

— Promis. À bientôt ! Tu viens à l'appartement de Coral

Springs samedi matin pour que nous puissions aider Kenna à se préparer et nous faire coiffer et maquiller, n'est-ce pas ?

— Je ne sais pas si je serai d'une grande aide, dit Monica.

— Tu plaisantes ? Il faut que tu sois là pour faire en sorte que nous ne buvions pas trop ! Ça ne serait pas cool pour Kenna d'être comme la sœur dans le film *Seize Bougies pour Sam* quand elle s'avancera vers l'autel.

Monica gloussa.

— C'est vrai.

— Super. On se voit là-bas !

— Au revoir.

Monica salua de la main quand Elodie recula dans l'allée. Elle se tourna vers la maison et ouvrit la porte, prenant soin de la verrouiller quand elle fut à l'intérieur. Elle se sentait peut-être en sécurité ici, mais ça ne voulait pas dire qu'elle était stupide : elle était une femme seule dans la maison. Laisser la porte déverrouillée, c'était comme la laisser grande ouverte en invitant les problèmes.

Monica changea de vêtements et enfila un legging et un tee-shirt, puis elle regarda ses mails. Sylvia avait déjà répondu au mail de candidature que Monica avait envoyé plus tôt dans la journée avec un message enthousiaste rempli de points d'exclamation. Elle ouvrit également un e-mail de sa patronne de l'agence pour nounous, qui acceptait sa démission officielle... dont elle n'avait pas parlé à Stuart. Elle espérait le surprendre, cette fois. La femme avait proposé de lui faire une très belle lettre de recommandation et lui avait assuré que si elle voulait un jour revenir, elle était plus que bienvenue.

Se sentant très optimiste pour son avenir, et enthousiaste, Monica partit dans la cuisine. Elle se tenait devant le réfrigérateur, fixant l'intérieur et cherchant à trouver ce qu'elle pouvait préparer à dîner avec ce qu'ils avaient — ils étaient à court d'ingrédients et il fallait faire les courses — quand un bruit sur sa droite attira son attention.

En jetant un coup d'œil vers la porte qui menait à la terrasse, Monica se figea quand elle vit un homme se tenir là.

Pas n'importe quel homme... mais le même qu'elle avait vu à Alger.

Pendant une seconde, elle eut l'impression d'être à nouveau là-bas. Sauf que cette fois, elle connaissait le nom de cet homme... et sa véritable dangerosité.

Shane « Bull » Beyer tapota la vitre avec l'extrémité d'une épaisse matraque métallique. Elle ressemblait à ce que la police portait à la ceinture.

— Te souviens-tu de moi ? chantonna-t-il.

Monica n'attendit pas pour écouter le reste.

Ne prenant même pas la peine de fermer la porte du frigo, elle fila vers le couloir. Avant qu'elle ait atteint sa chambre, le bruit familier du verre qui se brisait résonna dans la petite maison.

— Tu ne peux pas te cacher, cette fois, cria Shane.

— Oh que si, marmonna Monica pendant qu'elle appuyait fébrilement du pied sur le bouton qui allait ouvrir le faux mur dans sa chambre.

Il sembla s'ouvrir dix fois plus lentement que la réalité. Elle se jeta plus ou moins à l'intérieur, mais quand elle se retourna pour regarder derrière elle, elle sut qu'il était trop tard. La maison était simplement trop petite pour lui laisser le temps de se cacher, puis de s'échapper par la porte extérieure.

Shane fut sur elle avant qu'elle puisse crier autre chose qu'un petit *hii* effrayé.

— Je t'ai eue, dit-il en la traînant hors de la cachette, en la forçant à se mettre debout, puis en passant un bras autour d'elle avec une prise d'étranglement.

Monica se débattit plus vivement que jamais. Les images de la femme qu'il avait assassinée tournaient dans sa tête. Des visions d'un couteau qui sortait de sa poitrine lui firent griffer

Shane de la main droite pendant qu'elle cherchait désespérément à la faire lâcher.

— Putain, t'es une sauvage, dit Shane.

Il donna l'impression d'aimer ça, ce qui n'aida pas à calmer Monica.

Il recula en la traînant pendant qu'elle hurlait en donnant des coups de pied. Mais rien de ce qu'elle fit ne le poussa à relâcher son emprise. Il ne fut pas particulièrement doux, ne faisant pas attention quand elle frappa le cadre de la porte avec son genou en sortant de la chambre, ou quand il tourna et que les jambes de Monica heurtèrent le mur. Elle avait mal aux orteils parce qu'elle ne portait pas de chaussures, et plus ils se rapprochaient du verre éparpillé sur le sol, plus elle avait peur.

Mais ce fut quand il se retourna et la jeta sur le dos sur la table basse que Monica commença *vraiment* à paniquer.

Elle ouvrit la bouche pour hurler, et Shane la frappa. *Fort*.

Monica avait déjà été frappée. Son père adorait la battre. Mais Shane avait un but précis. Il avait utilisé un rapide coup de poing dans son plexus pour la faire taire, et cela fonctionna. Le souffle coupé, essayant de se rouler en boule sans y parvenir parce que Shane la maintenait à plat, elle ne put que le regarder.

Il la frappa encore. Monica soupçonna que c'était juste parce qu'il en avait envie cette fois, pas parce qu'il essayait de la faire taire. Elle eut encore le souffle coupé. Elle voulait se battre. Voulait lui donner un coup de pied dans l'entrejambe et sortir de la maison en hurlant, mais ses coups de poing étaient douloureux. Elle avait l'impression que même si elle parvenait à se relever, elle n'allait pas beaucoup avancer avant de s'effondrer.

Shane tritura quelque chose dans sa poche avant de révéler une seringue. Il avait un petit sourire sur le visage.

— Tu as deux choix, maintenant. Tu restes immobile pendant que je t'injecte ça, ou tu te bats. Si tu te bats, je vais quand même t'injecter ça, mais je vais te frapper d'abord, puis te violer, et enfin te piquer. J'attendrai également que ton petit ami rentre à la maison et je lui mettrai une balle dans la cervelle avant qu'il comprenne ce qu'il se passe. Que choisis-tu ?

Merde. Elle n'aimait aucun de ces choix. Et elle n'avait absolument pas confiance en lui. Même si elle choisissait la porte numéro une et qu'elle le laissait lui injecter ce qu'il y avait dans cette seringue, il n'y avait aucune garantie pour qu'il ne la viole pas et ne tue pas Stuart.

Pouvait-elle prendre le risque ? Non.

Elle resta donc silencieuse sur la table, à le regarder.

— Tu as raison, dit-il en retirant le capuchon de l'aiguille.

Monica ferma les yeux lorsqu'elle sentit l'aiguille s'enfoncer dans la peau de son cou.

— C'est bien, dit Shane.

Sa voix la rendit malade, car elle la fit songer à son père qui prononçait les mêmes mots quand elle obéissait à une autre de ses lubies.

Elle ouvrit les yeux et pendant que la drogue qu'il avait injectée commençait à faire de l'effet, Monica se jura de faire son possible pour tuer cet homme. Elle avait appris auprès d'un des meilleurs... et d'une façon ou d'une autre elle allait tuer Shane Beyer et ne pas ressentir une once de culpabilité.

— C'est ça. Détends-toi. Pour ce que ça vaut, tu n'es qu'un moyen pour atteindre un objectif. Tu ne m'intéresses pas. C'est Baker que je veux... et tu es mon moyen de l'atteindre.

Monica ne savait pas du tout de quoi il parlait. Elle n'avait rencontré Baker qu'une seule fois : elle était la pire personne à utiliser pour essayer d'appâter l'ancien SEAL dans une espèce de piège insensé. Mais elle ne trouva pas les mots pour le lui dire. Elle n'arrivait même pas à garder les yeux ouverts. Chaque muscle de son corps donnait l'impression de peser cinquante kilos.

Elle sentit qu'il la soulevait et qu'il la jetait par-dessus son épaule, mais elle ne put rien faire pour résister. Elle était complètement molle.

— C'est juste un bonus pour que ton homme panique en rentrant à la maison en voyant mon travail, dit Shane en riant.

Ce fut la dernière chose qu'elle entendit avant de céder à la drogue qui coulait dans ses veines.

CHAPITRE DIX-SEPT

Pid était épuisé quand il se gara devant la maison. La journée avait été longue et stressante. Ils se préparaient à être envoyés sur une autre mission, cette fois au Tadjikistan. Le pays se trouvait juste au-delà de la frontière nord de l'Afghanistan, et ils avaient appris qu'une cible talibane de grande valeur se cachait potentiellement là-bas. Le gouvernement du Tadjikistan avait demandé de l'aide pour faire une descente dans la cachette supposée, alors l'équipe des SEALs allait très bientôt partir à l'étranger.

Cependant, les détails de la prétendue cachette étaient vagues, ils avaient ainsi passé la journée à éplucher des rapports et des images satellites de la zone. Ce n'était pas nouveau pour Pid ou le reste de son équipe, mais il était évident qu'Aleck stressait d'être déployé avant son mariage et que celui-ci doive être reporté.

Pendant une pause, Jag avait également admis être de plus en plus inquiet pour Carly, d'autant que Luke Keyes restait introuvable. Ils étaient sur une île, ça ne devait pas être difficile de localiser quelqu'un. Et le fait que le fils de son ex était censé passer chercher son père et Carly le jour de l'attaque chez

Duke's pour les conduire on ne sait où était extrêmement inquiétant. Jag le savait. Carly le savait. Et tout le monde était tendu à cause de la situation.

Mustang et Midas étaient naturellement toujours inquiets à l'idée de laisser Elodie et Lexie. Même Slate n'était pas très enthousiaste et impatient de partir en mission. Pid savait que c'était à cause d'Ashlyn. Il s'inquiétait pour elle presque autant que Jag s'inquiétait pour Carly. Ashlyn était extravertie et aimable et elle réfléchissait rarement avant de se mettre dans des situations dangereuses.

Et, bien sûr, Pid était nerveux à cause de leur départ imminent, parce que c'était la première fois qu'il allait être déployé depuis qu'il avait rencontré Monica. Il avait peur de son état d'esprit pendant son absence. Il avait désespérément envie qu'elle lui fasse confiance, mais ce n'était pas facile d'abattre les murs qu'elle avait passé des années à ériger pour se protéger. Et ça ne pouvait pas arriver après avoir si peu appris à se connaître.

Il rongeait cependant progressivement le mur dont elle s'était entourée. Il le sentait. Il la désirait comme il n'avait jamais désiré une autre femme, mais il était prêt à attendre qu'elle sache qu'il ne ferait jamais *rien* pour lui faire du mal. Pid avait conscience d'avoir une route difficile devant lui, et il était probable que Monica ait besoin de suivre une thérapie pour l'aider à dépasser ce que ses enfoirés de parents lui avaient fait. Mais elle était courageuse et tout à fait capable.

Pas ravi d'annoncer à Monica qu'il allait sans doute être déployé, mais impatient de la voir, Pid déverrouilla la porte de la maison et l'appela.

— Monica ? Je suis rentré.

La maison était inhabituellement silencieuse. Les instincts affûtés de Pid prirent le relais, et il se figea pour écouter. Écouter quoi, il ne le savait pas. Un bruit indiquant la présence de la femme dont il était en train de tomber amoureux. Mais il n'entendit rien.

Pid avança doucement, tournant continuellement la tête, cherchant un indice pouvant expliquer la raison pour laquelle il était si perturbé. À la seconde où il entra dans son salon, il vit que la porte de son réfrigérateur était ouverte. Puis il sentit le parfum du plumeria de son jardin…

En regardant la porte coulissante en verre qui menait à la terrasse, tout son corps se raidit quand il comprit qu'elle n'était pas ouverte… elle était fracassée. Des éclats de verre étaient éparpillés sur le plancher de sa maison ainsi que sur la terrasse.

Sans réfléchir, Pid tourna les talons et courut vers le couloir et sa chambre d'amis. La porte était ouverte, et dans le panier à linge au coin de sa chambre, il aperçut les vêtements que Monica portait la dernière fois qu'il l'avait vue. Elle était extrêmement bien rangée, et n'importe quel autre jour, il aurait souri en voyant la preuve de son côté maniaque. Mais la porte ouverte de la chambre secrète qu'il avait construite avait déjà attiré son attention.

Il s'avança vers elle, ne sachant pas ce qu'il allait trouver.

L'espace entre les deux murs était vide. La couverture qu'il avait placée dans la pièce était à moitié dedans et à moitié hors de la cachette… comme si elle avait été traînée vers l'extérieur. La porte qui menait au jardin était toujours fermée par le loquet.

Les possibilités traversèrent la tête de Pid et il se sentit malade. Il espéra simplement être paranoïaque. Elle avait peut-être mis quelque chose dans la pièce sécurisée et avait oublié de la refermer. Elle avait peut-être accidentellement cassé la porte de derrière et elle était partie dans un magasin de bricolage en espérant la réparer. C'était peut-être un cambriolage et Monica n'était même pas encore au courant parce qu'Elodie et elle étaient allées tout droit chez Kenna pour aider avec les préparatifs du mariage.

Mais Pid rejeta immédiatement ces possibilités. Il était à cent pour cent certain que Monica ne serait pas partie sans lui laisser au moins un mot ou lui envoyer un texto pour lui faire savoir ce qu'il se passait. Et elle n'aurait certainement pas laissé la porte du frigo ouverte. Si elle avait cassé la porte, elle n'aurait surtout pas laissé la maison ouverte à tout le monde avec du verre partout, même si elle espérait la remplacer.

Quand Pid sortit son téléphone, il se rendit compte que ses mains tremblaient. Il appuya sur le nom de Mustang et attendit que son ami décroche.

— Salut, que se passe-t-il ? demanda Mustang.

— Monica est-elle avec Elodie ? demanda Pid en sachant qu'il paniquait tout en étant incapable de s'arrêter.

— Non. Pourquoi ? Qu'est-ce qui ne va pas ?

— Je ne la trouve pas. Elle est partie. Et ma porte vitrée est brisée. Quelqu'un l'a enlevée.

Il prononça la dernière phrase en chuchotant presque, comme si le fait de la dire à haute voix risquait de la rendre réelle. Mais Pid savait au fond de lui que c'était ce qui était arrivé.

— J'arrive, dit Mustang et Pid fut terriblement reconnaissant envers son chef d'équipe et ami. Que vois-tu ? A-t-elle été blessée ? Vois-tu des traces de sang ?

Pid arrêta de respirer. *Merde...* il n'y avait même pas pensé. Son regard parcourut la chambre et il n'était pas sûr d'être soulagé quand il ne vit aucune trace indiquant que Monica avait été blessée dans l'altercation ayant eu lieu ici.

— Il n'y a rien dans sa chambre. Attends.

Il lutta pour se concentrer. Il s'était retrouvé dans les pires situations que l'on pouvait imaginer. Il devait tout le temps réfléchir rapidement quand il faisait son travail. Souvent, les plans A et B devenaient les plans D, E ou F. Et il avait toujours été capable de s'adapter sans mal. Mais là, Pid avait l'impression qu'il marchait à travers un épais brouillard, sans parvenir à y voir à plus d'un mètre devant lui.

Il resta à l'entrée de son salon et scruta la pièce. Il chercha le moindre objet déplacé. C'était terriblement frustrant de ne rien voir d'autre que sa porte brisée.

— Pas de sang, dit Pid à Mustang. Les couteaux sont encore dans leur bloc et rien n'a été renversé. On dirait que quelqu'un a brisé la porte, est entré calmement, a réussi à maîtriser Monica et est reparti d'où il est venu, tranquillement et sans rien déranger.

— Merde, murmura Mustang.

— Quoi ? demanda Pid, partagé entre le fait de vouloir savoir ce que pensait son ami et préférer tout ignorer.

— Pourrait-il s'agir de Bull ?

Pid sentit les cheveux se dresser sur sa tête.

— Putain.

— J'appelle Huttner, dit Mustang.

Pid hocha la tête sans se soucier du fait que Mustang ne pouvait pas le voir.

— Reste calme, ordonna Mustang. Je suis déjà en route. Nous allons la trouver.

Pid ne répondit pas.

— Pid ?

— Oui ? dit-il en s'avançant déjà vers sa porte d'entrée.

— Tu m'as entendu ? Nous allons la trouver.

— Je t'ai entendu.

— Appelle Midas et Slate. Quand j'aurai parlé au commandant, j'appellerai les autres. D'accord ?

— D'accord, dit Pid en réfléchissant à toute vitesse pour savoir où Bull avait pu l'emmener.

— À tout de suite.

Pid raccrocha le téléphone en sortant de la maison, ne prenant même pas la peine de la fermer derrière lui. Si quelqu'un voulait entrer et prendre des choses, il n'avait qu'à se servir. Ce qu'il y avait de plus important dans sa vie avait déjà été volé.

Il marcha à grands pas vers son monospace, détestant que ce ne soit pas une voiture de sport plus rapide.

Quand il s'assit, il appuya sur un nom de sa liste de contacts. Ce n'était pas Midas. Ni Slate.

— Baker, dit la voix grave de l'autre homme quand il décrocha.

— Bull détient Monica, dit Pid en guise de salutation.

— Quoi ? demanda Baker.

Pid supposa qu'il ne pouvait pas en vouloir à Baker d'être perplexe. Ce n'était pas comme s'ils s'étaient souvent parlé. Et c'était la première fois que Pid l'appelait, même s'il avait son numéro depuis que Baker avait donné un coup de main quand Elodie avait eu des problèmes.

— Je suis rentré à la maison et la porte de derrière est brisée, comme elle l'a été en Algérie. Monica est introuvable. Bull l'a enlevée. Je le sais.

— *Merde*, lâcha Baker. Où es-tu maintenant ?

— Je suis sur le point de partir vers le nord, chez toi, dit Pid.

Il était impensable qu'il reste chez lui en attendant l'arrivée de Mustang. Il fallait qu'il fasse quelque chose. Et comme Baker était la seule personne qui connaissait Bull, qui le connaissait vraiment, c'était de lui qu'il avait besoin.

— Non, aboya Baker.

Pid se raidit. Si Baker refusait de l'aider, il allait péter un câble.

— Je viens vers toi, poursuivit Baker. Si je...

Il s'interrompit brutalement.

— Attends, j'ai un appel sur l'autre ligne.

Pid eut envie de crier. Il voulut dire à l'ancien SEAL que s'il prenait un autre appel pendant que la vie de Monica était en danger, il était un crétin, mais il n'eut pas l'occasion de le faire avant que la ligne devienne silencieuse. Il resta assis à fulminer dans son véhicule. Son adrénaline était si élevée que tout son corps en tremblait. Il n'avait encore jamais ressenti ça de sa vie. Jamais.

Il entendit un clic et Baker fut de retour.

— C'était lui. Tu as raison. Il a ta copine.

Pid serra le téléphone avec tant de force qu'il eut peur de le casser.

— Où est-il ? demanda-t-il. Et que veut-il faire de Mo ?

— Ce n'est pas elle qu'il veut, grogna Baker. C'est *moi*. Elle est un appât.

Pid ne sut pas s'il devait être horrifié ou soulagé.

— Je suis en route pour te rejoindre.

— Il te faudra trop longtemps pour arriver ici depuis le North Shore, affirma Pid.

— Non, pas du tout. Fais-moi confiance.

C'était ironique que Baker utilise ces mots-là. Et pour la première fois, Pid comprit exactement à quel point ils étaient irritants. On ne pouvait pas simplement *dire* à quelqu'un de faire confiance et obtenir immédiatement cette confiance. Il avait répété la même chose à Monica depuis qu'il l'avait rencontrée, et il avait maintenant une idée de ce qu'elle avait dû ressentir. Pid était tout aussi incapable de confier la vie de Monica à quelqu'un d'autre, même à un collègue SEAL comme Baker, que Monica était incapable de lui faire immédiatement confiance. Cela lui donna à réfléchir. Il pria pour avoir l'occasion de lui dire qu'il comprenait ce qu'elle avait ressenti chaque fois qu'il avait prononcé ces mots.

En ce moment, elle était sans doute morte de peur et il était impossible de deviner ce qu'un psychopathe comme Shane Beyer pouvait être en train de lui faire.

— C'est moi qu'il veut, répéta Baker en ramenant brusquement Pid au présent. Il me hait depuis que j'ai fait un rapport sur lui et qu'il a été viré de la Navy après l'évaluation qui a suivi. Ceci est un jeu pour lui.

— Ce n'est pas un jeu, grogna Pid.

— Non, carrément pas, acquiesça Baker. Je serai là dans une heure. Sois prêt à partir.

— Partir où ?

— Récupérer ta copine.

* * *

Monica revint à elle plusieurs fois, mais Shane lui injecta systématiquement un produit qui lui faisait perdre connaissance.

Quand elle se réveilla la troisième fois, elle se rendit lentement compte qu'ils étaient sur un bateau. Si elle en avait eu l'occasion, elle aurait dit à Shane qu'elle souffrait de mal de mer. D'un autre côté, il s'en serait moqué. Il valait peut-être mieux avoir été droguée, sinon le bateau aurait été couvert de vomi.

Shane ne la drogua pas à nouveau quand il se rendit compte qu'elle était réveillée. Il se contenta de sourire et demanda comment elle allait. Il agissait comme un voisin amical, veillant sur son bien-être.

Elle ne savait pas du tout combien de temps elle était restée sans connaissance ni où ils étaient, mais quand elle posa la question, Shane ne répondit pas. Tout ce que Monica savait, c'était qu'il faisait nuit, qu'elle avait peur, et qu'elle avait un très mauvais pressentiment sur ce qui allait se passer pour elle... d'autant plus lorsque Shane n'accosta pas dans un port. Il arrêta le bateau, sauta sur la rive et lui tendit la main.

— Il est temps.

Monica ne bougea pas de l'endroit où elle était allongée au fond du bateau. Elle envisagea une seconde d'attraper le volant, ou la barre, ou quel que soit son nom sur un bateau, mais Shane éclata de rire.

— N'y pense même pas. Maintenant, viens avant que je perde mon calme. J'ai un rendez-vous très important.

N'ayant pas d'autre idée, Monica se leva… et retomba presque à plat ventre. Elle tendit la main et se rattrapa au bord de la cabine. Le bateau était petit, mais d'après le gros moteur visible à l'arrière, il était puissant.

Elle essaya de voir quelque chose sur la rive, mais tout était plongé dans l'obscurité. Il n'y avait aucune lumière. Aucun signe de quelqu'un pouvant l'aider.

— *Maintenant*, pétasse !

Le changement de sa voix était surprenant. C'était comme s'il s'agissait de deux personnes différentes. N'ayant pas le choix, Monica s'avança vers lui. Dès qu'elle fut à sa portée, il lui saisit le bras et la tira vers lui.

Elle serait tombée s'il ne l'avait pas tenue. À la seconde où elle posa le pied sur la rive, elle poussa un cri de douleur. Elle avait marché sur quelque chose de très douloureux.

Shane rit encore.

— J'ai oublié que tu n'avais pas de chaussures. Tu as deux choix.

Monica en avait assez de ses choix. Elle n'aimait jamais ce qu'il lui proposait.

— Tu peux marcher, ou je peux te porter.

— Je vais marcher, dit-elle immédiatement, ne voulant pas sentir les mains de ce type sur elle. En outre, si elle marchait, elle avait une chance de s'enfuir.

Il ricana.

— Très bien. Alors, allons-y.

Il lui lâcha le bras et tourna le dos pour s'avancer dans les terres.

Monica fit un pas de plus et grimaça. Puis un autre, et elle poussa un cri quand un rocher particulièrement pointu transperça la peau tendre de son pied. Il lui était impossible de marcher sur les rochers sans chaussures. Et s'enfuir était impensable.

Shane se retourna.

— Tu as changé d'avis ? dit-il avec un rictus de mépris.

— Où sommes-nous ? Pourquoi ne veux-tu pas me laisser sur le bateau et aller à ton rendez-vous sans moi ? demanda-t-elle.

Il revint à grands pas vers elle, mais Monica refusa de se recroqueviller.

— Nous sommes sur Hawaï. L'île, pas l'État, au cas où tu aurais mal compris. Le sol sous tes pieds est de la lave. C'est affreusement coupant quand ça durcit et se refroidit. Kilauea a récemment recommencé une éruption. Ça m'a donné une très bonne idée. Mais, afin de mettre mon plan en route, il me fallait un appât. Et toi, ma chère, tu es cet appât. Sans vouloir te vexer.

Monica regarda l'autre homme, perplexe.

— J'allais enlever une des autres femmes, mais toi et moi, nous avons une affaire en cours. Tu t'es déjà échappée une fois. Je ne pouvais pas accepter que ça recommence. J'aurais eu l'air ridicule.

Il rit encore. C'était un bruit qui tapait sur les nerfs de Monica... et qui lui indiquait que tout ne tournait pas rond dans la tête de cet homme.

— Maintenant, nous n'avons pas beaucoup de temps pour atteindre notre point de rendez-vous. J'ai déjà appelé mon ami, et je sais qu'il fera tout ce qu'il faut pour venir ici aussi vite qu'il le peut.

Shane s'avança alors si vite vers elle que Monica n'eut pas le temps de reculer. Elle n'en aurait de toute façon pas été capable avec la lave coupante sous ses pieds.

Il lui saisit le poignet et la tira brutalement vers lui. Il lui attrapa alors le biceps et serra avec tant de force que Monica savait qu'elle aurait un gros hématome. C'était le cadet de ses soucis.

— Inutile d'envisager de fuir. Tu ne peux aller nulle part et la lave coule encore plus vite et de façon plus étalée qu'il y a quelques années. Il n'y a personne ici, toutes les maisons ont été prises dans la lave de Kilauea. Nous sommes entièrement seuls. Tu ne veux pas te retrouver dans l'obscurité, entourée par la lave, n'est-ce pas ?

Il rit encore avant d'ordonner :

— Maintenant, monte sur mon dos.

Monica eut envie de refuser. De protester, de se battre, n'importe quoi. Mais il avait le dessus, et ils le savaient tous les deux.

Plus effrayée que jamais, même plus qu'avec son père autrefois, Monica monta maladroitement sur le dos de Shane. Il faisait extrêmement sombre. Il n'y avait aucune lumière, quelle que soit la direction dans laquelle elle regardait. Elle avait presque l'impression qu'ils étaient sur une planète différente. Déserte.

Après avoir allumé la lampe qu'il portait sur son front, il posa les mains sous les fesses de Monica, ce qui la répugna, et partit dans l'obscurité.

Monica ferma les yeux et pria pour que la personne qu'ils allaient rencontrer au milieu de cet enfer puisse l'aider. Mais si c'était un complice de Shane, quelqu'un de tout aussi immoral et diabolique que lui, elle était dans la merde.

Elle pensa alors à Stuart pendant qu'ils avançaient de plus en plus loin dans les terres. Elle se demanda ce qu'il avait pensé quand il était revenu à la maison et découvert qu'elle n'était pas là et que sa porte était brisée. Allait-il comprendre qui l'avait enlevée ? Peut-être... mais il était très peu probable qu'il la retrouve, et c'était le plus déprimant. Pourquoi penserait-il à regarder sur une autre île hawaïenne, au milieu d'une coulée de lave ?

Il était évident qu'elle était seule. Qu'elle allait devoir trouver un moyen de s'échapper.

Il *fallait* qu'elle survive... parce qu'on lui avait offert un cadeau incroyable. Et elle ne s'en était pas rendu compte jusque-là.

Stuart était un des gentils. Un des meilleurs. Il n'était pas du tout comme son père. Pas du tout comme les amis militaires de son père. Pas du tout comme l'homme horrible qui se servait d'elle, une inconnue, pour se venger de quelqu'un d'autre.

Elle avait consulté quelques psychologues au fil des ans, et ils lui avaient tous dit exactement la même chose que Stuart : elle laissait les expériences qu'elle avait eues dans son enfance régir sa vie d'adulte. Mais elle avait refusé de les croire vraiment. Ils n'avaient pas souffert comme elle. Ils ne pouvaient jamais comprendre.

Pendant qu'elle se faisait porter au-dessus d'un foutu *champ de lave*, elle finit par intégrer tout ce qu'ils avaient essayé de lui transmettre.

La vie était courte. Vraiment courte. Elle pouvait la passer renfermée sur elle-même, pleine d'amertume à cause de la mauvaise main qu'on lui avait distribuée... ou bien elle pouvait consciemment prendre la décision d'être heureuse. De ne pas laisser son père régir sa vie plus qu'il ne l'avait déjà fait. Jusqu'à ce jour, elle lui avait donné le pouvoir qu'il avait toujours voulu.

Stuart lui avait dit et répété qu'elle pouvait lui faire confiance et elle avait ignoré ses paroles. Mais maintenant qu'elle était aux mains d'un fou, d'un homme exactement comme son père, elle comprit que celui auquel elle avait refusé sa confiance – malgré sa patience, sa gentillesse et sa générosité – était sa meilleure chance de survie.

Elle avait beaucoup de regrets concernant sa vie, mais ne pas faire confiance à Stuart était tout en haut de la liste.

Non. Stuart n'était pas comme son père. Et ceux qu'elle

avait rencontrés grâce à lui étaient tout aussi honorables. Tout aussi gentils. Ce n'était pas parce qu'ils étaient dans l'armée que les gens étaient des monstres. Elle avait vu tous les soldats et les marins à travers le même filtre taché. C'était nul de devoir vivre une telle situation pour comprendre enfin combien elle aimait Stuart.

Et qu'elle avait vraiment confiance en lui.

Monica ne savait pas comment tout allait finir, mais elle espérait avoir l'occasion de voir Stuart une fois de plus. De lui dire combien elle avait d'affection pour lui. Qu'elle savait que c'était un homme bien et qu'elle avait entièrement confiance en lui.

En fermant les yeux, elle s'accrocha à son ravisseur et pria pour que le plan de ce dernier, pour elle *et* pour son mystérieux ami, ne se termine pas par leur mort.

Shane « Bull » Beyer sourit en marchant sur le paysage désertique. Il attendait ce moment depuis des années. Il repassa dans sa tête le court appel téléphonique avec son ancien chef d'équipe. Meat avait été *furieux*. C'était facile à entendre dans sa voix. Il avait dit que si Bull faisait du mal à Monica, il allait le payer cher.

Bull avait ri. Meat n'était plus aux commandes. Il n'avait plus le pouvoir de lui donner des ordres et rien de ce qu'il pouvait dire n'allait changer le projet de Bull. Il était très probable que ce crétin fasse exactement ce qu'il lui avait ordonné en se rendant aux coordonnées données par Bull. Meat était une lavette et une chiffe molle. Il l'avait toujours été.

Même en mission autrefois, Meat refusait de faire du mal aux femmes ou aux enfants. Bull s'était disputé avec lui plus d'une fois, jurant que les pétasses idiotes étaient aussi mortelles que les hommes. Meat n'avait pas écouté.

Mais il l'écoutait maintenant.

Grâce à Monica, Meat allait bientôt les rejoindre pour une petite discussion. Bien sûr, Bull ne voulait pas parler. Il ne voulait *rien* entendre de ce que Meat avait à dire. Non. Il voulait simplement tuer son ancien chef d'équipe, puis se débarrasser de la pétasse. La lave allait couvrir ses traces et vaporiser les corps.

Et Bull allait disparaître une fois de plus, libre de vivre avec l'argent qu'il avait accumulé au cours de la dernière décennie.

Avec un très grand sourire, presque grisé de savoir que la vengeance était enfin à portée de main, Bull avança plus vite. La pétasse était plus lourde que prévu pour quelqu'un d'aussi petit, mais il approchait du point de rendez-vous. Il avait choisi une zone décimée par le flot de lave quelques années auparavant. Complètement désertique, aucun risque que quelqu'un les interrompe.

Non seulement ça... mais la lave se dirigeait vers la même zone qu'elle avait déjà recouverte.

Bull éclata de rire, cette fois, et il sentit la femme sur son dos se raidir. Bien. Il espérait qu'elle était morte de peur. Elle était un moyen d'atteindre ses fins, un dommage collatéral, et il n'avait aucun remords pour ce qui était sur le point de se produire. Sa mort était de la faute de Meat. Tout était de sa faute. S'il avait été un homme meilleur, un homme plus malin, et qu'il avait vu ce que représentait Bull – un atout pour la Navy et un très bon SEAL – rien de ceci n'aurait eu lieu.

Bull était submergé par l'anticipation. Il lui tardait de revoir Baker « Meat » Rawlins. Puis de le regarder mourir lentement et dans la douleur.

CHAPITRE DIX-HUIT

Pid fit des allers-retours dans son jardin pendant que son équipe essayait de découvrir à quel endroit Bull allait conduire Monica. Le commandant Huttner avait fait appel à tous les services possibles pour retrouver cet homme. Apparemment, il était arrivé à Hawaï en utilisant un autre de ses faux noms. Personne n'avait su qu'il était là. Ce qui était très gênant. La Marine des États-Unis était censée être l'élite de l'élite, et pourtant ils étaient incapables de retrouver un homme ? C'était déjà assez terrible qu'il ait fallu si longtemps pour comprendre qui avait causé autant de problèmes pendant tant d'années. Mais le fait qu'il s'était avéré être l'un des leurs ? Un homme pour l'entraînement duquel ils avaient dépensé de grosses sommes d'argent et beaucoup de temps ? C'était comme un coup de poing dans le ventre.

Pid se moquait de tout ça, il voulait seulement retrouver Monica. Cela faisait exactement cinquante-trois minutes et demie qu'il avait parlé à Baker, et il n'avait pas eu d'autres nouvelles. Il était impossible qu'il arrive chez lui en une heure, sauf...

Ses pensées furent interrompues quand un bruit très familier parvint à ses oreilles. Même s'il faisait nuit, il leva la tête vers le ciel où la lumière d'un hélicoptère se rapprochait. Ce n'était pas un hélicoptère militaire, mais plutôt un de ceux qui accueillaient les touristes pour faire des visites aériennes de l'île.

Quand l'hélicoptère entama sa descente, le bruit fit lever la tête à tous ses coéquipiers. Heureusement, la propriété sur laquelle vivait Pid était essentiellement un espace grand ouvert. Le propriétaire allait sûrement se demander pourquoi un hélicoptère atterrissait dans son champ, mais Pid ne s'attarda pas sur cette pensée.

À la seconde où les patins vinrent se poser sur le sol, Pid et son équipe se mirent à courir vers l'hélicoptère. La porte s'ouvrit et Baker sortit la tête.

— Toi ! cria-t-il par-dessus le bruit des pales en indiquant Pid. Monte.

Pid continua à avancer vers l'hélico, mais Midas lui attrapa le bras, le forçant à attendre.

— Parle-nous, Baker. Que se passe-t-il ?

Ce n'était pas le moment de faire la conversation. Monica était quelque part avec Bull et chaque seconde qui passait était une seconde de plus où elle risquait d'être blessée.

— Bull m'attend. Il a dit qu'il allait tuer Monica si je ne me rendais pas aux coordonnées qu'il m'a données.

— Où ? demanda Jag.

— Leilani Estates ! cria Baker.

— Merde. Sur la grande île ? demanda Midas.

Baker hocha la tête.

— Il n'y a la place que pour l'un d'entre vous, expliqua-t-il. Bull m'a dit de venir seul, mais si c'était ma copine, je n'aurais jamais accepté de rester les bras croisés.

— Exactement, grogna Pid.

— J'appelle Huttner, répondit Midas. Je vais voir si nous ne pouvons pas faire décoller un deuxième hélicoptère pour vous soutenir.

— Si vous venez trop près, il la tuera, avertit Baker.

Il regarda chacun des SEALs dans les yeux avant d'ajouter :

— Laissez-moi gérer ça. Je vais m'occuper de lui une bonne fois pour toutes. Bull est une menace pour la société, un putain de psychopathe, et il va continuer à tuer. Il faut que ça s'arrête maintenant.

— Vas-y, dit Mustang à Pid en lui lâchant le bras et en le poussant légèrement vers l'hélicoptère.

Pid monta à bord avec l'aide de Baker. Il ne savait pas du tout quel était le plan, mais une chose était sûre : il n'avait pas l'intention de rentrer à la maison sans Monica. Il n'allait pas la perdre. Surtout pas à cause d'un SEAL corrompu. Il ne savait pas si elle allait encore vouloir le fréquenter après ça. Elle avait vécu toute sa vie dans la peur des militaires, et maintenant elle était dans une situation mortelle à cause d'un autre.

Même avant qu'il soit installé, Pid sentit l'hélicoptère décoller. Il enfila le casque que Baker lui tendit et ne perdit pas de temps.

— Que se passe-t-il vraiment, Baker ?

— Bull a perdu les pédales, voilà ce qu'il se passe, dit Baker. Nous n'en doutions pas, d'ailleurs. Il la conduit au milieu de la zone chaude de Kilauea. Les coordonnées qu'il m'a données conduisent au milieu d'un endroit submergé par la lave il y a quelques années. C'est encore là que se dirige la lave maintenant.

— Merde !

— Oui. Et comme je l'ai dit, il m'a ordonné de venir seul, alors il faudra que tu restes invisible.

— Comment as-tu obtenu l'hélicoptère ? demanda Pid.

Baker se contenta de hausser les épaules.

— J'ai fait appel à un service qu'on me devait.

Ça devait être un sacré service. En jetant un coup d'œil au

pilote, Pid vit qu'il était concentré sur la navigation, ne manifestant aucun intérêt pour leur conversation. Il aurait pu parier sa vie que cet homme était un ancien militaire, mais à ce moment-là, Pid était simplement reconnaissant que Baker ait pu récupérer le mode de transport parfait pour se rendre aussi vite sur l'autre île.

— Quel est le plan ?

— Nous serons déposés aussi près que possible des coordonnées. Cela dépendra de la coulée de lave et de la chaleur de la zone. Je vais rejoindre Bull, le tuer, récupérer ta copine, et nous dégagerons de là.

Ce n'était pas un plan très bien ficelé, et les deux hommes avaient bien conscience de toutes les choses qui pouvaient mal tourner, mais sans savoir quel genre de situation ils allaient affronter, ils ne pouvaient pas vraiment élaborer de stratégie.

Pid se sentit obligé de préciser :

— La vie de Monica passe avant tout. Je sais qu'il y a des rancunes entre ton ancien coéquipier et toi, mais s'il faut choisir, la vie de Monica passe avant la vengeance. Si Bull s'échappe, il s'échappe.

Baker dévisagea Pid d'un air irrité.

— Tu penses vraiment que j'aurais sacrifié ta copine pour une vengeance ?

Pid ne broncha pas en voyant la colère dans les yeux de l'autre. Baker avait des connaissances effrayantes et il dégageait peut-être des ondes de tueur assez sérieuses, mais vu ce que Pid ressentait en ce moment, c'était de lui que devait se méfier Bull et pas de son ancien chef d'équipe. Il garda le silence et ne répondit pas à la question de Baker.

— L'objectif de cette mission est de trouver Monica et de la sortir d'ici, acquiesça enfin Baker. Mais si j'en ai l'occasion, Bull est un homme mort.

Pid hocha la tête. Ça ne le gênait pas du tout. Personne ne voulait avoir à s'inquiéter d'un retour de Bull qui aurait une deuxième chance pour faire du mal à quelqu'un de proche de Baker.

Les deux hommes devinrent silencieux quand l'hélicoptère traversa l'océan vers la grande île.

* * *

Monica poussa un cri de douleur quand Shane s'arrêta brusquement et la jeta de son dos. Elle parvint tout juste à ne pas tomber sur les fesses, mais les pierres de lave pointues lui firent affreusement mal aux pieds.

— Nous sommes arrivés, se réjouit-il.

En regardant autour d'elle, elle ne distingua pas grand-chose au-delà de la lumière de la lampe frontale de Shane. Ne voyant pas d'étoiles et pas de lune, elle se dit que des nuages devaient obscurcir le ciel nocturne. Elle n'avait pas vu d'autres lumières pendant tout le temps qu'ils avaient avancé. Non seulement ça, mais la chaleur autour d'eux avait augmenté à mesure que Bull marchait. Elle avait aperçu des traces de toits de voitures et d'autres signes de civilisation avalés par la coulée de lave quelques années auparavant.

Shane se pencha et ramassa une pierre de lave, la jetant en l'air avant de la rattraper. Il sourit en se tournant vers elle.

Monica grimaça en s'abritant les yeux de la lampe qui l'aveuglait.

— Pardon, dit Shane, comme s'ils étaient deux amis en train de faire une randonnée nocturne pour le plaisir.

Il retira la frontale et regarda autour de lui. Puis il s'avança vers un tas de rochers et y posa la lampe, illuminant la zone autour d'eux.

— Voilà, dit-il avec satisfaction.

Il ramassa un autre caillou et le fit tourner autour de ses doigts avant de le mettre dans sa poche.

— Ça porte malheur, lâcha Monica avant d'avoir le temps de se raviser.

Il se contenta de rire.

— Je ne crois pas à la chance. J'ai étudié longuement pour être aussi doué que je le suis dans mon domaine. La chance n'a aucun rapport.

— Et la malédiction de Pélé ? demanda Monica. Un visiteur qui prend du sable ou des pierres sur les îles aura de la malchance jusqu'à rapporter les objets volés.

Shane secoua la tête.

— C'est n'importe quoi. Cette histoire a été inventée par un garde forestier mécontent qui était fâché que tant de pierres soient prises dans son parc. Tu es stupide, si tu crois ces idioties. De plus, je veux un souvenir. Je veux me rappeler la nuit où j'ai enfin pris ma revanche sur l'homme qui a foutu ma vie en l'air.

Il rencontrait donc Baker. Avec un peu de chance, Shane n'avait pas de complice en route. Entre Shane et Baker, elle pariait sur Baker au lieu de ce crétin psychopathe. Monica avait envie de dire à Shane que la seule personne qui avait foutu sa vie en l'air était lui-même, mais elle décida que ce n'était sans doute pas une bonne idée.

Quand ses yeux s'habituèrent à la luminosité, elle regarda à nouveau autour d'elle, comprenant qu'il ne faisait pas complètement noir ici – où qu'elle se trouve. Au loin, il y avait d'étranges flashs lumineux ici et là… et au bout d'un moment, Monica comprit qu'elle voyait la lave brûlante qui s'avançait très lentement. De petites lueurs étincelaient quand quelque chose prenait feu avant d'être étouffé par la lave.

Elle avait un jour regardé un documentaire sur la lave, intriguée par la noirceur du dessus à cause de l'air plus froid, et le côté visqueux et absolument mortel au-dessous pour tout ce qui se trouvait sur son chemin. À l'époque, elle avait trouvé cela fascinant et presque beau.

En ce moment, c'était tout le contraire. C'était carrément terrifiant de penser à cette même lave en fusion à mille degrés qui s'avançait régulièrement vers elle. Même à une distance décente, elle commençait à transpirer à cause de la chaleur intense. Elle vit d'autres lueurs du flot jaune rouge avancer posément dans leur direction. Elle eut envie de fuir. De partir. Mais elle ne savait pas du tout quelle direction elle devait prendre, et elle ne pouvait pas aller loin sans chaussures. Elle était simplement coincée. Il fallait qu'elle espère que Baker arrive bientôt... et qu'il parvienne à les sortir de là.

Juste après cette pensée, elle eut soudain la certitude que Stuart allait accompagner son ami. Il n'allait pas laisser Bull la capturer, puis attendre et ne rien faire pendant que Baker faisait tout le travail.

Comme si ses pensées l'avaient invoqué, le bruit d'un hélicoptère rompit le silence de la nuit.

— Il est là, dit Shane avec un sourire. Nous allons pouvoir commencer à nous amuser.

Monica eut envie de vomir. De crier. Mais à la place, elle se contenta de rester aussi immobile que possible et de prier.

* * *

Pid regarda Baker glisser de l'hélico et longer la corde jusqu'au sol. Parce qu'il s'agissait d'un hélicoptère civil, il n'y avait pas l'équipement de sauvetage qu'il aurait pu y avoir dans un hélico militaire.

Ils étaient à environ un clic, ou un kilomètre, des coordonnées que Bull avait données à Baker. Il devait les avoir entendus, mais il était inutile de rester silencieux. Bull savait que Baker allait venir, il avait insisté. On allait bien voir la suite une fois qu'ils étaient face à face.

Pid était sur le point de poser son casque pour descendre en rappel de l'hélicoptère quand le pilote attira son attention.

— Hé ! La chaleur de la lave est assez intense. Je peux me rendre aux coordonnées que tu m'as données, mais je ne peux évidemment pas atterrir, et je ne peux pas autant m'approcher du sol que maintenant. Vu la manière de bouger de la lave, les coordonnées seront entourées dans quelques minutes. De nouvelles cheminées s'ouvrent tout autour de nous, ce doit être une autre éruption qui force la lave à monter par de nouvelles fissures. La seule façon de sortir est vers le haut.

En hochant la tête, Pid se tourna pour regarder le pilote.

— J'indiquerai par la radio à quel moment nous serons prêts. Baker a peut-être réclamé un dû, mais moi, je te suis redevable.

— Tu ne me dois rien du tout, dit l'autre homme. Si ce type a des comptes à régler avec Baker, il aurait dû en parler avec lui. Pas impliquer une femme innocente. Cela me vexe personnellement. Personne ne me doit rien.

Ils allaient avoir le temps plus tard de se disputer au sujet de qui devait un service à qui. Pour l'instant, Pid devait sauver sa copine. Il retira son casque, attrapa la corde et sortit de l'hélicoptère. La nouvelle au sujet de la lave qui les entourait n'était pas bonne, et ça allait être difficile de faire monter Monica dans l'hélico sans échelle de corde, civière, harnais ou n'importe quel autre équipement de sauvetage. Malgré tout, ils allaient découvrir le moyen de tous sortir de cet enfer.

En atterrissant, il contacta le pilote par radio et lui fit savoir qu'il avait lâché la corde. Baker et lui regardèrent l'hélicoptère s'envoler. Il n'allait pas partir loin, car le pilote attendait le signal pour revenir les chercher.

— Reste hors de vue, l'avertit inutilement Baker. Bull n'hésitera pas à tuer Monica s'il pense qu'il y a quelqu'un d'autre ici. Il n'est pas idiot, je suis sûr qu'il s'y attend, mais il est assez arrogant pour croire que ça n'aura pas d'importance. Il utilisera n'importe quelle excuse pour la tuer, juste parce qu'il sait que ça te fera souffrir et que ça m'énervera.

Dans sa frustration et sa colère, Pid eut envie d'être agressif avec l'autre homme, de lui dire qu'il n'était pas un bleu, qu'il savait ce qu'il devait faire. Mais ça n'aurait aidé personne... et surtout pas Monica. Il se contenta de hocher sèchement la tête.

— Nous n'avons pas beaucoup de temps.

— Compris. Ce sera bientôt fini, promit Baker avant de se tourner sans un mot de plus et de se diriger vers l'endroit où l'attendait son ancien coéquipier.

Pid le suivit tant bien que mal. Il trébucha plusieurs fois, mais rien ne le ralentit. Quand ils s'approchèrent des coordonnées, il resta en arrière. Ne pas se trouver au milieu de l'action était extrêmement difficile, mais il savait que c'était dans l'intérêt de Monica. Elle était tout ce qui importait, maintenant.

Il entendit Bull crier le nom de Baker et Pid s'accroupit. La seule arme qu'il avait était un pistolet, ce qui n'était pas efficace sur de longues distances. Au moment où il atteindrait Baker et Bull, ce serait trop tard. Il devait avoir confiance en Baker pour faire le nécessaire... tout en assurant la sécurité de Monica.

Et voilà encore ce mot... la confiance. Il avait été un véritable idiot, insistant pour que Monica lui fasse confiance, comme si c'était une fonction qu'elle pouvait simplement activer. En réalité, c'était peut-être une des émotions les plus difficiles que l'on pouvait ressentir pour quelqu'un d'autre, particulièrement quand c'était une affaire de vie ou de mort.

Une fois que Monica serait en sécurité à la maison, il devait avoir une longue discussion avec elle. Une confession, en réalité. Il n'avait pas besoin de sa confiance... il avait simplement besoin *d'elle*. Il la voulait de n'importe quelle manière possible. Elle en valait la peine... elle valait tout le reste.

La lumière de ce qu'il supposa être une torche illuminait la zone où se trouvaient Bull et Monica, découpant leurs silhouettes. Pid secoua la tête de stupéfaction. Bull, un ancien SEAL, aurait dû savoir que la lumière le désavantageait. Apparemment, Baker avait raison. Cet homme était trop confiant et arrogant pour penser que ça avait de l'importance.

Pid ne perdit pas de temps à se demander ce que Bull pouvait bien penser, il était simplement reconnaissant que la lumière lui permette de s'approcher davantage. Il se mit à plat ventre, ignorant la façon dont les roches de lave pointues mordaient sa peau même à travers ses vêtements. Il rampa en avant, changeant de direction pour éviter la lumière qui éclairait vers l'avant, s'approchant depuis les côtés en s'avançant le plus possible vers l'action.

Il s'arrêta lorsqu'il trouva un bon point de vue derrière un gros tas de lave durcie qui restait à une bonne vingtaine de mètres. Il sortit son pistolet en sachant qu'à cette distance, il n'allait toujours pas être très efficace, mais il était impensable qu'il reste allongé là sans arme, sans être prêt. En se calant avec les bras tendus et le viseur fixé sur Bull, Pid attendit.

À la seconde où Bull vit Baker sortir de l'obscurité, il baissa la main et sortit un pistolet. Non... deux. Il en pointa un sur Monica et l'autre sur Baker.

— Je savais que tu allais venir, cria-t-il.

Pid sentait l'adrénaline parcourir ses veines. Il ne voulait rien de plus que tirer sur cet enfoiré. Bull osait menacer la femme qu'il aimait. C'était inacceptable. Mais il se força à inspirer profondément et à contrôler sa colère. Il savait que Baker n'allait pas faire durer le moment. Dès qu'il aurait une ouverture, il allait la prendre.

— Accroche-toi, Mo, chuchota Pid sans faire de bruit.

* * *

Monica sursauta de surprise quand Shane dit :

— Je savais que tu allais venir.

Elle se retourna et vit un homme avancer dans le petit cercle de lumière de la lampe frontale. Pendant une seconde, elle crut que c'était Stuart, puis elle comprit qu'il s'agissait de Baker. Il était venu, exactement comme le voulait Shane.

Quand elle regarda ce dernier, elle fut surprise de voir le canon d'un pistolet. Elle ne savait pas du tout où il l'avait récupéré, mais elle aurait dû s'y attendre.

— Je dirais bien que c'est bon de te revoir, Bull, mais ce serait un mensonge.

Shane gloussa.

— Pareil pour moi, enfoiré, pareil. Mets-toi là, ordonna-t-il en indiquant un endroit à sa gauche.

— Non.

C'était tout. Juste non.

Monica retint son souffle. Baker se tenait nonchalamment, donnant l'impression qu'il était sorti pour se promener dans le paysage dévasté qui était autrefois une magnifique partie d'Hawaï, maintenant une étendue désolée et déprimante de roche noire aussi loin que portait le regard. Enfin... quand ce n'était pas le milieu de la nuit.

— Tu as intérêt à être seul, dit Shane.

— Je le suis.

— Tu as toujours été un putain de menteur, rétorqua Shane sans humour. Je sais que tu n'es pas seul.

— Arrête tes conneries, Bull. Tu as toujours été très théâtral. Cette petite scène n'est pas différente. Dépêchons-nous. Si tu veux me tirer dessus, tire-moi dessus, dit Baker d'un ton apparemment indifférent pendant qu'il provoquait un homme fou.

— Ce n'est pas toi qui contrôles, ici.

— Et tu crois que c'est ton cas ? rétorqua Baker en riant sèchement. Regarde derrière toi, crétin.

— Bien sûr, comme si j'allais me faire avoir comme ça, ricana Shane.

Baker ouvrit les mains.

— Je suis désarmé. Et sérieusement... regarde. Je ne sais pas ce que tu avais prévu pour cette petite sortie, mais je suppose que te faire avaler par cette coulée de lave qui s'approche n'en faisait pas partie.

Monica déglutit et regarda derrière Shane, voyant ce que Baker voulait dire. La lave qu'elle avait cru être à une distance assez sûre était presque sur eux. La coulée brûlante et mortelle ne jaillissait pas comme un volcan qui explosait, mais elle ne prenait pas non plus son temps.

À la seconde où Shane tourna la tête pour jeter un rapide coup d'œil derrière lui, Baker bougea.

L'homme n'avait peut-être pas d'armes dans les mains, mais ça ne voulait pas dire qu'il était désarmé. Il exécuta une espèce de manœuvre rapide et compliquée, pivotant avec la jambe tendue pour jeter un des pistolets hors de la main de Shane.

Presque au même moment, l'autre arme retentit.

Monica poussa un cri, mais avant qu'elle puisse penser à un moyen d'aider Baker, quelqu'un la saisit par-derrière, la soulevant du sol. Elle se débattit fébrilement, mais en vain. Celui qui la tenait ne la lâcha pas.

Juste au moment où elle ouvrit la bouche pour hurler à la mort, une voix familière parla à son oreille.

— C'est moi.

Chaque muscle dans le corps raidi de Monica se détendit. Stuart. De toute sa vie, elle n'avait jamais été aussi heureuse de voir quelqu'un. Il la tira en arrière, plus loin des deux hommes qui se battaient pour attraper l'autre pistolet encore dans la main du Shane.

Pendant qu'elle les regardait, un autre coup de feu retentit et Stuart se jeta à terre. Il tenait encore fermement Monica, mais son corps entier était maintenant recourbé autour du sien, afin de tenter de la protéger.

Elle avait le cœur qui battait si fort dans sa poitrine que c'était presque douloureux. En partie à cause de la peur, et en partie parce qu'une fois de plus, Stuart se plaçait entre elle et une balle, comme à Alger.

— Va aider Baker ! supplia-t-elle en cherchant à se dégager de ses bras.

Mais il se contenta de la serrer plus fort.

— Baker gère la situation, dit-il avec la plus grande assurance.

La confiance que Stuart avait en son collègue SEAL ne passa pas inaperçue aux yeux de Monica. S'il pouvait faire confiance à son ami, alors que leurs vies dépendaient de sa capacité à maîtriser Shane... elle le pouvait également.

Elle retint son souffle pendant que les deux hommes continuaient à se battre vicieusement. Bizarrement, ils ne parlèrent pas, ne crièrent pas... elle entendit seulement de petits grognements ponctués de silence alors que chaque homme misait tous ses efforts pour maîtriser l'autre. Il était difficile de voir qui était qui dans l'obscurité, et après ce qui sembla être plusieurs minutes –, mais n'était sans doute que dix ou quinze secondes – un autre coup de feu retentit dans la nuit noire inquiétante.

Monica sursauta au bruit, puis elle regarda au-dessus du bras de Stuart, qui la serrait encore plus fort... et elle vit Baker surplomber Shane. La lampe frontale avait été poussée du rocher pendant la bagarre et elle était posée près de là, illuminant la scène. Une tache sombre s'étalait sur la cuisse de Shane, manifestement une blessure par balle.

— Quel gâchis, dit Baker en secouant la tête.

— Je t'emmerde ! grogna Shane.

— Non, c'est *toi* que j'emmerde, rétorqua-t-il. Tu étais l'un des meilleurs de l'équipe. Mais j'ai vu des signes inquiétants très tôt. Tu aimais un peu trop tuer. Tu aimais blesser nos cibles pour obtenir des informations, même lorsqu'elles coopéraient. J'ai essayé de te trouver de l'aide, mon vieux... mais comme d'habitude, tu as cru être plus malin que les autres. Ce soir prouve à quel point tu es *vraiment* stupide : enlever la copine d'un SEAL n'était pas malin, Bull. En fait, c'était carrément débile.

— Tu m'as gâché la vie ! fulmina Shane. Et...

Mais Baker ne lui donna pas l'occasion d'en dire plus.

— C'est faux. Tu t'es gâché la vie toi-même. Je n'avais rien à voir avec ça.

— Est-ce que ça va, Mo ? demanda Stuart en détournant le regard de Baker et Shane.

Elle hocha la tête alors qu'elle commençait à trembler à cause de l'adrénaline qui parcourait ses veines.

— Ce n'est pas fini, enfoiré ! jura Shane. Peu importe le temps qu'il faudra, qui il me faudra corrompre, combien ça me coûtera... je vais te faire souffrir. Je vais tuer tous ceux que tu aimes. Tes copains SEALs ? Ils sont morts ! Leurs femmes ? Je paierai un supplément pour qu'elles se fassent violer et torturer avant de mourir. Tu ne te débarrasseras jamais de moi. *Jamais !*

Monica frissonna en entendant le venin dans sa voix.

Elle fut surprise lorsque les bras de Stuart se détendirent autour d'elle et qu'il se leva. Il s'éloigna d'elle, marchant vers Baker et Shane.

Elle regarda l'homme qu'elle aimait plus que tout autre être humain s'avancer vers Shane, pointer un pistolet qu'elle ignorait qu'il avait, et tirer.

Shane poussa un cri de douleur. Monica eut envie de détourner les yeux, mais elle en fut incapable. Elle observa la scène avec une fascination morbide, ayant besoin de savoir ce qu'il se passait, de savoir qu'elle était en sécurité.

Shane gigotait sur le sol en tenant un de ses genoux.

Baker leva la main et visa avec le pistolet qu'il tenait.

Elle ne fut pas aussi surprise par le bruit, cette fois.

Ils avaient tiré dans les genoux de Shane. Il lui était impossible de se lever. Il était hors service, même si les coups de feu n'avaient pas été fatals.

— Contacte le pilote, ordonna Baker à Stuart avant de s'accroupir près de Shane en baissant la voix.

Monica n'entendit pas ce qui se dit.

— Pid ici. Nous sommes prêts, dit Stuart en revenant vers elle tout en parlant à quelqu'un avec un casque qui semblait très sophistiqué.

— Accroche-toi, Mo. Nous allons sortir d'ici en un clin d'œil, dit-il à voix basse en s'agenouillant à côté d'elle.

Monica supposa qu'elle aurait dû se méfier de Stuart. Il venait de tirer à coup portant sur quelqu'un, faisant preuve d'un caractère impitoyable qui ressemblait étrangement à celui de son père. La différence était que son père aurait aimé ça... alors qu'il était évident que Stuart n'avait pris aucun plaisir à le faire. De plus, son père n'aurait jamais rien fait de tel pour la protéger. Et puis, après ce que Shane avait dit ? Elle avait eu envie de l'abattre elle-même.

Monica voulut se sentir soulagée. Baker et Stuart avaient gagné. Ils avaient empêché Shane de lui faire du mal et ils avaient mis fin à toute menace immédiate. Mais même pendant le court laps de temps qu'il avait fallu pour le vaincre, la chaleur de la lave près de là avait augmenté de dix fois. Monica sentait la sueur couler sur son visage. Stuart transpirait également, mais il semblait calme, comme s'il se trouvait tous les jours au milieu d'un champ de lave.

— Vous ne pouvez pas me laisser là ! cria Shane.

Monica regarda les autres hommes. Baker s'était relevé.

— Pourquoi pas ? C'est ce que tu avais prévu pour mademoiselle Collins et moi, n'est-ce pas ?

— Un SEAL n'abandonne jamais un autre SEAL ! cria Shane, désespéré.

Baker secoua la tête.

— Les seuls SEALs que je vois ici, ce sont Pid et moi. La première fois que tu as utilisé ton entraînement contre nous, tu as arrêté d'être un SEAL et tu es devenu un terroriste. Et ce règne de la terreur s'arrête ici. C'est la dernière fois que tu fais la brute. Si j'étais toi, je commencerais à faire la paix avec Dieu.

Il remit alors l'arme dans l'étui dans son dos et il se dirigea vers Monica et Stuart.

— Le pilote arrive ? demanda Baker.

Avant que Stuart puisse parler, le bruit de l'hélicoptère répondit à la question de Baker.

— Sérieusement... aidez-moi ! supplia Shane.

— Nous devons nous éloigner de la lave qui s'approche, dit calmement Baker sans tenir compte de son ancien coéquipier.

Monica se sentit un peu mal en sachant ce qui était sur le point d'arriver à son ravisseur. Mais en considérant ce que Shane avait dit, comment il avait prévu de terroriser Baker et de tuer tous ceux qu'il aimait et connaissait, y compris Stuart et elle, elle ne pouvait pas ressentir de pitié pour lui. Pour chaque maison qu'il avait pillée, pour chaque homme, femme et enfant qu'il avait tué. Pour chaque acte de terrorisme contre son pays... il récoltait ce qu'il avait semé.

Elle fit instinctivement un pas pour s'éloigner de l'endroit où était allongé Shane, qui demandait toujours à être épargné, et ne put empêcher le petit bruit de douleur qui s'échappa de sa bouche.

— Quoi ? Qu'est-ce qui ne va pas ? demanda immédiatement Stuart.

— Mes pieds, dit Monica. Je ne porte pas de chaussures et les rochers font très mal.

Avant même qu'elle prononce le dernier mot, Monica fut soulevée. Stuart la tenait fermement dans ses bras. Elle se détendit et posa la tête sur son épaule en s'accrochant à lui. Étonnamment, elle ne ressentait pas la moindre crainte dans ses bras. Stuart ne la lâcherait jamais. Elle en était certaine.

Il la porta à une douzaine de mètres de là où ils avaient laissé Shane. Celui-ci hurlait encore derrière eux, les suppliques se transformant en colère. Il utilisait des jurons que Monica n'avait encore jamais entendus, criant que Baker était une merde. Elle le fixa quand la lave brûlante s'approcha de plus en plus de l'endroit où il était allongé.

Stuart se détourna de l'homme blessé pour essayer de l'empêcher de voir ce qui était sur le point de se produire.

— Ne regarde pas, lui dit-il.

— Je ne le veux pas… mais j'en ai besoin, dit Monica, sans savoir si elle pouvait expliquer pourquoi elle devait voir une telle scène d'horreur.

— Putain, j'appelle un psy dès que nous rentrons à la maison, marmonna Stuart, mais il pivota sur lui-même.

Monica aurait ri, sauf que ce n'était vraiment pas le moment pour l'humour. Son regard se posa à nouveau sur Shane, qui cherchait fébrilement à ramper à l'écart de la lave en fusion. La lampe frontale sur le sol lui donna juste assez de lumière pour être témoin de son trépas.

La lave toucha son pied et une flamme surgit lorsque la semelle en caoutchouc prit feu.

Shane cria alors… un bruit si perçant et terrible que Monica savait qu'elle ne l'oublierait jamais.

Le bruit s'arrêta presque dès qu'il eut commencé. Fascinée et horrifiée, elle observa la lave qui avançait sur ses pieds… ses mollets… ses cuisses…

En l'espace de quelques secondes, Shane « Bull » Beyer disparut. Il avait été instantanément incinéré.

Monica ne pouvait s'empêcher de penser à la malédiction de Pélé. En ce qui la concernait, elle était réelle.

Ses cheveux frappèrent son visage et Monica comprit que pendant qu'elle fixait l'homme qui mourait en brûlant, un hélicoptère était arrivé très haut au-dessus de leurs têtes.

— Je vais monter le premier, dit Stuart à Baker, assez fort pour être entendu par-dessus les pales de l'hélicoptère. Je vais faire une boucle avec la corde.

Baker hocha la tête et tendit les bras.

Stuart baissa les yeux vers elle pendant un moment.

— C'est presque fini, Mo. Accroche-toi juste un peu plus longtemps, d'accord ?

Elle hocha la tête. Que pouvait-elle faire d'autre ? Un caprice n'allait pas l'aider maintenant, et pleurer ou paniquer non plus. Tout ce qu'elle pouvait faire, c'était s'appuyer sur sa nouvelle confiance en Stuart. Elle avait eu une épiphanie plus tôt : ce n'était pas le moment de la remettre en question.

Stuart l'embrassa vite, puis il la transféra dans les bras de Baker. Monica observa pendant que Stuart attrapait une corde qui se balançait follement dans le vent des rotors et il commença à grimper. Il donnait l'impression que c'était très facile, mais ayant essayé de faire exactement la même chose sur la course d'obstacles de son père, Monica savait que ce n'était pas le cas.

— Je vais bien. Tu peux me poser, Baker, dit-elle en regardant l'autre homme.

— Non, répondit-il simplement sans quitter Stuart des yeux.

N'ayant d'autre choix que de rester où elle était, Monica s'accrocha au cou de Baker en levant la tête pour suivre l'avancée de Stuart. Il était au-delà de la moitié de son ascension quand elle se dit que s'il tombait, il allait certainement mourir. Il était impossible de survivre à une telle chute. Sans parler de la lave qui les entourait.

— Tout va bien. Il va y arriver, dit Baker.

Encore un autre SEAL qui semblait pouvoir lire ses pensées.

Monica retint malgré tout son souffle, soulagée quand Stuart atteignit les patins de l'hélicoptère. Il lâcha la corde d'une main, attrapant le patin. Elle eut peur quand il lâcha entièrement la corde et qu'il resta pendu là un moment, avant d'utiliser sa force incroyable pour se hisser et se mettre debout sur le patin, avant de grimper par la porte ouverte de l'hélicoptère.

— Merde alors, souffla-t-elle.

Elle ne pensait pas avoir été assez bruyante pour être entendue par-dessus l'hélicoptère, jusqu'à ce qu'elle sente le rire de Baker la secouer doucement.

— Prête pour un tour ? demanda-t-il.

Monica le regarda d'un air sceptique.

— Euh... vous savez que je suis incapable de grimper de cette façon, n'est-ce pas ?

— Oui. C'est pour cette raison qu'il te suffit de te tenir à la corde. Pid te hissera une fois que tu seras bien attachée.

Monica n'était pas sûre que ce soit mieux, mais elle pinça les lèvres et regarda une fois de plus en l'air.

Stuart avait remonté la corde dans l'hélicoptère, où elle le vit bricoler quelque chose.

— Lève la tête, dit Baker en faisant un pas en arrière.

La corde apparut à environ trois mètres au-dessus de leur tête, comme avant, mais cette fois il y avait une grande boucle au bout.

Monica entendit Baker parler au pilote, lui demandant de descendre un peu. Dès que la corde fut à sa portée, Baker posa doucement les pieds de Monica sur le sol rocheux. Elle parvint à retenir une grimace quand ses pieds déjà abîmés et sans doute en sang se posèrent. Baker garda un bras autour d'elle en attrapant la corde et sans un mot, il la fit passer par-dessus sa tête et sous ses bras. Il referma les paumes de Monica autour de la corde rugueuse et ordonna :

— Quoi qu'il arrive, ne lâche pas, compris ?

Monica eut envie de lever les yeux au ciel. Il était hors de question qu'elle lâche cette corde.

— Le trajet ne sera pas très confortable, mais Pid te remontera à l'intérieur en un clin d'œil.

Il fit alors un pas en arrière, décrivit un petit cercle avec la main et Monica sentit la corde se tendre. Ses pieds quittèrent soudain le sol et elle fut soulevée.

En poussant un petit cri de surprise quand la corde se serra inconfortablement autour de son dos et sous ses bras, elle fit de son mieux pour ne pas paniquer complètement. Malgré tout, en regardant en bas, elle comprit pour la première fois à quel point la situation était précaire. La lampe que Shane avait apportée n'était plus visible, ayant été avalée par la même lave qui l'avait brûlé vivant. Mais elle n'avait pas besoin de lampe pour savoir que Baker était dans la merde.

La lave se refermait lentement mais sûrement autour de lui. Elle semblait bouillonner plus agressivement que quand Shane et elle étaient arrivés. Monica ne savait pas trop pourquoi, une autre cheminée s'était peut-être ouverte près de là ? Ou bien tout le sol au-dessous était sur le point de s'ouvrir ? Elle ne le savait pas. Elle savait seulement que Baker ne pouvait aller nulle part, car il était entouré par la lave mortelle. Si Stuart ne la faisait pas vite remonter dans l'hélicoptère pour jeter la corde à son ami, Baker allait certainement subir le même sort que son ex-coéquipier.

En décidant que lever la tête était préférable au fait de voir la lave se rapprocher de Baker, Monica leva le menton. L'hélicoptère semblait très loin, mais elle était effectivement tirée vers le haut à une vitesse incroyable. Pid devait être fatigué après être monté lui-même, mais elle ne l'aurait jamais deviné. Elle sentait les tressautements rapides de la corde chaque fois qu'il tirait.

Elle s'approcha soudain des patins. Juste au moment où elle crut qu'elle allait s'y cogner la tête, elle s'arrêta. Son corps était balancé d'avant en arrière à cause de la puissance des pales, et pendant qu'elle tournait en rond, elle se demanda comment elle allait monter dans la cabine de l'hélico.

Puis elle eut presque une crise cardiaque quand Stuart sortit de la cabine et s'installa à cheval sur un des patins. Elle ne vit pas de harnais de sécurité autour de lui. Il se pencha, tenant fermement le montant de la porte, et lui tendit l'autre main.

Leurs regards se croisèrent, et Monica ne vit rien que de l'assurance dans le sien. Il semblait savoir exactement ce qu'il faisait. Même s'ils étaient on ne sait combien de mètres au-dessus d'un champ de lave actif, que son ami était à quelques minutes de brûler vif et que Stuart était littéralement assis à cheval sur un patin d'hélicoptère, il semblait calme et posé.

Pendant une fraction de seconde, un souvenir familier passa à nouveau dans la tête de Monica. Elle luttait pour grimper à ce mur quand elle était petite, son père l'attendant impatiemment tout en haut. Elle avait demandé de l'aide et il avait baissé la main, exactement comme Stuart le faisait maintenant. Ce qui avait suivi était la pire douleur qu'elle avait vécue dans sa vie. Même maintenant, sa main gauche picotait comme pour l'avertir.

Tu ne peux avoir confiance qu'en toi-même.

Les mots de son père résonnèrent dans sa tête. Monica se figea en fixant les doigts qui se tendaient vers elle. Puis son regard monta le long de la main, du bras, et se fixa une fois de plus sur son visage.

Ce n'était pas son père.

C'était Stuart. Un homme qui avait prouvé plusieurs fois qu'il ne lui ferait pas de mal. Qu'elle pouvait lui faire confiance. Et elle avait confiance en lui. Une confiance totale.

Et si elle ne bougeait pas immédiatement, Baker allait mourir. Elle n'en avait pas l'intention.

Sans plus réfléchir, Monica lâcha la corde de sa main droite et la tendit vers le haut. En quelques secondes, elle sentit les doigts forts de Stuart autour des siens.

— Je te tiens ! cria-t-il.

Et c'était vrai.

Stuart la hissa sans utiliser autre chose que sa force brute.

Quand elle fut à genoux sur le patin, il remonta dans la cabine de l'hélicoptère, sans lui lâcher la main une seule fois. Puis elle fut à l'intérieur elle aussi, dans ses bras, s'accrochant à lui et ne voulant plus jamais le lâcher.

Mais il le fallait. Baker était toujours en danger. Elle ne pouvait pas réclamer son affection alors que Baker était sur le point d'être avalé par la lave.

Monica se força à le lâcher. Il la fixa pendant une fraction de seconde avec un regard qu'elle ne put interpréter, puis il retira vite et efficacement la corde autour d'elle. Il se tourna vers la porte ouverte et la laissa retomber.

Monica recula jusqu'à être loin de la porte. Elle ne voulait surtout pas gêner au moment où Baker devait monter à l'intérieur. Elle sentit l'hélicoptère bouger et paniqua une seconde parce que Baker n'était pas encore à l'intérieur.

Stuart, comme s'il ressentait son appréhension, se tourna vers elle et cria :

— Il est sur la corde, nous devons simplement bouger à cause de la chaleur !

Monica hocha la tête et inspira profondément. Elle était en sécurité. Ils étaient *tous* en sécurité.

Elle sentit la différence quand ils ne furent plus au-dessus du champ de lave : la température de l'air retomba considérablement. Au bout de quelques secondes, la tête de Baker apparut à la porte. Il grimpa à l'intérieur et s'avança à quatre pattes. Il hocha la tête vers Stuart, qui ferma la porte. Immédiatement, le bruit dans la cabine fut réduit de moitié. C'était toujours trop bruyant pour avoir une conversation, mais parler n'était pas tout en haut de sa liste de choses à faire.

Dès que la porte fut sécurisée, Stuart s'avança vers elle. Il se laissa tomber sur les fesses à côté d'elle et Monica se blottit immédiatement contre lui. Quand il la tira sur ses genoux, elle ferma les yeux en poussant un soupir de contentement, complètement détendue. Elle était en sécurité maintenant. Stuart la tenait.

CHAPITRE DIX-NEUF

Le trajet de retour vers Oahu passa vite. Pid ne parvint pas à lâcher Monica assez longtemps pour vérifier qu'elle n'était pas blessée. Il ne savait pas du tout ce que Bull lui avait fait subir pendant les heures où elle avait été seule avec lui. L'idée qu'il ait pu la toucher donna envie à Pid de retourner là-bas et de le tuer encore une fois.

Au moins, sa mort n'avait pas été facile. Elle avait été un peu trop rapide pour Pid, mais personne n'avait à s'inquiéter de sa réapparition. Stuart allait devoir assister à beaucoup de réunions, donner beaucoup d'explications avec Baker, mais pour l'instant, il ne se souciait que d'avoir Monica en vie dans ses bras.

La faire monter dans l'hélicoptère avait été compliqué. Pid savait que tendre la main vers elle pouvait être un déclencheur. Mais il n'avait pas eu le choix, et même s'il avait vu la panique et le flash-back dans ses yeux, il n'avait jamais été aussi fier que lorsqu'elle avait surmonté sa peur et tendu la main.

Pid sentit que l'on tapotait sa jambe et il se tourna pour voir Baker indiquer le sol, puis lever un doigt. Il n'avait pas pris la peine de mettre un casque, souhaitant tenir Monica plus qu'il ne voulait communiquer avec le pilote ou son ami.

En hochant la tête pour montrer qu'il comprenait, Pid serra les bras autour de Mo. Elle était restée toute molle depuis le moment où il l'avait posée sur ses genoux. Après une courte crise de panique, pendant laquelle il avait cru qu'elle s'était évanouie – puis un soulagement en voyant qu'il avait tort – Pid s'était contenté de la tenir contre lui.

L'atterrissage ne fut rien de plus qu'un petit choc, puis le pilote coupa immédiatement le moteur.

Monica leva la tête et le fixa.

— C'est fini, dit-elle.

— Oui.

La porte de l'hélicoptère s'ouvrit et Pid ne fut pas surpris de voir Mustang et Slate. Derrière eux il y avait Midas, Aleck et Jag.

— Elle va bien ? demanda Mustang, dont le stress était évident dans sa voix.

— Pas sûr, répondit Pid.

En même temps, Monica dit :

— Oui.

Elle essaya de descendre de ses genoux, mais Pid n'était pas encore capable de la laisser partir. Pas après la frayeur qu'il venait d'avoir.

— Doucement, Mo. Je te tiens.

Il fut soulagé de la sentir immédiatement se détendre contre lui.

Mustang sauta dans la cabine et attrapa l'un de ses bras pendant que Baker prenait l'autre. Pid put ainsi se lever sans devoir lâcher Monica. Quand il atteignit la porte, Slate et Aleck l'aidèrent à descendre, encore une fois sans trop bousculer Mo.

Quand Pid eut mis les pieds à terre, il ne fut que légèrement surpris de voir qu'il était de retour sur sa propriété. Le pilote l'avait ramené directement chez lui.

En se retournant, Pid regarda Baker dans les yeux.

— Merci.

Baker hocha la tête.

Pid se tourna pour partir, mais Monica le fit arrêter.

— Attends !

Il s'arrêta net.

— Baker ? dit-elle en hésitant.

— Oui, ma belle ?

— Je suis désolée pour ton ami.

— Ce n'était pas mon ami, dit-il d'une voix grave et dure. Aucun de mes amis n'aurait jamais fait ça. Il mérite ce qu'il a eu… et ne pense surtout pas le contraire.

— Je suis quand même désolée.

— Je le sais. Parce que tu es quelqu'un de bien, Mo.

Baker se tourna pour remonter dans l'hélicoptère quand Monica l'appela encore.

— Baker ?

Il soupira comme s'il était irrité, mais il la regarda d'un air amusé.

— Quoi ?

— Je suis contente que ce fût moi et pas Jody, dit-elle doucement.

Baker déglutit. Visiblement. Puis, en regardant toujours Monica dans les yeux, il marcha vers eux.

Pid s'attendait à ce qu'elle se raidisse, particulièrement à cause du regard de Baker, mais il ne la sentit même pas tressaillir quand l'homme s'arrêta devant eux.

Il leva une main et la posa sur sa joue. En se penchant en avant, il déposa un baiser sur son front, puis il la fixa longuement avant de repartir vers l'hélicoptère sans dire un mot.

Toute l'équipe des SEALs recula quand le pilote redémarra le moteur. Pid était sûr que ses voisins les plus proches allaient être énervés vu qu'il était si tard… ou tôt, en fonction de la façon dont on voyait les choses, mais ça lui était égal.

Sans attendre que l'hélicoptère décolle, il se dirigea vers sa maison. Il voulait jeter un coup d'œil aux pieds de Monica. Elle avait dû marcher trop loin sur ces pierres de roche, et il voulait les nettoyer et les désinfecter.

Il ouvrit sa porte et ne fut pas surpris de voir que ses coéquipiers avaient nettoyé le verre brisé. Ils avaient aussi refermé la porte arrière avec des planches et il était certain qu'ils avaient déjà appelé quelqu'un pour remplacer la vitre le lendemain.

Il posa Monica sur la table de sa cuisine et plaça les mains de chaque côté de son visage. Il la fixa longuement, profitant du fait qu'elle soit là, de retour dans sa maison, et qu'elle semble aller bien.

— Je vais bien, confirma-t-elle en serrant ses poignets.

Pid parut incapable de parler à cause de la boule dans sa gorge.

— Pid ? demanda Aleck à côté de lui. Où est-elle blessée ?

Il déglutit et retrouva sa voix.

— Ses pieds. L'enfoiré l'a obligée à marcher sur les roches de lave sans chaussures.

Il voulait les vérifier, mais il était incapable de s'obliger à la lâcher. Tout ce qui aurait pu arriver lui passait par la tête en une horrible boucle interminable.

Aleck sembla comprendre ce qu'il ressentait, et il le poussa doucement sur le côté.

Pid attrapa la main gauche de Monica et la serra fort pendant qu'Aleck s'agenouillait pour prendre un pied dans sa main. Il examina ses deux pieds avant de se relever.

— Elle a quelques égratignures, mais rien de grave. Je pense qu'un bon bain de pieds réglera tout. As-tu mal ailleurs ? demanda-t-il à Monica.

— Non. Juste au pied.

— Ce n'est pas le moment de jouer les héroïnes, la gronda Pid gentiment. Quoi qu'il ait fait, nous allons gérer ça.

Monica leva la main et la posa sur le côté du visage de Pid. Il la sentit toucher jusqu'à son âme.

— Je vais bien. Il m'a fait mal, il m'a frappé quelques fois, mais j'étais dans les vapes pendant la majorité du trajet en bateau jusqu'à l'autre île. Il m'a droguée, ce qui était sans doute une bonne chose parce qu'avec les remous qu'il y avait, j'aurais certainement vomi mes tripes, dit-elle. Il a accosté assez près de l'endroit où vous nous avez trouvés. Il m'a portée pendant une grande partie du trajet, puis nous avons attendu votre venue.

Pid ferma les yeux de soulagement. Il aurait été mal de savoir que Bull l'avait agressée, mais ça n'aurait pas changé ce qu'il ressentait pour elle. Pas du tout.

— Si tu es certaine que tout va bien, nous allons partir, dit Mustang. Si vous avez besoin de quoi que ce soit, vous savez qu'il vous suffit de le demander. Je suis sûr qu'El voudra venir vous voir demain.

— Pareil pour Lexie, dit Midas.

— Et Kenna, ajouta Aleck.

— Je ne serais pas surpris si Ashlyn trouvait le chemin jusqu'ici, intervint Slate.

Pid leur était reconnaissant de ce soutien, mais il ne voulait surtout pas que Monica soit obligée d'accueillir tout le monde si vite après ce qui était arrivé. Il ouvrit la bouche pour le leur dire, mais Monica fut plus rapide.

— J'apprécie énormément. Et je leur enverrai des messages demain, mais pouvez-vous... seront-elles vexées si je demandais un jour de plus avant qu'elles viennent ? demanda Monica. Je pense que Stuart a besoin de plus de temps.

Pid sursauta. Ses amis eurent des sourires en coin.

— Bien sûr. Mais quand Elodie est stressée, elle cuisine. Est-ce que ça te gêne si nous déposons de quoi manger ? demanda Mustang.

— Bien sûr que non.

— Lexie sera satisfaite si tu lui envoies un texto, lui dit Midas.

— Et tant que vous venez toujours en mariage ce week-end, Kenna n'aura pas d'objection, ajouta Aleck. Vous venez toujours, n'est-ce pas ?

— On ne raterait ça pour rien au monde, affirma Monica.

Pid savait que c'était lui qui aurait dû rassurer ses amis, mais il était trop à vif. Il avait presque perdu Mo avant de l'avoir vraiment. Monica avait totalement raison : il avait besoin de temps.

— Je pense que Huttner voudra très vite vous parler, dit Mustang. Mais je vais voir si je peux vous obtenir un petit répit. Il vous faudra peut-être venir à la base pour lui parler demain après-midi.

Pid hocha la tête. Ça ne lui plaisait pas, mais il savait qu'il devait parler à son commandant. Ils devaient lui parler tous les deux. Baker allait certainement contacter Huttner, lui faire savoir ce qui était arrivé à Bull, mais Monica et lui devaient également ajouter leur récit de ce qui était arrivé. Au moins pour protéger Baker.

— Je suis content que vous alliez bien, dit Slate en serrant l'épaule de Pid avant de se diriger vers la porte.

— Pareil, dit Aleck. Mais je ne suis pas surpris. Ta copine est une dure.

Chacun de ses coéquipiers confirma le commentaire d'Aleck avant de partir, laissant enfin Pid seul avec Monica.

Il passa les bras sous elle et la souleva, puis se dirigea vers la chambre de Monica. En la posant sur son lit, il lui ordonna :

— Reste.

Elle sourit et la fossette de sa joue le fit presque tomber à la renverse. Il avait été trop près de ne plus jamais la voir.

— Que suis-je, un chien ?

— Non, répondit Pid. Tu es à moi.

Il se retourna ensuite avant de lâcher autre chose qu'elle

n'était pas prête à entendre et il partit dans la salle de bains. Après avoir préparé une bassine d'eau chaude et savonneuse et un gant de toilette, il revint dans la chambre où elle se tenait près de la commode, ayant déjà changé de vêtements.

Il voulut la gronder parce qu'elle était debout sur ses pieds blessés, mais il en fut incapable. Pas alors qu'elle avait enfilé un des tee-shirts de Stuart… et d'après ce qu'il voyait, rien d'autre.

— J'espère que ça ne te gêne pas. Je l'ai un peu volé l'autre jour quand j'ai fait la lessive. Tes tee-shirts sont bien plus agréables pour dormir que le pyjama que je me suis achetée.

Pid se racla la gorge avant de dire :

— Ça ne me gêne pas. Si tu as envie de me voler des vêtements, n'hésite pas.

Elle lui sourit encore.

— Je ne pense pas qu'autre chose m'ira vraiment.

Pid posa la bassine d'eau sur le sol et tendit la main. Elle la prit sans hésiter, et son cœur faillit fondre une fois de plus. Il l'encouragea à s'asseoir sur le lit et quand elle fut bien installée, il lui nettoya les pieds avec douceur.

Aleck avait eu raison, elle n'avait pas de coupure profonde, heureusement. Surtout des égratignures. Elle avait eu de la chance… beaucoup de chance. Si elle avait dû fuir Bull ou marcher longtemps sur la lave coupante, ç'aurait été une autre histoire.

Il sécha ses pieds et resta à genoux devant elle.

— Stuart ? demanda-t-elle en hésitant.

— Tu as bien réagi là-bas, lâcha-t-il. Nous n'avons pas eu le temps de vraiment expliquer ce qu'il se passait, mais tu n'as pas paniqué. Particulièrement avec cette histoire de corde et d'hélicoptère.

Elle le surprit alors :

— J'avais peur, mais je savais que tu ne laisserais rien m'arriver. J'avais confiance en toi pour me trouver et me faire sortir de là.

— Tu avais confiance en moi ? demanda Pid d'une voix rauque.

— Oui. J'admets que pendant une seconde, quand je pendais au bout de cette corde comme un poisson au bout d'une canne à pêche, et que tu as tendu la main, j'ai eu du mal à voir autre chose que mon passé. Mais j'ai alors compris où j'étais, et à qui appartenait la main qui se tendait vers moi. Tu m'as déjà dit qu'avant que nous puissions faire évoluer notre relation physique, il fallait que j'aie confiance en toi. Je ne pensais pas que c'était possible... mais le moment venu, j'ai compris que j'avais déjà confiance en toi.

— Mo, souffla Pid d'une voix admirative.

— Tu es un homme bien, Stuart. Et tu n'es pas du tout comme mon père ou les militaires que j'ai connus quand j'étais petite. J'ai confiance en toi. À cent pour cent.

Pid se leva et grimpa lentement sur le lit avec elle. Elle se décala vers l'arrière, puis elle soupira quand il plaça les bras autour d'elle et s'allongea.

Elle se blottit immédiatement contre lui et Pid ne se souvenait pas d'un moment où il avait été aussi content. Ils restèrent allongés ainsi dans les bras l'un de l'autre pendant un long moment avant qu'elle parle en marmonnant contre sa poitrine.

— Tu restes ?

Des chevaux sauvages n'auraient pas pu l'arracher à elle. Il hocha la tête et embrassa sa tempe.

— Stuart ?

— Oui, Mo ?

— Je crois que je suis trop fatiguée maintenant pour faire autre chose... mais je m'attends à ce que tu sois à la hauteur de mes fantasmes demain. Tu sais... maintenant que j'ai confiance en toi.

Pid rit. Il ne put pas faire autrement.

— Il n'y a pas d'urgence.

Monica se redressa sur un coude.

— Faux. Je te désire, Stuart. Et tu as promis.

Il aimait bien ce côté agressif chez elle.

— Sauf si tu as changé d'avis, dit-elle timidement.

Pour réponse, Pid la tira vers le bas et couvrit ses lèvres avec les siennes. Il fut un peu trop agressif, mais ne put s'en empêcher. Il détestait le fait que Monica ne soit pas certaine de ce qu'il ressentait.

Après plusieurs minutes à s'embrasser, il s'écarta juste assez pour qu'ils puissent respirer. Son nez frotta le sien quand il dit :

— Je t'aime, Monica Collins. Je n'avais pas compris à quel point jusqu'à ce que tu me sois presque définitivement enlevée. Je veux que tu restes avec moi. À Hawaï. Tu peux accepter ce travail chez Head Start que Sylvia va te proposer et nous nous marierons. Puis nous aurons tous les enfants que tu veux.

Elle sourit.

— Oui ?

— Oui.

— D'accord.

— D'accord ? demanda-t-il en sachant qu'il avait été un peu présomptueux.

Enfin, très présomptueux.

— Oui.

Il attendit une seconde, puis il ajouta :

— Et ceci deviendra notre chambre, parce qu'elle possède la pièce sécurisée. Même si elle est plus petite, nous n'avons pas besoin d'un grand lit... pas alors que tu vas dormir exactement comme ça chaque nuit.

Elle gloussa.

— Tu devrais sans doute attendre avant de décider. Je suis peut-être une horrible dormeuse. Toujours en train de bouger et de m'agiter en donnant des coups de pied. Un lit king size serait peut-être un meilleur choix.

— Jamais, promit-il.

— C'est bizarre, songea-t-elle. Nous parlons de mariage et d'enfants alors que nous n'avons pas passé une seule nuit ensemble dans le même lit.

— Très bien. Je remettrai le sujet sur le tapis demain, quand nous aurons dormi ensemble.

Monica rit, puis elle redevint sérieuse.

— Es-tu certain que ça ne te gêne pas de dormir dans cette chambre ?

— Je ne l'aurais pas suggéré dans le cas contraire, la rassura Pid.

— Je n'ai pas eu le temps de me cacher... quand il est arrivé, dit-elle doucement.

Détestant qu'elle pense encore à cet enfoiré tout en sachant que les événements allaient la hanter pendant un moment, Pid cala la tête de Monica au creux de son cou, et passa les doigts dans ses cheveux soyeux. Il ne savait pas quoi dire pour qu'elle se sente mieux, alors il ne dit rien et se contenta de la tenir.

Il la sentit soupirer puis lever la tête.

— Je vais bien, dit-elle fermement. Il ne peut plus faire de mal à personne.

— Non, c'est vrai.

Monica reposa la tête et caressa son torse de la main gauche. Puis elle la leva et l'examina.

— Avant, je détestais cette main, commença-t-elle. Je pensais qu'elle était hideuse et elle me rappelait la douleur que j'ai ressentie quand elle a été écrabouillée. Chaque fois que je la voyais, je pensais à mon père et à ce qu'il avait fait. Ce qu'il m'avait appris. Mais tu sais quoi ?

— Quoi, mon amour ?

— C'est juste une main.

Pid la saisit et embrassa sa paume avant de l'appuyer contre son cœur.

— C'est ta main. Cela la rend magnifique.

Pid la sentit ricaner contre lui et il sourit.

— Je t'aime, Stuart. Le dire me fait mourir de peur, mais je sais que je n'aurais pas confiance en toi si je ne t'aimais pas. Et je ne t'aimerais pas si je n'avais pas confiance en toi. Pour moi, les deux sentiments vont de pair. Je voulais juste... je voulais juste que tu le saches.

Pid crut que son cœur allait exploser.

— Je t'aime aussi. Demain, quand nous nous serons reposés et que tout ce qui est arrivé ce soir ne sera plus aussi frais, je te montrerai combien.

— C'est peut-être *moi* qui te le montrerai, rétorqua-t-elle.

Pid adorait ce côté fougueux de Monica. Il ne l'avait pas beaucoup vu.

— Marché conclu, dit-il. Maintenant, dors.

— La lampe est allumée, dit-elle.

— Oui.

— Ça ne va pas te gêner ? demanda-t-elle.

— Non. Et toi ?

— Non, ça va. Après tout ce qui est arrivé, je pense que ça me plaît. Au moins pour cette nuit.

Pid se dit qu'il fallait vite récupérer une veilleuse. Il allait peut-être envoyer un texto à Mustang et lui demander d'en acheter une et de la ramener quand Elodie et lui viendraient déposer le plat qu'elle avait préparé pour eux.

Il sentit et il entendit Monica soupirer, puis elle se colla davantage contre lui.

Il crut qu'il allait rester éveillé en revivant tout ce qui était arrivé, mais dès qu'il entendit sa respiration profonde et qu'il sentit le souffle chaud dans son cou, Pid se détendit complètement et se laissa tomber dans un sommeil profond et réparateur.

CHAPITRE VINGT

Monica s'éveilla lentement et elle ne s'était pas sentie aussi bien depuis très longtemps. Ce fut seulement lorsqu'elle sentit la main de quelqu'un caresser sa cuisse qu'elle comprit qu'elle n'était pas seule, et que tout lui revint subitement.

Shane. Le bateau. L'arrivée de Baker. Shane brûlé par la lave. Stuart. L'escalade jusqu'à l'hélicoptère. La main de Stuart.

Quand il avait dit qu'il l'aimait et que Monica avait avoué la même chose.

En ouvrant les yeux, elle regarda le réveil. Il était presque onze heures. Elle ne dormait jamais si tard, mais d'un autre côté, elle s'était endormie alors que le soleil allait presque se lever.

— Bonjour, dit Stuart de sa voix grave.

— Bonjour, répondit Monica en s'étirant pour voir son état.

Oui, elle se sentait étonnamment bien, en considérant tout ce qui était arrivé. Ses mouvements bousculèrent la main de Stuart et elle sentit le bout de ses doigts contre la peau sensible de l'intérieur de sa cuisse.

— Tu te sens bien ? Comment vont tes pieds ?

Il était difficile de faire le point sur son corps alors que Stuart la touchait ainsi, mais elle fit de son mieux pour se concentrer. Elle avait quelques courbatures, mais ses pieds allaient bien.

— Je suis en forme, lui dit-elle. Et allongée comme ça, je n'ai pas mal aux pieds. Tu pourras me reposer la question quand je serai debout.

Il hocha la tête et sa main bougea une fois de plus, se glissa entre ses jambes, touchant presque l'endroit où elle avait le plus besoin de lui.

— Stuart ?

— Mmmm ? murmura-t-il.

Quand il se contenta de la taquiner avec les doigts tandis que son pouce caressait l'intérieur de sa cuisse, Monica bougea impatiemment.

— Vas-tu me toucher, ou quoi ?

Il leva les yeux pour la regarder.

— C'est ce que tu veux ?

Sa réponse fut courte et directe :

— Oui.

— Je t'aime, dit-il en la fixant du regard.

— Je t'aime aussi.

Les mots tombèrent sans hésiter des lèvres de Monica.

Le petit sourire qu'il afficha valait toute l'angoisse qu'elle avait vécue récemment. Son monde s'était transformé d'une façon qu'elle n'aurait jamais pu prédire, mais elle n'aurait rien voulu changer puisque tout finissait ici, en ce moment même, avec Stuart.

Sans rompre le contact visuel, il déplaça enfin sa main à l'endroit qu'elle voulait. Le bout de ses doigts frôla légèrement son sexe, mais la barrière de sa culotte l'empêcha de ressentir grand-chose.

Sans un mot, elle descendit l'élastique par-dessus ses

hanches, soulevant les fesses du lit et faisant de son mieux pour baisser le tissu. Stuart ne l'aida pas du tout. Il se contenta de l'observer pendant qu'elle luttait pour retirer son sous-vêtement.

— Tu veux bien m'aider ?

Il chassa ses mains et fit lentement descendre le morceau de coton le long de ses jambes, sans jamais la quitter du regard. Ce fut étonnamment séduisant, et quand elle eut jeté sa culotte sur le côté avec les pieds, la main de Stuart fut de retour entre ses jambes.

Le tee-shirt qu'elle portait était remonté autour de sa taille, la laissant nue et ouverte à ses doigts. Il descendit le long de son corps jusqu'à être allongé entre ses jambes. Son regard n'était plus fixé sur son visage... il était maintenant entièrement focalisé sur sa chatte.

Pour une raison qu'elle ignorait, Monica pensa que Stuart allait être très doux, particulièrement la première fois qu'ils allaient faire l'amour. Elle ne s'était pas attendue à ce qu'il lui fasse un cunnilingus, mais elle n'avait pas l'intention de se plaindre.

Quand il attrapa ses cuisses et les écarta brutalement, Monica ne put s'empêcher de pousser un petit cri.

Cela attira son attention. Il referma les doigts sur ses cuisses nues pendant un moment, et elle le vit serrer la mâchoire.

— Pardon, marmonna-t-il en caressant sa peau sensible avec les pouces comme pour s'excuser.

— J'ai seulement été surprise, dit-elle.

Stuart inspira profondément avant d'avouer :

— Je suis tellement excité que je ne sais pas si je saurais être très doux.

Avec n'importe quel autre homme, Monica aurait eu un mouvement de recul, elle aurait essayé de ralentir les choses. Mais c'était Stuart... et elle avait confiance en lui. C'était un sentiment enivrant. Elle baissa les mains et fit courir ses doigts entre ses cheveux.

— Je n'ai pas besoin de douceur. Je ne vais pas me casser.

Comme si ces paroles étaient tout ce qu'il avait besoin d'entendre, il serra une fois de plus les mains autour de ses cuisses et s'avança un peu en posant la bouche sur sa chatte mouillée.

— Si c'est trop, il te suffira de me le dire, l'avertit Stuart.

Monica hocha la tête et elle ouvrit la bouche pour lui dire qu'elle avait confiance en lui, mais elle n'en eut pas l'occasion. Tout ce qui sortit fut un *oumf* étranglé, car il avait baissé la tête et la mangeait comme si elle était un repas cinq étoiles... et qu'il était affamé.

Il maintint ses grandes lèvres ouvertes avec les pouces et la rendit folle. Il fut brutal, frénétique, mais elle sentit chaque coup de langue jusqu'au bout des orteils. Quand il referma la bouche sur son clitoris et qu'il suça, elle faillit décoller du lit.

— Stuart ! cria-t-elle en s'accrochant à ses cheveux.

Elle le sentit sourire contre sa peau sensible, mais il n'arrêta pas ce qu'il faisait. Ses mains caressèrent ses cuisses pendant qu'il festoyait. C'était le seul mot que Monica avait trouvé pour décrire l'enthousiasme et l'énergie avec lesquels il la dévorait.

Il ne fallut pas longtemps avant qu'elle sente un orgasme monter en elle. Mais il déplaça alors la bouche de son clitoris vers son ouverture. C'était agréable, mais elle était néanmoins déçue. Elle poussa un grognement.

— J'étais si près, se plaignit-elle en haletant.

— Je sais, répondit Stuart.

Elle entendit une touche d'humour dans sa voix.

— Stuart, râla-t-elle.

— Patience, dit-il, et le souffle chaud contre sa peau qui ne voyait pas souvent la lumière du jour la fit frissonner. Je vais te faire jouir, Mo. Il me tarde de te voir exploser dans mes bras.

Il déplaça une main afin que le bout de son doigt frôle son clitoris. Même ce contact léger la fit sursauter.

— Tu es si sensible, murmura-t-il.

Son doigt descendit plus bas et au lieu d'entrer doucement, il la pénétra rapidement.

Monica ne put empêcher son corps de se balancer en se serrant autour de cette intrusion.

— Putain oui, comme ça, souffla Stuart.

Puis il la baisa avec ce seul doigt. C'était agréable, mais loin d'être suffisant.

— Je veux plus, le supplia Monica.

Cette fois, il ne lui refusa pas. Il ajouta un autre doigt et continua à la baiser. Les hanches de Monica montèrent chaque fois pour rejoindre sa main, et elle entendit comme elle était mouillée quand ses doigts entraient et sortaient de son corps.

Il arrêta ensuite de bouger en laissant ses doigts toujours en elle. Monica gigota, souhaitant toujours plus. Stuart semblait savoir mieux qu'elle ce dont elle avait besoin. Il se pencha et posa la bouche sur son clitoris.

Encore une fois, il ne commença pas tout doucement : il suça avec force. Monica rua et se tortilla, mais il la maintint facilement avec sa main libre pendant qu'il la conduisait très rapidement au bord de la jouissance.

— Bientôt ! souffla-t-elle, sans savoir pourquoi elle le prévenait.

Il devait le savoir : ses jambes tremblaient et elle avait l'impression que tous les muscles de son corps s'étaient raidis en s'approchant du précipice.

Stuart ne répondit pas verbalement, mais elle sentit les doigts en elle se fléchir. C'était ce qu'elle avait fait de plus intime avec un homme. De plus vulnérable. Mais au lieu de se sentir mal à l'aise, elle se sentait... libre. Elle pouvait se lâcher et ne pas s'inquiéter de son apparence, sa façon de parler, ce que Stuart pouvait penser d'elle...

Dès l'instant où cette pensée lui passa par la tête, Monica

jouit. Elle rua violemment, soulevant ses fesses du matelas, et elle eut l'impression d'avoir explosé de l'intérieur.

Elle jouissait encore quand Stuart leva la tête, retira ses doigts et rampa vers elle à quatre pattes. Il portait un jogging – il devait s'être changé peu de temps avant qu'elle se réveille – et il se contenta de baisser l'élastique par-dessus son érection incroyablement dure, se penchant au-dessus de la table à côté du lit. Juste au moment où Monica s'était arrêtée de trembler à cause de l'orgasme le plus intense qu'elle ait jamais eu, Stuart finit de dérouler un préservatif sur sa queue et s'avança vers elle.

Une fois de plus, elle s'attendait à ce qu'il soit doux, puisque c'était leur première fois. Mais ce ne fut pas du tout le cas lorsqu'il maintint l'équilibre avec une main, écarta à nouveau ses cuisses, puis guida sa verge entre ses jambes.

Toujours très sensible, elle ouvrit un peu plus les jambes pour l'accueillir.

D'une longue poussée, Stuart s'enfonça en elle.

Un petit pincement de douleur laissa la place à un plaisir intense.

Stuart poussa un grognement et posa l'autre main à côté de son épaule. Il la surplombait. Ses yeux étaient presque noirs à cause de la façon dont ses pupilles étaient dilatées de désir.

— Merde alors, souffla-t-il avant de se retirer et de la pénétrer encore.

Ce n'était pas terriblement romantique, mais Monica lui sourit quand même.

— Putain, cette fossette va me tuer, lui dit Stuart.

Le sourire de Monica s'élargit.

Il commença à la pilonner plus franchement, chaque poussée étant plus agréable que la précédente, ses seins rebondissant à chaque impact. Elle était trempée par son orgasme et il semblait remplir tout l'espace vide en elle.

— C'est. Si. Bon, dit-il en synchronisant chaque mot avec ses poussées.

— Pour moi aussi, assura-t-elle en saisissant les biceps de Stuart et en y enfonçant les ongles pendant qu'il la prenait.

Monica ferma les yeux quand une sensation la submergea presque.

— Non. Ne fais pas ça. Regarde-moi, ordonna Stuart.

Monica n'aurait jamais deviné qu'il pouvait être ainsi. Si autoritaire. Exigeant. Il avait toujours été doux et patient dans le passé. Mais ça lui plaisait. Beaucoup. Elle ouvrit les yeux et fixa le visage de l'homme qu'elle aimait pendant qu'il la baisait jusqu'au néant.

À n'importe quel autre moment, elle aurait été gênée par les bruits de leur sexe brutal, mais il lui donnait tant de plaisir qu'elle s'en moquait. Il était toujours plus ou moins vêtu d'un tee-shirt et d'un jogging, et elle portait encore son tee-shirt volé. Ce n'était pas l'amour doux et tendre qu'elle pensait vouloir. C'était intense et irrésistible et fébrile... et c'était le meilleur sexe qu'elle ait jamais eu. Elle serra ses muscles internes autour de lui et fut récompensée par un grognement.

Il changea de position au-dessus d'elle, tendant les jambes et posant une main sous ses fesses pour la tenir fermement contre lui quand il la pénétra plus vite et avec plus de force. Monica retint son souffle quand il passa la main entre eux et attisa son clitoris.

Encore une fois, il ne demanda pas si ça lui convenait. Il ne le fit pas avec douceur. Il la prit exactement comme il le voulait et c'était incroyable.

Son orgasme monta vite, explosant sans prévenir. Elle trembla pendant que ses parois internes se serraient autour de lui.

— Putain, tu es tellement serrée ! siffla-t-il entre ses dents en continuant à la baiser.

Monica ne put rien faire d'autre que s'accrocher. Autrement, elle avait l'impression qu'elle risquait de tomber en miettes et de s'envoler.

Les poussées de Stuart furent presque frénétiques, et il accorda à nouveau de l'attention à son clitoris. C'était trop, elle était trop sensible... mais incroyablement, elle sentit un autre petit orgasme la parcourir.

Enfin, Stuart grogna en s'enfonçant aussi loin que possible en elle, la tenant contre lui avec les deux mains sous ses fesses, gémissant d'une voix grave.

Monica sentit sa queue tressaillir en elle pendant qu'il jouissait. Elle n'avait jamais rien vu d'aussi beau que l'expression sur son visage. Hors contexte, sa grimace aurait pu lui faire croire qu'il avait mal. Mais en le regardant, la grimace se détendit petit à petit, se métamorphosant en un sourire satisfait.

Elle laissa échapper un petit cri quand il lâcha ses fesses et se laissa tomber au-dessus d'elle en faisant attention à ne pas l'écraser sous son poids.

Elle se sentit entourée par lui. Il était toujours calé dans son corps et elle ne pouvait pas le repousser. Mais Monica n'avait pas peur. Elle n'était même pas inquiète. Elle adorait l'avoir exactement là. Elle se sentait protégée.

— Putain, dit Stuart en se laissant lentement rouler sur le côté tout en la prenant avec lui.

Monica se blottit contre lui, regrettant de ne pas sentir sa peau nue contre la sienne.

— Nous sommes trop habillés, marmonna-t-elle.

— Pardon. Je n'ai pas pu attendre, dit-il.

— Oui, moi non plus.

— Mo ?

— Oui ?

— Est-ce que tu... est-ce que ça va aller ?

Elle leva la tête et le regarda dans les yeux.

— Tu plaisantes, non ?

— Non. J'étais… je ne voulais pas être aussi…

— Incroyable ? Parfait ? demanda Monica en essayant de trouver un mot pour terminer la phrase.

Elle fut récompensée par son sourire.

— J'allais dire *énergique*. Tu avais si bon goût, et quand tu as joui autour de mes doigts, mon cerveau a fait un court-circuit. Il me tardait de te sentir serrer ma queue de la même manière.

Monica leva la main et passa les doigts dans les cheveux de Stuart.

— Je ne vais pas nier que ta transformation en une espèce de dominateur alpha était un peu surprenante, mais pas désagréable. J'aurais dû m'y attendre. Je veux dire, tu es un SEAL. Tu as l'habitude d'être obéi. D'être aux commandes. J'ai… j'ai aimé, dit-elle timidement.

Elle sentit les muscles tendus de Stuart se relâcher lorsqu'il entendit son aveu.

— La prochaine fois sera meilleure, promit-il.

— Meilleure ? dit-elle. Tu m'as déjà presque tuée cette fois, Stuart.

Il gloussa avant de redevenir sérieux.

— Tu es si belle, Mo. Je suis l'homme le plus chanceux au monde, et je vais faire mon possible pour ne pas faire foirer cette relation.

— Moi aussi, dit Monica. Je t'aime, Stuart. Et j'ai confiance en toi.

— Je ne ferai jamais rien pour que tu perdes cette confiance. C'est le plus grand cadeau que j'ai jamais reçu et je le défendrai et le protégerai avec tout ce que j'ai.

Stuart était capable de comprendre que sa confiance était un plus grand cadeau que son amour. Les mots « je t'aime » étaient faciles à dire. La confiance ? Pas pour elle.

Sa queue se ramollit suffisamment pour finalement glisser hors de son corps et ils gémirent tous les deux avec regret.

— Merci d'avoir mis un préservatif, dit-elle. Les choses sont allées vite. La protection était la dernière chose à laquelle je pensais.

— Je veux des enfants avec toi, Mo, répondit Stuart. Je veux voir ton ventre s'arrondir avec mon enfant dedans. Je veux te regarder élever et aimer nos enfants. Mais je veux que tu le veuilles également. Et je suis assez égoïste pour vouloir un peu de temps avec toi toute seule d'abord. Je te protégerai toujours, même contre moi-même.

Monica eut envie de fondre en une flaque sur le matelas. Cet homme. Mon Dieu, était-il réel ? D'abord il lui avait construit une pièce sécurisée, puis il avait proposé d'emménager dans cette chambre plus petite pour qu'elle soit à l'aise. Ensuite, il avait porté un préservatif sans se plaindre. Et l'entendre dire qu'il la protégerait quoiqu'il arrive ? Elle n'avait pas l'intention de le laisser partir. Jamais.

— Je veux des enfants, dit-elle. Mais pas dans neuf mois.

Elle marqua une pause, puis elle inspira profondément en annonçant :

— Peut-être dans un an ?

Stuart hocha la tête... puis il se figea.

— Tu veux dire... tomber *enceinte* dans un an ? demanda-t-il.

Monica sourit.

— Avoir un bébé dans un an, clarifia-t-elle.

— Dans trois mois, nous allons nous marier, déclara Stuart. Lors de notre nuit de noces, je vais te baiser sans préservatif, encore et encore, et avec un peu de chance, te mettre enceinte. Un an. Tu l'as dit. Tu ne peux pas revenir dessus.

Encore l'alpha dominateur.

— Je ne veux pas revenir dessus.

À ces mots, Stuart bondit presque du lit. Il baissa son jogging et retira son tee-shirt. Il enleva le préservatif usé devant elle, sans prendre la peine de passer à la salle de bains.

Monica rougit, n'ayant pas l'habitude de ce genre d'intimité, mais elle ne détourna pas le regard. Stuart tendit la main vers la table de chevet et après avoir caressé sa queue quelques fois, il fut dur à nouveau. Il déroula le deuxième préservatif sur lui et revint au lit. Il attrapa le bas du tee-shirt de Monica et elle l'aida à le lui retirer.

Elle ne se sentit pas du tout timide d'être entièrement nue avec lui. D'une façon ou d'une autre, Stuart donnait l'impression que tout ce qui avait été gênant pour elle dans le passé était désormais naturel et approprié.

Il passa la main entre ses jambes et la toucha doucement. Il ne demanda pas si elle était irritée. Ne demanda pas si elle était prête. Quand il constata qu'elle était toujours trempée, il enfonça sa queue dure en elle.

Monica poussa un soupir quand il fut installé aussi profondément que possible.

— Il me tarde de faire ça sans protection. De sentir ton corps chaud et mouillé sans barrière entre nous, dit-il.

— Pareil.

— Lentement et doucement, cette fois, annonça Stuart, plus pour lui-même que pour elle, comme s'il essayait de se le rappeler.

Monica eut l'impression qu'ils allaient toujours avoir du mal à le faire lentement et doucement, mais elle hocha néanmoins la tête quand son homme se mit à se balancer d'avant en arrière.

Quinze courtes minutes plus tard, elle était allongée mollement et complètement épuisée sur l'homme qu'elle aimait et en qui elle avait confiance.

Lentement et doucement avait duré environ une minute avant que Stuart perde à nouveau le contrôle et se mette une fois de plus à la baiser avec force. Ensuite, il les avait fait rouler de façon à ce qu'elle soit au-dessus, et c'était elle qui l'avait baisé. Il avait joué avec ses seins qui sautaient, et elle avait pincé ses tétons en retour. Il avait caressé son clitoris pendant qu'elle le chevauchait, jusqu'à ce qu'elle se frotte avec force sur sa queue et tremble en jouissant. Puis il avait légèrement soulevé les hanches de Monica et s'était servi de sa force incroyable pour la baiser par en dessous.

Monica n'avait jamais eu d'expérience aussi torride, et elle ne s'était jamais sentie plus aimée.

Cette fois, quand sa queue glissa hors de son corps, il sortit de la pièce et revint une minute plus tard avec un gant de toilette chaud. Il la nettoya révérencieusement et se rallongea en la prenant une fois de plus dans ses bras.

— Nous devrions nous lever, dit Monica avant de bâiller.

— Plus tard.

— Mais Elodie et Mustang vont sans doute passer, protesta-t-elle.

— Ils sont déjà venus, répondit tranquillement Stuart.

— Quoi ? dit Monica en se levant sur le coup.

Il la força doucement à reposer la tête sur son épaule et la serra dans ses bras.

— Je les ai entendus pendant que tu dormais toujours. Mustang a envoyé un texto et je lui ai dit d'utiliser sa clé pour entrer et poser les choses exquises qu'Elodie a dû préparer dans notre frigo.

— Eh bien... d'accord, alors.

— Tu peux donc faire la sieste.

Monica ricana.

— Faire la sieste juste après m'être réveillée d'avoir dormi toute la nuit. Bien sûr.

— Toute la nuit, c'est un peu exagéré. Et de toute façon, je veux juste rester allongé là et te tenir dans mes bras.

Comment pouvait-elle refuser ?

— D'accord.

— Nous allons avoir besoin d'une plus grande maison.

Monica cligna des paupières à cause du changement de sujet brutal.

— Euh, pourquoi ?

— Il n'y a que deux chambres. Et nous avons besoin d'au moins une ou deux salles de bains supplémentaires. Je n'ai pas l'intention de partager ma salle de bains avec nos enfants.

Il frissonna.

Monica fut submergée par une vague de contentement.

— Oui, acquiesça-t-elle. Nous ne sommes pas pressés.

Stuart la serra avec force et embrassa le haut de sa tête.

— Ça va marcher, dit-il d'un ton déterminé.

— Ça ? demanda-t-elle.

— Nous, clarifia-t-il. Nous allons nous marier, avoir des bébés et vivre dans le bonheur. Ce n'est pas facile d'avoir une relation avec un militaire, et être avec un SEAL a ses propres défis, mais je vais faire mon possible pour que tu ne regrettes pas de rester ici avec moi.

— D'accord. Je sais que j'ai beaucoup de choses à apprendre sur les militaires... ou beaucoup de choses que mon père m'a apprises et que je dois *désapprendre*. Mais je vais faire de mon mieux pour être le genre de femme dont tu peux être fier.

— Tu l'es déjà.

Quelques mots simples. Cela suffit à faire monter les larmes aux yeux de Monica. Elle les cacha à Stuart en gardant la tête posée sur son épaule.

— Je t'aime, parvint-elle à dire.

— Et je t'aime aussi. Dors. Je serai là, à veiller sur toi.

— Merci de m'avoir trouvée hier soir, dit-elle. Et d'être venu si vite.

— Rien n'aurait pu m'en empêcher, dit Stuart d'un ton qui aurait pu effrayer Monica autrefois, mais qui la faisait fondre, maintenant.

Elle voulut lui poser des questions sur Baker, savoir s'il allait bien. Parler de Huttner et de la réunion à laquelle ils allaient peut-être devoir se rendre plus tard dans l'après-midi.

Mais ses paupières étaient lourdes, elle était satisfaite et au chaud, et cela faisait très longtemps qu'elle n'avait rien vécu d'aussi réconfortant que les bras de Stuart.

Elle ferma donc les yeux et se détendit, faisant confiance à Stuart pour la garder en sécurité pendant qu'elle dormait.

CHAPITRE VINGT ET UN

Pid caressa la main de Monica avec le pouce pendant que Kenna avançait le long de la plage vers son futur mari.

Les derniers jours avaient été mouvementés. Entre les réunions à la base au sujet de Bull et ce qui était arrivé l'autre soir, ainsi que les réunions avec l'équipe sur ce qu'il se passait au Tadjikistan et les plans de déploiement, Pid avait rarement eu un moment pour se détendre.

Mais cette journée était pour Kenna et Aleck. Leurs parents respectifs étaient là, et tout le monde s'était rejoint chez Duke's pour dîner la veille au soir. La seule personne qui n'était pas venue était Carly. Kenna avait été déçue, tout comme Jag, mais au moins elle était venue aujourd'hui pour le mariage.

Robert, le concierge de Coral Springs, s'était surpassé. Un cochon rôtissait sur le terrain pas très loin de la cérémonie pour le festin du mariage plus tard, des danseuses de hula étaient prêtes à divertir les invités, et il y avait assez de nourriture pour faire manger cinq cents personnes, ce qui était bien plus que les invités de la cérémonie. Mais toute la nourriture restante n'allait pas être gâchée. Les traiteurs allaient tout emballer et Lexie et Elodie allaient l'apporter à Food For All le dimanche, afin de le partager avec leurs habitués.

Pid sourit en regardant Monica. Theo était assis de l'autre côté, lui tenant la main droite en souriant avec excitation. Il devina que l'homme ne s'était sans doute jamais rendu à un mariage. Il avait été ravi d'être invité à celui-ci et encore plus content en apercevant Monica.

Tout bien considéré, ils avaient eu de la chance. Bull aurait pu agresser et tuer Monica avant d'appeler Baker. Il aurait pu lui tirer dessus quand Baker était arrivé. Putain, Baker aurait pu être tué lui aussi. Bull avait été sérieusement instable et dérangé. Pid n'était pas contrarié que cet homme ait eu une mort horrible. Il était simplement soulagé par sa disparition et le fait qu'il ne pose plus de problème.

Baker n'était pas venu pour la cérémonie, mais personne ne fut très surpris. Il n'était pas vraiment sociable, même s'il faisait régulièrement son possible pour aider les copines de l'équipe de SEALs.

Kenna et Aleck avaient décidé de ne pas avoir de cortège, ils se tenaient donc seuls devant les rangées de chaises. Monica serra la main de Pid quand Kenna atteignit Aleck et que leur ami ne parvint pas à s'empêcher de prendre sa future femme dans ses bras et de l'embrasser. Avec force.

— Le baiser est censé se produire après que je vous ai déclaré mari et femme, dit le maître de cérémonie en gloussant.

Du tac au tac, Aleck répondit :

— Je ne l'ai pas vue de toute la journée et la voir comme ça ? Si belle que j'en ai mal aux yeux ? Il était impossible que je ne l'embrasse *pas*.

Tout le monde rit.

— Bon, poursuivons avant que tu fasses un autre faux pas.

Pid n'écouta plus la cérémonie et regarda encore Monica. Oui, Kenna était jolie aujourd'hui, évidemment, c'était le jour de son mariage. Mais pour Pid, elle n'arrivait pas à la cheville de Monica.

Elle avait passé toute la matinée avec les autres femmes à se préparer pour la cérémonie dans l'appartement d'Aleck et Kenna. Une styliste avait rassemblé ses cheveux blonds en une coiffure extravagante que la brise de l'océan détruisait lentement et sans relâche. Des mèches de cheveux passaient devant son visage et parce qu'elle avait les deux mains prises, Pid l'aida en se penchant et en faisant passer les cheveux derrière son oreille.

Monica portait une simple robe bleue à fines bretelles. Elle arrivait au niveau de ses genoux et elle possédait une espèce de soutien-gorge intégré avec un décolleté impressionnant. Elle portait un peu plus de maquillage que d'habitude, mais tout cela n'était pas la raison pour laquelle le regard de Pid revenait tout le temps vers elle.

C'était à cause du sourire qu'elle affichait depuis qu'il était arrivé pour l'accompagner jusqu'à la plage. Elle souriait tout le temps maintenant, sa fossette le rendant tout chose. Il était même difficile de se souvenir comme elle avait été fermée quand ils s'étaient rencontrés au début. Sérieuse et méfiante envers tout le monde.

Avant de partir ce matin-là pour rejoindre les autres femmes chez Aleck, elle l'avait réveillé en prenant sa queue dans sa bouche et en lui faisant la pipe la plus mémorable qu'il ait jamais reçue. Il était évident qu'elle n'avait pas beaucoup d'expérience dans le domaine, ce qui l'excita encore plus.

Et quand elle avait levé la tête, essayant de sourire avec les lèvres étirées autour de lui, son adorable fossette bien visible, il avait failli craquer. Il n'était pas fier de l'avoir attrapée plus brutalement qu'il ne l'avait voulu pour la jeter sur le dos. Il avait enfilé un préservatif en un temps record et il était au fond d'elle avant même de se rendre compte de ce qu'il avait fait.

Et pendant tout ce temps, même s'il avait été un peu brutal, le sourire de Monica ne s'était jamais estompé. Sa fossette lui faisait des clins d'œil, lui montrant qu'elle aimait ça. Il l'avait baisée vite et fort, comme toujours, et elle avait accepté chaque centimètre de sa longueur en souriant continuellement.

— Tu es censé regarder les mariés, pas moi, chuchota Monica.

Pid n'avait pas du tout honte d'avoir été surpris en train de la reluquer. Il ne put s'empêcher de se pencher et de déposer un baiser sur cette fossette qu'il aimait tant.

— Je t'aime, chuchota-t-il.

Avant qu'elle puisse répondre, Theo demanda à Pid de se taire.

Hochant la tête vers l'autre homme pour s'excuser, Pid serra la main de Monica. Elle sourit et articula silencieusement « je t'aime ».

Pid s'installa confortablement et constata qu'il ne s'était encore jamais senti aussi détendu que ce jour-là. Il avait passé toute sa vie d'adulte sur le qui-vive, à repérer les problèmes partout où il allait. C'était gravé en lui... grâce à la Navy.

Normalement, juste avant une mission, il était plus que jamais très vigilant. Mais même en sachant que l'équipe allait bientôt partir à l'étranger, il était calme. Et c'était entièrement grâce à la femme à ses côtés. Savoir qu'elle l'aimait et qu'elle lui faisait confiance suffisait à apaiser son âme.

Ce soir allait être un moment pour célébrer cet amour. Et l'amour d'Aleck et Kenna. Ils allaient veiller tard sur la plage, rire et passer un merveilleux moment. Le déploiement arriverait bien assez tôt. Pour l'instant, ils allaient profiter de toutes les bonnes choses qu'il y avait dans leurs vies.

* * *

— Reste, dit Jag en exhortant Carly quand Aleck et Kenna eurent été déclarés mari et femme.

Les employés de Coral Springs déplaçaient les chaises de la cérémonie, les disposant autour des tables apportées pour le festin du luau hawaïen. Une scène avait été construite un peu plus loin sur la plage pour la performance des danseuses prévue après le dîner.

Il avait été extrêmement difficile de convaincre Carly de venir au mariage. Plus il fallait de temps pour retrouver Luke Keyes, le fils de son ex petit ami violent, plus Carly devenait un reflet de la personne qu'elle était autrefois.

Quand Jag l'avait rencontrée pour la première fois, elle souriait encore, elle était aimable et extravertie. Mais maintenant, elle avait constamment les épaules voûtées, comme si cela pouvait la protéger contre ceux qui lui voulaient du mal. Elle scrutait en permanence les environs, sans doute à la recherche de Luke.

Jag détestait la voir ainsi. Elle aurait dû rire et plaisanter avec ses amis, pas être morte de peur chaque fois qu'elle quittait son appartement.

— Je dois rentrer à la maison, insista Carly.

— Non, tu dois arrêter de laisser gagner ton ex et son fils, ne put s'empêcher de rétorquer Jag.

Il l'avait soutenue. Il avait été patient. Il ne l'avait pas poussée de quelconque manière. Mais il était temps qu'elle recommence à vivre. Elle pouvait rester prudente, mais elle ne pouvait pas rester éternellement enfermée dans son appartement. Elle devait vivre.

Carly leva la tête vers lui et Jag fut carrément ravi de voir la colère dans ses yeux. Elle vivait machinalement depuis le soir où son ex s'était rendu chez Duke's pour la confronter avec une bombe autour du buste. Il avait prévu de la faire souffrir, mais elle était rentrée tôt ce soir-là, parce qu'elle ne se sentait pas bien. À la place, il avait attrapé Kenna.

— Tu ne comprends pas, dit-elle en serrant les dents.

— Qu'est-ce que je ne comprends pas ? demanda-t-il sans céder du terrain.

Elle le fixa longuement avant de lâcher :

— Ce que ça fait de se sentir vulnérable ! Tu es un *SEAL*. Tu es le meilleur des meilleurs. Tu cours *vers* les balles au lieu de t'en éloigner. Tu ne sais pas du tout ce que je ressens !

Elle avait tellement tort. Mais ce n'était ni le moment ni l'endroit de parler de son passé et de ce à quoi il avait survécu. Jag fit un pas vers elle et attira Carly vers lui en posant une main dans sa nuque.

Elle écarquilla les yeux de surprise, ses mains atterrissant sur son torse pendant qu'elle levait la tête vers lui.

— Je sais que tu es morte de peur, dit Jag doucement. Tu es terrifiée à l'idée de ce que fera Luke s'il te prend au dépourvu. Mais ce que tu ne comprends pas, c'est que je veille sur toi. Je ne peux pas garantir que cet enfoiré ne tentera rien – en fait, il essaiera sans doute quelque chose, d'autant plus qu'il a accepté de manœuvrer le bateau que ton ex allait utiliser pour t'enlever. Mais je te dis ici et maintenant qu'il ne peut te conduire nulle part où je ne te trouverais pas, Carly. Et penses-tu une seule seconde que le mari de Kenna restera assis sans rien faire s'il s'en prend à toi ? Ou Mustang ? Ou Midas ? Putain, Pid ou Slate aussi ? Sans parler de Baker Rawlins.

Tu oublies que tu as *toute* une équipe de SEALs de ton côté. Te cacher ne fera pas disparaître ton problème. L'affronter, affronter Luke, serait sans doute plus efficace. Je pense qu'il aime voir comme tu as peur. Tu dois recommencer à vivre ta vie.

Elle ricana, mais ne chercha pas à se débattre.

— Tu penses que si je me promenais comme si je n'avais pas le moindre souci, ça l'empêcherait de s'en prendre à moi ?

— Non, lui dit Jag avec franchise. Ce qui est précisément mon argument. S'il veut essayer de se venger de la mort de son père, il le fera, que tu restes recroquevillée dans ton appartement ou pas.

Elle lui jeta un regard noir.

— Je ne me recroqueville pas dans mon appartement.

Jag ne lui fit pas l'honneur d'une réponse.

— C'est juste que...

Carly soupira avant de reprendre :

— Kenna est presque *morte* à cause de moi, chuchota-t-elle.

— Mais elle ne l'est pas, répondit Jag. Tu ne peux pas penser à ce qui aurait pu se produire. Sinon, ça te rendra folle.

Ils ne se parlèrent pas pendant un long moment, se contentant de se regarder.

Puis Carly baissa les yeux et elle dit doucement :

— Je dois rentrer chez moi.

Il soupira. Il avait cru un instant qu'elle avait compris. Que Carly allait prendre le risque d'essayer de se détendre pour la première fois depuis des mois. Mais même si elle avait fini par retomber dans la routine qu'elle considérait comme efficace – c'est-à-dire, se cacher dans son appartement – il avait vu une étincelle de... quelque chose... dans ses yeux. Elle n'aimait pas rater les activités de ses amies. Elle n'aimait pas rester chez elle à avoir peur.

Après sa mission au Tadjikistan, une fois de retour au pays, il n'allait plus la laisser se cacher.

Jag caressa le côté de son cou avec le pouce et fut récompensé par un petit frisson. Cette femme lui plaisait et il était assez arrogant pour penser que la réciproque était vraie également. Mais s'il voulait la même chose que ses coéquipiers, il était évident qu'il allait devoir se battre pour l'obtenir. Et il était plus que prêt à le faire.

* * *

Ne ratez pas le prochain tome de la série Hawaï : Soldats
d'élite: *Un paradis pour Carly*

*

En Audio: Un paradis pour Élodie

DU MÊME AUTEUR

<u>Autres livres de Susan Stoker</u>

<u>Hawaï : Soldats d'élite</u>
Un paradis pour Élodie

Un paradis pour Lexie

Un paradis pour Kenna

Un paradis pour Monica

Un paradis pour Carly (11 Oct)

Un paradis pour Ashlyn

Un paradis pour Jodelle

<u>Sauvetage à Eagle Point</u>
Un sauveteur pour Lilly

Un sauveteur pour Elsie (28 Juin)

Un sauveteur pour Bristol (15 Nov)

Un sauveteur pour Caryn

Un sauveteur pour Finley

Un sauveteur pour Heather

Un sauveteur pour Khloe

<u>Le Refuge</u>
Un soutien pour Alaska (9 Août)

Un soutien pour Henley (3 Jan 2023)

Un soutien pour Reese

Un soutien pour Cora

Un soutien pour Lara

Un soutien pour Maisy

Un soutien pour Ryleigh

Delta Force Deux

Un refuge pour Gillian

Un refuge pour Kinley

Un refuge pour Aspen (1 Juin)

Un refuge pour Jayme (15 Juillet)

Un refuge pour Riley (1 Sept)

Un refuge pour Devyn (1 Dec)

Un refuge pour Ember

Un refuge pour Sierra

Forces Très Spéciales : L'Héritage

Un Sanctuaire pour Caite

Un Sanctuaire pour Brenae

Un Sanctuaire pour Sidney

Un Sanctuaire pour Piper

Un Sanctuaire pour Zoey

Un Sanctuaire pour Avery

Un Sanctuaire pour Kalee

Un Sanctuaire pour Jane

Mercenaires Rebelles

Un Défenseur pour Allye

Un Défenseur pour Chloé

Un Défenseur pour Morgan

Un Défenseur pour Harlow

Un Défenseur pour Everly

Un Défenseur pour Zara

Un Défenseur pour Raven

Ace Sécurité

Au Secours de Grace

Au Secours d'Alexis

Au Secours de Bailey

Au Secours de Felicity

Au Secours de Sarah

Forces Très Spéciales Series

Un Protecteur Pour Caroline

Un Protecteur Pour Alabama

Un Protecteur Pour Fiona

Un Mari Pour Caroline

Un Protecteur Pour Summer

Un Protecteur Pour Cheyenne

Un Protecteur Pour Jessyka

Un Protecteur Pour Julie

Un Protecteur Pour Melody

Un Protecteur pour l'avenir

Un Protecteur Pour Les Enfants de Alabama

Un Protecteur Pour Kiera

Un Protecteur Pour Dakota

Delta Force Heroes Series

Un héros pour Rayne

Un héros pour Emily

Un héros pour Harley

Un mari pour Emily

Un héros pour Kassie

Un héros pour Bryn

Un héros pour Casey

Un héros pour Wendy

Un héros pour Mary

Un héros pour Macie

Un héros pour Sadie

Un héros pour Annie

<u>Autre</u>

Un moment suspendu : Recueil de nouvelles

<u>AUDIO</u>

Un paradis pour Élodie

À PROPOS DE L'AUTEUR

Susan Stoker est une auteure de best-sellers aux classements du New York Times, de USA Today et du Wall Street Journal. Elle a notamment écrit les séries Badge of Honor: Texas Heroes, SEAL of Protection et Delta Force Heroes. Mariée à un sous-officier de l'armée américaine à la retraite, Susan a vécu dans tous les États-Unis, du Missouri jusqu'en Californie en passant par le Colorado, et elle habite actuellement sous le vaste ciel du Tennessee. Fervente adepte des fins heureuses, Susan aime écrire des romans où les sentiments laissent place au grand amour.

http://www.StokerAces.com

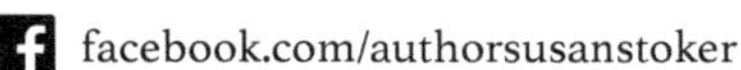
facebook.com/authorsusanstoker
twitter.com/Susan_Stoker
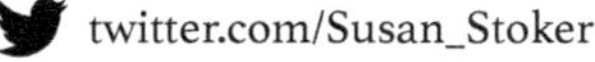
instagram.com/authorsusanstoker
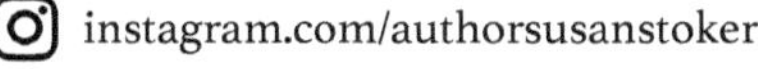
goodreads.com/SusanStoker

www.ingramcontent.com/pod-product-compliance
Lightning Source LLC
Chambersburg PA
CBHW060223100726
47907CB00003B/485